DAS VERTRAUEN DES COWBOYS

DIE SKYES AUS HEART FALLS
BUCH 2

VIVIAN AREND

Übersetzt von
HELENA TAMIS

Die Skyes aus Heart Falls 2: Das Vertrauen des Cowboys

Originaltitel: A Cowboy's Trust © 2025 by Arend Publishing Inc.

Copyright für die deutsche Übersetzung: Die Skyes aus Heart Falls 2: Das Vertrauen des Cowboys © 2025 Helena Tamis

Lektorat: Nadine Manz
Cover-Desig: © Damonza
Lektorat Original: Angie Ramey
Korrektorat Original: Linda Levy
Digitales ISBN: 978-1-998508-59-4
Taschenbuch ISBN: 978-1-998508-60-0
Deutsche Erstausgabe November 2025

www.vivianarend.com

1

Tansy Fields legte die letzte Schicht Lippenstift mit einer zarten Berührung auf, ihre Finger felsenfest. Die einzigen Anzeichen der Aufregung, die durch ihren Körper rauschte, waren die Röte ihrer Wangen und die Freude in ihren Augen, die durch den Spiegel im Gang zurückschien.

Das Ende des Jahres beinhaltete normalerweise eine Menge Zurückdenken und Vorausplanen, aber heute Nacht erschien es noch viel spezieller. Die ganze Woche hatte sie etliche *Ein-letztes-Mal*-Augenblicke genossen, und jetzt war sie weniger als vierundzwanzig Stunden von einem glänzenden, sauberen Neuanfang entfernt.

Sie eilte durch die Tür ihrer Wohnung über dem Kaffee Buns and Roses, hüpfte mehr oder weniger durch den hinteren Durchgang zum Treppenhaus, der hinab in den örtlichen Pub führte.

Das letzte Mal, dass ich hier entlang gehe.

Ein Grinsen breitete sich auf ihrem Gesicht aus, als dieser Satz wieder neu zuschlug, denn es war auch das letzte Mal, dass sie das tun konnte.

Durch die Seitentür des Pubs Rough Cut zu schlüpfen, war nichts, was alle taten, aber Tansy nahm gern die Abkürzung, und das war das letzte Mal.

Beim Rest des Pubs war felsenfeste Security angesagt, aber diese Innentüren? Nicht sonderlich. Zumindest nicht für sie. Sie öffnete das Schloss mit einer raschen Bewegung des Nagels, den sie bereithielt, und außerdem einem Hauch Druck und einem Hüftstoß an der richtigen Stelle.

Als sie in den hinteren Teil des Pubs ging, legte sich pulsierende Musik um sie und füllte ihren Kopf, bis ihr ganzer Körper ein großer Herzschlag war.

Sie ging direkt zum Versammlungsort, wo ihre Freundinnen und Familie normalerweise landeten, obwohl es heute Abend eine kleinere Gruppe sein würde. Ihre Schwester Rose und deren Verlobter Chance waren über die Feiertage außer Landes. Tansys Arztfreundin Sydney Jeremiah hatte sich freiwillig gemeldet, um eine Schicht in der Notaufnahme im nahen Diamond Valley zu übernehmen, aber Petra würde irgendwo sein.

Im Rough Cut brodelte es. Nicht nur die Musik, sondern es schien, als würden alle tanzen, um das neue Jahr willkommen zu heißen, die konnten.

Sie konnten allerdings unmöglich so bereit dafür sein, wie Tansy es war.

„Hey, Mädchen.“

„Tansy. Siehst gut aus.“

„Heb mir einen Tanz auf“, rief ein weiterer Cowboy vom Ort.

Tansy winkte ihnen allen zu. Umarmte hier eine Freundin, gab dort ein High-Five. Sie fühlte sich so gut, dass sie heute Abend sogar Bryce mal zum Zuge kommen lassen würde. Ein ganz netter Kerl, schrecklicher Tänzer. Er schaffte es irgendwie, in jeden zweiten Takt einen Extraschritt einzufügen.

Tansy hatte Standards, wenn es ums Tanzen ging.

Es *war* allerdings Silvester, was bedeutete, dass sie mehr als bereit war, um großzügig zu sein und den Schatz, der sie war, mit dem Rest der Welt zu teilen. Sie war schließlich toll genug, dass es für viele reichte.

Ein Schnauben entwich ihr, als ein Hauch Selbsterniedrigung sich breitmachte. Genau. Sie war doch gar nicht so besonders.

„Schwachsinn. Du bist ein Rockstar, Mädchen", entgegnete Tansy laut.

Niemand hier würde sich etwas dabei denken, dass sie mit sich selbst redete, falls man sie überhaupt gehört hatte, und es gab Momente, wo sie absolut daran erinnert werden musste, dass sie hierher gehörte. Diese Leute taten nicht nur so, als würden sie sie mögen – das war wirklich so.

Über zwanzig Jahre danach war es immer noch schwer, die Stimmen in ihrem Kopf abzuschalten, die von Leuten dorthin gesetzt waren, deren einziger Plan es gewesen war, sie auszunutzen.

Nein, das waren keine Gedanken, die sich an einem Tag wie heute einschleichen durften. Diesem denkwürdigen Tag, der ein Schritt in die Zukunft war.

„Tansy. Willst du tanzen?", fragte Paul, der eine Sieben auf der Tansy-Tanzskala abgab, und lächelte sie hoffnungsfroh an.

Tansy bot ihm großzügig ihre Hand und machte sich auf den Weg zur Tanzfläche.

Draußen unter den wirbelnden Paaren bekam sie eine völlig andere Perspektive auf den Abend. Rasche Blicke auf all die Stammgäste vom Ort und viele Besucher glitten vorbei, während ihr lachender Partner einen stetigen Monolog über all die Dinge von sich gab, die er im neuen Jahr geplant hatte.

Tansy ließ ihn weiter plaudern, ein Lächeln auf dem Gesicht und ein Nicken, wenn es angemessen schien. Aber ihr Blick huschte überallhin, während ihre Gedanken sich auch in die Zukunft spannen.

Sie war *weidlich* aufgeregt, wie sie es vor ihren Nichten und Neffen formuliert hätte. Ihre große Schwester war nicht begeistert von den Schimpfwörtern, die ihre Kinder bereits gelernt hatten, bevor sie in die schützenden Arme von ihr und ihrem Mann Walker gebracht worden waren. Tansy wollte nicht *diese* Tante sein. Außerdem war es witzig, ihren Schwager die Augen verdrehen zu sehen, jedes Mal, wenn sie einen neuen altmodischen Fluch auspackte.

Gott sei gedankt für das Internet, das war alles, was Tansy sagen konnte.

Sie wirbelte aus den Armen eines vertrauten Freundes in die des nächsten, hatte wirklich Spaß, obwohl ihr auf die Zehen getreten und an die Knöchel gestoßen wurde und sie das morgen spüren würde. Dass sie ihre Tanzliste nicht pflegte, wie sie das normalerweise tat, war körperlich gefährlich.

„Tansy.“

Dieses Mal erklang in der Pause zwischen den Songs eine feminine Stimme, und Tansy drehte sich um, um in das Gesicht einer ihrer besten Freundinnen zu schauen.

Petra Sorenson, das braune Haar wild um ihre Schultern und ein riesiges Grinsen auf dem Gesicht, schlüpfte neben sie.

„Ich hab dich vorhin gesehen“, sagte Tansy. „Aber du hast dich so schnell bewegt, dass du womöglich die Erdachse verschoben hast.“

Petras Verlobter erschien neben ihr. Aiden Skye hatte auch ein glückliches Gesicht. „Ich versuche, mit ihr mitzuhalten.“

Die drei schoben sich durch die Menge zu ihrem üblichen Ort, weiter von den Lautsprechern entfernt, damit sie einander verstehen konnten.

„Habe ich dich mit Johnny H. tanzen sehen?" Aiden schüttelte langsam den Kopf, seine blauen Augen glitzerten vor Erheiterung. „Das ist nicht die Tansy, die wir kennen und lieben."

„Still", scherzte Petra. „Ich bin sicher, dass ist Teil eines großen Karmaopfers, um das Alte abzustoßen und das Neue ranzuholen."

„Klingt sinnvoll. Aber warum man das neue Jahr ganz grün und blau geschlagen beginnen wollen sollte, weiß ich nicht." Er zwinkerte, neigte den Kopf zum Boden. „Willst du mal eine Runde mit mir? Ich verspreche, ich trete nicht auf dich."

Tansy machte das gar nichts aus.

Aiden tanzte meisterhaft mit ihr, und sie bot den Göttern des Schabernacks, falls es sie gab, einen kurzen Dank, dass der Mann rechtzeitig nach Heart Falls zurückgekehrt war, um für Petra da zu sein.

Die beiden waren perfekt zusammen.

Auch kein schlecht aussehendes Paar, aber eigentlich sahen alle Skye-Brüder, die gemeinsamen Besitzer der High Water Ranch, gut aus. Alle mit dunklen Haaren und starkem Kinn und durchdringenden Augen, die einen direkt ansahen.

Tansy mochte Männer, die ihr in die Augen schauten, und nicht nur, weil sie es verabscheute, sich mit jemandem zu unterhalten, der mit ihrer Brust sprach.

„Bist du bereit fürs kommende Jahr?", fragte Aiden, sobald sie sich zu einer etwas offeneren Stelle an der Tanzfläche vorgearbeitet hatten.

„Ich bin bereit und warte." Tansy behielt ihr Geheimnis für sich, sowohl, weil es erheiternd war, etwas zu wissen, was Aiden nicht wusste, und weil es auch das Richtige war. Sie machte nicht immer das Richtige, aber in diesem Fall war es eine gute Idee.

Außerdem würde morgen ihr Geheimnis aus dem Sack sein.

„Hey, ich muss dich um einen Gefallen bitten", sagte Aiden, der Hauch eines Zögerns war hörbar. „Ich will, dass Petra eine Verlobungsfeier mit ihren Mädels hat. Ich habe es nebenher vor ihr erwähnt, und sie hat mehr oder weniger abgewinkt. Ich weiß nicht, ob das daran liegt, dass sie das nicht will, oder ob sie sich nicht darauf freut, die Einzelheiten zu planen, oder ob es zu früh ist."

„Ich kann der Sache für dich auf den Grund gehen, mein guter, junger Mann. Überlass das Tansys fähigen Händen, und ich finde heraus, was sie will."

Sein Lächeln ließ nach. „Danke. Wir reden schon, aber ihre Reaktion schien ... seltsam", schloss er.

Da konnte Tansy ihn absolut beruhigen. „Mein Lieber, du musst deine Beziehung nicht vor mir rechtfertigen. Ich weiß, dass ihr miteinander redet. Nicht, weil Petra uns haargenau alles berichtet, sondern weil sie glücklich ist." Tansy gab ihm das Update so beruhigend, wie sie konnte. „Und jeder, der mein Mädchen glücklich macht, bekommt hundertprozentig meine Hilfe. Ich melde mich." Sie tätschelte ihm ermutigend die Schultern.

Der Song endete, und Tansy wechselte wieder die Arme, diesmal zu einem ihrer häufigeren Tanzpartner, was bedeutete, sie musste sich abermals keine Sorgen machen, zu führen, ohne dass ihr Partner es herausfand.

Die Menge brummte und die Musik war laut, und sie verlor Aiden und Petra an der Seite des Raums, wo sie die Köpfe zusammensteckten und so süß und verliebt aussahen, dass ihr Herz schneller schlug vor Glück für sie.

Wollte sie so was? Die Hals-über-Kopf-Verbindung mit einer Person? Sie war immer noch nicht sicher ...

Was vorerst eine genauso gute Antwort war wie jede

andere. Ohne auf die Fragen der fernen Zukunft zu achten, konzentrierte sie sich wieder auf ihren Tanzpartner und sank in den Genuss des derzeitigen Moments, in dem sie Spaß hatte.

Zehn Minuten vor Mitternacht erspähte Tansy ihn. Die Nummer zwei im Trio der Skye-Brüder. Sein Kinn war ein wenig schmaler, seine Augen ein bisschen ernster. Manchmal sah er aus, als hätte er gerade seinen Hund verloren, und sie hatte immer den unwiderstehlichen Drang, hinüber zu gehen und ihn zu streicheln, damit er sich besser fühlte.

Nicht, dass er zum Streicheln eingeladen hätte. O nein, Jake Skye war zu unabhängig als Mann. Außerdem schien er überhaupt keinen Sinn für Humor zu haben und nahm sich viel zu ernst. Vielleicht fand sie ihn deshalb so faszinierend, wenn man bedachte, dass sie zwar Ernstes tun konnte, aber sehr viel öfter eine *genieß den Tag, iss den Nachtisch zuerst, tanze, solange du kannst*-Haltung an den Tag legte.

Ob sie nun echt war oder nicht.

Trotzdem, während sie unbeholfen von ihrem letzten inkompetenten Tanzpartner des Jahres um die Tanzfläche geführt wurde, Gott verschone ihre Schienbeine, unterhielt sich Tansy damit, verstohlene Blicke auf Jake zu lenken.

Er hielt ein Bier und ging nie hinaus auf die Tanzfläche, was sie stutzen ließ. Sie wusste, dass er tanzen konnte. An diesem allerersten Tag, am Ende des Sommers, als Petra und Aiden zusammengekommen waren, hatte Tansy mit Jake getanzt ...

Oder nicht?

Nein. Sie hatte mit *Declan* getanzt, dem ältesten Bruder und einem echt lieben großen Teddybären. Zwischen ihr und Declan hatte es offensichtlich von Anfang an überhaupt keine Chemie gegeben, also hatte sie ihm von einem der Typen erzählt, der seine Finger nicht bei sich behalten konnte, wenn sie tanzte, und der inzwischen etwas zu oft im Café herumhing. Declan hatte ernst zugehört und dann angeboten, den Bastard für sie auseinanderzunehmen, was Declan für Tansy eindeutig zu einem der Guten machte.

Es war äußerst nervig gewesen, dass sie in dieser Nacht spektakuläre schmutzige Träume mit Jake als Hauptdarsteller gehabt hatte.

Tansy verzog das Gesicht, als sie und ihr Tanzpartner wieder an ein anderes Paar stießen.

Nein, wenn Jake faszinierend und interessant war, lag das daran, dass sie beide wie Öl und Wasser waren, und Tansy bekam eine perverse Befriedigung daraus, ihm so richtig einzuheizen. Er nutzte Listen und plante und klügelte aus. Teufel, vermutlich hatte er eine Fünfjahres- und Zehnjahreslebensblaupause organisiert und dreifach abgeheftet.

Sie machte Pläne, wenn es angemessen war, was bedeutete, nicht sonderlich oft.

Er hatte einen Timer für die hart gekochten Eier einstellen wollen, die sie an einem Tag drüben in ihrem Haus gemacht hatte. Einen Timer. *Sie.* Sie nutzte niemals für irgendwas einen Timer, wenn sie kochte.

Eine Ankündigung wurde über ihnen hörbar, als die Musik kurz pausierte. „Es ist Zeit, Leute. Schließt euch mir an, wenn wir uns für den letzten Schlag von Mitternacht bereit machen und das neue Jahr begrüßen."

Der Countdown begann.

Zehn, neun ...

So viele Leute waren da, sie alle lachten und gingen herum. Tansy sah Aiden, der Petra dicht an sich schmiegte, die Uhr ignorierte und ihr einen dicken Kuss gab.

Erheitert drehte sich Tansy ein bisschen weiter und stand von Angesicht zu Angesicht Jake gegenüber. Seine Augen wurden groß, seine Lippen spannten sich an. Als wäre sie der letzte Mensch, den er sehen wollte.

Fein. Sollte es so sein. Sie drehte sich weiter.

Vier.

Drei.

Der Cowboy, mit dem sie getanzt hatte – Doppel-Stolperbein-Marlon, wie Tansy ihn in Gedanken nannte –, ein ganz netter Typ, aber als er die Arme öffnete, damit sie sich ihm für den traditionellen Neujahrskuss anschloss, war der Aufregungsfaktor nicht vorhanden.

Ach, gut. Das war auch einfach nur ein Teil der letzten Male vor dem neuen Jahr. Denn Gott wusste, dass sie sich niemals mehr einen Tanz mit ihm aussetzen würde.

Hinter ihr nahm jemand sie am Handgelenk und zog daran.

Sie wirbelte weg von Marlon, wurde einen Augenblick später an einem massiven, harten Körper gefangen. Tansys Handflächen legten sich auf eine feste Brust, während sie in zwei blaue Augen aufschaute, in denen sowohl wilde Zufriedenheit als auch Schock standen.

Jake Skye.

Sie war in Jakes Armen, und der Countdown war durch, und sie hätte kein besseres Umschlagen von alt zu neu planen können, hätte sie es darauf angelegt.

Besonders, als er sich nach unten beugte und ihre Lippen zusammenführte, und jeder Ja-Knopf, den Tansy hatte, blickend anging und dort festgefahren blieb. Kein einfaches Mund-an-Mund, nahezu unschuldiges Küsschen, er stürzte sich eher schon mit ganzem Herzen hinein und verbrannte sie mit Hitze. Ein rasches Knabbern an der Unterlippe, eine kurze Bewegung seiner Zunge. Das Gewicht seiner großen Hand auf ihrem unteren Rücken, das sie zusammenschweißte, so fest, dass sie vor Zufriedenheit schnurren wollte.

Wer hätte es geahnt? Der Mann konnte *küssen.*

Tansy legte die Arme um ihn und schloss sich ihm

begeistert an. Teufel, sie legte die Beine um ihn, presste sich fest, versuchte sie an so vielen Stellen wie möglich zu verbinden. Sein starker Umriss an ihrem Körper war die fleischgewordene sexuelle Verführung, und wären sie nicht mitten auf der Tanzfläche gewesen, hätte sie angenommen, das wäre Schritt eins zu einem äußerst spektakulären horizontalen Tanz.

Aber sie waren auf der Tanzfläche, und als die Frohes-Neues-Rufe um sie herum nachließen, machte sich der andere Teil, weshalb dieser Kuss und die Umarmung so herrlich waren, bemerkbar.

Sie hatte es nicht kommen sehen. Und sie wollte wetten, genauso wenig hatte das Mr. Meine-Notpläne-haben-Notpläne.

Als sie sich schließlich voneinander lösten, um nach Luft zu schnappen, klammerte sich Tansy fest und grinste ihm direkt ins Gesicht. „Siehst du? Manchmal macht Spontanität Spaß.“

JAKE KONZENTRIERTE SICH DARAUF, aufrecht stehen zu bleiben, während Tansy sich wand und die Füße wieder auf den Boden brachte. Er musste etwas sagen, egal was. Sich vielleicht sogar entschuldigen.

Nein, konnte er nicht.

„Danke für den tollen Start ins neue Jahr. Man sieht sich.“ Tansy tätschelte ihm die Wange, dann verschwand sie von einem Atemzug auf den nächsten.

Jake stand da und versuchte herauszufinden, was zum Teufel gerade passiert war.

Eine Hand landete auf seiner Schulter. Einen Augenblick später zog ihn Aiden an sich, um ihm brüderlich auf den

Rücken zu klopfen. „Frohes neues Jahr, Bro. Petra und ich gehen zurück zur Ranch. Ruf uns am Vormittag bloß nicht an."

Das sagte er leise genug, dass Petra nicht mithörte. Stattdessen bot sie Jake eine Umarmung und ein breites Lächeln an. „Auf uns kommen im neuen Jahr alle gute Dinge zu", versprach sie, bevor sie seine Wange tätschelte und dann an Aidens Seite glitt.

Sie legte einen Arm um seinen, und sie schlängelten sich durch die Menge.

„Ich fahre auch raus." Declan stellte sich neben Jake. Sein ältester Bruder legte eine Hand auf seine Schulter und drückte fest. „Frohes neues Jahr. Das Haus wird heute Nacht ruhig sein. Genieße es, solange du kannst."

Declan war weg, bevor Jake fragen konnte, was er meinte.

Stattdessen stand er dort im Lärm und Chaos der Partygäste und fragte sich, weshalb man ihm in den letzten zwei Minuten zweimal die Wange getätschelt hatte. Als wäre er ein Hund oder so was.

Er war bereit gewesen, selbst zurück nach High Water zu fahren, aber plötzlich waren das leere Ranchhaus und sein unfertiges Zimmer unter dem Kunstatelier der letzte Ort, an dem er sein wollte. Er hob eine Hand vor der vorbeigehenden Kellnerin und bedeutete ihr, noch ein Bier zu bringen, dann stand er an der Seite der Menge, die wieder das Tanzen und Flirten aufnahm, die Versuche, einen Partner zu finden, den man mit nach Hause nehmen konnte. Ach ja, es waren schon so einige Anbändeleien am Laufen ...

Das geistige Abbild von Tansy starrte ihn an, atemlos von seinem Kuss, und es war viel zu lebendig in seinen Gedanken. Hatte es ihm wirklich auffallen müssen, wie um die linke Seite ihres Mundes ein etwas größeres Lächeln und spielte als die rechte? Oder dass ihre Augen nicht einfach nur hellbraun waren, sondern einen zarten Hauch Gold um die Iris hatten?

Und ihre Haare. Ein goldenes Blond, das weich an seinen Fingerspitzen gewesen war, als er ihren Nacken mit der Hand umschlossen und diese verführerischen Lippen geküsst hatte, ihr Geschmack …

„*Scheiße.*"

Er tröstete sich mit dem Bier, das für ihn ankam, bevor er nach Hause unterwegs war und sich ruhelos stundenlang herumwarf.

Was bedeutete, dass er am nächsten Vormittag, sehr viel später als üblich, die Kaffeemaschine anstarrte und sie zwingen wollte, die Flüssigkeit schneller auszuspucken. Er fühlte sich beschissen und hatte keine Ahnung, was am Abend zuvor über ihn gekommen war.

Tansy zu küssen, war nicht Teil seines Plans gewesen. Schmutzige Tagträume, ja, aber sich mit jemandem einzulassen, stand nicht auf der Agenda, bis High Water wirklich lief.

Er hob rasch das Kinn, was er sofort bedauerte. Langsame Bewegungen waren eine sehr viel bessere Idee. Während der Kaffee in den Pott tropfte, verlegte Jake seine Aufmerksamkeit auf die echte Aufgabe vor ihm.

High Water war bereit, hochzulaufen und das nächste Stadium zu beginnen, was bedeutete, er musste sich mal zusammennehmen und bereit dafür sein.

Jake drehte sich mit voller Absicht und bewunderte den Raum und die Aussicht aus dem Fenster, bemerkte die Einzelheiten von High Water, die bereits so vertraut geworden waren wie jedes vorherige Heim.

High Water. Ein Ort, den er und seine Brüder – und nun auch Aidens Verlobte Petra – aufbauten, um der ultimative Ort zu sein, um *es weiterzugeben.*

Die Ranch war eine Tierrettung gewesen, und das würde sie wieder sein. Sie hatten die letzten fünf Monate damit verbracht, ein Künstlerhaus zu bauen, wo Wochenend- und wochenlange Refugien für Künstler abgehalten werden würden. Diese Künstlerwochen würden ein Einkommen für die Ranch schaffen und ihre anderen Quellen ergänzen.

Noch wichtiger war, dass diese Events durchzuführen, Arbeit verlangen würde. Saubermachen, Tierpflege – all das führte zu dem wahren Grund für die Ranch. Ein Ort für kurzzeitige Arbeitsstellen, bei denen keine Fragen gestellt wurden, für Leute, die zwischendurch einen Ort zur Zuflucht brauchten. Frauen, die sich aus schlimmen Situationen befreiten. Männer, die aus einem Leben entkommen wollten, in das sie nicht länger verwickelt sein wollten.

Ja, es würde wirklich so kommen. Was bedeutete, dass in seinen Eingeweiden Unbehagen rumpelte, sein ganzer Körper war neben sich, da nichts planbar war, außer bereit zu sein, um die Türen offen zu halten.

Ihm gefiel es nicht, wenn die Dinge nicht planbar waren.

Während er seine Entscheidungen am Silvesterabend mehr als ein bisschen bedauerte, stand er an der Kaffeemaschine und trank eine ganze Tasse, bevor er sie nachfüllte und sich langsam zum Tisch begab.

Zehn Uhr, und sonst war niemand im Haus erschienen. Er dachte sich, dass Aiden und Petra einen guten Grund hatten, abwesend zu sein. Declan war auf, aber in der Scheune. Ihr erster Gast in High Water, die sechzehnjährige Jinx Tremont, wurde nicht mehr als kurzzeitige Ranchhelferin betrachtet, sondern als Teil der Familie, und sie schlief drüben auf der Nachbarranch bei ihrer besten Freundin Sasha Stone.

Ach, zum Teufel damit. Es war Zeit, ein paar Ziele festzulegen. Das machten Leute doch an Neujahr, oder?

Er schnappte sich sein Notizbuch, richtete automatisch die Briefumschläge neu aus, die leicht aus dem Hardcover geglitten waren, und blätterte auf eine frische, saubere Seite. Er schrieb *ZIELE* ganz oben hin und eine Reihe von Zahlen an die Seite, von eins bis ganz nach zehn. Er starrte die Seite einen Augenblick lang an, dann schrieb er auf die erste Stelle, klar und deutlich ...

Lernen, spontaner zu sein.

Was zum Geier?

Er funkelte das Tagebuch mehr oder weniger an. *Das* war nicht, was er hatte hinschreiben wollen. Das hatte er überhaupt nicht gedacht, und er drückte sich die Hände an die Schläfen, bettelte darum, dass das Hämmern endlich aufhörte.

Tansys Schuld. Es war das Wort, das sie am Vorabend benutzt hatte, und es war ihm den Großteil der Nacht durch den Kopf gegeistert.

Er musterte die Notizbuchseite angeekelt. Alle hatten so ihre kleine Seltsamkeit, und er war ehrlich genug, um zuzugeben, dass das zu seinen zählte. Entweder strich er es durch und ließ eine sichtliche Markierung seines Fehlers zurück, oder er riss die Seite heraus, und keine dieser Lösungen fühlte sich gut an.

Er beschloss, vorerst diesen verdammten Satz stehen und sich davon ärgern zu lassen.

Jemand klopfte an der Tür. Jake war bereits auf den Füßen, noch während er auf die Uhr schaute. Es war Neujahr, und sie hatten einen Besucher?

Ach, Scheiße. Was, wenn es Danielle war, ihr Kontakt beim Jugendamt? Was, wenn jemand ihre Hilfe brauchte?

Er eilte vor und riss die Tür auf, starrte schockiert auf die wild grinsende Tansy. Sie hielt ihm einen Plastikbehälter hin, den sie ihm in die Hände schob.

„Was ist das?", wollte er wissen.

„*Willkommen in High Water*-Brownies", verkündete sie

fröhlich, schob sich an ihm vorbei und zerrte einen Rollkoffer hinter sich her.

Sie schloss die Tür, dann drehte sie sich wieder um, zog ihm den Behälter aus den Fingern. „Danke. Die sind für mich."

„Du hast gesagt, das wären Willkommensbrownies", wiederholte er.

Sie nickte eifrig. „Sind sie. Du weißt nicht, wie man backt, und ich wollte Brownies. Da ich jetzt hier wohne, sind es *Willkommen zu Hause, Tansy*-Brownies."

Sie drehte sich im Kreis und ging tiefer ins Haus.

Jake schüttelte den Kopf, versuchte, dafür zu sorgen, dass ihre Worte sich in seinem Gehirn niederließen und einen Sinn ergaben. Nein, das funktionierte nicht.

Er stapfte hinter ihr in die Küche. „Was meinst du, dass du jetzt hier wohnst?"

Sie stellte die Brownies auf den Tresen, bevor sie sich drehte, um ihn anzusehen. Sie rieb die Hände aneinander, als würde sie sich Krümel abstreifen, dann schob sie eine vor. „Declan und Petra haben mich angeheuert. Hi, ich bin eure neue im Haus wohnende Köchin."

2

Etwas stimmte nicht mit seinem Gehör. Oder seinen Augen.

Ganz bestimmt war etwas mit seinem ganzen Vormittag nicht richtig – der Beginn eines brandneuen Jahres, und er war bereits bereit, zurück ins Bett zu gehen.

Jake starrte sie an. Sie verschwand nicht, das Grinsen auf ihrem Gesicht wurde noch breiter, falls das überhaupt möglich war. „Hier arbeiten?" Er stolperte über die Worte. „Du?"

Sie wackelte mit den Fingern in der Luft, und er bemerkte, dass er ihren angebotenen Handschlag völlig ignoriert hatte. Das süßeste Naserümpfen trat auf ihr Gesicht, vermutlich wegen seiner mangelnden Teilnahme, nahm er an, als sie die Hand fallen ließ. „Ja. Lass mich meine Tasche wegräumen und ..."

„Beweg dich nicht. Mach keine ..." Jake erstarrte.

Was sollte er ihr denn sagen? Hier stehen zu bleiben, bis er einen seiner Brüder aufspürte und zu wissen verlangte, was zum verdammten Henker los war?

Oder Petra. Petra war perfekt. Er mochte seine zukünftige

Schwägerin ja, aber sie hatte es verdient, gerade jetzt aufgeweckt zu werden. Er hob einen Finger in Tansys Richtung, noch während er sein Handy heraussuchte und Petra schrieb, der Neujahrsschlaf sollte doch verdammt sein.

Jake: Tansy ist hier.

Sie antwortete rasch, sodass er annahm, sie hatte mit dem Handy in der Hand gewartet:

Gut. Wir sind in ungefähr zehn Minuten da.
Richte sie ein, machst du das bitte?

Jake schaute von seinem Handy auf und traf auf Tansys hoch amüsierten Blick. Sie verschränkte die Arme vor der Brust und hob nun eine einzelne Augenbraue in einem dieser verstörend leicht zu interpretierenden Gesichtsausdrücke, die sie gerne in seine Richtung wandte. Dieser besagte eindeutig: *Du bist erheiternd, aber leicht nervig.*

„Es tut mir so leid." Sie winkte ihn zurück zum Tisch. „Ich habe dich abgelenkt, bevor du deinen Kaffee getrunken hast. Ich weiß, wohin ich gehe. Setz dich, und ich richte mich selbst ein."

Die Räder ihres Koffers rollten über den Boden in den Schlafraumbereich des Hauses, bevor seine reglose Starre bei ihm ankam.

„Moment." Er konnte nicht verhindern, dass seine Füße ihn ihr nach bis in das Hauptschlafzimmer trugen.

Die Frau war schnell, das musste er ihr lassen. Sie trödelte nicht herum. In den ungefähr drei Sekunden Vorsprung, die sie gehabt hatte, hatte sie das Schlafzimmer erreicht, ihren übergroßen Rollkoffer aufs Bett geschwungen und geöffnet. Ohne auf ihn zu achten, löste sie Riemen und Reißverschlüsse und stopfte dann Kleider in die Kommode neben dem Bett.

Sie ignorierte ihn nicht nur, sondern begann zu summen. Die Melodie war ansteckend und dreist, und ihre Schultern hoben sich, die Knie beugten sich, während sie die kurze Strecke zwischen dem Bett und der Kommode in einen fortlaufenden Tanz verwandelte.

Da fiel es ihm auf. Das Zimmer, das voll mit Petras und Aidens Zeug hätte sein sollen, war völlig leer. Bis auf Tansy, die ihre Aufgabe fortsetzte, ohne auch nur einmal Kenntnis von ihm zu nehmen.

Er war nicht sicher, wie lange er dastand und sie einfach beobachtete, bevor ihm klar wurde, dass er wie ein Narr aussehen musste.

„Eine Frage.“ Da. Ein vernünftiger Tonfall, wie er dachte.

„Hmmm?“ Ihr Koffer und ihr Auspacken schienen ihr einziger Zweck im Leben zu sein.

Er zögerte. Er hatte viel mehr als eine Frage und war nicht sicher, wo er anfangen sollte. Von allen Dingen, die er unbedingt wissen musste, was war das Wichtigste?

Das leere Zimmer schien der beste Ort zum Anfangen zu sein. Petra und Aiden waren ganz gerissen ausgezogen. Also waren sie von Anfang an in den Plan eingeweiht gewesen.

„Wann haben sie dich angeheuert?“

Tansy hielt inne, Kleider in der Hand, während sie sich zu ihm umdrehte. Sie überlegte kurz, bevor sie antwortete. „Angefangen, darüber zu reden, haben wir irgendwann im Dezember, aber den Vertrag habe ich am zweiten Weihnachtsfeiertag unterschrieben.“

„Du wusstest schon seit einer Woche, dass du kommen würdest, um hier zu arbeiten?“

„Ja.“ Sie blinzelte unschuldig. „So funktioniert die Zeit. Vom 26. Dezember bis zum 1. Januar ist es eine Woche.“

„Wer hat es gewusst?“

„Ich, Petra und Declan.“ Tansy grinste. „Jinx weiß es auch.

Wir mussten sicherstellen, dass es ihr behaglich ist, wenn ich im Haus bin. Aber das Kind kann den Mund halten."

Unfassbar. Jake öffnete den Mund, um noch eine Frage zu stellen, als ihm auffiel, dass die bunt gefärbten Gegenstände in Tansys Hand ein Stapel BHs waren. Von der Art mit Spitze, nicht das praktische Zeug.

Abermals schoss ihm ein Bild in die Gedanken, das völlig unangemessen und fehl am Platz war. Tansy nackt, bis auf diese Teile aus blassem Lavendel ...

Er machte auf dem Absatz kehrt und flüchtete, so schnell er konnte.

Ein sanftes Lachen erklang hinter ihm in der Luft, viel zu deutlich. Für seinen Geschmack war die Frau viel zu aufmerksam.

Das offene Tagebuch auf dem Tisch neckte ihn, und er knallte den Deckel zu vor dem verdammten Ziel, das er aufgeschrieben hatte ...

Kein Ziel, kein *wirkliches* Ziel. Jake stürzte seine Kaffeetasse hinunter und machte sich dann daran, sie zum vierten Mal aufzufüllen, starrte aus dem Fenster, wo sich langsam sein jüngerer Bruder Aiden und Petra näherten.

Sie lachten, während sie Hand in Hand gingen. Petra hielt inne und kam mit einer Handvoll Schnee hoch, und Aiden jagte sie einen Augenblick, bevor er sie in den Armen fing und ordentlich küsste.

Jake wandte sich einen Augenblick zu spät ab, um so zu tun, als hätte er sie nicht gesehen.

Vielleicht war das etwas Gutes ... Die reine Freude auf ihren Gesichtern und die starke Verbindung zwischen ihnen rückte seinen Verstand in eine bessere Richtung, als es dreißig Sekunden vorher der Fall gewesen war.

Also hatten sie ihm nicht erzählt, dass Tansy angeheuert worden war? Jeder, der mit der High Water Ranch zu tun hatte, also seine beiden Brüder, Petra und Jinx, hätten von ihm erwartet, dass er sich gegen die Entscheidung sträubte.

Spontanität und absichtsvolles neues Verhalten waren fast dasselbe, nicht? Jake beschloss an Ort und Stelle, dass er kein Wort über Tansys neuen Job sagen würde. Er würde sie unterstützen und positiv sein und sich auf die anderen Dinge konzentrieren, die erledigt werden mussten, um ihren Traum so bald wie möglich Wirklichkeit werden zu lassen.

Was bedeutete, sein Lächeln war fest an Ort und Stelle, als Petra und Aiden mit einem Schwall eisiger Januarluft durch die Tür kamen.

„Morgen, Bro." Aiden nahm die Jacke von Petras Schultern und hängte sie an der Tür auf, bevor er seine eigene darüber hängte. „Bereit für ein fantastisches neues Jahr?"

„Natürlich. Frohes neues Jahr, Petra." Jake öffnete die Arme und nahm die feste Umarmung an, die sie anbot. „Klingt so, als würden wir uns direkt hineinstürzen. Tansy ist im hinteren Zimmer und packt aus."

„Perfekt." Petra tätschelte Jakes Wange fest, bevor sie zur Seite ging. „Dann entschuldigt mich mal. Ich sehe nach, ob sie Hilfe braucht."

„Ich will ja nicht lästig sein oder so, aber finde mal raus, ob sie heute schon mit dem Kochen anfängt", rief Aiden ihr nach, bevor er sich grinsend zu Jake wandte. „Toll, oder? Unsere eigene Köchin direkt vor Ort, die hier wohnt."

„Genial." Jake hielt sein Lächeln fest. Es gab keine Garantien, dass es natürlich wirkte, aber er war stolz auf den Versuch. „Vielleicht können wir uns mal die zeitlichen Abläufe fürs erste Quartal anschauen und sicherstellen, dass wir alles an Ort und Stelle haben, damit es die ersten Buchungen geben kann."

Sein Bruder wedelte mit der Hand, übernahm die Kaffeemaschine und machte schnell zwei Tassen fertig. „Ich glaube nicht, dass sich in den letzten drei Tagen was geändert hat, seit wir es durchgegangen sind. Entspann dich, Jake. Heute ist ein Feiertag, und wir haben alles gut unter Kontrolle. Noch besser unter Kontrolle als vorher, da jetzt Tansy da ist."

Die Tür öffnete sich mitten in seinem Satz, und Declan marschierte herein. „Ich habe Tansys alte Rostlaube auf dem Parkplatz gesehen. Toll, dass sie bereits angekommen ist."

„Petra hat mir heute Vormittag erzählt, dass ihr zwei Tansy angeheuert habt." Aiden rührte Zucker in eine seiner Tassen. „Ich kann nicht glauben, dass ihr sie überzeugt habt, dass das eine gute Idee ist, aber ich zumindest bin dankbar. Mein Magen wird dankbar sein, und die Zeit, die ich nicht länger mit Kochen für euch bodenlose Fressmaschinen verbringen muss, macht mich auch dankbar."

„Früher oder später hätten wir Hilfe gebraucht", erklärte Declan mit einem Schulterzucken. „Scheint der perfekte Zeitpunkt." Sein Blick ging zu Jake, als hätte er Einwände erwartet, oder Fragen oder einen Aufstand.

Jakes Wangen taten schon weh unter dem Druck, dass er seine Miene neutral halten musste. „Wenn ihr das durchgerechnet habt, und davon gehe ich aus, habe ich keine Einwände."

Aiden blieb abrupt stehen, warf einen Blick zurück zu Declan, bevor er schockiert Jake anstarrte. „Moment. Dir haben sie es auch nicht gesagt? Ich meine, ich dachte, sie haben mich im Dunkeln gehalten, weil ich nicht alles wissen muss, was hier vorgeht, aber du ..." Sein Bruder zögerte.

Ehrliche Erheiterung schlich sich ein. „Aber ich *muss* alles wissen, was hier vorgeht, sagst du das?"

„*Du* bist der Mann für die Einzelheiten", entgegnete Aiden zögerlich. Er wandte sich an Declan. „Da Jake dir nicht den Hintern versohlt und dich von einer Seite des Raums zur anderen treibt, nehme ich an, er ist dabei. Aber wir sagten, zwischen uns dreien würde es keine Geheimnisse geben, wenn wir dieses Ding betreiben."

„War doch nicht wirklich ein Geheimnis", sagte Declan leise. „Wenn man bedenkt, wie oft Jake Tansy angeheuert hat, um in den letzten drei Monaten für ihn zu kochen, schien es eine ziemlich natürliche Weiterentwicklung, sie auf unsere Gehaltsliste zu setzen, als ihn weiter mit seinem Geld dafür bezahlen zu lassen."

In der Falle. Jake verzog sich das Gesicht. „Da ist was dran. Wie ich sagte, wenn wir sie uns leisten können, stimmen wir alle zu, dass Tansy etwas Wertvolles auf den Tisch bringt. Buchstäblich. Niemand in einem der kommenden Wochenend-Künstler-Refugien wird sich über das beschweren, was sie ihnen vorsetzt."

Aiden beäugte ihn einen Augenblick, dann neigte er das Kinn. „Ich sage trotzdem, dass Declan dir was schuldet, weil er ein Arsch war."

„Petra hat es auch gewusst", erklärte Declan.

„Doch meine Verlobte ist nichts als Süße und Licht, also offensichtlich war das ja wohl Declan, der sie auf den Pfad der Unaufrichtigkeit geführt hat." Aiden grinste. „Also gut. Keine Bestrafung, außer dass man das leckere Essen essen muss, das Tansy ohne Zweifel für uns zubereitet."

Die Eingangstür öffnete sich wieder, und diesmal schlüpfte der Teenager des Hauses durch, mit Dixie, dem Golden Retriever, auf den Fersen. Jinx hielt inne, um dem Truck auf der Ausfahrt zuzuwinken, dann schloss sie die Tür und wandte sich mit aufgeregtem Gesicht zu ihnen dreien. Dixie raste von Mensch zu Mensch, um ihre eigene begeisterte Begrüßung anzubieten.

„Frohes neues Jahr allen."

Jinx hatte viel zu viele Jahre im Pflegesystem verbracht,

aber nun, da Declan ihr offizieller Vormund war, begann sie aufzublühen.

Die dunklen Haare waren zu einem Zopf geflochten, und sie hängte rasch ihre Jacke auf und schob die Füße in ihre Hausschuhe, während sie mit einem Lächeln vorkam.

Declan stand auf, während Jinx reinschlüpfte und ihn rasch umarmte. Er klopfte ihr auf die Schulter, ohne sie richtig festzuhalten.

Aiden bekam die gleiche Begrüßung. „Frohes neues Jahr. Hattest du einen schönen Abend mit Sasha?"

„Es war so lustig. Wir sind bis zwei Uhr früh aufgeblieben, und dann hat heute Morgen Mrs. Stone in Speck gewickelte Würstchen zum Frühstück gemacht."

Die Kleine hatte Glück, dass sie immer noch den Metabolismus eines Teenagers hatte. „Klingt lecker", sagte Jake.

Er zögerte. Von ihnen dreien war er derjenige, mit dem sich Jinx am unbehaglichsten zu fühlen schien, darum bot er ihr keine Umarmung an und zwang sie zu nichts.

Stattdessen bot er ihr das Nächstbeste. „Es gibt eine Überraschung für dich. Na ja, eine Überraschung, von der du wusstest. Tansy ist hier. Sie und Petra sind im Schlafzimmer. Willst du sie nicht begrüßen?"

Jinx quietschte fast vor Aufregung. „Sie ist hier? Mega."

Das Mädchen schoss mit Höchstgeschwindigkeit durch den Raum und verschwand in den Bereich mit den Schlafzimmern.

Die drei Brüder wechselten erheiterte Blicke. „Ach, so viel Energie nach fünf Stunden Schlaf zu haben", sagte Declan wie ein Gebet. Er neigte das Kinn zu Jake. „Glaub ja nicht, ich hätte nicht gesehen, was du da gemacht hast. Wir kommen da schon hin. Wir bewirken was", versprach er.

Es weiterreichen. Etwas bewirken. Tun, was richtig ist. All die Dinge, die ihr Stiefvater ihnen nicht nur erzählt, sondern in den Jahren vorgelebt hatte, nachdem er die Verantwortung übernommen hatte, als ihre Mutter gestorben war.

Plötzlich machte es Jake wirklich nichts mehr aus, dass er nicht gewusst hatte, dass Tansy angeheuert worden war. Seine Probleme waren doch die seinen. Tansy war aus einem guten Grund hier, und der letzte davon war nicht mal, dass es Jinx glücklich machte.

Jake würde sich mit einer Menge herumschlagen, um weiterhin etwas in der Welt dieses Mädchens zu bewirken.

TANSY HATTE NICHT SONDERLICH VIEL MITGEBRACHT, aber es war trotzdem ein Genuss, ihren neuen Raum zu organisieren. Sie holte ein paar Kinkerlitzchen heraus, die sie in ihren Koffer gestopft hatte, dann verbrachte sie Zeit damit, Dinge im Bad einzuräumen.

Es war witzig jenseits aller Vorstellung gewesen, zu beobachten, wie Jake ins Stolpern kam, bis er sich von seinem Schock erholt hatte. Jegliche Streitigkeiten, die sie in der Vergangenheit gehabt hatten – und das waren so einige gewesen – waren unvernünftig gewesen, nicht Angst einflößend. Selbst heute musste sie ihm zugutehalten, wie ausgeglichen er geblieben war. Das wusste sie zu schätzen.

Sie war nicht sicher, ob sie unter denselben Umständen auch so gut reagiert hätte. Wäre sie eines Tages zur Arbeit aufgetaucht, und Jake hätte unerwartet das Geschirr gespült, hätte sie ihrer Schwester Rose ziemlich was gepredigt.

Nein. Der Mann war komplett schockiert gewesen, hatte sich aber anständig verhalten, was eine Menge über seinen Charakter aussagte. Vielleicht würde sie diese Woche sogar sein Lieblingsessen kochen.

Warum, würde sie ihm nicht verraten, aber sie würde es trotzdem machen.

„Man sehe sich an, wer sich bereits einmümmelt."

Tansy fuhr herum. „Das lasse ich dir diesmal durchgehen, aber normalerweise wir hier nicht gemümmelt."

Petra fegte herein und nahm Tansy fest in die Arme. „Also gut, kein Mümmeln. Aber ich bin froh, dass du da bist. Das ist das Allertollste, und ich bin so aufgeregt, dass du daran mit mir teilnimmst. Ich meine, mit uns. Ich meine, mit ganz High Water."

Ein Lachen kam auf. „Ich koche für euch, ich finde doch keine Heilung für Krebs oder so."

„Auf einer Skala von eins bis zehn ist die Tatsache, dass du hier wohnst, eine echte Zehn. Eine Heilung für Krebs wäre eine Zwanzig, aber so hoch setze ich meine Erwartungen nicht an." Petra ließ ich in das Bett fallen, hüpfte auf und ab, während sie grinste und näher rückte. „Ich weiß, dass du später mehr zu allen zu sagen hast, aber offensichtlich hast du einen Ablaufplan. Es wird nicht erwartet, dass du dreimal am Tag sieben Tage die Woche kulinarische Meisterstücke abliefert."

„Das wäre ein logistischer Albtraum", sagte Tansy mit einem festen Nicken. „Ich habe ein bisschen geplant – ich kann nicht glauben, dass diese Worte gerade aus meinem Mund gekommen sind. Ich nehme an, es ist Jake, dem ich diese Einzelheiten mitteilen sollte."

„Vermutlich."

„Wir haben einen Vertrag unterschrieben, aber könnt ihr es euch wirklich leisten, mir das zu bezahlen?" Als Declan den Vertrag rübergeschickt hatte, war Tansy fast aus allen Wolken gefallen.

Petra hielt inne. „Du wirst mehr über die Finanzen von High Water erfahren, während du hier bist, da du die Möglichkeit brauchst, uns Essen zu bestellen und alles andere auch, aber sie können sich dich wirklich leisten. Der Stiefvater der Jungs war ein toller Mann, auf mehr als nur eine Art. Er hat ihnen ein ordentliches Erbe hinterlassen, das sie nicht angefasst haben, bis sie nach Heart Falls gekommen sind. Dazu kommt noch, was sie verdienen, und was ich mit meinen Nebentätigkeiten verdiene, und das Geld, das aus dem Künstlerhaus hereinfließen wird ... Wir können nicht superextravagant sein, aber dich können wir uns leisten." Sie kicherte. „Tatsächlich wird es uns weniger kosten als das, was Jake ausgegeben hat, indem er drei- oder viermal die Woche bei dir eingekauft hat."

„Diese Unterstützung wusste ich immer zu schätzen", sagte Tansy fröhlich. „Okay, dann höre ich auf, mir darüber Sorgen zu machen, aber denk daran, dass ich auch etwas beitragen möchte. Es scheint nicht richtig, dass ich die Einzige bin, die sich am Ende des Tages Geld in die Taschen stopft, während ihr alle eure Ressourcen zurück in die Ranch bringt."

„Du wirst dir jeden Penny verdienen, wenn du das jonglierst, was du noch für Buns and Roses machen musst, mit dem Kochen und Koordinieren hier. Vertraue mir, das bist du wert."

Es war schön, das zu hören, aber Tansy würde die Augen offenhalten nach jeglichem Hinweis, dass sie eher eine Last war als eine Hilfe.

„Zeit, sich auf die echt wichtigen Details zu konzentrieren", sagte Petra. „Erst mal auf deine Nachrichten. Du hast dein Handy auf *nicht stören*, und ich weiß, dass eine Nachricht auf dich wartet."

Tansy holte ihr Handy heraus, und ihre Neugier wurde rasch befriedigt, als sie eine Nachricht von Sydney entdeckte, dem letzten Mitglied ihres Freundschaftstrios. Sie las, wären Petra über ihre Schulter schaute.

Sydney: Hey Liebes. Tut mir leid, dass ich nicht da sein kann, um einen Freudentanz vor dir aufzuführen, aber vertrau mir, ich mache jetzt gerade einen für dich. Ja, die Ärzte und Schwestern hier in der Gegend schauen mich ganz schief an, aber das ist mir doch egal.

Sydney: Ich gehe ins Bett, wenn meine Schicht rum ist, aber ich wollte dir sagen, dass ich glaube, du wirst diesen Job mit links machen, genauso wie du alle deine vorherigen Unternehmungen mit links gemacht hast. Ich freue mich darauf, mit dir zu feiern, wenn ich kann.

Sydney: Ich hab dich echt lieb! Frohes neues Jahr und Küsschen. Hol dir bei Petra von mir eine Umarmung!

Wärme kam in Tansys Herz auf. Sie hatte wirklich die besten Freundinnen der Welt, selbst wenn es manchmal war, als würde man den Wind fassen wollen, wenn man Sydney festnageln wollte.

Einen Augenblick später wurde Tansy in zwei starke Arme genommen und festgehalten.

Petra drückte sie heftig, dann zog sie sich weit genug zurück, um ihr eine ganz ernste Miene zu zeigen. „Also, das Zweitwichtigste. Hast du vor, mehr von diesen faustgroßen Erdnussbutter-Cookies zu machen, und kannst du sie in einem geheimen Keksversteck aufbewahren, damit nur ich an sie ran komme?"

Ein Kichern entschlüpfte ihr. „Ich werde Anfragen von jedem von euch kriegen, ob ich geheime Leckerbissen verstecken kann. Wie und wo soll ich das denn tun?"

„Du bist verstohlen, also wirst du eine Möglichkeit finden", entgegnete Petra stolz. „Außerdem habe ich einen Schmalzbehälter aufgehoben, den wir in die Gefriertruhe stellen können. Den kannst du für meine nehmen."

Gelächter mischte sich in Schritte aus dem Gang, gefolgt von einem lauten, aufgeregten Quietschen. Einen Augenblick später schlüpfte Jinx ins Zimmer, einen hüpfenden Hund auf den Fersen. Sie schaute sich um, dann stürzte sie sich auf Tansy. „Du bist hier."

Tansy saugte das Gefühl der unerwarteten Umarmung auf, erwiderte sie, während sie Petra in die Augen schaute und das Glück dort sah. „Ich bin hier. Wie versprochen."

Jinx ließ los und sprach schon, bevor sie außerhalb einer Armeslänge war. Sie griff nach unten und strich Dixie über den Kopf, während ihre Worte heraus purzelten. „Bringst du mir das Kochen bei?"

„Du willst mein Sous-Chef werden?" Tansy freute sich, dachte sich aber, dass sie besser nachfragen sollte, ob das auch gutgeheißen wurde. Sie schaute zu Petra, die mit der Schulter zuckte. Jinx wartete. Tansy hob die Hände. „Hey, ich habe null Probleme damit, dass du hilfst, und das ist der beste Weg zum Lernen. Aber ich bin ziemlich sicher, du hast andere Dinge, die du auch tun musst, also fragen wir besser noch mal bei den anderen nach, bevor ich dir den Mond und die Sterne verspreche."

„Ich will diese mondförmigen Kekse machen", stieß Jinx hervor.

Petra schnaubte. „Und da ist schon deine zweite Keksanfrage."

Jinx wirkte verwirrt, aber Tansy beruhigte sie. „Wir können auf jeden Fall die Mondsicheln machen. Aber du verstehst schon, was ich damit meine, dass du hilfst, wenn es passt?"

„Schon, aber ich glaube nicht, dass das ein Problem wird." Jinx schaute diesmal zu Petra, um sich zu versichern. „Darum geht es doch bei High Water, oder? Tun, was wir können, um anderen zu helfen. Diesen Ort für die Leute zum Funktionieren bringen, die allmählich eintreffen werden.

Und da ich ein Vollzeitmitglied der Familie bin, will ich helfen."

Der Teil in Tansys Bauch, in dem das Gefühl geprickelt hatte, dass das richtig war, in dem Augenblick, in dem sie gehört hatte, was auf der Ranch vor sich ging – diese Stelle wurde noch wärmer.

Jinx war in eine schlimme Situation geraten. Aber selbst in der kurzen Zeit, die sie schon auf der Ranch lebte, hatte High Water einen Unterschied in ihrem Leben gemacht. Tansy wusste das. Sie wusste, wie sehr ihre eigene Welt sich verändert hatte, als die Fields' sie adoptiert hatten.

Petra trat vor, ihre Augen waren feucht, aber ihre Miene war stolz. Sie legte Jinx eine Hand auf die Schulter. „Du hast recht. Du bist Teil dieser Familie. Wir werden sicherstellen, dass du so viel helfen darfst, wie sinnvoll ist."

Jinx schmiegte sich an Petras Seite und lächelte Tansy an. Dixie ließ sich zu den Füßen des Mädchens nieder, was ihr einen Bilderbuchmoment der Klarheit verschaffte. Das war der Grund, weshalb Tansy es so eingerichtet hatte, dass sie aus ihrem eigenen Café ausstieg und ihr ganzes Leben auf den Kopf stellte.

Etwas bewirken. Ihren Wert beweisen. Es war das eine, wenn man von anderen gerettet wurde, aber manchmal brauchte es mehr.

Sie hielt Jinx eine Hand hin. „Ich habe in meinem SUV noch weitere Kisten. Sobald wir sie reinbringen, sollten du und ich mit Jake reden und etwas planen. Danach werden wir kochen. Ich glaube, Kekse stehen als erstes auf dem Plan."

Jinx' Lächeln war an sich schon eine Belohnung.

Dicht gefolgt von dem Gedanken, dass es höchst amüsant werden würde, Jake ihren Plan zu zeigen.

Tansy konnte sowohl spontan sein als auch planen.

Konnte er das?

3

———————

Die Veränderung, Tansy auf der Ranch zu haben, war nicht annähernd so schwierig, wie Jake es sich vorgestellt hatte.

Fünf Tage die Woche erschien magisch Essen. Herzhafte Mahlzeiten von der Art, dass man Gewicht zulegen würde, wenn man nicht aufpasste, mit einem stetigen Vorrat an Leckerbissen, die sich auf dem Tresen im Haupthaus stapelten.

Die zwei Tage, an denen Tansy offiziell frei hatte, machten die Brüder wie vorher weiter, hin und wieder wechselten sie sich am Grill ab, obwohl die Temperatur draußen weit unter dem Gefrierpunkt lag. Keiner von ihnen war ein pingeliger Esser, solange es reichlich zu essen gab und es irgendwie rechtzeitig kam.

Außerdem war es sehr viel leichter, wenn Tansy einen gut gefüllten Kühlschrank hinterließ, mit den Zutaten, die sie brauchten.

Nein, wenn überhaupt, musste Jake seinen Stolz schlucken und seinen Geschwistern einen Preis verleihen, weil sie klug genug gewesen waren, die Frau einzustellen. Es war die andere

Komponente, die sich als sehr viel herausfordernder als erwartet herausstellte.

Tansy war eine riesige, enorme Ablenkung.

Er ging grollend über den fest zusammengepackten Schneeweg, der zum Ranchhaus führte, und versuchte herauszufinden, was genau an ihr ihn so aufbrachte.

Vielleicht war es nicht sie, sondern die Tatsache, dass sich noch jemand in ihrem Raum herumtrieb, zu dem Plan beitrug, der ursprünglich von ihm und seinen zwei Brüdern ersonnen worden war. Sie hatten immer gesagt, es wäre eine Chance, sich wieder zusammenzutun, nachdem sie nach dem Tod ihres Stiefvaters auseinandergezogen waren.

Sie brauchten einen Neuanfang – oder zumindest hatten den er und Declan gebraucht. Declans Frau war plötzlich nach einer kurzen, aber intensiven Krebserkrankung verstorben. Jake hatte die Polizei verlassen, nachdem er völlig enttäuscht von der Politik und Korruption gewesen war.

„Du siehst elend aus."

Jake schaute auf, um den anderen Vollzeitbewohner von High Water zu sehen, der ihn neugierig beäugte. Kevin Robb war ihr Psychologe vor Ort und ein begeisterter Gassigeher für die wenigen Hunde, die derzeit in der Tierrettung lebten.

Selbst jetzt hatte er zwei von ihnen an der Leine, der Unterschied zwischen dem riesigen Husky und dem kleinen Zwergspitz war komisch, während sie begeistert mit voll ausgezogenen Leinen schnüffelten.

„Dein Hundeschlittenteam wird aber keine Preise eintreiben", sagte Jake trocken.

Kevin grinste. „Wäre das nicht mal was? Ehrlich, der große Grobian ist irgendwie ein Faulenzer, aber ich glaube, die kleine Prinzessin hier würde ihm jederzeit davonlaufen." Er beäugte Jake genauer. „Hast du irgendwas auf dem Gemüt?"

„Wir haben dich für die Ranchhelfer angeheuert, die bald kommen werden."

Kevin schaute sich um und hob eine Hand. „Das Geschäft läuft langsam, und ich habe immer meinen Analysehut auf."

Vielleicht wäre es gut, darüber zu reden. Jakes Entschlossenheit, sich nicht vor seinen Brüdern zu beschweren, hatte Bestand. Selbst nach zwei Wochen hatte er sich nicht einmal darüber beschwert, dass er nicht informiert worden war, dass Tansy eingestellt würde.

Ein Gespräch mit Kevin war nicht wirklich eine Beschwerde ...

Und da war er wieder, rechtfertigte alles von Neuem.

Sein Freund kicherte. „Diese Totenstille, die gerade nach meinem Vorschlag kam, heißt, du willst auf jeden Fall darüber reden. Also machen wir es. Ich bringe meine unterschiedlichen Ochsen hier zurück in die Scheune, und wie wäre es, wenn wir uns dann im Künstleratelier treffen?" Er dachte einen Augenblick nach. „Es gibt noch ein paar letzte Stellen an den Fensterrahmen, die man streichen muss. Darum können wir uns kümmern, während wir reden."

Der Mann war genial. Es war irgendwie einfacher, sich das nicht als Therapiesitzung vorzustellen, wenn sie eines der letzten Dinge auf Jakes Checkliste abarbeiteten.

Das Künstleratelier musste auf jeden Fall fertig werden. Am Freitagabend würden ihre ersten Wochenendbesucher kommen, und obwohl das nur eine sechsköpfige Gruppe war, bedeutete es, dass High Water offiziell geöffnet hatte. Der der Öffentlichkeit bekannte, Geld einbringende Teil von High Water zumindest.

Jake füllte sich eine Thermoskanne mit Kaffee, schnappte sich eine Handvoll Muffins vom Tresen im Haupthaus, passte es perfekt ab, damit Tansy nicht im Raum war, als er die Küche leer räumte.

Die Frau stand um fünf Uhr früh auf, jeden Tag. Das machte es verdammt noch mal fast unmöglich, ihr aus dem Weg zu gehen, wenn er sich schnell ein Frühstück holen wollte.

Natürlich bedeutet das, dass jeden Morgen frisch gebacken worden war, also war es ja nicht so, als hätte er wirklich was, worüber er sich beschweren wollte.

Draußen im Künstleratelier spiegelte sich die Sonne auf den Dielenböden und schuf ein warmes Honigglühen, das von den Wänden wiedergegeben wurde. Jake füllte sich eine Tasse und schnappte sich einen Muffin, setzte sich auf einen der übergroßen Sessel, die so aufgestellt waren, dass sie über das Land im Süden hinausblickten.

Es war schwer, dieses empörte Gefühl im Inneren am Köcheln zu halten, wenn man vor den reinen Meilen aus Schnee und hochaufragenden Fichten vor den Rocky Mountains stand.

Er saß da und genoss sein Frühstück. Kevin machte es ihm nach und ließ sich in dem Stuhl neben ihm nieder, kaute leise, während auch er über den endlosen Ausblick hinausschaute.

„Das allein war schon den Eintrittspreis wert", sagte Kevin. „Weißt du, als du mich angerufen mir gesagt das, was ihr hier macht, dachte ich, das wäre eine ziemlich gute Idee. Mir war damals nicht klar, wie sehr auch ich es brauchen würde."

Jake warf seinem Freund, den er schon seit Jahren kannte, einen Blick zu. Die Verletzung, die über Kevins Stirn und knapp neben seinem Auge verlief, war geheilt, aber sie hatte ihm ein leicht verwegenes Aussehen verliehen. Es mochte ja unhöflich sein, aber zwischen ihnen beiden hatten sie immer offen gesprochen. „Hast du Albträume darüber, wie du diese Nabe bekommen hast?"

„Zum Großteil bin ich dankbar, dass es nicht schlimmer war", sagte Kevin langsam. „Die Albträume, die ich habe, gehen diesen jungen Mann an, der sie mir verpasst hat. Er ist genau die Art Person, die wir vielleicht hier in High Water zu sehen bekommen."

Autsch. „Das wird es für dich schwierig machen."

Kevin zuckte mit den Schultern. „Jake, das weißt du doch. Es ist nicht immer leicht, das Richtige zu tun. Aber es gibt einen besonderen Stolz darauf, das zu tun, was richtig ist, obwohl es richtig schwer sein könnte. Ich kann etwas, das mir zugestoßen ist, doch nicht auf negative Art die Person verändern lassen, die ich bin."

Jake fuhr wieder zusammen, aber diesmal aus einem ganz anderen Grund. Er schaute seinem Freund direkt in die Augen. „Ja, ich glaube, das könnte mein derzeitiges Dilemma treffen. Zeug, das in der Vergangenheit passiert ist, hat mich verändert, und immer wieder kriege ich mal einen Hinweis darauf, wie sehr mir das nicht gefällt."

Sein Freund lehnte sich in seinen Sessel zurück und schlug die Füße an den Knöcheln übereinander. Er nippte an seinem Kaffee und nickte dann. „Irgendwas Konkretes?"

Jake würde nicht Tansys Namen nennen, denn es war ziemlich offensichtlich, dass sie nicht das Problem war. Nur dass sie ihm in den Sinn kam, und er wollte den Kopf schütteln, bis er sie dort rausbekam.

Als er Kevin beim Grinsen erwischte, wurde ihm klar, dass er tatsächlich den Kopf geschüttelt hatte.

Also gut. Da musste man die Kröte eben schlucken und alles ausspucken. „Ich war immer gut darin, die Dinge zu organisieren", erklärte Jake. „Durch einiges von dem Zeug, das mir in der Vergangenheit widerfahren ist, bin ich vielleicht ein bisschen zu besessen davon geworden."

„Wir mögen es schon, auf die Gewohnheiten zu verfallen, die uns Trost spenden", erklärte Kevin. „Bei dir war in den letzten paar Jahren viel los. Deine Organisationstalente haben viel dazu beigetragen, High Water zu ermöglichen."

Es war, als würde Kevin ihm einen Ausweg lassen, aber Jake wusste, dass es einen Unterschied zwischen einem soliden Plan und einer Paranoia gab. „Ja, aber ich sollte doch keine Panik bekommen, wenn jemand die Pläne ändert."

Einen Augenblick lang blieb sein Freund still. „In diesem Satz gibt es eine Menge zu entwirren", sagte Kevin schließlich. „Beschäftigen wir uns doch erst mal mit den zwei Fragen, mit denen du anfangen solltest. Erstens, hast du einen Grund zur Panik? Ich meine, denk jetzt in diesem Moment an die Quelle. Manchmal, wenn wir von Erfahrungen der Vergangenheit trainiert werden, gibt es einen guten Grund, um vorsichtig zu sein. Wir sollten unserem Bauchgefühl vertrauen – dieses Wissen haben wir verdient. Aber wenn du über Situationen redest, bei denen deine Brüder oder Petra beteiligt sind, kannst du ihnen vertrauen, oder solltest du Panik kriegen?"

„Gute Frage. Das ist der Teil, der mich ausgeglichen hält. Ich weiß, wie sie drauf sind, und sie sind beide felsenfest. Ich weiß, was sie letztlich wollen, und das ist dasselbe, was auch ich will." Dieser Teil war leicht zu beantworten. „Aiden wird tun, was er kann, selbst wenn er jetzt Petra an erste Stelle stellt, und so sollte es auch sein. Und Declan gibt sein ganzes Leben für diesen Ort."

Kevin nickte. „Gut. Das ist ein solider Ausgangspunkt. Das heißt nicht, dass die Panik sofort weggehen wird, was heißt, dass du dich danach sofort wieder umdrehen kannst, nachdem du fragst, *muss sich Panik kriegen?* Nein. Ein unbehagliches Gefühl ist in Ordnung, aber Panik, schleich dich."

„Leichter gesagt als getan", grummelte Jake.

„Als ob ich das nicht wüsste", stimmte Kevin zu. „Da kommt die zweite Frage ins Spiel."

„Ist es Zeit für ein Bier?"

Sein Freund lachte. „Ich bin nicht dafür, sich selbst regelmäßig mit Alkohol oder Drogen zu behandeln. Nein, die Frage an dich ist genau dein Ding, denn sie richtet sich an Taten aus."

„Biertrinken ist eine Tat", beschwerte sich Jake.

„Hättest du Whisky gesagt, hätte ich mich dir angeschlossen." Kevin trank seine Kaffeetasse aus und lächelte über den Abstand zwischen ihnen. „Nein, die zweite Frage ist: Was sollte ich jetzt gerade tun?"

Echt jetzt? „Du willst, dass ein geständiger exzessiver Planer eine weitere Liste anfertigt?"

Kevin schüttelte den Kopf. „O nein, das genaue Gegenteil. Wenn du dich so fühlst, wie du es nicht magst, möchte ich ein Experiment vorschlagen. Du musst für eine kurze Zeitdauer etwas zu tun finden, das absolut nicht auf deiner Liste steht."

Verflixt noch mal. Diese verdammte unfertige Zieleliste in Jakes Tagebuch kam zurück, um ihn heimzusuchen. „Du sagst, meine Therapie ist, dass ich spontan sein muss?"

„Ja, so ziemlich. Nur fünfzehn Minuten, wenn du mehr nicht schaffst."

Jake sank wieder in seinen Sessel und starrte an die Decke. „Das ist eine neue Form der Hölle."

„Du könntest überrascht sein." Kevin grinste ihn an, kam auf die Beine. „Jetzt beenden wir mal deine Therapie und kümmern uns um den Fensterrahmen. Dann können wir den anderen ehrlich sagen, dass wir einen produktiven Vormittag hatten."

Jake wusch ihre beiden Tassen aus und schaltete Musik an. Sie verbrachten die nächsten zwei Stunden in einer behaglichen Stille, schmirgelten und brachten eine letzte Schicht Farbe an.

Der Raum sah toll aus, als sie aufhörten, um ihr Werk zu begutachten, und obwohl Jake immer noch nicht hundert

Prozent mit dem Vorschlag zufrieden war, war an Kevins Idee schon was dran.

Es schien, als hätte ihm das Universum bedeutet, dass er dieses Jahr ein paar neue Lektionen lernen sollte.

Die ersten Wochen der Arbeit in High Water waren aufregend, aber hektisch.

Tansy hatte mehr oder weniger einen Vollzeitjob angenommen, aber sie hatte immer noch die Essenszubereitung im Café Buns and Roses zu koordinieren. Selbst mit der Bäckerin und Köchin, die sie für das Café angeheuert hatte, dauerte es bis Mitte Januar, bis die Frau eine solide Routine fand, was bedeutete, dass Tansy nur einmal die Woche zu einem Meeting und dem Überprüfen der derzeitigen Essensbestelllisten vorbeikommen musste.

Da sie dann auch vorhatte, die Essensbestellung für High Water zu machen, ergänzte sich das Timing für diesen Teil des Jobs gut.

„Jemand hat sich beschwert, dass meine Zimtschnecken nicht mal annähernd so gut sind wie deine", erklärte ihr Marina, während sie sich am frühen Donnerstagmorgen vor dem Café trafen, bevor es offiziell geöffnet hatte. Die Frau hatte grau durchwirktes Haar, das von einem regenbogenfarbigen Stirnband in Form gehalten wurde. Die wilden Sommersprossen auf ihrer Nase und ihre blasse Haut zeigten, dass sie einst rothaarig gewesen war. Nun Ende fünfzig war sie vielleicht früh grau geworden, bewegte sich aber in der Küche immer noch mit erstaunlicher Geschwindigkeit. „Ich schwöre, ich habe mich buchstabengetreu an dein Rezept gehalten."

„Lass den Teig unter Geschirrtüchern gehen, nicht unter

Folie", schlug Tansy vor. „Und wenn sich die Leute danach noch beschweren, sag ihnen, es tut uns leid, wir werden sie von der Speisekarte streichen. Ich wette, da sind sie ziemlich schnell still."

Marinas Erheiterung war eindeutig. „Ich erkenne, das ist nicht dein erstes Rodeo."

„Schreckliche Zimtschnecken sind immer noch besser als gar keine Zimtschnecken, weißt du?" Tansy zwinkerte ihr zu, während sie den Rest der Fragen durchging, die Marina von der Woche hatte. Als sie fertig waren, nickte Tansy anerkennend. „Du machst es echt toll. Wie gefällt dir die Wohnung?"

Teil dessen, eine ausgebildete und erfahrene Köchin zum Umzug in diese Gegend zu bewegen, war gewesen, sofort eine Unterkunft zu bieten. Tansy nutzte die Räume nicht mehr, also war es sinnvoll gewesen.

„Ich glaube, du bist viel zu großzügig, aber jetzt kannst du es nicht mehr zurücknehmen." Marina lehnte sich in ihrem Sessel zurück und seufzte glücklich. „Das ist schon so eine Art Traumjob für mich. Der Laden läuft wie am Schnürchen. Du hast es nicht übertrieben und die Speisekarte zu wild und vielseitig gemacht, und bis auf meine unterlegenen Zimtschnecken sind die Dinge echt gut gelaufen. Tatsächlich, wenn du mich brauchst, damit ich irgendwie zusätzlichen Backaufgaben übernehme, bin ich bereit."

„Das sind echt gute Neuigkeiten. Ich komme inzwischen noch zurecht, aber in den nächsten zwei Wochen werden wir anfangen, Events draußen auf High Water zu starten." Die ersten Leute würden am nächsten Abend eintreffen, und Tansy hatte aufgeregte Schmetterlinge, die in ihrem Bauch flatterten. „Wenn wir richtig loslegen, wird es lebensrettend sein, dass du ein paar Sachen zum Frühstück und Backwaren machst."

„Kein Problem. Du weißt so gut wie ich, dass es genauso leicht ist, zwölf Dutzend zu kochen wie sechs Dutzend, wenn man den Platz im Ofen hat. Den wir haben." Marina stand auf und streifte sich die Hände vorne an der Schürze ab, ihr Lächeln wurde breiter. „Ich muss zurück an die Arbeit, bevor mein Boss mich dabei erwischt, wie ich nur faul rumsitze."

„Ein Schicksal, schlimmer als der Tod. Ich höre, dein Boss ist ein echt harter Knochen", scherzte Tansy.

Sie war gerade hinter das Lenkrad ihrer Rostlaube geschlüpft, als eine Textnachricht von Sydney ankam.

Sydney: Ich hasse es echt, Qualifikationen zu erneuern.

Tansy: Lass mich raten. Du musst dir jede Menge Slideshow-Vorträge anhören, anstatt dass sie dich einfach den Test machen lassen.

Sydney: Ich habe ihn sofort geschafft. Was für eine verflixte Zeitverschwendung. Auf jeden Fall wollte ich mich mit dir auf den neuesten Stand bringen. Wie läuft der neue Job? Ich bin angefressen, dass ich nicht da war, um mit dir zu feiern.

Tansy: Ich weiß, dass du dich für mich freust. In ein paar Wochen bist du zurück, und wir werden dann unseren Mädelsabend kriegen. Der Job läuft hervorragend. Jinx ist eine Wucht, und du und ich müssen anfangen, eine wilde und krasse Junggesellinnen-Abschiedsparty für Petra zu planen.

Sydney: Das wird eine denkwürdige Nacht. Okay, ich muss los, oder ich kriege finstere Blicke von den Obrigen, wenn ich zu spät ins Labor marschiere. Wieder mal … Hust, hust. Es ist Zeit, so zu tun, als wäre ich ein produktives Mitglied einer erwachsenen Gesellschaft. Ich hab dich lieb. Vergifte niemanden.

Tansy: Ich hab dich auch lieb. Würde mir nicht im Traum einfallen, außer du wärst hier, um mir zu helfen, die Leichen zu verstecken.

Der Extraspielraum bei der Lenkung und die stark quietschenden Bremsen von ZenBaby drängten sich in den Hintergrund, als ein frohes Glühen sich um Tansy legte, als sie zurück zur Ranch fuhr.

Freundinnen wie Petra und Sydney zu haben, war toll. Marina zu finden, war ein Glücksgriff und ein Geniestreich gewesen. Bei Buns and Roses alles auf den Kopf zu stellen, war ein leichtes Risiko gewesen, doch ihre Schwester voll dabei gewesen. Zu wissen, dass es mit Marinas Hilfe so funktionieren würde, wie sie es sich erhofften, war etwas Tolles.

Darum war es leicht verstörend, einen Hauch Unzufriedenheit ihre gute Laune wegspülen zu sehen, als sie ins Ranchhaus hüpfte und Jake entdeckte, der allein am Tisch saß und sein Tagebuch anstarrte.

Ihr war aufgefallen, dass er sich im Lauf der letzten zwei Wochen sogar noch mehr zurückgezogen hatte, und jedes Mal schien er von diesem verdammten Tagebuch und den Buchstaben, die in den Seiten verborgen waren, genervt zu werden.

„Wenn sie fies zu dir sind, könntest du sie rausschmeißen", schlug Tansy vor.

Er bewegte sich kaum. Grummelte nur und schaute noch finsterer.

Wie auch immer. Sie ging zum Küchentresen und stellte ein Tablett mit den unzulänglichen Zimtschnecken ab, die Marina gemacht hatte – was für ein Unsinn. Sie war sicher, die waren köstlich.

Dann beschäftigte sich Tansy in der Küche und begann Essen für drei Mahlzeiten gleichzeitig vorzubereiten.

Zwiebeln in den Topf, Zwiebeln in der Pfanne auf dem Herd zum Karamellisieren. Karotten, gewürfelt in den Topf, als Sticks für eine Gemüseplatte, und gehobelt in einer Schüssel, um zu Karottenkuchen zu werden. Meisterhaft zerlegte sie vier ganze Hühnchen. Die Brüste kamen zu den Zwiebeln auf dem Herd, mit ein bisschen Brühe und dem Deckel darauf, damit sie köcheln konnten. Die Schenkel wurden angebraten und dann in den Topf gegeben, und der Rest der Knochen kam auf ein Backpapier, um zu rösten, damit sie das gekochte Fleisch ablösen und Hühnersalat-Sandwiches machen konnte.

Jedes Mal, wenn sie einen Blick auf Jake warf, hätte sie schwören können, dass er sich keinen Quadratzentimeter bewegt hatte.

Es musste doch erschöpfend sein, so grummelig zu sein, schloss sie.

Sie säuberte sich gründlich die Hände, dann stellte sie Zimtschnecken auf einen Teller und schenkte zwei Tassen Kaffee ein.

Als sie sich setzte, blinzelte er, als wäre er überrascht, sie zu sehen.

Sie schob den Teller mit den Zimtschnecken zu ihm hin. „Du bist bestimmt so hungrig, dass du schon katatonisch wirst. Iss das. Und trink.“

Er seufzte. „Ich habe wohl schon zu viel Kaffee getrunken. Aber danke für die Zimtschnecken. Wie ist dein Meeting mit Marina heute Vormittag bei Buns and Roses gelaufen?“

„Großartig. Sie ist fantastisch, und ich bin komplett

ersetzbar. Genau, was jeder Boss will, und das meine ich ernst.“ Tansy nahm einen großen Bissen von der riesigen Zimtschnecke und summte genüsslich. „Wer immer sich über die beschwert hat, hat auch den verdammten Verstand verloren.“

Jake biss halbherzig ab, dann nickte er zustimmend. „Die sind okay. Nicht so gut wie deine.“

Tansy kicherte. Wie witzig.

Aber jetzt war es Zeit, den Bären zu ärgern. „Machst du diese Liste mit Neujahrsvorsätzen noch fertig?“

Er schlug den Deckel der fast leeren Seite zu, die er angestarrt hatte. „Das war privat.“

„Ich habe nicht über deine Schulter mit gelesen. Das war einfach da in der Öffentlichkeit“, erklärte Tansy.

Er starrte mit gerunzelter Stirn auf den Tisch und dann dorthin, wo sie ihm gegenüber saß. „Du kannst auf dem Kopf lesen?“

Er war so unschuldig. „Ich habe viele Talente“, entgegnete sie mit völliger Aufrichtigkeit, wollte aber nicht gestehen, dass viele von ihnen in ihrer fehlgeleiteten und hoch illegalen Kindheit erlernt worden waren.

„Ich setze mir gern Ziele“, gestand Jake langsam. „Aber mir wurde kürzlich zugetragen, wenn ich mich ein bisschen zu sehr von meiner ganzen Planung beherrscht fühle, sollte ich mal etwas anderes ausprobieren.“

Ha. Tansys Gedanken rasten voraus dorthin, wo diese Lage letztlich hinführte. „Was bedeutet, dass du jetzt nicht weißt, ob du dir eine Liste mit Zielen machen oder es nicht tun solltest.“

Er verzog das Gesicht. „So ziemlich.“

„Na ja, Unentschiedenheit ist schlimmer als eine schlechte Entscheidung, wenn man mich fragt.“ Tansy schaute ihm direkt in die Augen. „Ich bin ziemlich gut in Spontanität. Vielleicht kann ich dir dabei helfen.“

Jake murmelte leise vor sich hin, und Tansy lachte. „Ja, das habe ich auf dem Kopf gelesen. Ich glaube, das ist ein gutes Ziel, wenn du dir so was vornimmst."

„Ich schätze, du setzt dir keine Ziele." Er sagte das, als hätte sie zugegeben, dass sie Spülwasser trank.

„Ich setze mir eine Menge Ziele", behauptete Tansy. „Ich versuche, sie zu denjenigen zu machen, die ich aktiv erreichen kann. Nicht Dinge, die von anderen Leuten abhängen. Wenn du aber mit dem ultimativen Zielesetzer reden willst, dann ist es das, was meine Schwester Fern am besten macht. Sie plant und grübelt jahrelang – ich bin sicher, ihr würdet euch toll verstehen."

„Das tun wir. Ich meine, die paar Mal, als wir was zusammen gemacht haben. Etwa, dieses Wochenende und darüber hinaus vorzubereiten. Da sie für Chance arbeitet, hilft sie beim Koordinieren einer Menge Einzelheiten für das Künstlerhaus."

„Ich weiß, dass ihr euch getroffen habt, aber mir war nicht klar, dass ihr weitere Interaktionen hattet." Tansy dachte kurz nach. „Lass mich dir helfen, spontan zu sein. Ich habe meine Schwester Rose nicht getroffen, seit sie und Chance aus Irland zurück sind, und wir treffen uns heute Abend mit der Familie. Fern wird auch dabei sein, und meine Schwester Ivy und deren Familie."

Ein entsetzter Ausdruck ging über sein Gesicht. „Ich kann doch nicht unangekündigt bei einer Familienversammlung auftauchen."

Tansy kicherte. „Vertrau mir, bis du bei meiner Familie beim Abendessen warst, hast du keine Ahnung, wo du da hineinplatzt. Es wird dir guttun."

„Das ist für den Anfang vielleicht ein bisschen zu spontan für mich", grollte er, und Tansy wurde wieder einmal daran erinnert, dass es war, als würde man einen riesigen

Bernhardiner von dort wegbewegen wollen, wo er sich zum Schlafen hingelegt hatte.

„Du bist doch kein hoffnungsloser Fall. An Silvester warst du spontan", erklärte sie großzügig.

Sein Mund stand offen, als wäre er schockiert, dass sie ihm das in Erinnerung gerufen hatte. Sein Gesicht wurde rot vor Verlegenheit, aber er schaute ihr weiter in die Augen. „Das war Silvester. Außerdem war es nur ein Kuss."

„Daran solltest du dich dann halten. Verstohlene Küsse. Mir würde es nichts ausmachen – du küsst toll."

Lieber Gott, sie würde vor Lachen sterben. Still, innerlich, denn sie wollte es ihm nicht noch peinlicher machen, als es jetzt schon war, weil sie einfach nur über den Kuss geredet hatte.

Jake schloss abwechselnd den Mund und öffnete ihn wieder, ahmte wunderbar einen Fisch nach, seine Wangen komplett gerötet. „Ich glaube nicht, dass wir was anfangen sollten. Du arbeitest hier, ich arbeitete hier. Das ist keine gute Idee."

„Wer hat denn gesagt, dass wir was anfangen?", fragte sie ganz ernst. „Ich habe nur gesagt, du küsst gut, und falls du Übung brauchst, um spontaner zu sein, bin ich dazu bereit."

Er schob sich in seinem Stuhl zurück und verschränkte die Arme vor der Brust. „Ja, Nein. Küsse führen zu anderen Dingen. Es ist mir nicht behaglich, mit dir dahin zu gehen."

„Vertrauensprobleme?"

„Ja", sagte er offen.

Oh. „Alles klar. Damit ist genug gesagt." Konsens war eines dieser Dinge, bei denen es manchmal einfach reichen musste. „Vergiss das Küssen. Ich glaube trotzdem noch, du solltest mit mir zum Essen kommen. Die Einladung steht."

Sie schob sich vom Tisch hoch zum Ofen, rührte und würzte und passte die Temperatur an. Sie nahm sich drei

Dutzend Eier, ein Dutzend kamen in einen Topf zum Kochen, und die anderen schlug sie auf in den Mixer, um Frühstückshappen für jeden zu machen, der sie später wollen würde.

Sie drehte sich mit hoher Geschwindigkeit, die Hände voller Eierschalen, und prallte direkt in Jake. Die doppelte Handvoll klebriger Überreste schlug an seine felsenfeste Brust, sodass noch mehr in die Brüche ging. „Scheiße."

Er schaute verärgert auf die zerbrochenen Eierschalen hinab, die an seinem Hemd klebten, gehalten von den letzten Tropfen Eiweiß, die an der Schale hingen. Ein großzügiger Haufen Schalen lag auch zu ihren Füßen – der perfekte Sturm der Küchenunglücke.

Aber seine Lippen zuckten leicht, als er ihr in die Augen schaute. „Also gut. Seien wir spontan. Wann brechen wir zu deinen Eltern auf?"

4

———

Er schätzte, es war irgendeine Art kosmisches Karma, das es ihm zurückzahlte, weil er in den letzten zwei Wochen grummelig gewesen war. Aber sogar er wusste, wenn ihm jedes Mal, wenn er sich umdrehte, dasselbe Ding ins Gesicht knallte, war es Zeit, nachzugeben.

Tansy bereitete die Mahlzeit für High Water vor – Hühnereintopf mit Brötchen und Apple Pie zum Dessert – dann kurz vor fünf schnappte sie sich Jake und scheuchte ihn durch die Tür.

Im Beifahrersitz von Tansys SUV zu sitzen, schien, als würden sie das Universum doch ein bisschen zu sehr herausfordern. „Du bist eine sehr viel mutigere Frau, als ich wusste, Tansy Fields."

Sie kicherte, sah über die Schulter, als sie die Fahrbahn wechselte und direkt nach Heart Falls hineinfuhr. „Glaub bloß nicht, mir wäre nicht aufgefallen, dass du dich da drüben festkrallst. So eine schlechte Fahrerin bin ich nicht."

„Nein, du bist eine gute Fahrerin." Das konnte er ihr schon zugestehen. „Aber sogar eine gute Fahrerin hat keine Chance, mit abgefahrenen Reifen und einem Bremssystem, das völlig neben der Spur ist."

Sie stieg ein paarmal in die besagten Bremsen, kam hervorragend mit der Schicht aus schwarzem Eis zurecht, das an einer Kreuzung die ganze Straße überzog. „ZenBaby klingt vielleicht nicht schön und sieht nicht gut aus, aber ich bin mit der Wartung auf dem neuesten Stand, vielen Dank aber auch."

„ZenBaby?"

Sie tätschelte begeistert die Konsole. „ZenBaby. Er ist ein bisschen alt, aber ich liebe ihn."

Jake biss die Zähne aufeinander, zum Teil, damit er sich im Fall eines Unfalls nicht die Zunge abbeißen würde.

Tansy lenkte ihn von seinem Herzrasen ab, indem sie das Thema wechselte. „Okay, Zeit für eine Aufklärung. Ja, wir gehen zu meinen Eltern zum Essen. Es wird nicht sehr formell werden. Tatsächlich gehen die Chancen, dass wir beide zur selben Zeit am selben Tisch sitzen, fast gegen null."

Zum Glück hielt sie den Blick fest auf der Straße, während sie in eines der Wohngebiete abbog.

Jake musterte ihr Profil, während sie redete. Sie war hübsch. Nicht die Art Frau, bei der Leute gleich zweimal hinschauten, aber die Art, bei der es mehr zu sehen gab, je länger man hinschaute.

Ein weiterer Anflug unerwünschten Interesses raste durch ihn hindurch, und er schob ihn zur Seite. „Erklär mal."

„Es wird vielleicht nicht in der Öffentlichkeit erwähnt, aber es ist kein Geheimnis. Meine älteste Schwester Ivy, inzwischen Ivy Stone, hat eine Sozialphobie. Sie hat sich auch mit ein paar ziemlich großen körperlichen Problemen herumgeschlagen, aber zum Großteil ist sie dieser Tage gesund. Doch wegen ihr verbringt unsere Familie mehr Zeit damit, in Zweier- und Dreiergruppen zu reden, anstatt sich um einen großen Tisch zu versammeln und eine Person laut werden zu lassen oder eine Person ins Rampenlicht zu stellen."

Das war eine ziemlich geniale Lösung. „Und da du mich dazu eingeladen hast, hast du vor, an meiner Seite zu bleiben, oder wirfst mich den Wölfen zum Fraß vor?"

Ein Ausbruch reiner Erheiterung entschlüpfte ihr. „Mein erster Impuls ist, dich damit aufzuziehen, wie schüchtern und zurückgezogen du normalerweise bist, aber nachdem ich dir die Probleme meiner Schwester mitgeteilt habe, kann ich kein Arsch sein. Du hast dich bereits aus deiner Komfortzone begeben, indem du mit mir kommst. Was würde dir heute Abend ein Glücksgefühl geben? Willst du einen Wingman?"

Nun war es an Jake, zu schnauben. „Heißt das nicht normalerweise, dass man jemandem hilft, ein Date zu finden? Denn ich habe nicht vor, Fern anzumachen, von der ich annehme, dass sie die einzige andere Singlefrau heute Abend dort sein wird."

Tansy wedelte kurz mit der Hand, bevor sie die Hände wieder auf das Lenkrad legte. „Semantik. Ich habe nur gemeint, ich kann an deiner Seite bleiben, wenn du das willst, oder du kannst allein losziehen. Was immer du für das Beste hältst."

Er brauchte gewiss niemanden, der ihm die Hand hielt. Die Fields waren ein hochrespektierter Teil der Gemeinschaft, und er hatte sie alle in den letzten sechs Monaten kennengelernt. „Damals, als ich für die Polizei in Winnipeg gearbeitet habe, war ich der Schulbeauftragte. Mir ist Gruppenarbeit recht."

Sie kam rumpelnd vor einem zweistöckigen Haus zum Stillstand, das voller Charakter war, mit interessanten Dachwinkeln und einer übergroßen Veranda. Sie stellte den SUV auf Parken und konzentrierte sich dann voll auf ihn. „Na ja, wenn sich das ändert, lass es mich wissen. Ansonsten suche ich dich, wenn es neun Uhr wird, und wir fahren nach Hause."

„Du bist ein echt lockeres Date", scherzte Jake, der aus dem SUV stieg und sich zu ihr auf den Bürgersteig begab. Plötzlich war er schockiert, wie behaglich sich das alles anfühlte.

Tansy stolperte, und er fing sie, bevor sie zu Boden fiel. Erst als sie sich umdrehte und ihm eine doppelte Handschuhladung Schnee ins Gesicht warf und dabei kicherte, wurde ihm klar, dass es eine List gewesen war.

Was bedeutete, dass es das natürlichste auf der ganzen Welt war, sie unzeremoniell in einen großen Schneehaufen am Rand des Bürgersteigs zu werfen.

„Ach, du bist fies." Tansy hielt ihm eine Hand entgegen, damit er ihr half. „Das gefällt mir an dir."

Er grinste, während er nach unten griff, rechnete überhaupt nicht damit, dass sie fest sein Handgelenk packte und dann ihre Füße an seine Knöchel stieß, während sie zog.

Er landete mit dem Gesicht nach unten neben ihr, sofort von Kopf bis Fuß mit Schnee bedeckt.

Er rollte sich herum, spuckte Schnee.

Tansy lachte so heftig, dass sie am Ende ihren Bauch hielt.

Jake seufzte dramatisch und schüttelte den Kopf, während er sich den Schnee von den Wangen wischte.

„Bringst du ihn zum Abendessen rein, oder hast du vor, ihn umzubringen und draußen seinen Leichnam zu verstecken?" Fern stand mit einem Fuß auf der Veranda und dem anderen im Haus, ein Grinsen auf dem Gesicht, während sie sie beäugte.

„Ein bisschen Schnee hat noch niemandem geschadet", scherzte Tansy, während sie hochsprang. Als Jake ihr eine Hand hinhielt, damit sie ihm beim Aufstehen half, schüttelte sie den Kopf. „Nein, nein. Du bist gelenkig genug, um allein aufzustehen. Gehen wir rein, bevor du anfängst schmelzen, Mr. Snowman."

Fern wartete im Eingang auf sie. „Rose ist noch nicht da. Aber Ivy und Walker und die Kinder sind hier irgendwo." Sie schaute Jake in die Augen. „Carter ist der älteste. Sei dafür bereit, dass er sich an dich klammert und nicht loslässt. Er hat plötzlich beschlossen, dass irgendein Typ da draußen das Geheimnis kennen muss, wie man jüngere Schwestern überlebt."

„Ich habe keine Schwestern", rief ihr Jake in Erinnerung.

„Ich weiß das, und du kannst ihm das sagen. Er glaubt immer noch, dass es irgendetwas in der DNS erwachsener Männer gibt, und wenn er sich lang genug an sie klammert, werden seine kleinen Schwestern plötzlich verschwinden. Obwohl er sie sehr vermissen würde, wenn sie nicht da wären." Sie grinste. „Wenn er zu sehr nervt, sag ihm einfach, er soll spielen gehen."

„Das ist kein Problem", behauptete Jake. „Ich mag Kinder. Wie heißen seine Schwestern?"

Diesmal antwortete Tansy, nahm ihm seine Jacke ab und warf sie auf einen Stapel, der auf einer Küchenbank vierfach aufgetürmt lag. „Chloe ist die Älteste. Harper ist die mit dem Feengesicht, die dir das Herz bricht. Wenn sie dich fragt, ob du einzelne Körperteile abnehmen kannst, nimm es nicht persönlich."

Fern schnaubte. „Meine Schuld ist das nicht."

Jake schaute hinab auf Ferns linken Arm, der derzeit keine Hand und keine Unterarmprothese hatte, die er bei ihr früher schon gesehen hatte. „Kinder wissen gern so Zeug. Es ist keine unübliche Frage. Nicht wirklich."

„Genau." Fern neigte fest das Kinn. Ihre Aufmerksamkeit richtete sich auf etwas draußen. „Es ist Zeit, den Vordereingang zu räumen. Jake, wir sprechen uns später."

„Ich freue mich darauf."

Tansy nahm ihn bei der Hand und zerrte ihn durchs Haus. Es war nicht direkt unordentlich, aber das Gebäude war von oben bis unten mit interessanten Dingen gefüllt. Eine langsamere Tour hätte ihm nichts ausgemacht, aber plötzlich wurde er durch die Küche und Angesicht zu Angesicht vor Tansys ältere Schwester geschoben.

Blasse weiße Haare waren zu einem Bob geschnitten, der ihr Gesicht rahmte, und sie blinzelte ihn kurz an, bevor sie ihn anlächelte. „Hallo. Hast du ein verwaistes Tier mitgebracht, Tansy?"

„Er ist stubenrein", versprach Tansy. Sie wandte sich an ihre Schwester. „Ivy, das ist Jake Skye. Einer der Besitzer der High Water Ranch, Schwippschwager von Jinx Tremont, die nun die beste Freundin deiner Nichte Sasha ist."

Es war höllisch erheiternd, zu sehen, dass Tansy ihn so vorstellte. „Schön, dich kennenzulernen", sagte Jake. „Darf ich dir herzlich dazu gratulieren, dass du es überlebt hast, die Schwester von Tansy zu sein." Als Ivys Lippen zuckten, zwinkerte er ihr zu. „Ich höre, ihr habt irgendwo im Haus drei Kinder."

Ihr Lächeln wurde nur noch breiter. „Und einen Ehemann, der zu den drei Schwestern, zwei Eltern und zwei Großeltern kommt. Eine ganze Menge von Segnungen." Sie warf einen Blick über die Schulter, dann deutete sie auf eine entfernte Ecke des Raums. „Die Mädchen sind bei ihrer Uroma. Was bedeutet, mein Sohn ist draußen mit seinem Uropa Ashton."

In einer Ecke des Raumes stand eine große Liege. Darauf saß eine ältere Frau mit silberweißem Haar, ein kleines Mädchen unter jedem Arm und ein Buch auf dem Schoß. Durch eine weitere interessante Wendung wusste Jake ganz genau, wer sie war, obwohl sie sich niemals von Angesicht zu Angesicht begegnet waren.

Sie und ihr Mann waren die ehemaligen Besitzer der Tierrettung, die sie gekauft hatten. Sie las ausdrucksvoll, noch während ihr Blick herüberhuschte, um Jake und Tansy zu sehen.

„Entschuldigt mich." Ivy schlüpfte weg, unterwegs zur Küche, wo sie sich ihrem Vater bei der Arbeit am Herd anschloss.

Tansy wirbelte einen Augenblick zu Jake, zog ihn zur Seitenwand. „Die Regel ist, wenn jemand plötzlich und ohne viel Vorwarnung geht, hast du nichts falsch gemacht."

„Ich fühle mich nicht angegriffen", versicherte ihr Jake. Er warf einen weiteren Blick in die Runde. „Ich höre Stimmen an der Eingangstür, weshalb ich annehme, dass Rose und ihr Verlobter da sein sollten. Wenn ich richtig zähle, sind über ein Dutzend Leute zum Abendessen hier."

Sie dachte kurz nach, dann nickte sie. „Klingt ungefähr richtig."

Es war überhaupt nicht das, woran er gewöhnt war. „An einem Donnerstagabend, aus keinem besonderen Grund."

„Familie heißt, es gibt immer einen besonderen Grund", behauptete Tansy. Sie runzelte die Stirn, dann nahm ihr Gesicht einen interessanten Ausdruck an. „Es ist keine offizielle Party, aber Opa Ashton hat Geburtstag. Außerdem höre ich Chances und Roses Stimmen, und es klingt, als wäre auch Chances Bruder mitgekommen. Ist dir Cody schon begegnet?"

Das war er. Was bedeutete, dieser impulsive Abend erwies sich als sehr viel interessanter und weniger als etwas, wo er sich in eine unbehagliche Situation begab, als er erwartet hatte.

Die Kombination, dass er sich dem stellte und dabei Spaß

hatte, schien den Nagel allerdings etwas zu sehr auf den Kopf zu treffen. Es war bestimmt größtenteils Zufall.

Tansy nickte heftig. „Okay, ich werde mal sehen, ob ich in der Küche was erledigen muss. Streif herum, fühl dich ganz zu Hause. Auf der Insel gibt es Getränke, und mein Schwager Walker ist irgendwo in der Gegend."

Er wollte ihr schon versichern, dass er klarkommen würde, als sie ihm die Wange tätschelte, herumwirbelte und ihn einen Augenblick später dort stehen ließ.

Noch mal auf die Wange getätschelt. Er bekam irgendwie schon den Eindruck, dass sich entweder über ihn lustig gemacht wurde, oder man behandelte ihn wie irgendeine Art übergroßen Bernhardiner. So oder so machte es ihm gerade jetzt nichts aus.

Er begab sich zur Insel und fand einen Eimer, der mit Flaschenbier auf Eis gefüllt war. Durch den Raum sah er Walker Stone und hob fragend ein Bier in seine Richtung. Als der Mann nickte, schnappte er sich zwei, öffnete sie und marschierte zu ihm hinüber.

Irgendwo in der Mitte des Abends hatte Jake wohl einen Teil seines Grolls verloren, der ihn in der letzten Zeit geplagt hatte. Obwohl es nicht half, dass ein Gedanke immer wieder zurückkam ...

Tansy war in letzter Zeit jedes Mal dabei gewesen, wenn er Spaß gehabt hatte.

Es war etwas, über das man sehr viel mehr nachdenken musste, bevor er deswegen etwas unternahm.

Wie üblich war das Abhängen mit ihrer Familie ein kleines Stück Himmel. Sie waren fertig damit, sich vollzustopfen, und nun kuschelte sich Tansy fester an die Seite ihrer Schwester Rose und legte den Kopf auf Roses Schulter.

Ihre Schwester schob die Finger in ihre und lehnte sich auch an sie. „Alles okay?"

„Glänzend", setzte Tansy sie in Kenntnis. „Ich meine, ich vermisse dich, aber gleichzeitig ist es echt schön, am Morgen aufzuwachen und etwas anderes zu tun, als ich jetzt jahrelang getan habe."

„Du kochst immer noch", erklärte Rose. „Obwohl, ich nehme an, es gibt einen großen Unterschied, ob man im Familienstil kocht, oder die Bestellungen bei Buns and Roses abarbeitet."

Tansy dachte kurz nach. Es ging nicht um die Arbeit, die sie erledigte. Es ging um das Geheimnis, was die eigentliche Mission von High Water war, also hielt sie den Mund, was das anbetraf.

Aber irgendwie machte das Wissen, dass sie etwas im Leben von anderen bewirken konnte – das Potenzial war da – ihre Welt sehr viel glänzender.

Die sechsjährige Harper stieg auf Tansys Schoß. Sie drückte Tansy die Hände auf die Wangen und schaute ihr fest in die Augen. „Tante Tan."

„Hipp-Hopp-Harper", erwiderte Tansy.

„Chloe sagt, ich bin zu klein, um Daddy ein Geburtstagsgeschenk zu machen, aber ich weiß, wie ich groß genug sein kann."

An ihrer Seite richtete sich Rose ein wenig auf, sie beide waren ganz auf ihre jüngste Nichte konzentriert.

„Supertoll. Hast du eine Idee für ein schönes Geschenk?", fragte Tansy.

Harpers Augen wurden groß, und sie nickte ernst. Sie schaute sich im Raum um, um zu überprüfen, wo Walker war.

Er saß ganz sicher weit genug entfernt, um außer Hörweite zu sein, redete mit jemandem, der außer Sicht war und in einem großen, hohen Sessel saß.

Sie lehnte sich dichter heran und flüsterte ihren Tanten zu. „Daddy will nachmittägliche Wonnen."

Tansy biss sich auf die Lippen, damit sie nicht laut loslachte.

Rose hatte sich genug unter Kontrolle, um zu sprechen – zum Glück, denn Tansy war dazu nicht fähig. „Das ist ein sehr interessantes Geschenk. Zwei Fragen an dich, Süße. Woher weißt du, dass dein Daddy das will, und was glaubst du, dass es ist?"

Tansy kicherte, diesmal entschlüpfte ihr ein bisschen davon. Sie lächelte Harper süß an. „Du kannst es uns erzählen, damit wir helfen können, oder?"

Harper hatte aufgerissene Augen und flüsterte geheimnisvoll. „Ich habe unter dem Küchentisch gespielt und habe Mommy und Daddy beim Reden zugehört. Ich glaube, es ist was Süßes." Sie schaute Tansy direkt in die Augen. „Ich habe mir was zusammen gespart. Ich kann die Zutaten kaufen. Hilfst du mir?"

Alle Erheiterung wurde zur Seite geschoben, denn das Kind war einfach so süß und ernst, und das musste man belohnen. Tansy beantwortete die Bitte mit einem ernsten Nicken. „Natürlich. Ich schaue in all meinen Kochbüchern nach, um genau zu finden, was wir brauchen, und am Tag vor dem Geburtstag deines Daddys können wir es zusammen backen."

„Obwohl es vielleicht in den Kochbüchern einen anderen Namen hat", erklärte Rose hilfreich. „Nur damit du's weißt, ganz gleich, wie man es nennt, es wird das perfekte Geschenk für deinen Daddy sein."

„Ich hab euch lieb, Tanten." Harper gab Umarmungen und Küsse aus, als wären sie Pennies und sie eine Milliardärin.

Als sie wegkroch und zum Spielen mit Chloe zurückkehrte, schauten Rose und Tansy einander in die Augen und ließen dann ein gutes, herzhaftes Lachen entschlüpfen.

„Mein Gott, ich kann gar nicht erwarten, damit Ivy zu quälen", sagte Tansy zwischen Lachanfällen.

Sie wischten sich immer noch Tränen ab, als Rose Tansy in die Schulter stieß und durch den Raum zeigte. „Na, das ist echt liebenswert."

Durch das Zimmer sah man jetzt die mysteriöse Person, die in dem Sessel gesessen hatte. Jake saß da mit Carter auf dem Knie. Eine äußerst lebhafte Unterhaltung lief zwischen Walker, Chance und Ashton Stewart, der sich offiziell der Familie vor erst zwei Jahren angeschlossen hatte.

Jake passte auf, aber er sagte nicht viel. Stattdessen wippte er leicht, während Carter die Wange an Jakes Brust legte und die Augen langsam zufallen ließ.

„Jake hat gesagt, dass er Kinder mag", erklärte Tansy. „Das ist süß."

Ein weiterer Schubser traf sie an der Schulter. „Also. Sind du und er ..." Rose wackelte mit den Augenbrauen.

Ein Schnauben entschlüpfte Tansy, bevor sie es aufhalten konnte. „Es gibt nichts Schlimmeres als eine glücklich verlobte Frau. Du willst, dass jeder auch unter die Haube kommt. Nein, er und ich sind ... *gar* nichts. Außer, dass wir einander auf die Nerven gehen."

Natürlich würde sie *den* Kuss nicht erwähnen. Denjenigen, der jedes Mal, wenn sie daran dachte, in Kursivschrift oder in Anführungszeichen stand, oder all den anderen Dingen, die ihn zu mehr machten als einem einfachen Kuss.

Der Kuss hatte Macht. Er hatte ihr fast die Socken ausgezogen, und sie wollte wirklich, wirklich noch einen.

Aber da sie nicht immer das kriegen konnte, was sie wollte, lächelte sie süß ihre Schwester an. „Hast du schon entschieden, wann der offizielle Hochzeitstag ist?"

„Schön das Thema gewechselt, aber ich bin noch nicht fertig. Ich hätte schwören können, jedes Mal, wenn du in den letzten sechs Monaten von Jake Skye gesprochen hast, hast du mir erzählt, wie äußerst nervig der Mann war."

„Tempus, so wichtig, Rose. Wie nervig der Mann *ist*, das hat sich nicht geändert. Obwohl ich zugeben möchte, da ich in High Water eng mit ihm zusammenarbeite, bedeutet das, dass ich äußerst dankbar bin, dass man ihn gut anschauen kann."

„Und doch hast du ihn mit nach Hause gebracht." Rose senkte die Stimme und beugte sich dichter heran. „Vor mir kannst du kein Geheimnis bewahren. Ich kenne alle deine Schwachpunkte. Du willst einen echt großen Bissen von diesem Mann."

„Vielleicht bin ich auf Diät."

„Diät morgen, heute Kuchen. Ich bin ziemlich sicher, das ist dein Motto", sagte Rose mit einem Lächeln, aber sie streifte mit den Lippen Tansys Wange und rückte ab. „Genug aufgezogen. Ich freue mich, dass du glücklich bist, und bisher scheint Buns and Roses ohne dich nicht auseinanderzufallen. Obwohl ich aus irgendeinem seltsamen Grund dich und deinen Schabernack vermisse, aber es ist schön, zu sehen, dass du den nächsten Schritt gehst. Chance ist toll, und ich bin so äußerst verliebt."

„Das freut mich." Tansy tippte ihrer Schwester auf die Nase und bekam ein Lachen. „Jetzt weg mit dir und deinen übelkeitserregend süßen Verlobungsmasern, ich will damit nicht angesteckt werden."

Chance kam vorbei, zog Rose auf die Füße und gab ihr einen Kuss, der die kleinen Mädchen zum Klatschen und Quietschen brachte. Carter stöhnte nur, als hätte man ihm ein Blatt mit Mathehausaufgaben gereicht, das er über die Ferien erledigen musste.

Tansys Dad traf sie in der Küche und half, den Geschirrspüler mit schmutzigem Geschirr zu beladen. „Sieht wie ein solider junger Mann aus."

„Jake? Ach, ja. Die ganzen Skye-Brüder sind bodenständig und vertrauenswürdig." Tansy schob die Hände unter das laufende Wasser, um sie abzuwaschen. „Ich arbeite gerne für sie."

„Ich habe gehört, morgen ist der erste Tag mit zusätzlichem Kochen für das Künstlerhaus. Bist du bereit zum Loslegen?"

Sie dachte einen Augenblick nach, dann neigte sie fest das Kinn. „Ist schon witzig. Ich habe nie genau darüber nachgedacht, wie viele Leute ich an einem einzelnen Tag im Café bekoche. Aber als ich mir das ausgerechnet habe, nur um sicherzugehen, erwies es sich, dass das Catering für ein Wochenende ein Kinderspiel sein sollte."

Ihr Vater stützte sich mit einer Hüfte auf den Tresen und verschränkte die Arme vor der Brust, während er nachdachte. „Du hast aber schon Schmetterlinge im Bauch, oder?"

„Du bist nicht nur gut aussehend, du bist auch ein kluges Kerlchen", scherzte sie, bevor sie mit den Schultern zuckte. „Sobald ich mal ein paar von diesen Events geschafft habe, wird es schon. Außerdem machen ein paar Schmetterlinge manchmal Spaß."

Ihm entschlüpfte ein Lachen, es grollte herauf, tief und warm. Als sie zwölf Jahre alt gewesen war – am Tag, an dem sie ihr gesagt hatten, dass sie adoptiert worden war – hatte sie dieses Lachen gehört, und ihre Welt hatte sich verändert.

Was bedeutete, dass es völlig natürlich war, vorzutreten

und die Arme um ihren Vater zu legen, ihn fest an sich zu drücken. „Es macht mir nichts aus, derzeit ein wenig Angst zu haben. Ich weiß, dass mich Leute unterstützen, und das macht den Unterschied."

Malachi drückte ihr einen Kuss auf den Kopf. „Du hast eine Menge Leute. Du wirst geliebt. Vergiss das nie."

Tansy ging und schaute bei ihrer Oma, dann ihrer Mutter vorbei, dann ihrer Schwester Ivy, und als es neun Uhr wurde, machte sie sich auf die Suche nach Jake.

Er war nicht weit gekommen. Tatsächlich war er an den Tatort zurückgekehrt, denn er saß wieder in dem großen Ohrensessel. Diesmal hielt er Harper im Schoß, und sie war fest eingeschlafen.

Tansy schluckte schwer. Was war denn das für ein Gefühl? Eine Anspannung in ihren Eingeweiden und ihrer Kehle, die es einen Augenblick lang schwierig machte, zu atmen.

Er hörte wieder einer Unterhaltung zu, diesmal zwischen ihrer Mom und Carter. Jakes Blick wanderte durch den Raum, aber als er auf Tansy landete, erstarrte er. Sie schauten einander an, das prickelnde Gefühl in ihrem Inneren ging wieder los.

Sie konnte nicht ignorieren, dass es etwas in ihr auslöste, ihn mit den Kindern zu sehen. Eine Ebene des Vertrauens, die bisher nicht da gewesen war – vielleicht war es das.

Etwas, über das man nachdenken musste …

Sie ging vor. „Wir sollten aufbrechen. Es fängt an zu schneien."

Jake nickte. „Weißt du, wo deine Schwester ist? Wo soll ich denn Harper hinbringen?"

„Ich nehme sie", bot Tansys Mom an. Sophie hielt die Arme vor, und Jake übergab sie vorsichtig, redete leise, während sie ihn anerkennend anlächelte. „Ich bin froh, dass du heute Abend mitgekommen bist, Jake. Du bist jederzeit willkommen.“

„Vielen Dank, Ma’am. Es war ein sehr entspannender Abend.“

Abermals führte Tansy Jake rasch durch das Haus, zurück zur Eingangstür, wo sie sich ihre Sachen schnappten und nach draußen gingen.

Über ihnen fielen leichte, luftige Flocken. Nicht genug, um sich schon auf der Windschutzscheibe zu sammeln, darum nutzte Tansy die Scheibenwischer, um sie abzustreifen, und sie waren auf der Straße und unterwegs zurück nach High Water.

Eine behagliche Stille machte sich zwischen ihnen breit.

Behaglich zumindest, bis Tansy nicht anders konnte, als zu fragen: „Du willst Kinder, oder?“

„Das habe ich schon immer gesagt. Irgendwann. Aber in der Zwischenzeit macht es Spaß, sich die von anderen auszuborgen und sie zurückzugeben. Danke, dass du mir heute Abend die Gelegenheit verschafft hast.“

„Hey, du warst derjenige, der spontan war“, erklärte ihm Tansy, bevor sie ganz ernst hinzufügte: „Es hat Spaß gemacht, dich da zu haben. Und es war eine schöne Ablenkung von den Gedanken an morgen und das ganze Kochen, dass ich in den nächsten drei Tagen erledigen werde.“

Jake summte kurz. „Ich habe mitgehört, wie du mit deinem Dad redest“, gestand er. „Falls du Hilfe brauchst, frag.“

Tansy kicherte. „Weil du und ich beim Kochen zusammen letztes Mal ja so gut funktioniert haben?“

„Ich habe nicht gesagt, dass ich derjenige sein würde, der dann tatsächlich *hilft*“, erwiderte er trocken.

Sie grinsten einander kurz an, dann konzentrierte sich Tansy wieder auf die Straße und brachte sie sicher nach Hause.

Sie war unterwegs die Verandastufen hinauf, als ihr klar

wurde, dass Jake an ihrer Seite stand. „Hey, du musst mich nicht nach Hause bringen."

„Musste ich nicht, nein." Jake zuckte mit den Schultern. „Ich wollte."

Wie auch immer. Tansy legte eine Hand auf den Türknauf und wollte schon hineingehen. „Na, danke, dass du mich begleitet hast. Ich freue mich, dass du eine gute Zeit hattest."

„Danke, dass du mich eingeladen hast."

Er fegte heran. Das war das einzige Wort, das ihr in den Sinn kam. Erst stand er noch auf der obersten Stufe, im nächsten Augenblick hatte er sie über seinen Arm gelegt und schaute ihr in die Augen, als wäre sie eine Lady auf dem Umschlag eines historischen Liebesromans.

„Es gibt nur ein Problem mit der Spontanität", sagte Jake. „Konsens. Aber dann wurde mir klar, dass du mir ja bereits das okay gegeben hast."

Er zog sie dichter an sich, und ihre Lippen trafen aufeinander.

Tansy hatte gedacht, sie wäre am Silvesterabend vielleicht leicht berauscht gewesen. Oder vielleicht war es so lange her, dass sie auf ernsthaft heiße Art geküsst worden war, dass sie *den Kuss* zu etwas Besserem, als er war, aufgeblasen hatte.

Nein. Es war nicht ihre Vorstellungskraft. Überhaupt nicht.

Er hatte vielleicht übereilt begonnen, aber der Kuss wurde sofort langsamer. Er neckte mit seiner Zunge ihre Oberlippe, und die Hand an ihrem unteren Rücken presste sie sogar noch fester an ihn. Eine Einladung, den Kuss zu vertiefen, intimer zu gestalten. Sehr viel Hitze, eine ganze Menge Lust, und gerade, als sie bereit war, die Finger in sein Haar gleiten zu lassen und sie den Rest der Nacht zusammenzuhalten, richtete er sich auf.

Trat zurück, atmete heftig, aber mit einem Lächeln auf den Lippen. „Tansy."

Er neigte das Kinn, dann drehte er sich um, und pfeifend begab er sich zu seinen Räumlichkeiten unter dem Künstleratelier.

Tansy stand im offenen Eingang, der Schnee fiel, und die Hitze von drinnen trieb an ihr vorbei, während sie versuchte, sich wieder zu orientieren.

Okay, klar. Das hatte sie nicht kommen sehen.

5

———

Es mochte ja einen heftigen Hieb auf den Kopf für Jake gebraucht haben, um zu Verstand zu kommen, aber genau jetzt, da er das getan hatte, würde der nächste Schritt so viel leichter werden. Und vielleicht auf genau die richtige Art Spaß machen und das Leben verändern.

Was für ein Abend. Ein Punkt für die Spontanität. Obwohl er auf jeden Fall einen Angriffsplan für das weitere Vorgehen machen würde.

Jake eilte zurück in seine Wohnung und legte seine Winterklamotten ab, noch während sein Gehirn Erinnerungen zusammenwürfelte und danach verlangte, neue Aufgaben zu erfüllen.

Erst war da eine wichtige Angelegenheit, um die er sich kümmern musste. Tansy hatte richtiger gelegen, als sie jemals ahnen würde – Gott, er konnte nicht glauben, wie schwer es war, das auch nur vor sich selbst zuzugeben.

Er musste sich um die Briefe kümmern, die sein Gehirn im Kreis laufen ließen, jedes Mal, wenn er sie sah.

Was oft war, denn seit der allererste von seiner Ex-Frau

angekommen war, hatte er nicht gewusst, was er mit ihnen tun sollte. Das bedeutete, er schob sie in die Rückseite seines Tagebuchs, und in den letzten drei Jahren hatten sie ihn jedes Mal, wenn er einen Augenblick zum Verschnaufen hatte, wieder von Neuem in den Hintern getreten.

Melissa wäre begeistert, festzustellen, wie sehr genau sie immer noch seinen Verstand durcheinanderbrachte.

Nein, das war nicht nett. Sie hatte nichts falsch gemacht. Die Wahrheit war, sie war immer gut mit diesem Postkartenkram gewesen. Weihnachtskarten, Geburtstagskarten. Selbst nachdem sie sich getrennt hatten, hatte sie regelmäßig welche geschickt.

Aber vor drei Jahren, als Declans Frau gestorben war, hatte Melissa eine zusätzliche Karte geschickt, in der sie ihn gebeten hatte, seinem Bruder ihr Beileid auszurichten. Die ganze Korrespondenz war sehr fürsorglich gewesen. Mehr als nur einfach: *Ich denk an dich. Ich hoffe, dir geht's gut.*

Wohldurchdachte gute Wünsche. Darüber konnte sich doch jetzt wirklich niemand beschweren, oder? Also hatte er geantwortet.

Was bedeutete, nächstes Mal, als ein Brief von Melissa gekommen war, war er etwas mehr bereit gewesen, ihn zu öffnen, und als sie angefangen hatte, Kleinigkeiten darüber mitzuteilen, wo sie war und was in ihrem Leben los war, hatte es nicht seltsam gewirkt.

Er dachte sich, manche Leute stöberten ihren Ex auf den sozialen Medien und dem ganzen Rest hinterher. Das hatte er absichtlich niemals getan. Aber es hatte etwas, einen tatsächlichen Brief zu kriegen, sodass es ihm unmöglich war, ihn einfach wegzuwerfen.

Jede Erinnerung an Melissa, die er hatte, gab ihm ein unbehagliches Gefühl, jetzt, da er begonnen hatte, Gefühle für Tansy zu entwickeln.

Genauer gesagt, Tagträume davon zu haben, es mit Tansy schmutzig werden zu lassen, während er Briefe von Melissa bei sich trug, gab ihm das Gefühl, er würde irgendwie betrügen. Was Unsinn war, aber trotzdem die Wahrheit.

Es reichte. Er war endlich bereit, eine neue Seite aufzuschlagen, wie man das im neuen Jahr eben machte – fast drei Wochen zu spät, aber so sollte es eben sein.

Jake zog all seine Karten und Umschläge hinten aus seinen Tagebüchern. Er konnte sie trotzdem nicht wegwerfen, aber er konnte sie zumindest aus seinen Augen und hoffentlich aus einem Sinn befördern. Er sammelte sie alle zu einem großen Haufen, bündelte sie mit einem Gummiband, dann sah er sich um nach einem guten Ort, um sie zu verstauen. Irgendwo, wo er sie nicht so oft sehen würde. Wo er nicht unabsichtlich wieder an die Frau zurückdenken würde, die ihn nicht wirklich wollte, aber ihn auch nicht gehen lassen zu wollen schien.

Letztlich schob er den Stapel hinten seinen Schrank, dicht an der Wand hinter ein Paar feiner Schuhe, die er nur für Beerdigungen und Bewerbungsgespräche trug. Er hoffte, zu keinem von beiden würde es irgendwann in nächster Zeit kommen.

Zufrieden ging er ins Bett, genoss das, was ein wirklich wunderbarer Abend gewesen war, und ein spektakulärer Kuss, wenn er das mal so sagen durfte.

Der Vorstellung, dass er Tansy die Sprache verschlagen hatte, befriedigte ihn mehr als nur ein kleines bisschen.

Der ganze Abend hatte ihn glücklich gemacht, und er konnte die Gründe dafür nicht leugnen. An der Familie Fields war etwas Besonderes. Nicht nur die Verbindung zwischen den Geschwistern, es war eine echte Liebenswürdigkeit an ihnen, die bis ins Innerste ging. Ihm waren die Blicke aufgefallen, die zwischen ihm und Tansy hin und her gegangen waren, aber es war keine Verurteilung gewesen. Schon eher so was wie: *Falls du an unserer Tansy Interesse hast, wirst du sie auch gut behandeln?*

Auf gewisse Weise war es ihm leicht unbehaglich, zuzugeben, wie attraktiv er Tansy fand. Doch es gab keinen Grund für das Unbehagen. Sie war eine schöne Frau mit hellem Köpfchen, und selbst wenn sie nicht alles auf die Art erledigte, wie er das getan hätte, lag sie nicht falsch.

Er hatte gegen seine Anziehung und sein Verlangen angekämpft, und auch wenn Kevin einen Lauf gehabt hätte, hätte er alles gewusst, war Jake selbstbewusst genug, um einen Teil davon bei sich selbst diagnostizieren zu können.

Melissa hatte etwas mit ihm angerichtet. Sie waren zwar beide jung gewesen und fast so schnell aus der Ehe herausgekommen, wie sie hineingeraten waren, aber Jake hatte seither nicht wirklich einer anderen Frau vertraut.

Vertrauen. So ein kleines Wort für so ein riesiges, gigantisches, die Welt veränderndes Gefühl.

Jake rollte sich herum, die Trägheit in seinen Gliedern, als der Schlaf sich näherte, ließ seine Gedanken wirr werden, und doch wurde sein Verständnis für das große Ganze, als er fast schon schlief, irgendwie klarer. Melissa war nicht die Einzige, die sein Vertrauen gebrochen hatte. Sein Partner bei der Polizei, Sean, hatte sich auf eine ganz andere Art als genauso trügerisch erwiesen. Jake hatte die kanadische Polizei verlassen, als herausgekommen war, dass Sean nebenher Bestechungsgelder angenommen hatte.

Sean hatte versucht, es Jake in die Schuhe zu schieben, war aber gescheitert. Trotzdem war das genau so etwas, was einen furchtbaren Geschmack im Mund eines Mannes hinterließ und ihn irgendwie besonders reizbar machte.

Keine dieser Einzelheiten spielte eine Rolle, denn sie waren beide nicht mehr in seinem Leben. Nun, da die Briefe verräumt waren, konnten hoffentlich weder Melissa noch Sean

Jakes Gedanken beeinflussen, und er konnte sich auf das Hier und Jetzt konzentrieren.

Auf das konzentrieren, was er in seiner Welt wollte, was bedeutete, dass er am Morgen eine neue Liste anfertigen musste.

Er würde sich nicht dafür entschuldigen, seine planerischen Fertigkeiten einzusetzen und zu versuchen, gute Dinge geschehen zu lassen. Wie etwa, Tansy zu überzeugen, dass sie zwar gewissermaßen wie Öl und Wasser waren ...

Nein, Öl und Essig. Der Essig war er – ein bisschen zu scharf, ein bisschen zu ätzend und entschlossen. Aber zusammen konnten die beiden auf vielerlei Art köstlich sein.

Er schlief ein, erheitert über seinen Versuch, eine Frau mit Essensmetaphern für sich gewinnen zu wollen.

Ein heftiges Hämmern an seiner Tür weckte ihn eine halbe Stunde, bevor sein Wecker um fünf Uhr früh hätte losgehen sollen. Er sprang aus dem Bett, schnappte sich eine Jeans vom Haken an der Wand, noch während er zur Tür stapfte.

Als er sie aufsperrte, steckte Declan den Kopf herein. „Irgendwann in der nächsten halben Stunde trifft ein Ranchhelfer ein. Kannst du mir helfen, ihn einzurichten?"

„So was von. Wo treffen wir uns?"

„Im Haupthaus. Ich dachte, es besteht die Chance, dass er hungrig sein wird, und Tansy ist bereits wach, weil sie uns was für heute Abend vorbereitet."

Kurz blitzte Sorge auf. Jake war froh, dass der erste offizielle Ranchhelfer eingetroffen war, aber dieses Wochenende war nicht der leichteste Zeitpunkt, um jemanden aufzunehmen, ohne dass es auffiel. „Bist du bereit, eine Entscheidung zu treffen, ob er sich an diesem Wochenende schon draußen rumtreibt, oder sich bedeckt hält?"

„Ich bin dran", bestätigte Declan mit einem Nicken. „Ich bin unterwegs zum Haus."

Es dauerte knappe zehn Minuten, bis Jake gesäubert war, mit geputzten Zähnen und in seine beste Rancherkleidung gekleidet. Abgetragene Jeans, ein altes, weiches Flanellhemd, das über ein einfaches blaues T-Shirt kam, dazu noch sein liebstes Paar Stiefel, das er schon so lange hatte, dass seine Füße wie ein Handschlag mit alten Freunden hineinglitten.

Was bedeutete, als er zum Haus kam, fühlte er sich körperlich so wohl wie möglich. Es war alles auf der geistigen Seite, was sich wacklig anfühlte.

Aber im Inneren des Ranchhauses war es warm und heimelig. Tansy sprach leise mit Declan, hörte nie mit der Arbeit auf, während sie eine riesige Schüssel in der linken Hand auf der Hüfte gestützt hielt und mit einem Löffel in der rechten den Teig rührte.

Declan hob leicht das Kinn, als Jake nach vorne kam. „Er ist derjenige, der diese Frage beantworten kann", setzte er Tansy in Kenntnis.

Sie warf einen Blick zu ihm, der leichteste Hauch Rosa auf ihren Wangen, während sie ihn anlächelte. „Morgen, Sonnenschein. Ich wollte wissen, in welchem Raum du den neuen Ranchhelfer unterbringst. Ich habe für ihn eine Kiste mit Snacks zusammengestellt, damit er nicht das Gefühl hat, er muss gleich ins Haus oder den Gemeinschaftsraum kommen."

„Das ist eine schöne Idee", sagte Jake, der nickte. „Ich habe ihn in Zimmer zwei gepackt. Da Kevin in Nummer 4 ist, sind sie gut verteilt, bis noch weitere Leute eintreffen."

„Klingt gut. Ich habe noch ein paar weitere Sachen, die ich in die Kiste packen will, und das kann ich machen, sobald ich diese Cupcakes im Ofen habe."

„Wir können die Kiste mitnehmen, wenn wir ihm sein Zimmer zeigen", bot Declan an.

„Perfekt. Jetzt entschuldigt mich, ich muss mein morgendliches Arm-Work-out fertigmachen." Tansy drehte sich um, um sich darauf zu konzentrieren, meisterhaft aus der riesigen Schüssel Teig in die vorbereitete Backform zu geben, in die Reihe um Reihe von Papiermuffinförmchen gestellt waren.

Declan füllte eine Kaffeetasse auf und bot sie Jake an. „Unser Gast hofft, weniger als einen Monat zu bleiben. Er hat Informationen an die Behörden weitergeleitet, die ihm Schwierigkeiten mit seinen ehemaligen Arbeitgebern beschafft haben. Er hat was, wo er an der Ostküste hinkann, sobald er sich bei diesen Leuten rühren kann.“

Ehemalige Arbeitgeber war das Codewort für Gangs und andere verbrecherische Vereinigungen.

Jake konzentrierte sich auf das, was kurzzeitig vor ihnen lag. Na ja, das war es, wo sie gedacht hatten, dass sie anfangen würden. „Hat er einen Namen?“

„Er wird Chris genannt. Für unsere Zwecke Chris Smith.“

Hinter ihnen am Tresen schnaubte Tansy. „Tut mir leid. Mir ist nur gerade klar geworden, dass es davon hier eine ganze Menge geben wird. Smith und Choi und Turner und Singh. So einfallsreiche Namen.“

„Und das von einer Frau, deren Nachname *Fields* lautet?“, scherzte Jake.

Diesmal kicherte sie direkt, arbeitete aber immer noch weiter.

Declan runzelte kurz die Stirn vor Jake, Verwirrung im Blick, aber er sagte nichts, während sie zum Tisch gingen, um ihre Pläne abzuschließen.

Ja. Sein Necken gegenüber Tansy war sehr viel freundlicher ausgefallen als seine meisten Interaktionen mit ihr in den vergangenen Tagen. Wochen.

Teufel, er war arschig zu ihr gewesen, fast so lange er in Heart Falls war. Nach dem Schwachsinn, den er ihr immer ins Gesicht gesagt hatte, war es ein Wunder, dass sie überhaupt noch mit ihm redete, ganz zu schweigen davon, ihn zum Abendessen zu ihrer Familie einzuladen.

Oder sich von ihm küssen zu lassen.

Jake saß mit Declan da und besprach die Einzelheiten, bis ein Klopfen an der Tür sie beide aufspringen ließ.

Aber während er sich stark auf den Mann konzentrierte, der ins Haus kam, seine dunklen Augen voller Sorge und Hinweise auf schlaflose Nächte in seinem Gesicht, vergaß Jake nicht die schöne blonde Frau, die sich still im Hintergrund bewegte.

Sein Plan war noch nicht ganz komplett, aber er hatte ein paar gute Ideen, wo er anfangen könnte.

MIT EINER MILLION AUFGABEN, die sie im Geiste jonglieren musste, musste sich Tansy auf die Arbeit vor ihr konzentrieren. Die Sechsergruppe und ihr Tutor, die das Künstleratelier übernehmen würden, würden nach sechs Uhr ankommen, darum hatte sie für den Freitagabend ein Essen geplant, bei dem man vor sich hin snackte. Aber den ganzen Samstag und Sonntag bis Mittag war sie dafür verantwortlich, sie zu verpflegen, und außerdem die regelmäßige Mannschaft von High Water.

Zum Glück hatten alle bei High Water verstanden, dass man das Essen im Familienstil servieren musste. Buffet am Tresen, kontinentales Frühstück mit Selbstbedienung. Essen mit auf Tellern angerichteten Mahlzeiten zu servieren, hätte mehr Zeit und Hände gebraucht, als Tansy besaß.

Während sie rasch und stetig arbeitete, würde ihre derzeitige Neugier dadurch befriedigt werden müssen, dass sie genau zuhörte und ein paar rasche Blicke zurück zum Tisch warf, wo der neue Ranchhelfer saß und ernsthaft nickte, als Declan die Regeln erklärte.

Chris wirkte ziemlich gewöhnlich, was etwas Gutes war, nahm sie an. Es war ja nicht so, als würde jeder, der sich vor den Behörden oder den schlimmen Typen da draußen versteckte, ein Mal auf der Stirn haben, das verkündete, was er getan hatte.

Sie wusste, dass es entscheidend wichtig war, dass sie die Vergangenheit hinter sich lassen durften.

Sie brachte getoastete Bagels, die schon mit Frischkäse bestrichen waren, an den Tisch, mit Muffins und Eierkuchen, die hoch auf dem Teller aufgetürmt waren. „Ich mache dir gleich ein echtes Frühstück, aber das sollte schon mal den ersten Hunger stillen."

Declan nickte ernsthaft, während Chris hochschoss, den Kopf intensiv Richtung Boden senkte. „Das ist Tansy. Sie ist Teil unserer Familie, und falls es irgendwas gibt, was du in Sachen Essen brauchst, musst du es sie wissen lassen."

Chris warf ihr einen raschen Blick zu, bevor er den Blick fest auf seine Hände senkte. „Nichts Besonderes. Aber ich bin hungrig, also Dankeschön."

„Ich freue mich, dass du da bist." Tansy sagte es einfach, aber ehrlich, bevor sie Declan ins Gesicht sah. „Ich brate Chris ein paar Eier. Wollt ihr beide jetzt frühstücken oder später?"

„Ich hole mir später was", sagte Jake. „Kann ich mit irgendwas helfen?"

Sie hielt eine schnippische Bemerkung zurück, wie hilfreich er plötzlich war, nachdem er sie wie verrückt geküsst hatte. „Später am Tag werde ich Essen haben, das man rüber ins Atelier bringen muss. Wenn jemand auftaucht, um zu helfen, wird mich das davor retten, mehrmals gehen zu müssen."

„Ich leite das in die Wege", versprach Jake.

Declan schaute seinen Bruder einen Augenblick lang seltsam an, bevor er weiter mit Chris redete. „Wir haben dieses Wochenende zahlende Gäste im Künstleratelier. Es gibt ein paar Aufgaben mit den Tieren, bei denen du helfen kannst, während du auf der Ranch bist, aber wir werden auch Helfer brauchen, die Geschirr spülen und andere Haushaltsangelegenheiten erledigen."

„Geschirr, Besen. Ich mache, was immer anfällt. Ich bin dankbar für einen Ort zum Bleiben. Ich sollte allerdings bald von einem Bruder hören, also werde ich nicht lange eine Last sein", versprach Chris.

„Du bist keine Last", versicherte ihm Jake. „Wir bringen dich wieder auf die Beine."

Wieder am Herd, machte Tansy Frühstück für Chris und begann mit der Arbeit an Obstplatten, die sie für den spätabendlichen Snack brauchen würde.

„Nur, damit das klar ist: Tansy, die Verlobte meines Bruders Petra und mein Mündel Jinx wohnen alle auf der Ranch. Die Damen sind alle Familie, und man sollte sie mit Respekt behandeln." Declans Tonfall blieb nüchtern, aber brutal entschlossen.

„Ich habe selbst eine Schwester, die ich anständig behandelt sehen will", erwiderte Chris. „Von mir gibt es da keinen Ärger."

Der winzigste Hauch Anspannung, der noch weit hinten in Tansys Kopf verblieben war, ließ nach. Natürlich konnte der Mann lügen, aber die Tatsache, dass er so rasch geantwortet hatte, bedeutete, dass sie mit nur einem offenen Auge schlafen würde.

Sie verfiel auf den Rhythmus, Essen für die Familie vorzubereiten, und außerdem das, was für das Wochenende benötigt wurde. Sie stellte einen Teller mit Essen vor Chris ab, der ihr ausgiebig dankte, dann ging sie wieder an ihre

Aufgaben, zufrieden, dass sie etwas Einfaches, aber Bedeutungsvolles getan hatte.

Etwa zwanzig Minuten später wirbelte sie herum, blinzelte überrascht, als sie Jake fand, der geduldig auf sie wartete. „Huch. Ich hab dich gar nicht gesehen."

Er grinste. „Sollte ich dich nächstes Mal vorwarnen? Dann kannst du die Eierschalen vorbereiten."

Tansy streckte die Zunge raus.

Sein Lächeln verlegte sich auf etwas sehr viel Sehnsuchtsvolleres, während er auf ihren Mund schaute. Die Art Blick, den ein Mann einer Frau zuwirft, wenn Interesse besteht, es schmutzig werden zu lassen. Was ...

Die Versuchung, sich die Lippen zu lecken, war so groß.

Sein Blick ging zurück zu ihrem, und der Augenblick war vorüber. „Wir richten Chris ein, dann arbeiten wir an ein paar Aufgaben. Ich nehme an, der Mann wird ein paar Tage brauchen, um seinen Schlaf nachzuholen. Ich glaube, er war fast eine Woche rund um die Uhr wach, um dem Ärger aus dem Weg zu gehen."

„Der Arme. Ich werde sicherstellen, dass immer ein Teller mit Resten im Kühlschrank ist, den er aufwärmen kann, falls er eine Mahlzeit verpasst."

„Toll. Das lasse ich ihn wissen." Jake zögerte kurz, dann nickte er fest. „Nach diesem Wochenende wirst du eine Pause brauchen."

„Nach diesem Wochenende werde ich feiern", setzte Tansy ihn in Kenntnis.

„Das kann ich schon sehen. Planen wir doch die Feier." Er sprach schnell genug, dass er wohl den nächsten Vorschlag schon vorausgeplant hatte. „Du hast am Montag frei. Wie wäre es, wenn wir nach Diamond Valley fahren und dieses koreanische Restaurant ausprobieren, von dem du Petra erzählt hast?"

„Du spielst aber schmutzig", sagte Tansy, noch während sie lächelte. „Die Köchin mit dem Restaurant locken, das sie immer schon ausprobieren wollte? Wie könnte ich da auch nur Nein sagen?"

„Das kannst du offensichtlich nicht", stimmte er zu.

Der Reiskocher piepte in diesem Moment, und Tansy drehte sich, um sich darum zu kümmern. Als sie wieder aufschaute, war Jake weg. Was gut war, denn sie hatte eine Menge zu tun.

Trotzdem, etwas zu haben, auf das sie sich am Montag freuen konnte, war eine tolle Idee. Sie würde herausfinden, um welche Uhrzeit Petra gehen wollte – Aiden würde bereit sein, wann immer sie es ihm sagten. Jinx ging normalerweise am Montagabend mit Sasha nach Hause, um zu lernen und bei ihr abzuhängen. Sie konnten sie auf dem Rückweg vom Abendessen abholen. Declan war die einzige Unbekannte – er schien manchmal zu verschwinden, und Tansy hatte keine Ahnung, wohin er ging. Außerdem wollte er vielleicht vorerst um Chris rum bleiben.

Ungelöste Rätsel würden warten müssen – sie hatte zu arbeiten.

Der Tag verstrich wie im Nu. Tansy legte Sachen für Sandwiches zum Mittagessen auf dem Tresen aus – Hühnersalat und dicke Scheiben Rindfleisch von einem riesigen Braten, den es während der Woche gegeben hatte – außerdem einen großen Topf Linsensuppe. Sie hatte als allererstes Brötchen gebacken, also war das der einfache Teil.

Sie belud Tabletts mit dem Essen für das Atelier auf dem Esszimmertisch. Wie versprochen, tauchte um etwa vier Uhr Jake mit Kevin und Aiden auf, um ihr zu helfen, sie rüberzutragen.

Kevin schnüffelte anerkennend, als er die übergroße Kiste

annahm, die sie ihm in die Arme drückte. „Das da drin riecht hervorragend."

„Nichts Ausgefallenes", behauptete Tansy. „Ich habe es supereinfach gehalten für das Familienabendessen heute Formen mit Lasagne mit Knoblauchbrot und Caesars Salad gemacht. Wenn ihr alle aber um fünf hier sein könntet, würde das helfen. Ich will raus sein aus dem Atelier, wenn alle ankommen, um die Einzelheiten zu besprechen."

„Wir werden hier sein", versprach Jake. „Ich lasse es die anderen wissen."

Draußen im Atelier packte sie die kalten Speisen in den Kühlschrank und die warmen in die Öfen, Zufriedenheit machte sich beim Anblick von so vielen leckeren Dingen breit, die sie selbst geschaffen hatte. Alles bereit, um auf den Wärmeplatten ausgelegt zu werden oder auf den Etageren präsentiert zu werden.

Sie eilte zurück zum Haus und stellte fest, dass der Tisch bereits für acht gedeckt war. Jinx und Jake waren am Tresen, bereiteten Eistee und Wasser in Karaffen vor, die sie für das Familienessen benutzten. Dixie war in ihrem Hundebett neben dem Sofa zusammengerollt, das Kinn auf den Pfoten, aber ihr Blick so offen, dass sie Jinx im Auge behalten konnte.

„Das ist eine schöne Überraschung", sagte Tansy.

Jinx verzog das Gesicht. „Die Tatsache, dass du so schockiert klingst, bedeutet, dass Jake recht hatte – tut mir leid. Ich hätte in den letzten Wochen mehr helfen sollen mit den einfachen Dingen, die ich tun kann."

Tansy hielt inne. „Ist schon okay. Du bist nicht jeden Abend hier. Und du hast Hausaufgaben und anderes Zeug."

„Schon. Aber ich muss auch helfen. An den Tagen, an denen ich zu Hause bin, musst du mich wissen lassen, ob es Teller oder Schalen sind, und ich werde dafür sorgen, dass der Tisch gedeckt ist." Jinx nickte entschlossen, dann schob sie Tansy mehr oder weniger zum Herd. „Du hast die wichtige Aufgabe, diese Lasagne rauszuholen, denn sie riecht so gut, dass ich schon sabbere."

„Ja, Ma'am. Aber vielen Dank. Etwas, das nicht mehr auf meiner To-do-Liste steht." Tansy schlüpfte in die Ofenhandschuhe, hielt inne, um Jake mit der Hüfte anzustoßen, der sich bemüht aus der Unterhaltung herausgehalten hatte, während er auf die Karaffe gestarrt hatte, die volllief. „Dir auch danke", sagte sie leise. „Ich weiß zu schätzen, dass dir etwas aufgefallen ist, das meine Arbeit vereinfacht."

Er zuckte mit den Schultern. „Du arbeitest schwer, und da das Künstlerhaus sich allmählich füllt und die Ranchhelfer ankommen, ist dein Job einfach nur größer geworden. Wir müssen es erleichtern, wo wir nur können."

Da würde sie nichts einwenden. Sie stellte die glühend heiße Lasagne auf den Tisch, und während Jinx dann die zwei Laibe köstliches Knoblauchbrot aus ihrer Folie wickelte und in Schüsseln gab, mischte Tansy den Salat ein letztes Mal.

Minuten später, als sie am Tischende saß und auf die Reihe von sieben äußerst anerkennenden Abendessensteilnehmern schaute, arbeitete sie schwer daran, dass sie nicht in ihrem Stuhl auf und ab hüpfte.

Bisher war die Arbeit für High Water alles gewesen, was sie sich erhofft hatte.

Hoffen wir, dass nichts schiefläuft.

Gott, wie sie diese kleine Stimme des Verhängnisses hasste. Sie meldete sich immer in den unpassendsten und am wenigsten willkommenen Augenblicken zu Wort. Wie ihre Schwester Rose ihr immer wieder gesagt hatte – sie musste diese Stimme von der Brücke schubsen.

Weg mit dir, Melancholie. Ich habe hier eine Heimat, und ich bin etwas wert.

Dann streckte sie im Geiste die Zunge vor den Gedanken der Vergangenheit heraus, die besagten, wenn die Dinge gut liefen, würde alles den Bach runtergehen. Diese schrecklichen Tage lagen in der Vergangenheit. In der tiefen, weit entfernten Vergangenheit, und düstere Gedanken hatten kein Recht, ihr im Hier und Jetzt übel mitzuspielen.

Sie schaufelte sich eine herzhafte Portion ihres eigenen Essens auf den Teller und haute rein.

6

―――――

„Sehe ich auch so. Ich betrachte das ganze Wochenende als einen herausragenden Erfolg." Am Montag schob sich Aiden vom Frühstückstisch zurück, schnappte sich seinen Teller und seine Kaffeetasse und nickte Jinx zu. „Wir müssen los, wenn wir vorhaben, Sasha abzuholen, bevor wir zur Schule unterwegs sind."

„Ich muss mir nur mein Zeug für den Theaterunterricht holen." Jinx schnappte sich auch ihr Geschirr, blieb stehen, um schnell Petra zu umarmen, während sie vorbeiging. „Heute Abend komme ich nicht so spät. Sasha muss nach dem Abendessen trainieren."

„Jemand kommt dich abholen. Es ist echt kaltes Wetter vorhergesagt, und ich will nicht, dass du im Dunkeln zu Fuß zurückgehst." Petra scheuchte sie aus dem Zimmer. „Ich räume den Geschirrspüler ein. Mach dich fertig. Ich will nicht, dass du Sasha warten lässt."

„Tansy und ich holen dich ab", bot Jake an. „Schreib mir, wenn du bereit bist."

„Okay." Jinx verließ laufend das Zimmer, Dixie hüpfte ihr hinterher, bellte vor Aufregung.

Petra lehnte sich in ihrem Stuhl zurück. „Für mich wirkt es nicht richtig, dass nach der ganzen harten Arbeit am Wochenende Tansy immer noch bei Dämmerung aufsteht und rüber unterwegs zu Buns and Roses ist. Es ist ihr freier Tag. Sie sollte ausschlafen und feiern, wie toll die Dinge mit dem Catering am Wochenende gelaufen sind."

„Sie sagte, bevor der Laden aufmacht, wäre der beste Zeitpunkt, um sich mit Marina zu treffen." Declan füllte seinen Kaffee auf und lehnte sich am Tisch zurück. Er schaute hinüber zu dem Ranchhelfer, der still da saß, aber es genießen zu schien, in ihre Gruppenversammlungen einbezogen zu sein. „Es ist zu kalt, um heute viel draußen zu unternehmen. Chris, ich hab drüber nachgedacht, heute eine Fahrt zu unternehmen. Ich hole eine Futterbestellung ab, aber sonst nicht viel. Willst du mitkommen?"

Der Mann zögerte. „Ich glaube nicht, dass es eine gute Idee ist, in irgendwelche Läden in der Stadt zu gehen."

„Nö." Declan schüttelte den Kopf. „Wir fahren nach Süden in das Gebiet von Pincher Creek und vielleicht drüber raus. Da draußen ist es kalt, aber es ist schön. Manchmal sind Tage wie dieser der beste Zeitpunkt, um sich die Aussicht anzuschauen und über die Zukunft nachzudenken."

Chris' Lippen zuckten. „Das scheine ich in letzter Zeit ziemlich oft gemacht zu haben, aber ja. Ich fahre mit dir raus."

„Ich kenne auch einen tollen kleinen Pub etwa eine Stunde von hier. Da fahren wir zum Abendessen am Ende des Tages hin. Es ist sicher und eine Chance, um etwas Musik zu hören und Billard zu spielen."

„Klingt ja immer besser." Diesmal lächelte Chris.

„Was bedeutet, dass ihr zwei zum Abendessen auf euch gestellt seid", verkündete Petra, die zwischen Kevin und Jake hin und her schaute. „Aiden und ich essen bei meinem Bruder und meiner Schwägerin."

Kevin hob eine Augenbraue. „Ich merke schon, dass ihr immer zumindest eines von zweimal, wenn Tansy frei hat, Einladungen annehmt, um dort zu essen."

Petra drückte sich eine Hand auf die Brust. „Wir? Strengen uns an, um nicht zu kochen? Auf jeden Fall."

An der Eingangstür, wo er seine Wintersachen anzog, lachte Aiden. „Würde der Rest von Petras riesiger Familie näher hier wohnen, würden wir an beiden Abenden, an denen Tansy nichts kocht, außer Haus essen."

„Tut mir leid, dass ich dich im Stich lasse, Kev, aber ich habe heute Abend auch was vor." Jake hatte das ganze Wochenende darüber nachgedacht, ob er dem Rest von ihnen von seinem Interesse an Tansy berichten sollte. Die letztliche Pro/Kontra-Checkliste hatte mit fünf zu vier zugunsten des Wartens bis zumindest nach ihrem ersten Date geendet.

Nur um sicherzugehen, dass sie ihn nicht gleich einen Kopf kürzer machte.

Kevin hob die Hände. „Dann unterhalte ich mich eben selbst. Und versuche, mit Dixie mitzuhalten. Sie ist immer eine tolle Gefährtin."

Jinx lief vorbei, gab jedem an der äußeren Tischseite beim Vorübergehen ein High-Five. Sie schob sich eine Mütze auf den Kopf, und kaum hatte sie die Füße in den Stiefeln, kam sie auch schon an der Tür an.

„Mach mal langsam, Mädchen. Verschließ deine Jacke und schnür dir die Stiefel, bevor du gleich in den ersten zehn Sekunden erfrierst, wenn du draußen bist." Während Aiden wartete, dass Jinx sich fertig anzog, beugte er sich hinab und tätschelte Dixies Kopf. „So ein gutes Mädchen. Du kümmerst dich um Petra. Und Kevin. Kevin wird dich völlig verziehen, genau, das macht er."

Sobald Aiden und Jinx weg waren, schlenderte Dixie traurig zu ihrem Hundebett zurück, wo sie sich hinlegte und ein langes, trauerndes Seufzen von sich gab. Alle anderen verteilten sich, und plötzlich waren im Raum nur noch Jake und Petra, die den Tisch abräumten und ihren Tag vorbereiteten.

„Was hast du heute vor?", fragte er. „Außer dir bei deinem Bruder ein Essen zu schnorren?"

„Du bist so lustig. Du bist eifersüchtig, dass ich etwas sehr viel Essbareres kriege, als ich kochen könnte. Oder du, was das angeht."

„Ich bin überhaupt nicht eifersüchtig. Ich gehe essen, weißt du nicht?" Zu spät dämmerte es ihm, dass er das überhaupt nicht wirklich erwähnt hatte.

Sie beäugte ihn, stapelte die übrigen Teller in den Gastronomie-Geschirrspüler. „Du hast gesagt, du hättest was vor, aber sonst nichts. Bei dem schuldbewussten Ausdruck auf deinem Gesicht, würde ich sagen, es ist Zeit, dass du die Einzelheiten verrätst."

Scheiße. Das hatte er sich selbst zuzuschreiben. „Wenn du es schon wissen musst, ich stimme zufällig zu, dass Tansy es verdient hat, zu feiern, wie gut alles bei ihrem ersten Catering für High Water gelaufen ist. Ich führe sie aus, damit sie heute Abend nichts kochen muss, nicht mal für sich selbst."

Petra fuhr auf der Stelle herum, ihr stand der Mund offen. „Du?"

Er verschränkte die Arme vor der Brust. „Glaubst du nicht, Tansy hat es verdient, einen Tag frei zu haben und etwas dafür bejubelt zu werden, wie gut alles gelaufen ist?"

„Auf jeden Fall, aber ..." Petra runzelte die Stirn. „Setzt du sie etwa ab und lässt sie ganz allein essen?"

Jake schnaubte. „Weil ich so schreckliche Gesellschaft bin,

dass du dir nicht vorstellen kannst, dass sie mit mir essen wollen würde?"

„Weil ihr zwei euch gestritten habt wie Katz und Hund, seit ihr einander letzten September zum ersten Mal begegnet seid." Nur dass ihr Stirnrunzeln sich vertiefte. „Moment. Nein. Das stimmt nicht. In letzter Zeit habt ihr nicht gestritten …"

„Und jetzt klingst du noch besorgter als vorher." Jake macht einen Lappen nass und ging zum Tisch. „Wir vertragen uns derzeit gut. Tansy ist eine talentierte Frau. Es war hilfreich, als du erwähnt hast, dass sie die Dinge zwar vielleicht anders angeht, aber nichts falsch macht."

Er wischte den Tisch mit einer ausladenden Bewegung fertig ab und drehte sich um, um Petra direkt hinter ihm zu finden.

Ihre Fäuste waren fest in die Hüften gepflanzt. „Du hast doch was vor." Sie beäugte ihn argwöhnisch. „Verrat es mir, oder ich werde die großen Kaliber rausholen müssen und Sydney dazu bringen, dir ein Wahrheitsserum zu spritzen."

„Es ist nur ein Abendessen", sagte er ruhig.

Sehr viel ruhiger, als er sich innerlich fühlte.

Warum hatte er vergessen, dass jegliche Hoffnung, sich mit Tansy einzulassen, bedeutete, dass er einen Spießrutenlauf vor sich hatte? Nicht nur mit ihrer Familie, sondern einer sehr viel tödlichen Gruppe – ihren besten Freundinnen.

Petra musterte ihn noch einen Augenblick lang. Dann holte sie tief Luft und zuckte mit den Schultern. „Aha. Wenn es nur ein Abendessen ist, hoffe ich, ihr habt eine schöne Zeit. Und falls es irgendwas mehr als das ist?" Ihr Kinn senkte sich ein ganz kleines bisschen, was bedeutete, dass, wären ihre Augen Laserstrahlen gewesen, hätten sie ihn zu Asche verbrannt. „Dann behandelst du mein Mädchen lieber freundlich. Sonst kracht's."

Zum Glück klingelte in diesem Augenblick das Telefon.

Petra ging ran, ihre fröhliche Stimme meilenweit von der Todesdrohung entfernt, die sie gerade ausgesprochen hatte.

Jake schaltete den Geschirrspüler an und floh dann aus dem Haupthaus, bevor Petra mit ihrem Anruf fertig war.

Während des Tages sah er Tansy nicht. Als er hereinkam, um sich Mittagessen zu holen, war sie draußen in der Scheune und tat irgendwas. Um halb sechs allerdings zog er sich an und ging zurück ins Haus.

Die verdammten Schmetterlinge im Bauch – so nervös war er seit der zehnten Klasse nicht gewesen, und das war gewesen, bevor er den Führerschein gehabt hatte, und sein Stiefvater Jeff hatte ihn und sein Date überall hinfahren müssen.

Er schlüpfte aus dem Haus und wurde begeistert von Dixie begrüßt.

Er kraulte ihr den Kopf. „Hallo auch. Hattest du einen guten Tag?"

„Ziemlich gut." Er fuhr ein wenig zusammen, als die Antwort aus dem Wohnzimmer kam.

Tansy winkte ihm von dort zu, wo sie sich auf der Seite der Couch zusammengerollt hatte, die Decke, die normalerweise über der Rückenlehne lag, um ihre Schultern gelegt, und ein Buch auf dem Schoß. „Nur dass ich Flutschfinger hatte, als ich von Buns and Roses zurückgekommen bin. Ich habe mein Handy in den Wassertrog in der Scheune fallen lassen."

„Mist. Hast du es in einen Sack Reis gesteckt?"

„Natürlich. Die universelle Lösung für Wasserkatastrophen." Ihr Grinsen war böse. „Ich muss nur noch entscheiden, ob ich den Reis danach wegwerfen oder ihn benutzen soll."

Er schauderte.

Tansy lachte regelrecht. „Tut mir leid. Ich mache Witze. Ich verspreche, den Reis auf den Kompost zu werfen. Aber in der Zwischenzeit hatte ich einen technikfreien Tag."

„Das ist manchmal keine schlechte Idee." Er wies mit dem Kopf zur Tür. „Wenn du bereit zum Aufbruch bist, können wir jetzt los."

Sie schoss hoch und warf die weiche, beige Decke ab, wodurch ein scharlachroter Pulli über einer eng anliegenden schwarzen Hose zum Vorschein kam. „Ich verhungere noch nicht, aber das werde ich, bis wir dort ankommen. Treffen wir alle anderen am Restaurant?"

Jake erstarrte in der Bewegung, nach ihrer Jacke zu greifen.

Er drehte sich zu ihr zurück. „Alle anderen?"

„Petra und Aiden. Kevin. Declan. Du weißt schon." Sie schob die Füße in zwei hohe Lederstiefel, dann erhob sie sich, sah ihn mit gerunzelter Stirn an. „Sie sind nicht hier. Ich nahm an, sie hatten was zu tun und fahren dann direkt zum Restaurant."

Das hatte er nicht kommen sehen. „Es ist sonst niemand zum Restaurant unterwegs. Nur wir. Na ja, ich nehme an, es werden im Restaurant andere Leute sein, aber niemand von High Water."

Nun war es an ihr, zu erstarren. Sie blinzelte, Verwirrung ging über ihr Gesicht, bevor ihre Wangen sich leicht röteten. „Oh."

Hätte sie das mit irgendeiner Art Empörung gesagt, hätte er die Taktik gleich hier und jetzt gewechselt. Aber das einzelne Wort, zusammen mit ihrer Körpersprache, sagte weniger aus, dass es ihr unbehaglich war, dass sie allein mit ihm einen Abend lang festhing. Eher schon, dass sie ein wenig aus dem Gleichgewicht war, auf eine gute Weise, weil sie allein unterwegs waren.

Ein Gefühl, das er abermals völlig nachvollziehen konnte, denn auch er war viel zu alt, dass die Nerven entlang seins Rückgrats sich so krass hätten bemerkbar machen sollen wie gerade jetzt.

„Ich glaube, wir hatten ein kleines Missverständnis, aber das ist okay. Fangen wir noch mal neu an." Vielleicht konnte er das auch gleich ordentlich machen. Jake räusperte sich. „Tansy, ich will dich auf ein Date ausführen, um dein erstes erfolgreiches Wochenende als Chefköchin des High-Water-Künstlerrefugiums zu feiern. Möchtest du mit mir essen gehen?"

Er trat vor und hielt eine Hand hin. Tansy starrte sie einen langen Augenblick an. Sein Herz hämmerte so fest, dass er sich Sorgen machte, sie würde es hören können.

„Okay. Das würde mir gefallen." Sie legte die Finger in seine, hob den Blick, und dann bot sie ihm ein sehr verlegenes Lächeln an. „Wie wäre es mit diesem neuen koreanischen Restaurant in Diamond Valley?"

Für einen Kerl, den sie für ziemlich leicht zu interpretieren und viel zu geplant gehalten hatte, machte Jake Skye viel zu oft Zickzackbewegungen und hielt sie damit auf Trab.

Er ging mit ihr zu seinem Truck und öffnete die Beifahrertür. Tansy stieg ein und setzte sich, strich mit der Hand über das weiche Lederinnere. Er startete den Motor, schaute herüber, als sie nach unten neben die Tür griff, um mit den Knöpfen zu spielen, die die Rückenlehne und den Abstand von der Konsole anpassten.

„Fühl dich ganz heimisch", sagte er erheitert.

„Meistens tue ich das." Schön, automatisierte Steuerung. Ein neueres Fahrzeug als ihres, das war klar. Jetzt wunderte sie sich. Sie beugte sich vor und begutachtete die Konsole genauer. „Nett."

Sie betätigte die Sitzheizungsknöpfe für sie beide, sank

zurück in ihren Sitz und seufzte, als die Polsterung unter ihrem Hintern wärmer wurde.

„Ein beheiztes Lenkrad gibt es auch", setzte Jake sie in Kenntnis. „Falls deine Hände kalt sind."

„Du bist heute mein Chauffeur. Ich habe andere Möglichkeiten, um meine Finger schön warm zu halten." Sie hob die Hände vor sich und zeigte sie her. Mickey- und Minnie-Maus grinsten von den Rückseiten ihrer Handschuhe.

„Sehr schick."

Sie musterte sie etwas genauer. „Nicht mein üblicher Stil", gab sie zu. „Aber Fern hat sie für mich gewonnen, darum sind sie perfekt."

„Sie hat sie für dich gewonnen? Beim Ballwerfen auf dem Volksfest oder was? Was total toll ist, außer sie hat eine Art Lenkgeschossprogramm in ihrer Prothese, von dem ich nichts weiß."

Von Tansy kam ein Schnauben, das sie nicht aufhalten konnte. „Sie ist Rechtshänderin, meistens. Und sie würde niemals im Traum einen mechanischen Vorteil nutzen, wenn es nicht angemessen ist. Nein, sie hat diese Hübschen hier gewonnen, indem sie wusste, was am Wort Angstschweiß so besonders ist."

Sie musste nicht lange warten. Jake hob die Augenbrauen vor ihr, während er ihr einen raschen Blick zuwarf. „Und was ist an dem Wort Angstschweiß besonders?"

„Es gehört zu den Wörtern mit den meisten Konsonanten hintereinander."

Er lachte leise, überholte einen langsamen Fahrer auf dem Highway. „Ist das so was, was deine Schwester automatisch weiß, oder ist sie so ein Wortfreak?"

„Kein Wortfreak, aber sie weiß auf jeden Fall jede Menge über eine Menge Sachen." Tansy spähte aus dem Fenster, bewunderte die Art, wie die Lichter der näherkommenden

Autos im frischen Schnee glitzerten, die Felder um sie herum in ein funkelndes Wunderland verwandelten. „Wenn du jemals Trivial Pursuit spielst, macht sie sich gut in deinem Team."

„Gut zu wissen. Was ist mit dir?"

Tansy schüttelte den Kopf, richtete sich neu aus, bis sie ihn genauer bewundern konnte. „In ein paar Kategorien mache ich mich echt gut, in vielen anderen ganz schlecht."

„Ich würde dich trotzdem in mein Team wählen." Jake räusperte sich. „Obwohl wir besser sicherstellen, dass Fern mit uns spielt, denn ich habe auch meine Stärken und Schwächen."

„In welchen Kategorien wärst du der Überflieger?"

„Security, Sport, Gärtnern und R&B-Songs."

Wie witzig. Aber es war ein bisschen zu eingeübt als Antwort. Tansy beobachtete ihn kurz. „Klingt, als hättest du diese Liste schon bereitgehalten. Hast du ein paar Themen für uns vorgeplant, die wir heute Abend besprechen?"

Jake fluchte leise, dann verzog er das Gesicht. „Ich kann nicht anders. Diese Sache, dass ich mich vorbereite."

„So helfen wir dir aber nicht bei deinem Spontanitätsziel. Nicht, wenn wir eine vorab festgelegte Unterhaltungsliste abgrasen."

Er nickte viel zu ernst. „Es ist meine Angewohnheit. Und es ist meine Notlösung, wenn ich einen guten Eindruck bei jemandem hinterlassen möchte."

Da waren sie, am größten Problem, das in Tansys Verstand die Alarmglocken hatte losgehen lassen, seit dem Augenblick, als er angekündigt hatte, dass er sie auf ein Date mitnehmen wollte. „Vielleicht müssen über diesen Teil reden, nur ein bisschen."

„Die Tatsache, dass ich darauf zurück verfalle, Listen anzufertigen?"

„Die Vorstellung, dass du mich beeindrucken möchtest."

Tansy zuckte mit den Schultern. „Ich meine, mir gefällt es, dass wir uns verstehen, und ich träume nicht mehr davon, mir Möglichkeiten einfallen zu lassen, dir den Kopf explodieren zu lassen. Aber ich ...“

Ein lautes Lachen brach aus Jake hervor. „Du *hast* mich absichtlich gequält.“

„Quälen ist ein so extremes Wort. Aber ja, bei *absichtlich* würde ich sofort zustimmen.“ Tansy holte tief Luft und stieß sie langsam aus. „Warum hast du mich gefragt, ob ich mit dir ausgehe?“

„Warum hast du dich von mir am Silvesterabend küssen lassen?“

Das war einfach. „Weil du ein echt heißer Kerl bist und unfassbar viel besser als der Kerl, der mir bei jedem zweiten Schritt an die Knöchel gestoßen ist.“

Seine Erheiterung ließ nicht nach, wenn man nach den verschiedensten Kicher- und Schnaubgeräuschen ging, die von ihm kamen. „Du bist echt gut darin, Komplimente abzuliefern, um mich von den Füßen zu holen und auf dem Hintern sitzen zu lassen.“

„In irgendwas müssen wir ja alle gut sein.“

Er fuhr langsam auf eine freie Stelle einen halben Block vom Restaurant entfernt, dann drehte er sich zu ihr. „Ich habe dich gebeten, mit mir auszugehen, weil wir zwar vielleicht am Anfang auf dem falschen Fuß angefangen haben, aber je länger ich in deiner Nähe bin, desto mehr bin ich fasziniert. Ich würde dich gern besser kennenlernen. Ich hoffe, so nervig ich mit meinen Listen und meinen unnötigen Vorausplanungen bin, dass du mich auch magst.“

Tansy musterte sein Gesicht. Ein solcher Ernst, und doch, als er das Kinn leicht neigte, traf sie auch ein Hauch Schalk. Vielleicht konnte er jemand sein, mit dem sie mehr genießen konnte, als nur schmutzige Träume von ihm zu haben.

„Ich hatte nicht vor, mich mit jemandem ernsthaft einzulassen", setzte sie an.

„Ich auch nicht", stimmte er zu. „Ich war verheiratet, kurz. Das ist nicht gut gelaufen, und seither war ich eigentlich nur nebenher mal auf einem Date."

Sie konnte ihn ja auch gleich tierisch schocken. „Lass mich diesen Satz mal abschließen. Ich hatte nicht vor, mich mit irgendjemandem ernst einzulassen, aber dann hat Rose Chance gefunden. Seither habe ich gedacht, dass es vielleicht für mich okay wäre, das Risiko mit der Vorstellung eines Typen für immer einzugehen."

Jake neigte langsam den Kopf. „Es fühlt sich schon wie ein Risiko an, oder?"

„Auf jeden Fall." Sie setzte auf alles. „Also, die ganze Sache, mich besser kennenzulernen, und von mir fasziniert zu sein – meinst du das ernst, dass man es vielleicht ernst meinen könnte?"

Jake lachte, schüttelte leicht den Kopf. „Jedes Mal, wenn ich denke, ich hätte die Dinge unter Kontrolle, kommst du plötzlich reingeplatzt und sorgst dafür, dass ich die Augen noch mal genau aufmachen und mich der Sache stellen muss. Ja, Tansy. Der Grund, weshalb ich dich gefragt habe, ob du mit mir ausgehst, liegt darin, dass ich bereit bin, ein paar Risiken einzugehen und nach etwas zu suchen, wie es Aiden und Petra haben. Ich weiß nicht, ob das mit dir sein wird, aber ich habe das Gefühl, da gibt es eine Chance. Also ist es nichts Nebensächliches, und ich suche nicht einfach nur noch Spaß. Das ist ganz aufrichtiges Daten. Herausfinden, was wir übereinander herausfinden können, und sehen, ob das, was wir für die Zukunft wollen, uns zu einem guten Paar macht. Ob wir gut passen."

„Wie scharf isst du denn gern?", fragte Tansy.

Seine Lippen zuckten. „Finde es doch raus."

Sie grinste zurück. „Nur um es klarzumachen, ja, ich habe deine Antwort gehört. Wir sind beide bereit, zu riskieren, herauszufinden, ob eine Chance auf mehr besteht. Und obwohl wir beide nicht nur nach Spaß suchen, hoffe ich, wir können ihn haben. Sex, meine ich."

Es sah aus, als würde er fluchen wollen, aber zum Großteil bewegten sich seine Lippen, ohne dass ein Geräusch herauskam.

Schließlich räusperte Jake sich. „Sehr offen."

„Dazu neige ich. Ich rede nicht darüber, heute Nacht mit dir ins Bett zu hüpfen. Ich genieße es zu sehr, meine Schwester Rose aufzuziehen, dass sie einen One-Night-Stand mit Chance hatte. Ich kann nicht losgehen und so ziemlich dasselbe tun, oder ich verliere meine moralische Überlegenheit. Außerdem würde es jegliche Chance entfernen, Petra und Aiden zu ärgern, dass sie es beim ersten Mal getrieben haben, als sie sich begegnet sind. Aber ich bin interessiert ..."

„Moment mal." Jakes Augen wurden groß. „Was zum Teufel? Ich meine, der Teil mit meinem Bruder und Petra."

„Echt jetzt? Das hast du noch nicht gehört?" Es war absolut kein Geheimnis. „Petra hat Aiden doch im Wohnzimmer vor ein paar Abenden damit aufgezogen, und du und Declan wart mitten im Raum."

Jake schüttelte den Kopf. Er öffnete seine Tür und kam auf die andere Seite des Trucks herum, die kalte Luft fegte herein, sodass Tansy nur noch begieriger darauf war, seine Hand zu nehmen und zum Restaurant zu gehen. „Bestellen wir uns Essen, mittel bis sehr scharf, und dann kannst du mir mehr über diese Gerüchte direkt unter meiner Nase erzählen, von denen ich nichts wusste."

Und so endeten sie mit sechs Gerichten auf dem Tisch vor ihnen, eines ein bisschen zu scharf sogar für Tansys Geschmacksknospen. Nachdem sie die Katze mit Petra und

Aiden aus dem Sack gelassen hatte, ging die Unterhaltung weiter über Essen und ihre Zusatzkurse an der Highschool vor langer Zeit, alles Mögliche.

Es war, als würden sie sich beide sehr absichtlich von schwierigen Themen fernhalten, zumindest heute Abend, und nur einander als das schätzen, was sie waren. Zwei Menschen, die die Zukunft abtasteten und herausfanden, ob es mehr als nur körperliche Anziehung gab, die zwischen ihnen brodelte.

Obwohl diese Anziehung da war. Auf jeden Fall.

Am Ende der Mahlzeit, als sie nach draußen traten, schob Jake seine Hand um ihre. Eine Schockwelle wogte durch Tansy, von den Fingerspitzen bis zu den Zehen.

So seltsam. Sie hielten sich doch nur an der Hand, um Himmelswillen.

Vor dem Truck zog Jake sie langsam heran, bis sie stehen blieb. „Wir müssen Jinx bei den Stones auf unserem Nachhauseweg abholen. Das bedeutet, wir sollten unser erstes Date hier abschließen. Wenn das für dich okay ist?"

Tansy schob die Hände seine Brust hinauf, bis sie die Arme um seinen Nacken legen konnte. „Wenn man bedenkt, wie kalt es hier draußen ist, werden wir vermutlich nicht sonderlich weit kommen."

Sein Kichern gefiel ihr wirklich. Es gefiel ihr noch besser, als er sich vorbeugte und seine Lippen auf ihre drückte. Ein langsamer, zarter Kurs. Ein sanftes Knabbern an ihrer Unterlippe, gefolgt von einer Bewegung seiner Zunge. Nichts Forderndes, und doch, an der Art, wie seine Arme um ihren Oberkörper gelegt waren, sie an ihn zogen, würde sie nicht so bald irgendwohin kommen.

Was mehr als nur in Ordnung war. Sie wollte nicht weg.

Sie standen da, während die eiskalte Luft um sie herum ein paar Grad aufgeheizt wurde, und ein tiefes Grollen der Lust in ihrem Bauch aufkam.

Als er den Kuss abbrach, lächelte sie in seine Augen. „Wäre es echt schlimm, wenn ich dir sage, dass ich vorhabe, heute Abend einen Vibrator zu nehmen und an dich zu denken?"

Ein Ausdruck reinen Schmerzes ging über sein Gesicht, und Jake kniff die Augen kurz zusammen. Als er sie wieder öffnete, waren sie voller Hitze und Erheiterung. „Du bist doch echt ein ganzer Haufen Ärger."

„Denk an mich, wenn du dir einen runterholst", schlug sie vor.

Jake fluchte. „Steig in den verdammten Truck."

Sie lehnte sich vor und gab ihm rasch einen letzten Kuss, dann huschte sie zum Beifahrersitz. Als er sich auf dem Fahrersitz niedergelassen hatte, rutschte sie in die Mitte, die Hüfte dicht an seiner, und die linke Hand ruhte sanft auf seinem Oberschenkel.

Er schaute sie überrascht an.

Tansy zuckte mit den Schultern. „Jinx wird Platz zum Sitzen brauchen, und wenn wir dieses Daten echt anpacken wollen, ist es ja nicht so, als würden wir es geheim halten." Sie beäugte ihn, kniff die Augen zusammen. „Du hattest aber nicht vor, es geheim zu halten?"

„Auf gar keinen Fall. Tatsächlich hat nur die Tatsache, dass dein Handy baden gegangen ist, Petra davon abgehalten, dich in Kenntnis zu setzen, dass sie wusste, dass ich dich heute Abend allein ausführe. Sie hat mich bedroht, wie es jede gute beste Freundin tun würde, hat mir aber nicht wirklich wehgetan."

Huch. Tansy dachte darüber nach, während Jake sie zurück auf den Highway brachte, unterwegs nach Silver Stone. „Das wird schon okay sein. Petra und Sydney mögen dich. Zum Großteil."

Er lachte wieder und legte den Arm um ihre Schultern, während er fuhr. „Das wird wohl ein ziemliches Abenteuer."

„Sollte Spaß machen.“

Ein Beben ging über sie hinweg. War es möglich, einen weiteren Traum wahr werden zu lassen? Es war zu früh, um es zu sagen, aber ganz gegen ihre Natur loderte eine kleine Flamme intensiv in ihrer Brust und weigerte sich, gelöscht zu werden.

Pulsierte in einem kleinen leichten, stetigen Rhythmus, im Einklang mit ihrem hoffnungsvollen Herzen.

7

———

Draußen heulte der Wind, ratterte an den Fenstern und war laut genug, um über die Musik hinweg hörbar zu sein, die sanft im Hintergrund lief. Aber im Inneren von dem, was inzwischen Marinas Wohnung über Buns and Roses war, hing der Geruch von Popcorn, Schokolade und Käse-Köstlichkeiten in der Luft.

Es war die Art kalter Januarabend, an dem es sich ein bisschen luxuriös anfühlte, drinnen zu bleiben.

Heute Abend hatte sich eine schöne Kombination versammelt, und obwohl Tansy als Gastgeberin galt, hatte sie den genialen Einfall gehabt, Marina zu fragen, ob sie sich ihnen anschließen wollte. Marina hatte sofort ihre Wohnung angeboten, damit sie sich versammeln konnten. Sie hatte dicke Decken auf die Rückseiten der Sofas gelegt, und als sich alle niederließen, wurden die weichen Bedeckungen nur zu gern genommen und über Beine und um Schultern gelegt. Kerzen wurden angezündet und Snackteller gefüllt.

„Es ist ewig her seit unserem letzten Mädelsabend." Petra

verzog das Gesicht. „Oder es fühlt sich zumindest wie ewig an."

„Du warst zu beschäftigt mit deinem Typen und als Mutterentsprechung für Jinx, um zu merken, dass wir die ganze Zeit da waren. Tansy noch mehr als üblich." Petras Schwägerin Julia Sorenson erklärte das. Ihre Hand ruhte leicht auf ihrem Bauch, strich über die kleine Wölbung.

Petra wirkte nachdenklich. „Schätze schon. Obwohl ich nicht weiß, wie ich mich mit dieser Bezeichnung als Mutterentsprechung so fühle."

„Wir müssen uns da was Eindrucksvolleres einfallen lassen, aber es stimmt." Tansy ließ sich neben ihr auf das Sofa fallen. Sie schaute zu den anderen Damen, die sich um den Beistelltisch versammelt hatten, der mehr oder weniger unter dem Gewicht der ganzen Leckereien darauf stöhnte. „Jinx scheint sich auf Aiden und Petra als ihre Ersatzelternfiguren eingeschossen zu haben. Sie hat Aiden gebeten, dass er mit ihr zu einem Vater-Tochter-Spielabend in der Schule kommt."

Marina runzelte kurz die Stirn. „Ich dachte, Declan wäre Jinx' offizieller Vormund, während sie hier in die Schule geht."

Tansy wedelte mit der Hand. „Ist er, aber Jinx scheint Declan als eine Kombination aus Superheld und Idol zu betrachten, die man lieber auf ein Podest stellt. Wenn sie elterliches Kuscheln oder Rat benötigt, dann brauchst du nicht weiter zu suchen als Petra und Aiden."

„Ach, das ist süß", sagte Marina, während reihum im Raum genickt wurde, wie eine Kooperation aus Wackeldackeln.

„Solange sie jemanden hat, darauf kommt es an", gab Sydney zustimmend von sich.

Da sieben von ihnen rund um den Tisch saßen, war es ein bisschen beengt, aber es wirkte auf Tansy trotzdem perfekt. Wie die meisten Mädelsabende in den letzten Jahren schickte diejenige, die die Gastgeberin war, den Ort und die Zeit ins Universum hinaus, und alle, die es schafften, kamen.

Natürlich bedeutete das derzeit, dass manchmal weniger von gewissen Damen zu sehen war, oder es ganz andere Zusammensetzungen gab, da Arbeit, Kinder und das Leben im Allgemeinen dazwischen kamen. Bisher waren die Mädels allerdings eng verbunden geblieben, was eine Freude an sich war, für die Tansy durchaus die Lorbeeren einstreichen wollte.

Sie und Rose waren immerhin Gründungsmitglieder der Gruppe.

Tansy schaufelte ein Käse-Jalapeño auf einen Cracker und schob es sich in den Mund, während sie Köpfe zählte, und irgendwie erheitert feststellte, dass die Damen, obwohl Rose fehlte, eine fast perfekte Mischung aus alten und neuen Bewohnerinnen waren.

Petra, Sydney und Marina waren auf jeden Fall auf der Liste der Neuen. Petras Schwägerin Julia und die äußerst schelmische Lisa Ryder – inzwischen mit dem Tierarzt vom Ort mit einem Dreijährigen und einem fünf Monate alten Baby verheiratet – waren beide lang genug da, dass sie sich für ganz in der Mitte qualifizierten.

Schließlich waren da noch Tansy und Kelli Stone, eine Ranchhelferin auf der Silver Stone Ranch und verheiratet mit Sasha Stones Onkel Luke. Sie lebten beide schon seit Jahren in Heart Falls.

Als fünfzehnjährige Ausbüchserin war Kelli auf die Silver Stone Ranch marschiert, als würde ihr der Laden gehören, und dort angenommen worden. Tansy hatte Kellis Geheimnis all die Jahre für sich behalten. Genauso wie Kelli die Einzige war, die alle Einzelheiten über Tansys Vergangenheit kannte, vor der Adoption durch die Fields.

Sie waren das Fort Knox der Geheimnisbewahrer füreinander, wie sie immer scherzten.

Als sich Kelli nun auf ihrem Sessel nach vorne schob, ein meisterhaftes Manöver trotz des Babybauchs, der sich vor ihr wölbte, waren so viele wirre Erinnerungen in Tansys Gedanken.

Trotz der Vergangenheit wurde Kelli nun über jedes Maß hinaus geliebt, nicht nur von Luke, sondern von der ganzen Familie Stone. Sie würde bald eine eigene Familie gründen ...

Vielleicht, nur vielleicht waren große, schöne Veränderungen auch für Tansy möglich.

Zum Glück, bevor sie noch mehr Zeit damit verbringen konnte, extrem nachdenklich zu sein, deutete Petra auf Kellis Bauch. „Sollte der inzwischen nicht größer sein? Es ist Ende Januar, und du bist in vier Wochen dran."

Kelli füllte sich eine Schale mit Chips, dann lehnte sie sich zurück in ihrem Sessel. Streckte die Beine vor sich aus, um ihre flauschigen Socken zu zeigen, die nicht ganz zusammenpassen. Irgendwie funktionierte es total. „Das Baby ist gesund. Ich habe einfach einen langen Oberkörper, schätze ich."

Julia seufzte. „Wollt ihr vielleicht darauf wetten, dass *ich* anschwellen und aussehen werde, als hätte ich ein ganzes Melonenfeld verschluckt?"

„Ihr werdet alle liebenswert aussehen", versicherte ihr Petra. „Ach, und ich habe etwas für dich gefunden, von dem ich denke, dass es für diesen Augenblick angemessen ist." Sie griff unter das Sofa und zog eine Papiertüte heraus.

Mit argwöhnischem Gesicht wackelte Julia mit dem Geschenk. „Ist es sicher, dass in aller Öffentlichkeit zu öffnen?"

„Natürlich. Ich bin immer von der Öffentlichkeit gutgeheißen", versicherte Petra ihrer Schwägerin, bevor sie einen Blick auf die Kerze auf dem Tisch warf, die sie mitgebracht hatte, auf der stand: *Zen am Arsch.* „Na ja, meistens von Öffentlichkeit gutgeheißen."

Das Geschenk ließ sich sicher öffnen, war aber auch

umwerfend. Petra hatte ein T-Shirt gemacht, auf dem das Bild einer Flagge genau dorthin gepflanzt war, wo Julias Bauch schließlich den Stoff vorschieben würde. Auf der Flagge stand: *Dieses Land wird von Baby Sorenson beansprucht. Berühren auf eigene Gefahr.*

„Ich brauche eins", murmelte Kelli. „Mir war nie klar, wie viele Leute tatsächlich annehmen würden, dass es okay ist, ganz nah ranzukommen und meinen Bauch zu tätscheln."

„Machen sie das noch immer?", fragte Lisa verwundert. „Ich dachte, damit hätten sie aufgehört, nachdem du unabsichtlich Mrs. Wilson eine verpasst hast."

Ein Lachanfall tanzte durch den ganzen Raum. Marina beäugte Kelli bewundernd. „Gut gemacht. Ich will wissen, wie man unabsichtlich jemandem eine verpasst. Das klingt wie ein Talent, das wir alle lernen müssen."

„Ganz rasch umdrehen und die Ellbogen ausfahren, und mehr sage ich dazu nicht", entgegnete Kelli mit einem Zwinkern.

„Wundervoller Ratschlag." Lisa räusperte sich. „Das wirkt wie ein angemessener Augenblick, um anzukündigen, dass ich wieder in der Babybrigade bin."

Alle hielten kurz inne, dann kam Jubel auf.

„Ich gratuliere", sagte Julia. „Wann bist du dran? Ich am 4. April, was bedeutet, Cousins, die altersmäßig ganz dicht beieinander sind."

„Am 15. August, also ich habe die ersten drei Monate hinter mir. Was bedeutet, ich warte nicht mehr länger voller Schrecken auf den Augenblick, von dem meine Schwester Tamara immer gedroht hat, dass er kommen würde. Ihr wisst schon, sich die Eingeweide rauskotzen, rund um die Uhr."

Tansy kicherte. Wie witzig. Die arme Tamara hatte sich mit morgendlicher Übelkeit herumgeschlagen, die angehalten hatte, bis sie geboren hatte. „Du kommst schon wieder damit davon?"

„Außer vor dem Zorn von Tamara, ja", sagte Lisa grinsend. „Obwohl ich nicht weiß, ob die Tatsache, dass mir nicht übel wird, ich aber Wehen aus der Hölle habe, ein echter Gewinn ist."

Die einzige der Damen, die sich nicht vorbeugte und ihre herzlichen Glückwünsche anbot, war Sydney. Sie beäugte Lisa. „Für dich ist es echt in Ordnung, jahrelang in Folge diese Schwangerschaftsroutine zu machen? Oder muss ich vorschlagen, mal ein wenig an einem gewissen, offensichtlich sehr virilen Mann rumzuschnippeln?"

„Das ist doch wohl kaum jahrelang in Folge. Das könnte man von meiner Cousine Jaxi sagen, obwohl es aussieht, als hätte sie mit sechs Kindern endlich aufgehört." Lisa sank zurück ans Sofa, hob ihren Softdrink hoch. „Ich weiß, mich schockiert das auch. Nicht die Tatsache, dass ich wieder schwanger bin, weil ich weiß schon, wie das geht. Und der fröhliche Anlass, der mich schwanger macht, kommt oft zustande, mit großer Begeisterung, vielen Dank aber auch." Sie grinste Tansy breit an, die nicht anders konnte, als es zu erwidern. „Aber Zoe und Mason machen so viel Spaß, und Josiah ist der Dad des Jahrhunderts mit ihnen. Ich wollte immer schon drei oder vier Kinder, und darum werden diese zwei wohl wie Dominosteine stehen, ein Jahr nach dem anderen."

„Solange das der Plan ist, feiere ich es", versicherte ihr Sydney. Sie schaute sich im Raum um. „Jetzt mal weiter von den Babys. Denn so toll sie als Thema auch sind, es ist Zeit, zu besprechen, was uns alle derzeit beschäftigt hält, darunter auch diejenigen, die sich nicht fortgepflanzt haben."

„Beschäftigt, oder unterhalten." Petra schnappte sich die Weinflasche vom Tisch und füllte ihr Glas auf. „Beschäftigt bin ich von High Water, und unterhalten durch Tansy und ihre ganze Aufregung."

Was zum Teufel? Tansy warf Petra einen Blick zu. „Du lässt mich ja klingen wie ein Wanderzirkus."

„Wenn der Clownschuh passt", scherzte Petra.

Tansy warf Popcorn nach ihr.

Auf der anderen Seite des Beistelltischs grinste Julia. „Ich glaube, was Petra meint, ist, dass du in letzter Zeit ein bisschen abgelenkt wirkst."

Kelli hob eine Augenbraue. „Erzähl mal. Luke und ich sind gerade erst wieder zurück in die Stadt gekommen, nachdem wir den Großteil des Januars meinen Großvater besucht haben. Offensichtlich sind mir einige spannende Neuigkeiten entgangen."

Diesmal hob Marina eine Hand, als wäre sie eine eifrige Schülerin. „Oh, oh. Nimm mich. Nimm mich." Sie beugte sich auf den Ellbogen vor. „Tansy ist hin und weg."

Ein Kichern kam von Kelli. „Tansy ist doch immer hin und weg. Sie hat immer einen oder zwei Lieblinge der Woche, zum Tanzen oder für anderen Spaß."

„O nein. Das ist etwas ganz anderes." Petra ignorierte den bösen Blick, den Tansy in ihre Richtung wandte, um ihre Lippen spielte ein Grinsen. „Tansy meint es ernst mit jemandem."

„Moment – ernst?" Kelli richtete sich auf, plötzlich sehr interessiert. „Ich war drei Wochen weg, und ich habe eine ernsthafte Tansy verpasst?"

Tansy stöhnte und vergrub das Gesicht in den Händen. „Warum hänge ich mit euch eigentlich ab?"

„Weil wir deine besten Freundinnen sind, und wir sind von diesem seltenen Phänomen fasziniert." Lisa riss Tansy die Popcornschüssel aus den Händen, um zu vermeiden, damit geduscht zu werden. „Jetzt spuck es aus. Was geht zwischen dir und Jake vor?"

„Ja, Details. Ich dachte, du wärst inzwischen mit ihm fertig", fügte Julia an. „Laut allen anderen ist zwei Wochen dein Maximum."

„Dann haben alle anderen Unrecht."

Lisa beugte sich zu Marina, neigte wissend das Kinn. „Der Sex muss ja völlig genial sein."

Bevor sie sich davon abhalten konnte, erstickte Tansy diese Idee im Keim. „Wir hatten keinen Sex."

Sie hätte eine Nadel fallen hören können.

Tansy war versucht, ihr Gesicht wieder in den Händen zu vergraben, aber stattdessen funkelte sie Lisa an, ihre Wangen brannten heiß.

Lisa spielte ein Keuchen vor. „Ihr hattet keinen Sex? Wer bist du, und was hast du mit Tansy angestellt?"

„Hör auf", jammerte Tansy, noch während sie durch die Verlegenheit hindurch grinste. „Es ist ja nicht, als würde ich rumsitzen und nicht arbeiten. Wir sind beide tierisch beschäftigt derzeit. Außerdem ..." Sie dachte darüber nach, wie viel sie sagen sollte, entschloss aber, dass es sich lohnte, es zu erwähnen. „Er und ich sind die genauen Gegensätze, also ist es eine gute Idee, es langsam anzugehen. Sicherzustellen, dass wir – zumindest von meiner Seite – nicht aufgeben, was uns einzigartig macht, nur um zu versuchen, zusammen zu sein."

Was ihr einen Chor aus entzückten Geräuschen aus der Gruppe verschaffte.

Marina seufzte schwer. „Na, ich bin froh, dass irgendwer in der Welt des Datens Spaß hat. Der letzte Typ, mit dem ich ausgegangen bin, hat das ganze Date damit verbracht, über seine Fantasy-Football-Liga zu sprechen."

Petra schnaubte in ihr Weinglas. „Du machst doch Witze."

„Leider nein. Ich weiß mehr über sein erfundenes Team, als ich über sein echtes Leben weiß."

Und damit verlagerte sich das Thema, und Tansy stellte fest, dass sie nicht mehr im Mittelpunkt der Aufmerksamkeit stand. Was nett war, denn sie hatte da gar nicht erst sein wollen. Die ganze Sache mit Jake war neu und seltsam und doch irgendwie glänzend.

Als Kelli die Gelegenheit ergriff und sich neben ihr auf das Sofa schob, um zu plaudern, hieß Tansy die Ablenkung willkommen. Sie sprachen leise, weit genug abgeschieden, dass sonst keiner mithören konnte.

Kelli beäugte sie kurz. „Bist du glücklich?"

„Ich glaube schon." Tansy legte den Kopf auf die Rückenlehne der Couch. „Ich weiß nicht, wohin das alles geht, Kel, aber ich fühle mich hoffnungsfroh. Das ist ein schönes Gefühl."

Ihre Freundin nickte langsam. „Hattest du schon irgendwelche ernsthaften Gespräche mit ihm?"

Ein Beben ging durch sie hindurch. Tansy schüttelte den Kopf.

„Okay. Verstehe ich. Es gibt keine Regel, dass du ihm irgendwas sagen musst, aber – aus Erfahrung gesprochen – als ich endlich dazu gekommen bin, Luke die Wahrheit über meine Vergangenheit zu erzählen, hat es sich gut angefühlt. Echt gut, als hätte ich mein ganzes Leben eine schwere Kiste mit mir rumgeschleppt, und plötzlich musste ich das nicht mehr. Nicht bei ihm." Kelli nahm ihre Finger. „Deine Geheimnisse gehören dir, und ich werde sie niemals jemandem sagen."

„Aber du glaubst, ich muss sie Jake sagen?" Die echt gruslige Sache war, dass der Gedanke Tansy nicht in sofortige Panik ausbrechen ließ.

Kelli nahm sich einen Augenblick und atmete langsam aus.

„Du bist nicht mehr dieser Mensch, aber was du durchgemacht hast, was du getan hast, macht dich zu der, die du heute bist. Was eine wunderbare, liebende, tolle Person ist. Ich sehe das, und ich glaube, dass Jake es vielleicht auch sieht."

Was ein wunderbarer Gedanke war, aber auch das Gegenteil könnte wahr sein. „Er könnte beschließen, dass er mit mir nichts mehr zu tun haben will."

Kelli hob eine Schulter. „Das könnte vielleicht besser sein, früher als später zu erfahren, aber wenn du tiefe Tansy-Gefühle für ihn empfindest, bezweifle ich, dass du dir um etwas Sorgen machen musst. Vertraue dir, Süße. Du bist klug, und du bist freundlich, und du bist toll. Das musst du glauben."

Tansy gab Kelli eine riesige Umarmung. „Du haust so rein."

„Das gilt auch für dich." Kelli drückte sie fest, bevor sie losließ und sich wieder der allgemeinen Party anschloss. Aber das gab Tansy eine Menge zum Nachdenken, während sie und Petra nach High Water zurückkehrten. Petra umarmte sie, dann ging sie zu der Wohnung weg, die sie sich mit Aiden teilte. Tansy schlüpfte leise ins Haus.

Es war fast Mitternacht, aber das Licht im Wohnzimmer schien deutlich auf Jake, der sich erhob und sich näherte.

„Du bist spät auf", scherzte sie.

„So spät auch wieder nicht." Er nahm ihr die Jacke ab. „Außerdem hatte ich Listen anzufertigen."

Sie kicherte. „Aber natürlich."

Trotz allem, was ihr durch den Kopf ging, protestierte sie nicht, als er sie in seine Arme zog. Ein guter langer Kuss wurde von einem weiteren gefolgt, und Tansy drückte ihm die Hände auf den Oberkörper, strich darüber, während sie die Handflächen zu seinem Rücken führte. Die starken Muskeln unter seinem weichen Flanellhemd ließen sie glücklich seufzen, und es war verführerisch, ihn den Gang entlang in ihr

Zimmer zu ziehen, damit sie sich dieser Klamotten entledigen und den Hautkontakt erhöhen konnten.

Bevor sie aus einem Impuls heraus handeln konnte, löste sich Jake. „Wir hören jetzt lieber mal auf."

„Echt?" Sie konnte sich nicht vorstellen, warum das eine gute Idee war. Tansy bohrte die Fingerspitzen ein wenig fester in seine Brust, kratzte leise, und er stöhnte.

Einen Augenblick später erklangen Hundekrallen auf dem Boden. Dixie kam zu ihnen herangetänzelt, und Tansy löste sich so, dass sie an Jakes Seite stand, eine Sekunde, bevor Jinx um die Ecke bog und verschlafen blinzelte.

„Oh, Hi. Tut mir leid, ich dachte, ich hätte was gehört. Dixie war aufgeregt – freudig aufgeregt, nicht verstört, wenn ihr wisst, was ich meine. Ich dachte mir, dass du es warst." Jinx gähnte. „Hattest du eine tolle Zeit mit den Mädels?"

„Die beste. Tut mir leid, dass wir dich geweckt haben", sagte Tansy.

„Ich wollte nur sicherstellen, dass Tansy sicher zurückgekommen ist. Ich sehe euch beide dann am Vormittag." Jake drückte Tansy die Finger, dann schnappte er sich seine Jacke von der Wand und war aus der Tür, bevor sie etwas einwenden konnte.

Jinx verzog das Gesicht, während Tansy zu ihr ging. „Das tut mir echt leid."

Tansy sah sie mit gerunzelter Stirn an. „Was denn?"

„Die Störung."

Diesmal war es leicht, zu lachen. Tansy legte einen Arm um Jinx' Schultern und führte sie zurück zum Schlafbereich. „Hier ist was Witziges, das du über Erwachsene wissen musst. Wenn sie sich küssen wollen, dann dürfen sie sich einen Platz zum Küssen suchen. Wenn sie beschließen, sich in der Öffentlichkeit zu küssen, sind Störungen an der Tagesordnung. Aber jetzt musst du zurück ins Bett."

„Okay." Jinx hielt an der Tür inne, Dixie schlich sich um ihre Beine, während die junge Frau Tansy nachdenklich betrachtete. „Ich mag Jake. Es ist manchmal ein bisschen zu ernst, aber man kann erkennen, dass er ein gutes Herz hat."

„Geh ins Bett", sagte Tansy fest.

Ein leises Kichern kam von der jüngeren Frau. „Gute Nacht."

Jetzt verkaufte ihr schon der Teenager im Haus, wie gut Jake war. Das Problem war, sie glaubte den Verkaufsargumenten bereits.

Es war nur, dass Kellis Vorschlag, Jake mehr von ihrer Vergangenheit zu erzählen, sowohl ein toller Gedanke war als auch ein großes Problem. Es würde etwas länger dauern, bis Tansy diesen konkreten Vorschlag durchgekaut hatte.

Sie ging ins Bett und hoffte auf einen traumlosen Schlaf, in dem sie keine Entscheidungen treffen musste.

8

Ende Januar und Anfang Februar verschwammen miteinander, erfüllt vom üblichen Hin und Her des Ranchlebens und den letzten Details an den Wohnungen für Declan und ihn selbst.

Die Buchungen für das Künstleratelier begannen ernsthaft. Tansy bekochte ein weiteres Wochenendevent Anfang Februar und machte dann Pläne für die bisher größte Buchung – ein siebentägiges Ereignis in der Ferienwoche von Sonntag bis zum folgenden Sonntag.

Was bedeutete, dass Jakes Hoffnungen, sie auf ein weiteres offizielles Date zu entführen, gegen null gingen. Besonders, als Tansy ankündigte, dass sie ihre zwei freien Tage früher nehmen würde, da sie am Montag und Dienstag an der Buchung arbeiten müssen würde.

„Rose, Fern und ich sind morgen unterwegs nach Calgary zu einem Kurzurlaub", setzte sie sie alle beim Frühstück am Mittwoch in Kenntnis. „Am Samstag bin ich zurück und habe noch genug Zeit, um die Dinge für Sonntag und den Rest der

Woche fertigzumachen. Und Marina ist schon gebucht, um mit dem Backen zu helfen."

„Du musst dir deine Zeit freinehmen", stimmte Declan zu. „Ich koche am Donnerstag. Jake kann es am Freitag machen."

„Ich freue mich darauf", sagte Jake so fröhlich wie möglich. „Ich hoffe, ihr habt alle eine tolle Zeit."

Petra lachte ihn direkt aus. „Dein Pokerface ist beschissen. Und das sagt schon was aus, wenn man bedenkt, wie schlecht meins ist, das hat man mir zumindest zugetragen."

Tansy beäugte ihn neugierig, sagte aber nichts.

Zumindest nicht, bis sie ihn später am Tag allein erwischte. Er war kaum durch die Tür und hängte seine Jacke auf, als sie die Arme von hinten um seine Taille legte und ihn fest umarmte. „Wir sind nicht so gut darin, das mit dem Dating hinzukriegen, oder?"

„Schon gut." Er drehte sich auf der Stelle um und erwischte sie, und er liebte, wie weich und warm sie sich in seinen Armen anfühlte, und wie köstlich sie roch. „Ich glaube, es fühlt sich anders an, da wir an den meisten Tagen zusammen essen. Es sieht so aus, als sollten wir schneller machen, aber eigentlich machen wir's doch ganz gut. Wir reden, wir haben hin und wieder gemeinsame Momente."

„Wir sind völlig frustriert, weil wir uns gern nackig machen würden?"

Er lachte. „Ja, davon gibt's auch jede Menge." Ihre Augen glitzerten, und sie grinste ihn an. Plötzlich fühlte es sich nicht an, als würde nur er nach der Wahrheit drängen. „Aber es ist okay. Wir gehen bald den nächsten Schritt."

Trotzdem lag in dem Summen der Aktivitäten im Lauf des Wochenendes eine andere Energie. Vielleicht war es der Kälteeinbruch, der eingetroffen war. Oder die unausgesprochene Anspannung, weil sie sich darauf vorbereiteten, Fremde an ihren

Ort zu lassen, sogar welche, die für das Privileg bezahlten, das Künstlerstudio zu benutzen, aber aus irgendeinem Grund lastete das Gewicht der Verantwortung mehr als üblich auf Jake.

Nicht mal die Küsse, die er sich verstohlen von Tansy besorgte, sobald sie zurück war, konnten das Gefühl im Inneren vertreiben, dass bald etwas schief gehen würde.

Chris hielt sich immer noch hier auf, aber er hatte ein Busticket gebucht, um in der folgenden Woche zu seinem Bruder an die Ostküste zu ziehen. In der Zwischenzeit hatte sich der Mann mit voller Kraft hineingestürzt. Die zusätzliche Hilfe war unbezahlbar, besonders, als zwei schwangere Terrier ausgesetzt am Rand des Grundstücks gefunden wurden. Jake und Chris verbrachten den Samstagnachmittag damit, improvisierte Unterstände zu bauen und warme Plätze für die Hunde in der Scheune einzurichten, um auf die Welpen vorbereitet zu sein, die vermutlich jeden Tag eintreffen würden.

Jake versuchte seine Zeit zwischen der Ranch, der Hilfe mit dem Künstleratelier und der Tierrettung aufzuteilen, doch alles, was er machte, fühlte sich unvollkommen oder irgendwie mangelhaft an, und seine Nerven waren bis aufs äußerste strapaziert.

Am Sonntagabend ging die Sonne hinter den Bergen unter, und eine bittere Kühle legte sich über die Ranch, als Jake sich mit den anderen im Wohnzimmer traf. Die abendliche Tradition, die sie begonnen hatten, war eines der wenigen Dinge, die ihm ein Gefühl des Friedens verschafften.

Das Feuer knisterte warm im Kamin, erfüllte den Raum mit einem tröstlichen Glühen.

Kevin saß still in einer Ecke, blätterte langsam durch ein dickes Buch, seine Stirn vor Konzentration in Falten gelegt. Chris hatte sich ihnen nicht angeschlossen und behauptet, er wollte früh ins Bett gehen. Aiden spielte auf seiner Gitarre, füllte die Luft mit einer sanften, klassischen Melodie, die sich um alle legte, eine beruhigende Berührung.

Petra und Jinx saßen zusammen und häkelten. Petras Hände bewegten sich mit geübter Leichtigkeit, schufen zarte Muster aus leuchtend buntem Garn. Jinx murmelte vor sich hin, als die unvertraute Bewegung zu Fehlern führte. Oder vielleicht war es, weil Jinx mehr Zeit damit verbrachte, Declan zu beobachten, als ihre eigenen Finger.

Jakes ältester Bruder saß in der Nähe und blätterte durch einen alten Katalog.

„Echt Hightech, Declan", scherzte Jinx, in ihren Augen glitzerte der Schalk. „Ich wusste nicht mal, dass so was noch gedruckt wird."

Declans Lippen bewegten sich fast nicht, ihn traf die Neckerei nicht. „Altmodisch heißt ja nicht, dass es nicht mehr verwendet wird, Kleine. Ich finde da drin ganze Schätze." Er hielt eine Seite hoch, auf der ein paar geschnitzte Bärenstatuen waren, eine hoch oben in einem Baum. „Was meinst du? Welche würde in der Scheune besser aussehen?"

Jinx tat so, als würde sie die Seite mustern. „Auf jeden Fall die links", sagte sie schließlich und nickte weise. „Die andere sieht zu grummelig aus."

„Irgendwie wie Declan?", überlegte Aiden laut.

„Ich bin nicht grummelig. Ich bin würdevoll", sagte Declan unbetroffen.

Jake lachte über ihren Austausch, spürte, wie die Anspannung des Tages langsam wegglitt.

Das waren die Augenblicke, die er am meisten liebte – die einfachen, stillen Abende, die sie als Familie zusammen verbrachten. Kein Chaos, keine Notfälle, nur die Wärme des Feuers und das lockere Behagen, von den Leuten umgeben zu sein, auf die es am meisten ankam.

Der Hauptgrund für sein derzeitiges Glück war allerdings,

dass Tansy neben ihm auf dem Sofa saß, während sie durch ein Malbuch blätterte. Sie hatte ihn vorhin überzeugt, sich mal daran zu probieren, hatte ihm ein paar Buntstifte in die Hand gedrückt und ihn dazu verlockt, eine der Seiten auszumalen. Er war nicht so sehr für Kunst, aber er hatte es trotzdem gemacht, vor allem, weil er nicht widerstehen konnte, da es ihm die Chance gab, sich neben sie zu setzen und die Stifte zu teilen.

„Das bedeutet, dass du heute Abend keine Listen machen kannst", flüsterte sie leise.

Was ihn nur dazu verführte, eine auf den Rand der Malbuchseite zu schreiben. Tatsächlich ...

Es war schwierig, das verstohlen zu machen, doch er schaffte es. Während er einen Teil der Seite ausmalte, lehnte sich Tansy an ihn, ihr Körper warm und weich.

Sie reichte ihm einen weiteren Stift, ihre Finger streiften seine.

„Hier, probier den für den Himmel", schlug sie vor, ihre Stimme leise. „Das ist der perfekte Blauton."

Jake nahm ihr den Stift mit einem Nicken ab, obwohl es ihm in Wahrheit ziemlich egal war, ob der Himmel pink war. Der beste Teil des Abends war die Art, wie sie sich an ihn schmiegte, ihr Kopf manchmal auf seiner Schulter, und wie sie die Stille teilten.

Er könnte sich daran gewöhnen. Vielleicht war das unruhige Gefühl in ihm die Tatsache, dass er übermäßig zum Beschützen neigte.

„Hey. Was ist das?" Sie nahm die Seite aus seiner Hand und hob sie an ihre Nase. Als sie sie um neunzig Grad drehte und dann kicherte, wusste Jake, dass sie seine Liste gefunden hatte.

Um die ganze Außenseite des Bildes hatte er in den allerkleinsten Buchstaben geschrieben:

1. Tansy küssen.
2. Tansy küssen.
3. Tansy küssen.
4. Tansy küssen.

„Du bist ein Witzbold", flüsterte sie.

Jake legte den Arm fester um sie und saugte die Süße auf, sie dicht bei sich zu haben und vielleicht mehr darüber zu lernen, optimistisch zu sein, nicht nur spontan.

Diese Idee flog am nächsten Tag aus dem Fenster, als ein neuer Ranchhelfer ankam. Das blaue Auge des Mannes hatte einen spektakulären Farbverlauf aus Grün und Lila und sah aus, als würde es extrem wehtun, aber als er leise darum bat, mit Declan reden zu können, lag in seinen Handlungen nichts Angriffslustiges.

Aber etwas wirkte neben der Spur. Jake und Aiden verrichteten beide ihre Aufgaben, während sie still zuhörten.

Nicht mal fünfzehn Minuten später brachte Declan den Mann in Zimmer eins in dem Bereich mit den Schlafbaracken, dann bedeutete er Aiden und Jake, dass sie ihn in der Scheune treffen sollten, wo sie sich in Ruhe unterhalten konnten.

„Neuer Helfer?" Aiden lehnte sich zurück an das Geländer einer Box und beäugte Declan.

„Er hat unsere Adresse von meinem Kontakt bei der McCloud Corrections Institution." Declan sagte es leise, aber sein Tonfall war etwas gereizt.

„Stimmt was nicht?", wollte Jake wissen.

„Ja, mit mir", gab Declan zu.

Jake und Aiden wechselten schockierte Blicke.

„Was meinst du?", fragte Aiden.

Declan starrte kurz auf den Boden, bevor er den Kopf hob. „Wir haben darüber gesprochen, als wir High Water diskutiert haben. Würden wir Straftäter annehmen? Und die Antwort lautete, natürlich. Gewissermaßen brauchen sie die helfende Hand am meisten, denn tonnenweise Leute werden nichts sehen als ihre Strafakte und sie sofort bei jedem Job ablehnen.“

„Also, was ist das Problem?“, fragte Aiden erneut.

Jake hielt den Mund, weil er das Gefühl hatte, zu wissen, wohin das gehen würde, und wenn er richtig lag, war er auch schuldig.

Declan räusperte sich. „Jetzt, da Don hier ist, fällt es mir schwerer, großzügig zu sein. Er hat all die richtigen Dinge gesagt, aber ...“ Ein riesiges Seufzen entschlüpfte Declan. „Wie viel von dem, was ich derzeit fühle, liegt an der Gesellschaft, und wie viel, weil etwas wirklich nicht stimmt?“

Aiden schüttelte den Kopf. „Ich verstehe schon, und vertrau mir, geht mir auch so. Der Gedanke, Petra und Jinx zu schützen, und jetzt Tansy – ich will sie auf keinen Fall in Gefahr bringen. Aber ...“

Das Brodeln in Jakes Eingeweiden ließ nicht nach, aber eines, an das er sich erinnerte, half. „Du hast recht, Deck. Wir haben darüber geredet. Wir haben recherchiert und eine Liste von Do’s und Dont’s angefertigt, die jeden Blickwinkel abgedeckt hat. Lass sie mich suchen, und wir sehen, woran wir jetzt vielleicht gerade nicht denken, das helfen könnte.“

Declans Mine hellte sich erheblich auf. „Gott sei es gedankt, jetzt weiß ich es wieder. Du hast recht. Wir hatten ein paar echt gute Kontrollmechanismen, die man anwendet. Mit uns vier, wozu Kevin zählt, können wir High Water zu einem sicheren Hafen für unsere wertvolle Familie und sogar die etwas gröberen Jungs machen.“

Das war es, was ihre Grundannahme bedeutete, es weiterzureichen. Nicht alle würden aussehen, als hätten sie eine zweite Chance verdient. Sie mussten den Leuten erst mal etwas zugestehen und darauf vertrauen, dass sie sich den Idealen als würdig erweisen würden.

Jake fand die Liste, und sie setzten sich mit Don hin, stellten genau klar, was auf dem Grundstück erlaubt war und wann und andere Erwartungen.

Der Mann schien die Einschränkungen locker hinzunehmen. „Ich brauche nur ein paar Wochen. Um mehr bitte ich nicht.“

Was sowohl Aiden als auch Declan wieder einen Tritt in den Hintern verpasste, weil sie so argwöhnisch gewesen waren.

Jake? Er sagte nichts, schwor aber insgeheim, Don fest im Auge zu behalten. Er wurde mit einem schlechten Gewissen fertig, weil er von dem Mann weniger hielt, wenn es letztlich bedeutete, dass die Frauen in Sicherheit blieben.

Zwei Tage später kam ein weiterer Mann rein. Der war sogar noch stiller. Er stellte sich als Tony vor, nahm ihre Hilfe mit einem Nicken entgegen und verschwand in sein Zimmer, außer man rief ihn, um bei Aufgaben zu helfen. Er sorgte für keinerlei Ärger, aber seine Anwesenheit trug zu der anwachsenden Anspannung in Jakes Eingeweiden bei.

In der Mitte während der einwöchigen Künstleratelierbuchung hatte sich Jake daran gewöhnt, zu wissen, dass er nur einen Hauch von Tansy zu sehen bekommen würde, wenn er sich ihr in der Küche anschloss oder mit dem Aufbau im Atelier half. Was er beides tat, aber es war nicht dasselbe.

Am Donnerstag setzte er Chris an der Bushaltestelle ab. „Viel Glück“, sagte Jake, der eine Hand ausstreckte.

Chris nahm sie und schüttelte sie fest, dann zog er Jake in eine brüderliche Umarmung, begleitet von ausgiebigem Rückenklopfen. „Danke. Für alles. Ihr wart echte Lebensretter. Das meine ich ernst.“

„Ich bin froh, dass wir da sein konnten“, entgegnete Jake aufrichtig.

Der Mann trat zurück und schob sich seinen Seesack auf

die Schulter. Chris zögerte, dann hob er das Kinn. „Ihr habt eine tolle Sache laufen. Nicht nur die Ranch, sondern alles. Eure Familie. Klammert euch daran."

„Haben wir vor."

Chris rang um Worte, dann schüttelte er den Kopf. „Ich muss los."

Er ging, und sowohl Stolz als auch Sorgen schlugen in Jakes Kopf ein. Sie hatten in einem weiteren Leben etwas bewirkt.

Ein Balanceakt. Immer mit einem Balanceakt.

Es half auch nicht, dass er wieder das Gefühl bekam, dass sich etwas zusammenbraute. Es war nichts Konkretes, aber die Luft fühlte sich aufgeladen an, wie ein Sturm, der darauf wartete, loszubrechen.

Das Gefühl wurde nur intensiver, als Jinx ihn am Freitag aufspürte, ihr Gesicht ungewöhnlich ernst. Sie fand ihn, als er gerade eines der Pferde striegelte.

„Kann ich dich was fragen?"

Er schaute sich um, um zu sehen, was sie aufgeschreckt hatte. „Was ist denn los?"

Jinx zögerte. „Ich brauche einen Gefallen", sagte sie schließlich. „Würdest du ins Haus ziehen? Bitte?"

Jakes Hand war reglos auf der Flanke des Pferdes, Überraschung stellte sich flackernd ein. „Ins Haus ziehen?", wiederholte er. „Warum?"

Jinx verlagerte das Gewicht, es war ihr eindeutig unbehaglich. „Es ist eigentlich nichts Spezifisches. Es ist nur … Dieser neue Typ, Don. Er erinnert mich an jemandem, vor dem ich weggelaufen bin. Ich mag ihn nicht. Ich dachte, dass ich nur übermäßig empfindlich bin, aber Sasha und ich haben was anderes geredet, und sie hat mich daran erinnert, dass ich auch wählerisch mit dem sein darf, was in meiner Welt passiert."

„Keine weitere Erklärung nötig." Er vertraute Jinx'

Instinkten. Sie hatte mehr als die meisten durchgemacht, und wenn etwas an dem neuen Typ sie aufschreckte, war das Grund genug, sie ernst zu nehmen.

Aber trotzdem überraschte es ihn, dass sie ihn gebeten hatte, einzuziehen, besonders, da sie und Declan sich nahestanden.

„Bist du sicher, dass du mich im Haus willst?", fragte er sanft, wollte nicht drängen, sondern es nur verstehen. „Wir können Declan fragen. Ihm wird es auch nichts ausmachen."

Jinx wurde leicht rot, sie schaute zur Seite. „Nein", murmelte sie. „Ich würde mich besser fühlen, wenn du es bist, das ist alles."

Jake musterte sie einen Augenblick, dann nickte er. Er würde nicht weiter drängen. Wenn sie es brauchte, dass er im Haus wohnte, dann würde er das tun. „Kein Problem", sagte er. „Ich ziehe heute Abend ein."

Erleichterung ging über ihr Gesicht, und sie lächelte ihn schwach dankbar an. „Danke, Jake."

„Da ist kein Dank nötig." Er nickte ihr zu. „Ich bin froh, dass du eine gute Freundin wie Sasha hast."

„Ich auch."

Er stellte keine weiteren Fragen mehr. Es war nicht an ihm, Jinx' Gründe zu ergründen. Wenn sie Geheimnisse hatte, war das ihr Recht. Seine Aufgabe, wie er sie interpretierte, war es, alle sicher zu halten – und wenn ein Umzug ins Haus dabei half, dann sollte es so sein.

Gleich nach dem Abendessen gingen er und Declan in die alte Scheune am Rand des Grundstücks hinaus und arbeiteten mit den Ranchhelfern.

„Tut mir leid, dass es spät wird, aber morgen früh kommt eine zusätzliche Futterladung rein, und da das Wetter vielleicht schlecht wird, kann die nicht draußen warten. Wenn wir heute Abend alles vorbereiten, sind wir morgen bereit."

Declan deutete auf den Stapel Holz, der spät am Nachmittag angekommen war. „Der hätte schon vor fünf Tagen da sein sollen."

„Kann man nichts machen." Don zuckte mit den Schultern. „Ich weiß, wie man einen Hammer benutzt, wenn jemand anders schneidet und misst."

Tony schaute zum Großteil auf den Boden, doch er nickte zustimmend und folgte den Befehlen.

Sie stellten etliche Reihen von Regalen für Pellets und Mastfutter an die Innenwand der Tierrettung. Es war keine schwere körperliche Arbeit, aber der Teufel steckte im Detail, als sie die Regale an die schiefe vertikale Wand unter dem Treppenhaus anpassten.

Die Familienzeit und die Zeit mit Tansy zu opfern, war schwer, aber letztlich sprach Tony ein bisschen, und sogar Don schien aufgemuntert und lächelte manchmal.

Nachdem sie den Männern eine gute Nacht gewünscht hatten und in ihre eigenen Wohnungen unterwegs waren, legte Declan Jake eine Hand auf die Schulter und drückte sie fest. „Das war nicht, was ich tun wollte, aber weißt du, was ich dauernd gedacht habe? Ich wette, Jeff wollte auch nicht immer hören, dass ich ihm alles über Pferde erzähle, was ich weiß, jeden einzelnen Abend lang."

Jake lachte. „Ja, du hattest an diesem Punkt in deinem Leben eigentlich nur ein Thema."

„Jetzt bin ich sehr viel vielseitiger", sagte Declan ohne einen Hauch Erheiterung. „Jetzt kann ich über Pferde und die Heupreise sprechen."

Was bedeutete, dass Jake leise kicherte und sehr viel bessere Laune hatte, als er in die kleine Wohnung schlüpfte, um ein paar Dinge einzupacken. Declan hatte recht. Es hatte sich gelohnt, und dieses eine Mal hatte sich Don nicht seltsam benommen.

Das änderte nichts an der Tatsache, dass Jake ins Haus zog. Jinx hatte darum gebeten, Jinx würde es bekommen.

Es dauerte nicht lange – eine Reisetasche mit Kleidung und ein paar Dingen, die er wollte, zu packen und umzuziehen. Die schob er in die nächstbeste halb leere Kiste, die er in seinem Schrank fand. Den Großteil des Restes ignorierte er …

Der Stapel Briefe kippte um und kam in Sicht, als er sich die Kiste schnappte.

Ich frage mich, wo Melissa derzeit ist?

Dann trat er sich in den Hintern. „Genial, Einstein."

Deshalb hatte er sich der Briefe doch überhaupt erst entledigt. Oder sich ihnen zum Großteil entledigt. Vielleicht sollte er den ganzen Haufen wegschmeißen.

Er starrte das Bündel gute zwei Minuten lang an, bevor er beschloss, dass er nicht die geistige Bandbreite hatte, sich jetzt und sofort mit ihnen zu befassen, und er schob sie zurück in den Schrank.

Alles andere, darunter die Briefe, würde er lassen, wo sie waren. Er würde schon bald wieder in der Wohnung zurück sein, sobald diese konkreten Ranchhelfer weitergezogen haben und es Jinx wieder behaglich war.

Er schob sich die Reisetasche über die Schulter und trug die Kiste ins Haus, schlängelte sich durch das verdüsterte Wohnzimmer. Er hätte besser aufpassen sollen, aber seine Gedanken waren anderswo, bei Tagträumen über Tansy, und er fragte sich, wie es sein würde, mehr als nur eine Couch und ein Malbuch zu teilen. Bei der ersten sich bietenden Gelegenheit würde er …

Sein Fuß verfing sich am Rand des Teppichs im Wohnzimmer, und ehe er es sich versah, war er zum Boden unterwegs. Die Reisetasche knallte in ihn, und die Kiste entglitt seinem Griff.

Der Inhalt war überall verteilt.

„Verdammt", murmelte Jake tonlos, ging auf die Knie, um alles einzusammeln. Er stopfte seine Habseligkeiten zurück in die Kiste, seine Gedanken waren immer noch woanders. So viel dichter jetzt an Tansy, da er hier im Haus war.

Nur dass Entfernung nichts ausmachte. Es war das, was sie einzurichten versuchten. Die richtige Geschwindigkeit, die richtigen Motivationen.

Sobald er alles eingesammelt hatte, ging er durch den Gang zu dem Raum, den Jinx für ihn ausgesucht hatte. Dem direkt gegenüber von dem von Tansy.

Jake blieb vor ihrer Tür stehen, sein Herz hämmerte in der Brust. Die schwachen Geräusche, wie sie sich bettfertig machte, trieben durch die Luft, und einen Augenblick lang ließ er die Vorstellung zu, wie es sein würde, sich ihr anzuschließen. Mit ihr in den Armen einzuschlafen, neben ihr aufzuwachen. Ganz bei ihr zu sein.

Er schüttelte den Kopf, zwang den Gedanken weg. Es hatte keinen Sinn, es zu übereilen. Sie hatte morgen eine weitere volle Arbeitswoche, genau wie er. Was immer sich zwischen ihnen aufbaute, es würde langsam gehen müssen.

Mit einem Seufzen betrat er sein neues Zimmer, stellte die Kiste auf eine Kommode mit Schubladen. Er fuhr sich mit der Hand durch die Haare, sah sich um. Es war nicht viel – ein einfacher Raum mit einem Bett, einer Kommode und einem Fenster, das hinaus über die hintere Weide schaute. Aber hier sollte er sein.

Vorerst.

9

Da die verrückte Hektik des einwöchigen Kochmarathons vorbei war, wachte Tansy spät am Montag auf – für sie war halb sieben echt spät –, zum vertrauten Geruch von frischem Kaffee, der durch das Haus trieb.

Was herrlich war. Kaffee, den sie nicht machen musste, war immer ein Geschenk, zumindest, sobald sie sie ausgebildet hatte, um ihn anständig zu machen.

Aber mehr als das, es war *noch* etwas, was anders war – ihre Sinne prickelten in dem Bewusstsein, dass sie nicht allein war.

Tansy kicherte. Sie war nie allein, nicht in dem trubeligen Ranchhaus, das High Water war, aber *das* war anders.

Jake war jetzt hier. *Wohnte* hier.

Sie starrte an die Decke, versuchte, die Veränderung zu verarbeiten. Jake war eingezogen. Nicht für immer, rief sie sich in Erinnerung. Nur für eine Weile, um sicherzustellen, dass alles glatt lief, und um Jinx zu helfen, sich sicher zu fühlen.

Aber es bedeutete, dass er gleich da war, gegenüber von ihr im Gang.

Nur einen stillen Mitternachtsspaziergang entfernt ...

Tansy stöhnte und warf die Decken von sich, schwang die Füße aus dem Bett. „Einer Verlockung muss man nicht nachgeben", murmelte sie. „Man muss ihr widerstehen."

Die aufmunternde Ansprache beruhigte die Schmetterlinge in ihrem Bauch nicht so sehr, als dass sie lebhafte Bilder durch ihr Gehirn blitzen ließ. Wie schlief Jake? Nackt oder hatte er ...

„Sei kein Creep", tadelte sie sich. Sie bog aber definitiv ins Creep-Gebiet ab. Ein Waschlappen unter kaltem Wasser war wohl kaum eine Strafe – ihre Wangen wurden heiß, wenn sie sich den Mann nackt im Bett ausgestreckt vorstellte.

Als sie schließlich in die Küche unterwegs war, war Jake da, saß am Tisch, eine halb geleerte Tasse Kaffee und sein Handy in der Hand. Er schaute auf und lächelte sie träge an, und das beruhigte sie überhaupt nicht.

„Morgen, Sonnenschein", begrüßte er sie. „Du bist endlich wach."

Erheiterung machte sich breit. „Mir war nicht klar, dass du ein Frühaufsteher bist."

„Mir war nicht klar, dass du jemand bist, der verschläft."

Sie grinste, erwiderte aber nichts. Schnappte sich ihre eigene Tasse Kaffee, dann lehnte sie sich an den Tresen, versuchte, ihn nicht zu lange anzustarren. Er wirkte immer so locker, als würde er hergehören.

Das lockere Selbstvertrauen ärgerte sie sowohl, als dass es sie auch anzog. Sie wettete, dieser Mann konnte in jeden Raum gehen und sich sofort irgendwie zu Hause fühlen. Für sie war es eine lang geübte Täuschung, so zu tun, als würde sie dazugehören.

Was es umso gefährlicher und notwendiger machte, ihn anzustarren. Sie ging an die Arbeitsfläche und machte sich Frühstück.

Nach ein paar Minuten in behaglicher Stille erwachte das Haus zum Leben, und der Rest der Familie trat ein. Es war das übliche Chaos – Aiden besprach Ranchaufgaben, die für den Tag geplant waren, mit Don und Tony. Declan versuchte Jinx dazu zu kriegen, mehr als einen Toast und Erdnussbutter zu essen. Petra und Kevin besprachen den Aufbau des nächsten Künstlerevents. Und dann, so rasch, wie es begonnen hatte, waren alle anderen weg, um ihren Tag in Angriff zu nehmen.

Tansy spülte ihre Kaffeetasse aus, und Jake blieb in der Küche, beobachtete sie mit einem erheiterten Glitzern im Blick.

„Also." Er stemmte eine Hüfte an den Tisch. „Weißt du noch, als ich gesagt habe, dass ich dich zu einem echten Date ausführe?"

Tansy hob eine Augenbraue. „Also im Gegensatz zu einem gespielten Date?"

Jake zuckte mit den Schultern. „Ich will nicht, dass dir die Vorzüge des Planens entgehen. Ich will meine Talente auf die Probe stellen und dir zeigen, wie toll ein echtes, gut geplantes Date sein kann."

Ein Schnauben kam von ihr, und sie schüttelte den Kopf. „Wir sollten doch an deiner Spontanität arbeiten. Du hast keine Ahnung, wie wunderbar es sein kann, einfach im Fluss zu schwimmen."

„Das kriege ich schon noch hin", sagte er, senkte die Stimme, während er näher trat. „Aber das ist der Grund, weshalb ich glaube, du wirst überrascht sein. Ein bisschen Planung kann einiges bewirken."

Ein schrecklicher Gedanke schlich sich ein. „Wie viel

Planung, Jake? Bitte sag mir, dass du keiner von *diesen* Typen bist."

Eine Falte bildet sich zwischen seinen Augen. „Welchen Typen?"

Tansy hob eine Hand, bei jedem Kommentar ging ein Finger hoch. „Zufälliges Anstoßen mit dem Arm. Fingerberührung. Händchen halten. Hand streicht über Wange. Hand um den Nacken legen, in die Augen starren, dann küssen."

Wenn überhaupt, wirkte er noch verwirrter.

Sie hob die andere Hand. „Nach dem Küssen, Hände über Körper. Zum Oberkörper gehen – dort verharren, wenn man ein Brustmann ist, sonst schnell nach Süden abbiegen. Hin und wieder wird so ein glitzerndes Einhorn denselben Weg mit dem Mund nachgehen. So schnell wie möglich zur Penetration fortschreiten."

Sie stand mit beiden Händen erhoben da, die Finger weit ausgebreitet.

Schock und Wut zogen über Jakes Gesicht. „Was zum Teufel war das?", fragte er.

„Die Schritte, um von einem zufälligen Treffen zu Sex zu kommen."

Entsetzen schlug alle anderen Emotionen, die über sein Gesicht huschten. „Das machen Typen?"

Ein Schnauben entschlüpfte ihr, und sie verschränkte die Arme vor der Brust. „Sie wechseln es ein bisschen ab, aber ja. Ich meine, ich verstehe es. Vorspiel ist etwas, das manche Leute nicht zu brauchen scheinen."

„Sex ist doch keine Checkliste."

„Genau mein Punkt, weshalb ich immer bei jedem Date weggelaufen bin, das anfing, als würde es sich wie Sex nach Zahlen anfühlen. Das nur, um dir zu versichern, dass ich nicht mit einer Agenda oder Erwartungen hier bin. Wenn es dir hilft, wichtige Lebenslektionen zu lernen, küss mich einfach aus dem Nichts heraus." Ihre Lippen zuckten, aber sie behielt ihre ausdruckslose Miene auf. „Und dann zeig mir die Seite dieses Tages in deinem Planer, damit ich nachsehen kann, ob da nicht steht *Tansy küssen.*"

Er lachte. „So viel also dazu, dass ich mit meiner Malbuchseite punkte."

Wie witzig.

„Nein, Tansy. Ich bin keiner von diesen Typen." Jake zeigte ihr seinen besten heißen Blick. „Sex ist der eine Bereich, in dem ich dir garantieren kann, dass ich äußerst spontan bin."

Das Beben, das sie einnahm, war köstlich und gefährlich.

„Zeit, um wieder auf den Plan zurückzukommen." Tansy verschränkte die Arme, verspürte das Funkeln einer Herausforderung. „Also gut. Du darfst ein Date planen, aber ich werde auch eins planen, was immer das bedeutet. Dann stimmen wir ab, um zu sehen, welches besser war."

Er hob eine Augenbraue. „Ach, es ist jetzt ein Wettbewerb?"

„Alles ist ein Wettbewerb", erwiderte sie mit einem Grinsen. „Außerdem will ich sehen, was für dich ein echtes Date ausmacht. Wenn man bedenkt, dass wir bereits zum Essen gegangen sind."

Jake grinste, in seinen Augen glitzerte der Schalk. „In Ordnung. Ich nehme die Herausforderung an." Er hielt inne, neigte den Kopf. „Aber da ich Zeit zum Planen brauche, weshalb machst du dein Date nicht zuerst? Wie wäre es mit heute Abend oder morgen?"

Tansy dachte kurz nach, suchte nach Ideen. Sie konnte das doch hinkriegen. Kein Problem. „Gut. Morgen gleich nach dem Mittagessen", sagte sie, ohne zu blinzeln. „Nimm Badeklamotten mit."

Seine Augenbrauen schossen nach oben. „Du klopfst doch kein Loch ins Eis auf dem nächstbesten gefrorenen See, oder?"

Sie lachte. „Vertraue mir, das wird ein Spaß. Du bist doch keine Schlaftablette, oder?"

Sein Zögern machte ihr Grinsen nur noch breiter. Sie bildete allmählich einen Plan, soweit sie das überhaupt je machte, und dazu gehörten keine eisigen Tauchgänge. Es würde ihn auf jeden Fall aus seiner Komfortzone befördern, und es würde helfen, mit einem ihrer größten Probleme umzugehen.

Dem Bedarf an einiger Intimzeit.

„Nur fünf von uns beim Mittagessen?", fragte Petra Jake.

Aiden stand am Tresen, machte Teller mit Sandwiches für ihn und Petra. Kevin und Tansy waren bereits am Platz, während Jake die Eisteekaraffe zum Tisch brachte.

„Declan hat die Helfer heute Vormittag zum Reiten mitgenommen. Sie sind erst spät zurück", erklärte Jake Petra.

„*Brrr.*" Tansy legte die Arme um sich. „Es ist viel zu kalt, um den ganzen Tag draußen zu verbringen."

„Sehe ich auch so." Petra nahm den Teller, den Aiden ihr reichte, mit Dank entgegen, dann beäugte sie Tansy fest. „Was hast du vor?"

Jake drehte sich sofort um, um sicherzustellen, dass er den besten Blick auf das hatte, was folgte. Er hatte nichts sagen wollen, doch Tansy hatte mehr oder weniger den ganzen Vormittag mit einem Grinsen verbracht, das irgendwie gleichzeitig liebenswert und nervig war.

Zum Glück war es endlich jemand anderem aufgefallen, und sie war darauf angesprochen worden.

„Erzähl es mir", forderte Petra. „Ich sehe Schabernack in deinem ganzen Gesicht."

„Schabernack? Moi? *Niemals.*" Tansys erheitertes Schnauben kam im gleichen Moment wie Petras *Ha!* „Gut. Ich führe Jake heute Nachmittag zu einem Date aus, das ich geplant habe."

Auf der anderen Seite des Tisches erstarrten sowohl Kevin als auch Aiden. Aidens Lippen zuckten, doch Kevin wirkte verwirrt. „Du hast geplant? Was bedeutet das denn überhaupt?", fragte er.

„Das Jake niemals ahnen wird, was auf ihn zukommt", murmelte Petra in ihr Glas.

„Klingt ungefähr richtig", stimmte Tansy viel zu schnell zu, und mit Aidens Kichern und Petras Grinsen war Jake plötzlich sehr viel unsicherer, ob er diesen Nachmittag überleben würde.

Er setzte sich, wandte sich an Kevin. „Falls ich eine Notfallabholung brauche, habe ich dich auf Schnellwahl, einverstanden?"

Kevin hob die Hände zum Widerspruch. „Hey, ich bin heute Nachmittag verplant. Du bist auf dich gestellt."

Interessant. Kurzzeitig abgelenkt, musterte Jake Kevin genauer. „Mit wem triffst du dich denn? Die Helfer sind alle aus beim Reiten."

Ihr Haus-Psychologe zuckte mit den Schultern, konzentrierte sich auf den Teller. „Ich habe nie gesagt, dass ich ein Arbeitstreffen habe."

Jetzt wurde Jake wirklich neugierig. „Du hast ein Date?"

„Na ja, das klingt doch naheliegend, oder?" Kevin hob sein Sandwich an den Mund und biss einmal groß ab, was sicherstellte, dass sein Mund zu voll war, um neugierige Fragen zu beantworten.

Petra war erfreut. „Du kannst ja versuchen, das geheim zu

halten, aber ich bezweifle, dass das lange hält. Das Leben wäre sehr viel einfacher, wenn du es uns sagst."

Der Mann nickte, kaute aber still weiter.

Was bedeutete, der Rest der Mahlzeit widmete sich der Qual von Kevin, und nicht, Tansy weitere Details zu entlocken. Eine sehr viel bessere Nutzung der Zeit, beschloss Jake.

Trotzdem, als die Mahlzeit vorüber war und Tansy ihn mehr oder weniger zur Tür schleppte, musste Jake lachen. „Ist es sicher, wenn du fährst? Du hüpfst ja echt heftig auf und ab."

„Natürlich. Ich bin einfach nur bereit für Spaß und Spiele." Schabernack blitzte in ihren Augen. „Du?"

„So bereit, wie ich es nie für möglich gehalten hätte."

Er nahm beide ihre Taschen über die Schulter und dann ihre Hand und ging an ihrer Seite zu ihrem SUV.

Er wartete, bis sie auf dem Highway waren, bis er wieder etwas sagte. „Hast du vor, mir irgendwelche Hinweise zu geben, was auf diesem Date passiert?"

„Du wirst Spaß haben, das passiert. Und dazu gehört nicht, dir den Arsch abzufrieren, indem du mit deinem Bruder und den Ranchhelfern über Highways mitten im Land reitest."

Tansys Lächeln war so strahlend, dass Jake sich nicht abwenden konnte. „Okay. Ich vertraue dir." Er lehnte sich zurück in seinen Sitz und schaute aus dem Fenster, damit er nicht versuchte, zu erraten, wohin sie fuhren.

Der Wintertag wurde noch kälter durch die grauen Wolken über ihnen. Jake war froh, dass er im Moment nicht draußen auf dem Pferderücken saß. Sie schwiegen behaglich, das SUV gab manchmal seltsame Geräusche von sich, bis Tansy in die lange Zufahrt neben dem verzierten Holzschild fuhr, das die Red Boot Ranch auswies.

„Wir sind unterwegs zum Laden von Petras Bruder?", fragte Jake.

„Gewissermaßen, aber nicht wirklich. Geduld ist eine Tugend", scherzte Tansy.

Er hatte keine Ahnung, was los war, als sie eine gewundene Straße entlang fuhr, bis ganz an den kleinen Miethütten und den Scheunen vorbei.

Als sie schließlich auf einem Parkplatz vor einem noch nicht ganz fertigen Gebäude stehen blieb, blitzte Jakes Argwohn auf. „Auf diesem Schild steht *Spa*."

„Keine Sorge, es ist noch nicht geöffnet. Ich lasse dich keine Maniküre und Pediküre durchstehen oder so was." Tansy schaltete den Motor ab, dann wackelte sie vor ihm mit den Augenbrauen. „Obwohl, wenn wir gerade von Spontanität reden, könntest du ja beschließen, dass du gerne eine Pediküre hättest."

„Das ist, wenn jemand meine Füße anfasst?" Jake verzog das Gesicht und schloss sich ihr auf dem freigeräumten Weg an, der zu einer übergroßen Hütte führte. „Unwahrscheinlich."

„Kitzlig?"

Er gab keine Antwort, allerdings, so was von.

Zum Glück trat sie vor, schob sich durch die unversperrte Tür und betrat das Spa. Das Innere wurde beleuchtet, als sie auf mehrere Lichtschalter drückte, und Jake schaute sich um, erwartete dass er irgendwo ...

Na ja, zumindest jemanden sah, um ehrlich zu sein. Aber das Foyer mit der rein weißen Front am Tresen, auf dem oben Zedernbretter angebracht waren, war leer. Friedliche, aber fröhliche Kunst hing an den Wänden – Bilder von weiten, offenen Seen und Weizenfeldern und Sonnenblumen, die aus mehreren Schichten Stoff und Farbe bestanden.

Tansy tippte einen Augenblick auf ihr Handy, und leise Musik begann zu spielen. Schließlich drehte sie sich um und zog seinen Blick auf sich. „Ta-da. Hier sind wir."

„Hier sind wir wirklich." Jake ging langsam im Kreis,

versuchte sein Bestes, um ein gutes Date für Tansy zu sein. Jemand, der die Spontanität umarmte, anstatt verzweifelt herausbringen zu wollen, was in geschlossenen Spas vor sich ging.

Gelächter trieb zu ihm heran, und er wandte sich von dem ab, was wohl ein Massageraum war, um Tansy in ihrem ganzen Glanz zu sehen. Ihre braunen Augen leuchteten, das Gold im Inneren blitzte erheitert vor ihm, während sie sich die Haare in einen Pferdeschwanz oben am Kopf zog und mit einem lila Ding von ihrem Handgelenk befestigte.

„Es ist Zeit, dich von deinem Elend zu erlösen." Sie nickte, die oberste Strähne ihrer blonden Haare stand nach oben und hüpfte bei der Bewegung. „Ich bin bereit, wenn du es bist."

„Ich auch."

Einen Augenblick später wurde er den Gang entlang gezogen, Tansy riss ihn einfach mit sich mit. „Hier ist das erste, was du wissen musst. Das Spa ist noch nicht offiziell geöffnet. Red Boot fügt auf ihre Touristenranch für die Gäste weitere Dienste hinzu, aber erst im Frühling. Wir testen den Laden für sie mal."

„Da es keine offiziellen Angestellten gibt, heißt das, dass ich dir eine Massage geben darf?" Der Vorschlag kam etwa eine Oktave tiefer heraus als üblich, als Lust seine Stimme einfärbte.

Sie kam abrupt zum Stillstand, wirbelte zu ihm herum. Erhitzte Handflächen pressen sich auf seine Brust, und sie lächelte. „Noch besser. Zieh dein Schwimmzeug an, wir treffen uns in diesem Raum."

Nach einem raschen Fingerzeig durch den Gang bog sie in eine kleine Umkleidekabine ab und verschwand.

Jake zog sich mit Lichtgeschwindigkeit aus. Seine Surfshorts schafften es nicht unbedingt, seinen härter werdenden Schwanz zu verstecken. Leere Räume, die sie für sich hatten, mit Duschen und Massagetischen, die zur Verfügung standen? Schwimmzeug bedeutete, eine heiße Wanne ...

Ja, das genoss er bereits.

Er schlüpfte durch den Gang, geschockt, als er bemerkte, dass Tansy ihm schon zuvorgekommen war. Der Raum war etwa so groß wie der Hauptwohnraum von High Water, die Luft besonders warm, während sie um seine bloßen Schultern wirbelte. Ein feiner Hauch Kokosnuss und frische, reine Holzasche füllte seine Nase.

Deckenbeleuchtung, die runtergedimmt war, ließ ein goldenes Glühen entstehen, das über Tansys bloße Beine und ihren Oberkörper tanzte, während sie sich vorbeugte und ein paar Töpfe neben etwas stellte, das wie ein versenkter, halb voller Pool zum Waten aussah.

Flackerndes Glitzern tanzte zu ihm zurück von dem winzigen Quadrat gelben Stoffes, der kaum diesen echt hübschen Arsch bedeckte. Er hätte eine Backe in die Hand nehmen können, und seine Finger würden mühelos unter den Rand des Stoffes gleiten und streicheln und necken, bis sie seinen Namen keuchte. Und das war nur der Anfang. Als nächstes würde er sich auf ihre Brüste stürzen, bevor er wieder zu diesem süchtigmachenden Mund zurückkehrte ...

Da Tansy aber Tansy war, würde sie ihn natürlich umbringen, wenn sie wusste, wie schmutzig genau die Gedanken waren, die durch seinen Kopf rasten.

Das konnte man streichen. Sie würde ihn umbringen, weil er eine Liste anfertigte.

Sie erhob sich und drehte sich um, und verdammt sollte er sein, wenn er verhindern konnte, dass sein Blick sich auf ihre Brüste senkte. Die süßen, sanften Erhebungen waren mit genauso kleinen Dreiecken bedeckt, die zu ihrem Höschen passten.

Höschen? Sein Blick ging weiter hinab, kam stotternd zum Stillstand auf ihrem Venushügel. Auch der war ein in Gold eingepacktes Geschenk, das er sofort öffnen wollte, am liebsten mit den Zähnen.

Gott. Jake schluckte schwer, um sich vom Sabbern abzuhalten, da jeder Quadratzentimeter von ihr zu glänzen schien.

„Du scheinst bei unserem Date ja ganz dabei zu sein." Tansy wartete, bis er ihr in die Augen schaute, und ließ dann absichtlich den Blick auf das Zelt in seiner Badehose sinken. „Falls *das* irgendwas aussagt."

Sein Schwanz wurde sogar noch härter. „Ich habe eine ganze Menge Ideen. Echt gute Ideen."

Sie grinste. „Merk dir diesen Gedanken. Hier ist das zweite, was du wissen musst. Wir teilen uns ein Schlammbad."

Die Bilder von ihr, wie sie nackt unter seinen Händen war, verschwanden ... Ersetzt durch Verwirrung. Nicht genug, um seinen Ständer komplett schlaff werden zu lassen, aber eine Aufklärung hätte geholfen. „Das Zeug, dass sich Damen ins Gesicht schmieren?"

„Manchmal." Sie hielt ihm eine Hand hin, und er nahm sie bereitwillig, trat mit ihr in diesen Pool zum Waten. „Das Dritte. Wir haben heute keinen Sex."

Er strich mit der Hand ihren Unterarm hinauf und über die Krümmung ihrer bloßen Schulter. „Das ist okay. Ich meine, ich möchte schon, aber langsam machen passt auch."

„Nein, langsam machen nervt", beschwerte sich Tansy. „Wie es sich erweist, ist Spontanität für einige Dinge gut, aber nicht für das Timing von Sex mit Periodenplänen. Und obwohl Sex nicht immer weg vom Plan ist, wenn ich meine Periode habe, ist das nichts für unser erstes Mal."

Jake lachte. „Okay. Heißt das, der Planer in dieser Beziehung bekommt einen Bonuspunkt, weil er unser nächstes

Date während eines periodenfreien Zeitrahmens planen kann?"

„Du bekommst einen Punkt, weil du nicht ausflippst, nur weil ich meine Periode erwähnt habe."

Ja. Er wusste, wovon sie redete. Er zuckte mit den Schultern. „Unser Stiefvater hat uns die Peinlichkeit ausgetrieben, als wir Teenager waren, und mehr erklärt als nur die Gesundheitsvideos im Biologiebiologieunterricht. Jeff sagte, wenn wir nicht wissen, wie Frauen gebaut sind, darunter die Alltagsrealität der Menstruation, Hormone und gesellschaftlichen Erwartungen, dann hätten wir nicht das Recht, zum Spaß in die Nähe der verlockenden Teile zu gehen."

Sie lotste ihn auf den niedrigen Rand des Pools, die ganze Zeit über lachte sie. „Dein Dad war ein Rockstar."

„War er wirklich."

Jakes Füße waren bis zu den Knien in warmes Wasser gehüllt. Nicht heiß genug, dass er schwitzte, aber genug, um sich bewusst zu sein, dass das Wasser da war. Es war, als würde man kopfüber in einem Schichtkuchen sitzen. Seine Füße auf der Unterseite, die Hüfte lag auf der mittleren Schicht. Die Töpfe standen auf der oberen Schicht, für ihn etwa auf Rippenhöhe.

Tansy stieg auf seinen Schoß, die Knie ruhten auf den Kacheln zu jeder Seite seiner Hüfte. „Danke, dass du das verstehst."

„Streich das doch." Jake nahm ihr Gesicht in die Hände. „Du bist hier. Ich bin hier. Wir haben beide fast nichts an, und ich werde deinen wunderbaren Körper berühren. Ich habe bereits eine echt tolle Zeit."

Sie strich mit den Händen über seine Schulter, ihr Blick folgte der kitzelnden Liebkosung, als ein schelmisches Lächeln um ihre Lippen spielte. „Das Schlammbad muss man erklären, denn wir haben diesen Nachmittag als Versuchspersonen bekommen. Petras Bruder Zach und sein bester Freund sind so Denker. Es erweist sich, als sie hier für ein neues Gebäude auf der Ranch gegraben haben, haben sie Asche von einem Vulkanausbruch gefunden, der vor etwa siebentausend Jahren stattgefunden hat."

„Ah, die Geschichte verdichtet sich. Buchstäblich. In dem Schlamm ist diese Asche?", fragte Jake, der langsam mit den Händen über ihre Taille hinabstrich.

„Mount Mazama wird überall an dir sein", stimmte Tansy zu. „Wir werden in vierundzwanzig Stunden berichten müssen, ob wir irgendwelche komischen Reaktionen hatten, aber bisher haben sie es ein bisschen an sich getestet und hatten keine Probleme."

Jake spielte mit den Fingern an ihren Bikini-Oberteil-Riemen. „Ich habe eine Sorge. Dieser Bikini ist so richtig hübsch, da steht mir der Mund offen. Ich würde es verabscheuen, zu sehen, dass er von altem Vulkandreck versaut wird."

Ihr Grinsen wurde breiter. „Ein Mann für Brüste, was?"

„Ein Mann für alles an dir, jeden Quadratzentimeter. Das ist meine derzeitige Obsession", verbesserte er, zog sanft an den Haltern. „Ich werde nirgendwo in die Nähe deiner Pussy gehen, wenn das heute die Grenze ist, aber gib mir die."

Sie holte lange, langsam Luft, als würde sie echt nachdenken, bevor sie sich dichter an ihn schmiegte und die Antwort in sein Ohr hauchte. „Wenn du Zeit dafür hast, darfst du mich jederzeit nackt ausziehen."

Was bedeutete, sofort, was ihn be...

Tansy küsste ihn, und alle Pläne und Vorhaben bis auf ihre Lippen auf seinen flogen aus dem Fenster. Mit warmer Haut unter seinen Handflächen streichelte Jake und tätschelte die glatte Haut auf ihrem Rücken, während seine

Zunge mit ihrer rang. Ihr Gewicht auf seinem Schoß war kaum da, doch es war alles. Er saugte an ihrer Zunge, und sie keuchte. Er zog an den oberen Schnüren ihres Bikinis, und die Stofffetzen hingen zwischen ihnen, als er ihren Oberkörper so dicht an sich hielt, dass jeder Atemzug von ihr an ihm spürbar war.

„Jake?"

Sie murmelte seinen Namen an seinen Lippen, und er zog sich weit genug zurück, um ihr in die Augen zu sehen, geschmolzen vor Lust. „Ja?"

„Schlammbadzeit."

Etwas Heißes, Feuchtes und Klebriges wurde verschmiert, während sie mit den offenen Fingern über seine Brust fuhr. Der Geruch nach Asche und Kokosnuss wurde stärker, und seine Lippen verzogen sich, als Tansy in den nächsten Topf griff und eine zweite Handvoll der reichhaltigen, schwarzbraunen Masse nahm.

Er ließ sie ein paar Minuten lang still arbeiten, liebte die erhitzten Berührungen, und wie sie sich spielerisch immer wieder auf seiner Erektion wiegte, während sie sich mehr Munition holte. Sie zog Linien über seinen Bauch, malte Quadrate, während ihre Lippen sich wölbten. „Sixpack. Adonislinie. Es ist wie sexy Algebra."

Als sie die Finger ganz am Rand seiner Hose entlang strich und dort verweilte, kam sogar er an die Grenze.

„Ich bin dran." Das kam halb als Knurren, halb als Fluch.

Tansy rückte auf seinen Oberschenkeln zurück, hob das Kinn. Ihre perfekten Brüste waren direkt auf ihn ausgerichtet.

Er holte den Topf neben seine Hüfte, damit er seine Erkundungsgänge nicht unterbrechen musste. Vorsichtig tauchte er einen Finger in die feuchte Masse, dann hob er die Hand zu ihrem Oberkörper.

Sie holte tief Luft, und ihre Brüste hoben sich verlockend.

Jake änderte die Richtung und zog eine schlammige Linie über Tansys Nase hinab.

Gelächter löste sich. *„Jake.“*

„Ich bin spontan“, erklärte er stolz. „Außerdem mache ich nicht deine Titten schlammig, bevor ich die Chance hatte, das zu tun.“

Er legte die Hände um ihre Hüften und hob sie hoch, damit sie gut ausgerichtet waren. Er beugte sich nahe heran, legte die Lippen um die Spitze der rechten Brust und saugte mit dem Mund am festen Nippel.

10

Tansys Vision dessen, was heute Nachmittag passieren würde, war vernebelt gewesen, aber sie hatte gehofft, nachdem sie Jakes Küsse erlebt hatte, dass die Chemie zwischen ihnen weiterhin hell leuchten würde.

Ach und wie. Hell. Blendend hell. Supernova, die Erde zertrümmernd, Blindheit verursachend hell.

Jakes Oberkörper war mit Schlammstreifen bedeckt, seine Hände waren immer noch zum Großteil sauber. Er hielt sie mit dem rechten Arm und nahm in der linken Hand eine Brust, drückte und knetete sie, während er glückliche Geräusche von sich gab und weiter saugte. Die Spitzen seiner Zähne, die über ihre empfindliche Haut kratzten, schickten einen Schuss pure Lust direkt zwischen ihre Beine.

„Himmel, ich weiß nicht, ob ich dich wegreißen will, damit ich dich küssen kann, oder genau an Ort und Stelle halten." Tansy schluckte, als Jake die Seite wechselte, sein Kneifen und Knabbern trieb sie in den Wahnsinn. „Beides", beschloss sie. „Irgendwie wäre beides gut."

Er lachte, was ihn traurigerweise von ihrem Körper

wegbewegte. Die Hitze in seinem Blick war es aber wert. „Wir haben Zeit, Tansy. Sei nicht traurig. Oder sollte ich sagen gelb?"

Ohne auf die Tatsache zu achten, dass ihr nächster Schritt ihn mit Schlamm bedeckte, nahm sie sein Gesicht in die Hände und neigte es, bis sie Blickkontakt hatten. „Du hast nachgesehen, welche Blume Tansy ist." Ein Lachen bildete sich in ihrer Kehle.

„Auf einem Naturliebhaber-Blog." Er wirkte viel zu zufrieden mit sich. „Sag mir aber nicht, dass du das gerade denkst. Da muss ich wohl meine Moves verbessern."

Mit einem breiten Lächeln strich er wieder über ihre Brüste hinab, seine Hand ging kurz weg, um in den Schlammtopf zu tauchen. Als er seine gut überzogenen Finger für ihre Zustimmung hochhielt, holte Tansy ein weiteres Mal tief Luft.

Zeit, auf alles zu setzen. „Tob dich aus."

Austoben war für ihn Folter. Eine liebkosende Berührung nach der anderen malte er. Linien auf ihren Rücken, Kreise um ihre Brüste, Zickzack auf ihren Seiten.

Als er ganz akkurat ein Dreieck um ihren Nabel malte, knurrte ihn Tansy an. *„Jake."*

„Kunstunterricht war nie mein Lieblingsfach, aber vielleicht hatte ich nicht die richtige Leinwand", sagte er erheitert.

Hin- und hergerissen zwischen Lachen und Weinen entschied sich Tansy dafür, ihn wie verrückt zu umarmen, was sie beide rutschig machte vor Schlamm.

Jake lachte leise, aber er legte die Arme um sie und erwiderte die Umarmung. „Du bist verrückt", sagte er zu ihr.

„Du hast all dem zugestimmt, also ebenso."

Dann küsste sie ihn, langsam und tief und heiß, wiegte sich auf seinem dicken Schwanz. Zungen und Zähne und Lippen und erhitzter Atem mischten sich, und Jake nahm sie an der Hüfte und schloss sich dem Rhythmus an. Er zog sie höher, fester, bis ein Keuchen und Knurren in der Luft lag wie ein animalischer Soundtrack.

Tansy rieb sich heftig an ihm und fand den letzten Kick, den sie brauchte. Ein Orgasmus brach über sie mit einem heißen, raschen Aufbäumen der Lust herein. Selbstgefällige Befriedigung folgte eine Sekunde später, als Jake stöhnte und unter ihr bebte, während auch er seine Erlösung fand.

Sie schauten einander an, grinsten beide übers ganze Gesicht.

„Ich schätze, ich bin wohl keine Schlaftablette, oder?", fragte Jake.

Tansy legte die Stirn an seine und schaute in seine leuchtend blauen Augen. „Eher schon eine blaue Tablette. Danke für den Ritt."

Das Lachen ging weiter, als sie sich unter der Dusche säuberten und dann zusammen nach Hause fuhren.

Gedanken zurück an diesen Nachmittag ein paar Tage später ließen Tansy strahlen. Das Aroma von Knoblauch und Curry füllte die kleine, gemütliche Küche, mischte sich in den Geruch von frisch gebackenem Brot, das auf dem Tresen abkühlte.

Die Ranchhelfer hatten am vorigen Tag wieder gewechselt. Zwei weitere Männer hatten sich Don und Tony angeschlossen, Aaron und Brett, was bedeutete, dass mit Kevin die fünf Räume unter dem Künstleratelier für Kurzzeitbesucher offiziell gefüllt waren. Es bedeutete auch, regelmäßig für elf Leute zu kochen.

Kein Problem. Ihre Hände bewegten sich mechanisch – schneiden, würzen, rühren – aber ihre Gedanken waren woanders.

Jake. Sie würde es zugeben. Nach ihrer Zeit zusammen im

Spa wollte sie mehr. Da er nur über den Gang wohnte, hatte sie vor, sobald ihre Periode durch war, mit dem Schlafwandeln anzufangen.

Aber mehr als nur für den Sex war sie bereit, alles zu intensivieren, indem sie sich sonst näher kamen. Was bedeutete, irgendwann würde sie in dieses furchteinflößende Gebiet vordringen müssen, auf das Kelli angespielt hatte. Die böse, fiese Vergangenheit.

Es mitzuteilen, war das Richtige, ganz gleich, wie hart sie sich damit tat.

Hmm, *hart*.

Verdammt sollte ihr Gehirn sein, dass es immer wieder zurück zu Jake in diesen Shorts kam, und die Tatsache bedauerte, dass sie ihn nie ganz nackt gesehen hatte. Vielleicht konnte sie ihn überzeugen, einen sexy Striptease für sie aufzuführen ...

Der Löffel glitt ihr aus den Fingern. Sie wollte ihn fangen und traf ihn irgendwie mitten in der Luft. Der Löffel flog weg von ihr und traf mit einem feuchten Ploppen auf den Boden.

„Poesie in Bewegung, Tans“, scherzte sie über sich, ging rasch durch den Raum, um ihn aufzuheben. Mit unfassbar schlechtem Timing trat sie gegen den Griff, sodass Soße noch weiter über den Kachelboden kleckerte, als dem Löffel die Flucht gelang und er unter dem Sofa verschwand.

„Ach, jetzt reicht’s aber“, murmelte sie. „Reiß dich zusammen.“

Erheitert von ihrer von Jake verursachten Tollpatschigkeit, kniete sie sich neben das Sofa, um den Löffel zu suchen. Sie schob die Finger unter den Rand, streifte etwas Kaltes und Metallisches, aber keinen Löffel. Verwirrt ging sie mit dem Kopf ganz zu Boden und nutzte das Handy, um in den dunklen Raum zu schauen.

Etwas glitzerte vor ihr.

Sie zog es heraus, saß auf den Knien, während sie das Schmuckstück in ihrer Hand betrachtete.

Das Armband war schön – delikat, aber robust, mit zarten Silberkettengliedern, in die kleine, funkelnde Edelsteine eingesetzt waren. Das Design war elegant und viel zu teuer, um jemandem aus ihrem Freundeskreis zu gehören.

Ihre Gedanken rasten, während sie es in den Fingern drehte. Wem gehörte es, und wie um alle Welt war es unter die Couch geraten?

Sie betätigte ihr Handy, um Petra eine Nachricht zu schicken, und schoss hoch, als die Eingangstür aufsprang und mit einem lauten Knall an die Wand schlug.

„Tansy!" Sasha Stone stand im Eingang, Panik in der Stimme. „Wo bist du? Wir brauchen dich."

Tansy reagierte auf den Tonfall mehr als auf alles andere. In all den Jahren, die sie das Mädchen kannte, hatte Sasha noch nie so verängstigt geklungen.

Sie schob sich das Armband in die Tasche, während Tansy hochschoss und zur Tür rannte, die kalte Winterluft biss sie in die Haut. „Hey, Kleine, was ist los? Geht es Jinx gut?"

„Ihr geht's gut, aber wir haben jemanden gefunden", keuchte Sasha, die sich vorbeugte und sich die Seiten hielt, als wäre sie zum Haus gesprintet. „Er ist verletzt. Du musst schnell kommen."

Tansys Puls schoss hoch, während sie ihre Jacke vom Haken an der Wand nahm. „Wo?"

„Hinter dem alten Heuschober am Rand des Grundstücks in der Nähe von uns", setzte Sasha sie in Kenntnis, während sie die Tür hinaus und in das kalte Winterdämmerlicht rannten. „Jinx ist bei ihm geblieben. Sie hat versucht, Aiden anzurufen, aber ihr Handy ist tot, und ich habe meins nicht dabei. Ich bin mit ihr nur von meinem Haus rübergekommen, nachdem wir mit unseren Hausaufgaben fertig waren."

„Du gehst voraus, und ich rufe Verstärkung." Tansy wählte Jakes Nummer, während sie Sasha nachlief.

Er ging beim zweiten Klingeln ran. „Was ist los, Schöne?"

„Die Mädchen haben einen Fremden bei der alten Scheune gefunden, und Sasha sagt, er ist verletzt. Bist du irgendwo in der Nähe, oder bin ich damit dran, ihm Hilfe zu besorgen?"

„Ich bin weniger als zehn Minuten entfernt, aber mach, was du für richtig hältst." Jake sprach ohne einen Hauch Zweifel, und Tansy wusste seine ruhige Erwiderung zu schätzen. „Du kannst das, Süße. Ich bin da, sobald ich kann."

Tansy und Sasha mühten sich weiter, der heulende Wind biss in ihre Gesichter, während sie durch den wirbelnden Schnee eilten. Der Himmel drohte düster über ihnen, aber Sasha ging ohne Zögern voraus. Tansy folgte ihr, Fragen schossen ihr durch die Gedanken. Wer war dieser Mann? Hatte er irgendwie gehört, dass High Water ein Rückzugsort war, oder tauchte er einfach nur zufällig auf?

Nach einer gefühlten Ewigkeit, und gerade als Tansys Oberschenkel bereit waren, nachzugeben, kamen sie am Rand des Grundstücks an, wo die alte Scheune stand. Die Silhouette von jemanden, der im Schnee kauerte, kam in Sicht, und Tansys Magen zog sich zusammen.

Jinx kniete neben einer Gestalt, die ganz reglos auf dem Boden lag. Als sie sich näherten, kam der Mann in Sicht. Jung, vielleicht Anfang zwanzig, sein Kopf lag unbequem auf einem Stück Stoff, seine blonden Haare waren mit Blut durchtränkt. Er war nicht bei Bewusstsein und mit Jinx' Winterjacke bedeckt.

Tansy fluchte innerlich. Jinx war bestimmt durchgefroren.

Jinx schaute auf, als sie sich näherten, ihr Gesicht angespannt vor Sorge. Sie hatte die Arme um sich geschlungen, bebte vor Angst und wegen der eisigen Kälte. „So war er schon eine Weile. Er hat so sehr gezittert, dass ich dachte, man muss ihn zudecken, aber ich hielt es nicht für sicher, mich neben ihn zu legen. Ich wusste nicht, was ich sonst tun soll."

„Du hast das Richtige gemacht, aber geht jetzt sofort nach Hause", sagte Tansy rasch, kniete sich neben den Mann und überprüfte seinen Puls. Er war schwach, aber stetig. „Jake ist unterwegs. Er und ich werden ihn zurück zum Haus holen. Sasha, bring Jinx nach High Water zurück. Jinx, sofort unter die heiße Dusche, Sasha, mach heiße Schokolade, okay?"

„Das kann ich machen." Sasha legte die Arme um Jinx. „Bist du okay?"

Wie aufs Stichwort schnitt ein Scheinwerfer durch die Finsternis, und Jakes Truck rumpelte den schmalen Weg zu ihnen herauf.

„Ja. Jetzt los."

Bis die Mädchen um die Ecke verschwunden waren und Jake zum Halten gekommen und aus dem Fahrzeug gesprungen war, war Tansy auf die Knie gegangen und hatte rasch den verletzten Mann überprüft.

Jakes Atem kam als Wolke in die kalte Luft. „Was ist passiert?", fragte er, sein Blick musterte die Szene, während er zu ihr auf den Boden kam.

„Keine Ahnung", gab Tansy zu. „Aber er ist verletzt. Bis auf die Kopfwunde sehe ich keine weiteren großen Verletzungen. Ich glaube, es ist am wichtigsten, ihn aus der Kälte zu kriegen."

Jake nickte. Er ging in die Hocke, dann hob er sanft den jungen Mann in seine Arme. „Ich habe ihn. Gehen wir."

Die schnellste Möglichkeit, zurückzukommen, ohne allzu viel durchzurütteln, war, dass Jake sich in den Laderaum des Trucks setzte und den verletzten Mann noch hielt. Tansy fuhr so vorsichtig wie möglich, aber jede Sekunde der Fahrt war angespannt, bis sie vor dem Haupthaus zum Stillstand kam.

„Bring ihn ins Gästezimmer", schlug Tansy vor. „Wir können ihn ein bisschen sauber machen, aber erst sollten wir Sydney anrufen."

Jake brummte zustimmend. „Sie hat angeboten, uns in solchen Situationen zu helfen."

„Sie wird die Dinge unter Verschluss halten", versicherte ihm Tansy und eilte vor, um die Tür für ihn zu öffnen. Sie schwang auf, bevor sie den Griff berühren konnte.

Sasha trat zurück. Ihre Augen wurden groß, als Jake mit seiner Last vorbeieilte. „Ist er okay?"

„Weiß ich noch nicht", erwiderte Tansy wahrheitsgemäß. Eine weitere Person, mit der sie besprechen mussten, die Dinge bedeckt zu halten. „Kümmere dich um Jinx bleibt vorerst mal aus dem Weg, verstanden?"

„Ja, Ma'am."

Weiter hinten im Gang stieß Jake mit der Schulter die Tür des Gästezimmers auf, dann legte er den verletzten Mann sorgsam auf das Bett. „Hilf mir, ihm diese Jacke abzunehmen. Die ist völlig vollgesaugt und macht es ihm nur kälter."

Sie arbeiteten rasch, dann zog Tansy ihr Handy heraus und wählte Sydneys Nummer. Als ihre Freundin sofort ranging, erklärte Tansy leise die Situation.

„Ich bin gerade nach einem Hausbesuch auf den Highway gefahren, also kann ich in weniger als zwanzig Minuten da sein." Das Geräusch des Blinkers klickte im Hintergrund. Sydneys nüchterne Anweisungen halfen, einen Teil von Tansys Panik zu mindern. „Zieht seine Stiefel aus, aber ansonsten macht euch mehr Sorgen darum, dass ihr ihn in Decken packt. Falls die Kopfverletzung wieder blutet, presst sanft einen Waschlappen darauf, aber ansonsten wartet auf mich."

„Verstanden." Tansy schaute Jake in die Augen, und er

nickte. „Komm gleich rein, wenn du da bist. Sasha ist vielleicht in der Küche."

„Na ja, Scheiße. Das ist kompliziert." Sydney gab ein unflätiges Geräusch von sich. „Aber sie ist ein kluges Kind. Kein großes Problem, wenn du mich fragst. Wir sehen uns gleich."

Tansy steckte ihr Handy weg. „Zusätzliche Decken sind im Schrank im Gang."

„Hol du die. Ich bleibe in der Nähe, falls er aufwacht und um sich schlägt." Jake machte sich an die Arbeit mit den Schnürsenkeln an den abgetragenen Stiefeln des Mannes.

Zehn Minuten später waren drei Decken auf dem zitternden Mann aufgetürmt, der sogar noch jünger als vorher aussah, sein Gesicht blass vor dem weißen Kissen. Er hatte eine Kopfverletzung, die aus der Nähe schlimmer aussah – ein tiefer Schnitt über der Schläfe, der heftig geblutet hatte, bevor es in der Kälte gefroren war.

„Ich sollte mir die Hände waschen und mal nach den Mädels sehen", sagte Tansy.

Jake legte ihr einen Arm um die Schultern und drückte sie fest. „Er kommt wieder in Ordnung. Das hast du gut gemacht. Ihr alle."

Sie lehnte sich noch kurz an ihn, bevor sie aus dem Raum floh. Dieser Teil gehörte zu dem, was sie gewollt hatte – jemand sein, der half.

Schockierend, wie schrecklich das in der Realität war. Helfen bedeutete, dass vorher jemand verletzt wurde, und so logisch das war, im Augenblick fühlte es sich an, als wäre in Tansys Welt der Teppich unter ihren Füßen weggezogen worden.

Sie hatte Mühe, ihre geistige Ausgeglichenheit zu finden, nahm einen Waschlappen und wusch sich Gesicht und Hände. Sie glättete die Vorderseite ihres Oberteils und der Hose und traf auf die Wölbung des vergessenen Armbands in ihrer Tasche.

Sie zog es heraus, drehte es in der Hand um. Die Edelsteine fingen das Licht des Badezimmerspiegels ein und verwandelten alles in eine Miniatur-Lightshow. Ein weiterer unrealistischer Moment. Ein weiteres Ding, das keinen Sinn ergab.

Wie war etwas so Wertvolles unter ihrem Sofa gelandet?

Wie immer es passiert war, jetzt war nicht der Zeitpunkt, um diese Fragen zu stellen. Mit einem leisen Seufzen ließ Tansy das Armband in ihre Schublade im Bad fallen, um sich später darum zu kümmern.

JAKE STAND neben dem Bett und sah Sydney bei der Arbeit zu. Jedes Mal, wenn sie eine Bewegung machte, kam er vor und nutzte den warmen Waschlappen, um zu helfen, den Schmutz und das Blut von dem jungen Mann zu säubern.

Aber das war Schwachsinn – der Körper, der auf dem Bett ausgebreitet lag, gehörte einem Mann, der kaum mehr als ein Kind war. Wenn der Fremde überhaupt zwanzig Jahre alt war, würde Jake einen Besen fressen.

Obwohl Sydney ihn anstieß und an ihm herummachte, und Jake ihn bewegte, lag er ganz still da. Schwache Atemzüge, ein ganz schwacher Puls am Hals. Er sah aus, als wäre er so richtig durch die Mangel genommen worden, und abermals wurde Jake von einem dieser delikaten Balanceakte getroffen.

Darum ging es doch bei der Ranch überhaupt, oder? Jenen zu helfen, die es brauchten. Jenen Unterschlupf zu bieten, die verloren oder verzweifelt nach Sicherheit suchten. Es fühlte sich richtig an, dem Kleinen zu helfen, doch Jake konnte das nagende Gefühl nicht abschütteln, das ganz hinten in seinem

Verstand lauerte. Es war nicht der einzige zerschlagene Körper, der bewusstlos vor ihm lag ...

Die Tatsache, dass Leute da draußen bereit waren, ihren Mitmenschen Schmerzen zuzufügen, ließ es Jake bis ins Innerste übelwerden. Er würde nie verstehen, wie das möglich war, und sein Instinkt, zu beschützen, wurde stärker.

Sie würde ihm einen Schlag auf den Kopf verpassen, hätte sie es gewusst, aber Sorge um Tansy, Jinx und Sasha rauschte herein.

Hölle, Sydney war gleich da. Ihre kleine Gestalt wäre einem aufgebrachten Patienten nicht gewachsen, der eindeutig in irgendeinem Kampf gewesen war.

„Jake?"

Sydneys Ruf holte ihn aus seinen Gedanken. Sie hatte die Decken abgenommen, um auf die Beine des jungen Mannes zuzugreifen, und Jake beeilte sich, um den Schmutz zu säubern, der an der blau angelaufenen Haut des Patienten hing.

„Siehst du diese Male?" Sydney sprach leise, während sie auf den Wirrwarr aus blauen Flecken und Narben deutete. „Die stammen nicht von einem einzelnen Sturz oder Unfall. Die sind alt. Er wurde schon früher verletzt – viele Male."

Jakes Sorgen schossen wieder zum Himmel. „Du glaubst, er war ständig in Schwierigkeiten? Wie Straßenkämpfe oder so was?"

„Ich würde sagen, das sind eher schon Schläge", entgegnete Sydney zögerlich. „Sieh dir diese Muster an. Das sind Verteidigungswunden. Er hat versucht, sich zu schützen."

Jake fluchte tonlos. Der Kleine war nicht nur verletzt worden – er war vor etwas weggelaufen. Oder jemanden. „Wo zum Teufel ist er da rein geraten?"

„Das finden wir raus, sobald er aufwacht", sagte Sydney, ihre Stimme weich, aber fest. „Vorerst braucht er Ruhe."

Jake erhob sich, strich sich mit der Hand durch die Haare, während er im Raum auf und ab ging. Tansy hatte versprochen, seine Brüder zu informieren, aber bis er eine Gelegenheit gehabt hatte, mit ihnen zu reden, hatte er vor, den Wachdienst aufzunehmen. „Das ist schon gut. Er kann ...“

Der junge Mann stöhnte, regte sich leicht. Sein Kopf bewegte sich gequält von Seite zu Seite.

Sydney legte ihm eine Hand auf die Brust, beruhigte ihn. „Bleib still. Du solltest dich jetzt gerade nicht bewegen.“

Die Augen des Kleinen öffneten sich flatternd, erst noch nicht konzentriert, dann kniff er sie zusammen, als er die unvertraute Umgebung wahrnahm. Er spannte sich an, sofort ruderten seine Arme instinktiv.

„Scheiße.“ Jake ging gebückt vor, bekam für seine Bemühungen eine Faust ins Gesicht. Er fluchte leise, noch während er den Kleinen unten hielt, damit er nicht Sydney erwischte. „Halt. Du bist in Sicherheit. Wir werden dir nicht wehtun.“

„Ich bin eine Ärztin“, sagte Sydney rasch. „Und deine Ärztin sagt, du musst still liegen.“

Der junge Mann blinzelte ein paar Mal, sein Blick ging zwischen Jake und Sydney hin und her. Verwirrung trat auf sein Gesicht, rasch gefolgt von einer Woge der Panik. „Wo ... Wer?“

„Schon okay“, sagte Jake, der den Drang unterdrückte, sich eine Hand aufs pochende Auge zu pressen. Er hielt seine Worte ruhig und so gleichmäßig wie möglich. „Du bist auf der High Water Ranch. Meine Nichte Jinx hat dich gefunden und dann Hilfe geholt. Du bist jetzt in Sicherheit.“

Der junge Mann entspannte sich leicht, obwohl die Anspannung auf seinem Gesicht sich hielt. Er schaute Jake in die Augen. „Es tut mir leid. Ich wollte keine Schwierigkeiten verursachen.“

„Ist schon okay, wir verstehen es", versicherte ihm Sydney, die seine Schulter sanft tätschelte. „Du wusstest nicht, dass das ein sicherer Ort ist, aber wir werden uns um dich kümmern."

„Ich kann nicht bleiben. Ich muss gehen."

Sydney hob eine Augenbraue. „Nein." Sie ging zurück, stemmte die Hände auf die Hüften und schenkte dem Kleinen den finsteren Blick einer Ärztin, die keine Widerworte zuließ. „Du gehst nirgendwohin. Du hast Verletzungen, um die man sich kümmern muss. Wenn du es zu sehr übertreibst, werden sie nur noch schlimmer. Du lässt es für mindestens eine Woche locker angehen."

Das Kinn des Kleinen spannte sich an, aber diesmal wandte er nichts ein, die Erschöpfung machte ihn träge. Der Kleine war zu müde, um zu kämpfen – körperlich und geistig.

Trotzdem wäre es gut, dem Jungen ein paar Informationen zu verschaffen, bevor er zusammenbrach. „Ich bin Jake, das ist Sydney. Du wirst bald meine beiden Brüder treffen, und den Rest von uns, die auf der Ranch leben." Der junge Mann schaute ihm direkt ins Gesicht. Jake nickte zustimmend. „Hast du einen Namen?"

„Logan." Er zögerte, rang vermutlich mit sich, ob er auch seinen Nachnamen nennen oder lügen und etwas erfinden sollte.

„Du musst jetzt nicht gleich mehr erzählen. Dieser Ort ist sicher. Niemand wird dir hier wehtun."

Logans Blick flackerte, ein Zweifel stand tief darin. Der Kleine hielt immer noch etwas zurück – etwas, das ihn bereit machte, zu fliehen, sobald er die Chance bekam.

„Hast du Ärger mit den Behörden?", fragte Jake vorsichtig.

Panik zog über das Gesicht des jungen Mannes. Er schüttelte rasch den Kopf– zu rasch. Sein Gesicht verzog sich vor Schmerz, und Sydney fuhr ihn mit einem Tadel an.

„Ganz langsam mit den wilden Pferden", sagte sie. „Keine

raschen Bewegungen. Oder diese Woche, die ich dir gegeben habe, wird noch länger. Er fragt dich nicht, weil er dich rauswerfen will, sondern weil wir wissen müssen, was wir zu erwarten haben. Vertrau mir, ich werde mich um Kopf und Kragen lügen, damit du sicher bleibst."

„Ich laufe nicht vor den Cops weg", sagte Logan, seine Stimme schwach, aber aufrichtig. „Aber ich laufe weg. Es gibt Leute, von denen ich nicht gefunden werden will."

Jake wechselte einen Blick mit Sydney. Das allein bestätigte schon, was sie erwartet hatten.

Die Tür hinter ihnen öffnete sich, und Declan kam herein. Er musterte die Szene und kam sofort, um sich neben Sydney zu stellen. Er sah sich Logan genau an und schaute Jake in die Augen. Ganz kurz starrte er das Auge an, das der Kleine getroffen hatte, fragte stumm, ob alles in Ordnung war.

Jake nickte ihm beruhigend zu, aber die Anspannung im Raum war spürbar.

„Sieh mal, Logan." Jake hielt seine Stimme ruhig. „Selbst wenn du in Schwierigkeiten bist, bleibst du vorerst hier. Wir werden nicht zulassen, dass dich jemand verletzt. Das ist mein Bruder Declan, und er wird auch dafür einstehen."

Sofort deckte sein Bruder seine Aussage. Declan neigte das Kinn. „Jake hat recht. Das ist ein Ort der Zuflucht für Leute, die sie brauchen. Wir helfen dir, wenn du es zulässt."

Logan schaute zwischen den zwei Brüdern hin und her, Unsicherheit in seinem Blick, noch während die Müdigkeit sich rasch bemerkbar machte. Einen Augenblick lang schien es, als könnte er sich wieder hinsetzen, aber dann entspannte er sich auf dem Bett und stieß einen langen, müden Seufzer aus.

„Vielen Dank", flüsterte er. Seine Augen gingen zu, Erschöpfung holte ihn schließlich ein. Er murmelte tonlos, kaum zu hören: „Gefunden von einem Engel."

Sydney schaute ihn sich noch einmal an, dann zog sie die

Decke unter das Kinn des Kleinen. Sie wies mit dem Kopf zur Tür.

„Er wird eine Menge Ruhe brauchen", erklärte Sydney, während sie im Gang vor der Tür stehen blieben. „Ich komme morgen wieder und schaue ihn mir an, aber ihr werdet ihn alle paar Stunden aufwecken müssen, um nach Anzeichen einer Gehirnerschütterung zu schauen. Passt auf Schwindel, Verwirrung und alles Außergewöhnliche auf."

Jake nickte, nahm ihre Anweisungen an. „Das können wir tun."

Sydney warf einen letzten Blick in den Raum, ihr Blick wurde weich, als sie die schlafende Gestalt betrachtete. „Er hat eine Menge durchgemacht", sagte sie. „Vor was auch immer er wegläuft, ich hoffe, er findet hier Frieden."

Declan legte ihr eine Hand auf die Schulter und drückte sie. „Das ist unser Ziel. Danke, dass du dich daran beteiligst."

Ihre Lippen wölbten sich leicht. „Jetzt müsst ihr mir was zu essen geben. Ich habe mit Tansy gesprochen, als ich reingekommen bin, und sie sagte, wenn wir fertig sind, würde das Abendessen auf dem Tisch stehen. Ich mache mich sauber, und dann können wir rausfinden, was als nächstes kommt."

11

Es war mehr als genug, um Tansy von den Aktivitäten abzulenken, die im Hinterzimmer vor sich gingen. Als erstes sah sie nach Jinx und stellte fest, dass sie aus der Dusche raus und in ihrem Zimmer war, in eine kuschelige Decke gewickelt. Sasha hatte sich neben sie ins Bett gekuschelt, und sie beide hatten die Hände um große Tassen gelegt, die wunderbar dufteten.

Dixie lag über ihren beiden Füßen zusammengerollt, um zur Tür zu schauen, als würde sie einen kostbaren Schatz bewachen.

„Am Geruch hier drin kann ich erkennen, dass du die gute Schokolade gefunden hast", scherzte Tansy, die nach vorne kam, um sich mit der Hüfte an das Bett neben die Mädchen zu lehnen. Sie kraulte Dixies Kopf, weil sie es so gut gemacht hatte.

Jinx schmatzte mit den Lippen, dann stellte sie die Tasse auf dem Kopfteil ab. „Ich werde von innen gewärmt."

Tansy warf einen Blick zu ihr, doch Jinx wirkte nicht, als

würde ihr etwas fehlen. Sie wandte ihre Aufmerksamkeit Sasha zu. „Hast du mit deinen Eltern geredet?"

Ein langsames Nicken kam als Erwiderung, mit besonders weit aufgerissenen Augen. „Ich habe ihnen gesagt, dass ich zum Abendessen bleibe. Sonst habe ich noch nichts gesagt. Jinx hat mich gebeten, damit zu warten, bis wir mit Declan geredet haben."

„Guter Gedanke." Tansy nickte den beiden Mädchen anerkennend zu. „Ihr habt es gut gemacht, aber ihr habt recht. Declan wird helfen, herauszukriegen, was als nächstes passiert."

Einen Augenblick später war Jinx an Tansy gekuschelt, umarmte sie fest. „Ist der Typ, den wir gefunden haben, okay?"

„So weit, so gut", versicherte ihr Tansy, die sie fest drückte. Sie hob den Blick, um Sasha anzusehen. „Ihr hattet ziemlich viel Angst, oder?"

Ein Beben klang in Sashas Stimme an, während sie antwortete. „Wir dachten, er wäre tot."

„Komm her." Tansy öffnete den anderen Arm, und Sasha kam sofort näher.

Die drei kuschelten sich zum Trost aneinander, während Dixie sie mit dem Kopf anstieß, besorgt über die äußerst intensiven Emotionen, die in der Luft lagen. „Ich wette, das war gruselig, aber bis auf die Tatsache, dass Jinx sich der Unterkühlung ausgesetzt hat, habt ihr wirklich schnell reagiert. Ihr habt ihm vermutlich das Leben gerettet."

Ein abgehackter Schluchzer kam von Jinx, und sie vergrub kurz das Gesicht noch fester an Tansy. Tansy hielt die Mädchen und ließ sie sich wieder fassen, froh über die Gelegenheit, auch bei ihnen Trost zu finden.

Als Jinx' Atmung sich beruhigte, drückte Tansy sie ein letztes Mal und ließ dann los. „Wir warten, um mit Declan zu reden, aber ich weiß ganz sicher, dass als nächstes ein

Abendessen auf den Tisch muss. Ich hatte die Dinge zum Großteil unter Kontrolle, aber machen wir es doch fertig."

Eine greifbare Aufgabe zu haben, half. Bis Petra und Aiden ins Haus eilten, gefolgt von Kevin und den Ranchhelfern, hatten die Mädchen den Tisch gedeckt, darunter mit Salaten, Chutney und Reis. Tansy hatte einen Topf voller Massaman-Curry mit Rindfleisch fertig, um es auf den Tisch zu bringen.

Jake und Declan stellten sich vor den Kamin, und Tansy schoss in einem Augenblick der Panik hoch. Jakes rechtes Auge war auf jeden Fall gerötet.

Bevor sie durch den Raum rasen konnte, erschien Sydney aus dem hinteren Teil des Hauses. Sie hatte sich Tansy angeschlossen, lehnte sich an den Tresen neben ihr. „Ich habe dein Bad benutzt, um mich mal frisch zu machen. Ich dachte, das macht dir nichts."

„Das ist nie ein Problem. Was ist mit Jake passiert?"

„Jake wurde unabsichtlich von Logan getroffen, der um sich geschlagen hat. Dem Kleinen ist das echt zuwider. Er ruht sich jetzt aus, aber er wird aufwachen und am Verhungern sein. Wenn du irgendeine Brühe hast, ist das erst mal eine Weile das Beste für ihn."

Mit einem letzten Blick auf Jakes Gesicht ging Tansy im Geiste das durch, was sie in der Gefriertruhe hatte. „Ich kann was aufwärmen, wann immer es gebraucht wird." Sie nahm Sydneys Finger in ihre. „Danke, dass du in der Nähe bist."

„Freut mich, dass ich helfen konnte." Sydney hob ihr Kinn zu Petra, die entschlossen durch den Raum kam, als Aiden vorbeihuschte, um sich seinen Brüdern vor dem Feuer anzuschließen. „Hier kommt schon eine neugierige Katze in unsere Richtung."

„Die Ankunft von Logan ist keine Unterhaltung fürs Abendessen, aus Gründen der Privatsphäre und so weiter", sagte Tansy leise, während sie Petra eine Hand hinhielt und sie zu einer Umarmung heranzog. „Ich bin okay, die Mädchen sind okay, und jetzt musst du so tun, als wärst du okay, um sicherzustellen, dass die Unterhaltung beim Abendessen läuft."

Gute fünfzehn Sekunden lang drückte sie Petra wie verrückt, bevor sie sich zurückzog und sie musterte. „Ich hasse es, wenn du recht hast."

„Und doch passiert das so häufig."

Sydney kicherte, schob sich hoch und schnüffelte anerkennend. Sie hob die Stimme, damit man sie im ganzen Raum deutlich hörte. „Ich hoffe, dieser Geruch bedeutet, dass das Essen fast fertig ist. Ich bin am Verhungern."

Durch den Raum hob Declan eine Augenbraue, noch während alle anderen zum Tisch gingen. „Am Verhungern? Echt? Das bedeutet, du isst heute Abend drei Löffel, anstatt deine üblichen zwei?"

Aiden sah seinen Bruder mit gerunzelter Stirn an. „Die Tatsache, dass du beobachtest, wie viel wir alle regelmäßig essen, ist unheimlich, Bro."

„Sehe ich auch so. Außerdem esse ich so viel, wie ich brauche. Mehr als ich brauche, wenn es Tansys Curry ist." Sydney machte sich bereit, den Stuhl am Kopfende des Tisches rauszuziehen, und sowohl Kevin als auch Declan stürzten sich vor, um ihr zu helfen. Sie verdrehte die Augen, dann lächelte sie süß, schaute den Tisch hinab, wo Jinx und Sasha Seite an Seite saßen. „Bedrängt Declan dich immer noch wegen des Frühstücks, Jinx?"

„Nicht mehr, seit ich ihm die Nährstoffanalyse gezeigt habe, die du mir gegeben hast, mit dem Vergleich, was ich esse, und was er isst."

Leises Gelächter stieg am ganzen Tisch auf, während alle sich setzten und Schüsseln und Teller herumgereicht wurden.

„Versucht mal, mit einer Krankenschwester als Mutter aufzuwachsen", beschwerte sich Petra. „Einer, die ganz offen ist, viel weiß und viel zu bereit ist, über die wichtige Wirkung von Ballaststoffen auf unseren Körper zu sprechen.“

Und damit waren die Dinge unter Kontrolle. Tansy war ziemlich sicher, dass die Ranchhelfer keine Ahnung hatten, dass jemand verletzt am anderen Ende des Hauses lag. Sie würden ihn aber schon bald treffen, nahm sie an. Aber gerade jetzt hatte Logan seine Privatsphäre verdient.

Das Ende der Mahlzeit rückte näher, und durch irgendeine wortlose Magie übernahm Kevin die Verantwortung für die Helfer. „In Ordnung, Jungs, jetzt habt ihr genug Sprüche geklopft, wer am besten am Billardtisch ist. Das Turnier fängt jetzt im Gemeinschaftsraum an. Der Gewinner wird noch vor den Pflichten erklärt.“

In dem Augenblick, in dem sie alle aus der Tür waren, bedeutete Declan, dass Sasha sich fertigmachen sollte. „Ich bringe dich nach Hause.“

Sasha nickte, ihre Finger kurz in die von Jinx geschoben, bevor sie das Kinn hob. „Ich weiß, dass hier was vorgeht, mehr als das Künstleratelier und die Tierrettung, aber ich werde es niemandem sagen. Das verspreche ich.“

Unerwartet trat Jake vor, ein sanftes Lächeln auf dem Gesicht, das im Kontrast zu der zunehmenden Schwellung an seinem Auge stand. „Wir vertrauen darauf, dass du Geheimnisse behalten kannst, Sasha, aber du bist noch so jung, dass deine Eltern an den wichtigsten teilhaben müssen.“

Die Anspannung schien von ihr zu weichen, und als sie dieses Mal nickte, waren ihre Augen feucht. „Ja. Es würde mir gefallen, wenn sie das wüssten.“

„Wir reden zusammen mit deinen Eltern“, versicherte ihr Declan.

Jinx schlang die Arme um Sasha und drückte sie fest, dann ging Sasha zur Tür, wo Declan ihr die Jacke hinhielt.

„Ich schaue bei unserem Gast vorbei, dann sollte ich nach

Hause fahren", sagte Sydney, nachdem sie die Tür vor der winterlichen Nacht geschlossen hatten.

„Sieh ruhig nach, aber warum bleibst du nicht?", schlug Petra vor. „Wir drei hatten schon eine Weile nicht mehr die Gelegenheit, uns auf den neuesten Stand zu bringen."

Im Hintergrund begannen Jinx, Aiden und Jake mit dem Aufräumen.

Tansy deutete zu den Resten. „Ich muss mich um die hier kümmern, aber danach hätte ich wirklich gern ein wenig Zeit mit euch Mädels."

Und so endeten sie eine halbe Stunde später im Wohnzimmer, das Feuer knisterte in dem luftdichten Kamin. Petra stellte die Sessel um, um eine vertraute Versammlung für die drei zu bilden, mit einem Zweisitzersofa und einer einzelnen Polsterliege.

Aiden hielt eine geflüsterte Unterhaltung mit Petra, die damit endete, dass er sowohl Jake als auch Jinx entführte. „Wir sind unterwegs in meine Wohnung. Jinx will sich von mir beim Cribbage schlagen lassen."

Wozu der Teenager die Augen verdrehte. „Altmodische Spiele sind okay, aber nächstes Mal müsst ihr Jungs Schwingenschlag spielen."

Jake drehte sich zu Tansy und wiederholte das Wort tonlos, Verwirrung auf dem Gesicht.

Erheiterung machte sich breit. Tansy hatte das Brettspiel ein paar Mal mit den Mädchen gespielt. Sie würde sich diesem Spiel auf jeden Fall anschließen, um festzustellen, wie Jake sich ausrechnete, was besser war – Eier ausbrüten oder Drachen entsenden.

Aber vorerst legte sie sich eine kuschlige Decke enger um die Schultern und starrte in die Flammen. Ein kurzer Augenblick des Friedens nach einem ganzen Sack voll Chaos.

Neben ihr tätschelte ihr Petra sanft das Knie. „Das wird schon."

Tansy schaute ihr ins Gesicht, hob eine Augenbraue.

Ihre Freundin lächelte. „Du hast ein riesiges Seufzen ausgestoßen, und ich verstehe es. Als ich gerade dachte, dass High Water ordentlich läuft, wird uns wieder was vor die Füße geworfen."

„Das Leben wäre langweilig, wenn sich nie was ändern würde", sagte Sydney pragmatisch.

„Ich käme mit etwas langweilig klar", entgegnete Tansy, die an Jakes Auge dachte.

Ihre Anmerkung wurde sofort von Sydney begrüßt, die ihr die Zunge rausstreckte. „Schwachsinn, Unfug, und noch einmal *pffffft*." Sydney wackelte mit den Zehen vor dem Feuer, die Beine über die Armlehne des Sessels gelegt, in den sie sich gekuschelt hatte. „Ich wünschte, was man uns vor die Füße wirft, wären keine misshandelten Kinder, aber zumindest sind wir da, um ihnen eine Chance zu bieten."

Tansy erwischte sich bei einem weiteren tiefen Luftholen. Ja. Das war es so ziemlich, was sie sich erhofft hatte, als sie sich für High Water gemeldet hatte.

Zeit, das Thema zu wechseln. Sie schaute Sydney in die Augen. „Wir müssen Petra befragen. Das, oder ihr beibringen, wie Kalender funktionieren. Die Zeit steht nicht still, die Gunst der Stunde, und so weiter und so fort."

„Sie hat immer noch kein Hochzeitsdatum festgelegt?" Sydney brummte entschlossen.

„Ich mache mir allmählich Sorgen. Vielleicht ist das ein Zeichen, dass die Hochzeit gar nicht stattfinden wird."

Unerwartet verzog Petra, anstatt über ihre Neckereien zu lachen, das Gesicht.

Neben ihr schoss Tansy hoch. „Moment. Ich habe Witze gemacht. Ich weiß verdammt gut, dass es in Petra-Aiden-Land keine Probleme gibt. Ihr beiden seid so ekelhaft verliebt, dass überall giftige Kussgesichter und säuselnde Bakterien sind, die ganze Zeit."

„Wir haben kein Problem", sagte Petra langsam. Ihr Blick huschte zwischen Sydney und Tansy hin und her. „Es ist irgendwie das ganze High-Water-Ding."

Tansy dachte darüber nach, worüber sie gerade geredet hatten, und kam rasch zu ein paar Schlüssen. „Du machst dir Sorgen, wenn wir was planen, könnten plötzlich Ranchhelfer vorbeikommen, oder ein Bedarf bestehen, die Dinge geheim zu halten ..."

Tansy hielt inne.

Petra verzog erneut das Gesicht. „Aiden könnte ein blaues Auge haben, das man nur schwer erklären kann."

Na ja, Scheiße. Etwas, an das Tansy nicht mal gedacht hatte, aber offensichtlich möglich, wenn man alles in Betracht zog.

„Das macht die Planung schon schwierig", stimmte Sydney zu. „Besonders durch die Größe deiner Familie."

Petra sank in der Ecke ihres Zweisitzers zusammen, Elend stand auf ihrem ganzen Gesicht. „Die Hochzeit auf der Red Boot Ranch abzuhalten, würde perfekt Sinn ergeben, denn der Laden meines Bruders ist ein Hochzeitveranstaltungsort. Damit wäre das meiste geklärt, wie die Unterbringung meiner Eltern. Meine Eltern wissen, was wir hier tun, und Zach und Julia. Aber ..."

„Aber das bedeutet, vier weitere Geschwister und ihre Partner und Kinder, und da spielt noch nicht die mögliche Störung von ankommenden Leuten hinein." Tansys Gedanken sprangen von einer Idee zur nächsten, versuchten, mit einer Lösung aufzuwarten.

Sydney räusperte sich. „Die erste Frage, die man stellen muss, willst du denn die große Familienhochzeit, oder wird das einfach erwartet?"

Petra öffnete den Mund ... dann schloss sie ihn. Sie runzelte die Stirn. „Ach, Scheiße."

Sie konnte nicht anders. Tansy kicherte. „Am eigenen Schlafittchen gepackt?"

Der finstere Blick, den sie bekam, war schnell und böse. „Was soll das überhaupt heißen?", wollte Petra wissen.

„Na, was weiß ich", gab Tansy zu. „Nur dass ich nicht glaube, dass du eine große Hochzeit willst."

„Aber du willst schon heiraten." Sydney sagte es eher als Aussage, nicht als Frage. „Wir müssen einfach ein Brainstorming machen, wie wir das auf eine Art hinkriegen, die für dich und für Aiden funktioniert ... Denn das sind die, auf die es ankommt. Ihr zwei. Familienerwartungen sind gut, um sie mit einzubeziehen ..."

„Und dann zu ignorieren", schlug Tansy vor.

Petra schnaubte. „Bitte. Ihr habt meine Eltern getroffen."

„Ich denke mehr über deinen Bruder nach", sagte Tansy. „Ich kann ihn mir jetzt vorstellen, wie er sich die Taschen mit Taschenbüchern vollgestopft, denn er weiß, er wird sich die Augen ausheulen während deiner Hochzeit. Niemand will das sehen, also sollten wir uns mit einer genialen Alternative aufrüsten, von der Sydney annimmt, dass wir sie hinkriegen."

„Musst du da bei Aiden nachfragen, bevor wir uns die Planermützen aufsetzen?", fragte Sydney.

„Moment mal." Petra holte ihr Handy heraus und tippte eine rasche Nachricht. Einen Augenblick später grinste sie. „Er sagt, und ich zitiere: *So was von, verdammt noch mal. Sag mir wann und wo, und ich bin dann da.*"

Die drei Freundinnen grinsten einander an.

Sydney sprang auf und kam mit einem Notizbuch aus dem Nichts zurück. „Ich trete als Jake auf. Lass deine Sorgen fallen,

Petra. Wir werden ein wenig Problemlösen, damit du unter die Haube kommst."

Die Kühle in Tansys Eingeweiden war verschwunden, weggespült von der felsenfesten Freundschaft, die sie umfing. Ein verletzter junger Mann lag immer noch im Zimmer den Gang entlang. Andere mit gefährlichen Bedürfnissen konnten bei High Water unerwartet auftauchen. Vielleicht würde jedes Mal, wenn sich die Dinge änderten, Tansy eine geistige und emotionale Neuausrichtung vornehmen müssen.

Aber mit der Wärme des Feuers und der Wärme der Freundschaft, die sie umfing, und vielleicht, nur vielleicht etwas Besonderem, das zwischen ihr und Jake brodelte – war Tansy bereit.

Diese ersten Stunden nach Logans Ankunft vergingen, wurden zu Tagen. Er konnte ernsthafte Folgen aus seiner Kopfverletzung vermeiden, aber er schlief immer noch erstaunlich viel.

Am Dienstag betrat Jake den zusätzlichen Raum und fand Logan im Bett sitzend, eine Miene auf dem Gesicht, die besagte, dass der Kleine sich ausrechnete, wie er sich losmachen und weglaufen konnte, trotz all der Zusicherungen, die sie ihm gegeben hatten.

„Gut, dich wach zu sehen", sagte Jake, der einen einzelnen Schritt in den Raum tat. „Brauchst du Hilfe auf dem Weg zum Bad?"

„Ich glaube, ich schaffe es selbst. Ist es okay, wenn ich aufstehe?" Der Kleine verzog das Gesicht. „Habe ich was zum Anziehen?"

Jake deutete oben auf die Kommode. „Vorerst Leihgaben.

Sie sind vielleicht ein bisschen groß, aber die gehen schon, bis wir dich zum Einkaufen mitnehmen."

Logan begann, den Kopf zu schütteln, aber überlegte es sich offensichtlich anders, reduzierte seine Bewegungen darauf, sich mit der Hand über den Nacken zu reiben. „Ich werde nicht lange bleiben."

„Diese Unterhaltung die ganze Zeit zu wiederholen, wird verdammt nervig." Jake verschränkte die Arme vor der Brust und funkelte ihn an. Vielleicht würde ein wenig harte, aber herzliche Interaktion den Kleinen überzeugen. „Du gehst nirgendwohin, bis du hundert Prozent wiederhergestellt bist. Dann kannst dich verdammt noch mal selbst entscheiden, aber bis dahin hör auf, es schwieriger zu machen, als es sein müsste."

Logans Augen wurden groß. Dann zuckten seine Lippen, und er neigte den Kopf, um seine Miene zu verbergen, die eher erheitert als eingeschüchtert war.

Ja. Jake musste ein bisschen mehr an seinem furchterregenden Gesicht arbeiten. „Zieh dich an, wenn dir danach ist. Jinx ist bereits in die Schule gegangen, aber alle anderen haben einen trägen Vormittag. Sie helfen mit der Hochzeitsvorbereitung, wenn du das glauben kannst."

Logan sagte nichts, aber Neugier machte sich breit.

Jake ließ ihn in Ruhe und ging, um sich den anderen anzuschließen, die sich am Küchentisch versammelt hatten, Kaffeetassen vor ihnen, Frühstücksteller zur Seite geschoben. Drei der Ranchhelfer waren bereits aufgebrochen, um Aufgaben zu erledigen oder sich zu entspannen. Nur Brett war noch da, saß neben Kevin, während sie eine leise, intensive Unterhaltung führten.

Dort, wo sie am Tresen stand, drehte sich Tansy und hob fragend die Kaffeekanne.

Er nickte und sprach dann, damit es alle hören konnten. „Logan geht es viel besser. Er hat vor, sich uns anzuschließen."

„Gott sei es gedankt", sagte Petra mit völliger Aufrichtigkeit, bevor sie nachdenklich wurde. „Ich frage mich, wie gut seine Handschrift ist."

„Ich weiß nicht, warum du dir darum so große Sorgen machst. Du kannst buchstäblich jede Schriftart benutzen, die jemals erfunden wurde, und einen Drucker, und doch willst du Umschläge selbst beschreiben." Aiden duckte sich, während Petra gespielt nach seinem Arm schlug. „Ich sage nicht, dass ich nicht der Erste in der Reihe bin, der sich freiwillig meldet, aber du musst schon zugeben, das Computergirl, das alles per Hand machen muss, ist ein bisschen seltsam."

„Es ist für unsere Hochzeit", erklärte sie selbstgefällig. „Das soll doch wohl ..."

„Seltsam sein?", wiederholte Tansy.

Petra kicherte. „Ich wollte sagen, herzerwärmend und gemütlich."

Tansy stellte eine Tasse Kaffee vor Jake. Er beugte sich zu ihr, während sie sich im Stuhl neben ihm niederließ. „Ich weiß nicht. Seltsam hat für mich funktioniert."

Ein schnaubendes Lachen entschlüpfte Tansy. „Ich werde für Donnerstag das ganze Essen auf die Beine stellen."

Declan hob eine Hand. „Ich habe Lieferboxen bestellt, darum werden die Hochzeitskuchen am Freitagvormittag mit Expresslieferungen rausgehen."

Petra holte tief Luft, drehte sich auf dem Platz, um sich Aidens Hand zu schnappen. „Machen wir das wirklich?"

Die Bewunderung auf seinem Gesicht war eindeutig sichtbar, während er seine Stirn an ihre legte. „Wir machen das wirklich."

Sie schauten einander so intensiv an, dass es fast zu viel war, um es zu ertragen. Jake riss den Blick los und sah Tansy, die bis über beide Ohren grinste, während sie zustimmend zusah.

Die Mädels hatten den Hochzeit-Jetzt-Zug in Gang gesetzt, aber Aiden war mehr als bereit gewesen, aufzuspringen. Das bedeutete, dass sowohl Jake als auch Declan an Bord gegangen waren, denn alles, was ihren Bruder so glücklich machte, konnte man nicht ignorieren.

Als größtes Problem hatte sich das Bedürfnis erwiesen, Geheimnisse zu bewahren, was durch Petras große Familie verkompliziert wurde. Nach einer Menge Brainstorming, zu dem gefährlich starke Margaritas gehört hatten, hatten die Mädels etwas hervorgezaubert, das Jake für eine geniale Lösung hielt.

Wenn sie einen Teil der Familie nicht da haben konnten, dann würden sie niemanden haben. Aiden und Petra würden ihre Gelübde unter sich leisten, der Standort war derzeit ein großes Geheimnis. Sie planten, das ganze Ding aufzunehmen und dann einen Link an die Familie zu schicken, damit sie es danach genießen konnte.

Irgendwann später würden sie eine Familienfeier auf der Seite der Sorensons haben, vermutlich bei ihrem nächsten Weihnachtsausflug nach Hawaii. Die Familie Skye und die Freundinnen aus Heart Falls würden alle auf einer Party im kommenden Sommer feiern.

Das Einzige an der Tatsache, dass man sich nicht versammeln konnte, was Petras Bedauern ausgelöst hatte – die Unmöglichkeit, Familienfotos zu machen – war von Tansys Genialität gelöst worden. Es war ein bisschen unüblich, und alle mussten lachen, als sie es hörten. So einzigartig und spontan wie Tansy selbst, dachte Jake.

„Was hielten denn alle von den Hochzeitsfotos in einer Box, nach denen du gefragt hast?", fragte Kevin, während er und Brett aufstanden, um das Frühstücksgeschirr einzusammeln und in den Geschirrspüler zu stellen.

„Meine ältesten Geschwister haben mir Emojis

zurückgeschickt, die die Augen rollen", setzte Petra ihn in Kenntnis. „Die Nichten und Neffen sind alle begeistert. Schwager Nummer 3 wollte sicherstellen, dass er genau die richtigen Kistenabmessungen und Fotoeinstellungen hat, die ich brauchen würde."

„Also läuft alles so ziemlich normal?", fragte Tansy.

„So ziemlich. Mein Dad hat mich in Kenntnis gesetzt, wenn ich mir das früher hätte einfallen lassen, hätte er sichergestellt, dass alle von uns identische Amazonpäckchen kriegen, damit wir dieselbe Box hätten, um damit zu arbeiten."

Ein Klopfen erklang an der Tür, sofort gefolgt von Sydney, die ohne zu warten hereinkam. „Morgen, High Water. Ist noch Kaffee in der Kanne?"

Tansy wollte schon aufspringen, aber Jake legte ihr eine Hand auf die Schulter. „Ich mache schon. Morgen, Sydney. Unser Gast sollte sich uns gleich anschließen, wenn du ihn sehen möchtest."

„Ach, ich schätze schon. Eigentlich bin ich hergekommen, um Kevin auszufragen." Sydney hängte ihre Jacke auf und begab sich durch den Raum, blieb dort stehen, wo Kevin und Brett sich vorbereiteten, die Töpfe vom Frühstück per Hand zu spülen und abzutrocknen. „Was höre ich denn da, dass du es auf meinen Pfleger abgesehen hast?"

Kevin sah aus, als könnte in seinem Mund nicht mal Butter schmelzen. „Edison ist ein interessanter junger Mann, mit dem ich eine Menge Interessen gemeinsam habe."

Jake reichte Sydney einen Kaffee, dann beäugte er ihren Psychologen. „Mit ihm hattest du also vor einer Weile ein Date?"

„Vor einer Weile, und vor ein paar Tagen, und vor einem Tag", scherzte Sydney. „Ich musste herkommen und euch erzählen, dass mir ständig ein Ohr darüber abgekaut wird, wie wunderbar Kevin ist."

Ein Hauch von Röte trat auf Kevins Wangen. „Ist doch immer schön, wenn man wertgeschätzt wird.“

„Ist es.“ Sydney beugte sich zu ihm, die Hände auf den Tresen gepresst. „Brich ihm bloß nicht das Herz.“

„Sydney, halte dich aus Kevins Liebesleben raus“, tadelte Petra.

„Es ist nicht sein Liebesleben, um das ich mir Sorgen mache. Es ist, wenn sie sich trennen und es Edison dann unmöglich findet, in einer Kleinstadt zu bleiben, wo er ständig an das erinnert wird, was hätte sein können, und plötzlich muss ich noch einen Pfleger ausbilden, der mit der Art klarkommt, wie ich gern alles am Laufen habe.“

„Ahhh. Das ergibt schon mehr Sinn“, warf Declan ein, der absichtlich nicht zu Sydney schaute. „Der Himmel verhüte, dass irgendwas deine Arbeit unterbricht.“

Sydney verzog das Gesicht vor ihm, noch während sie zum Tisch ging.

Sie wandte sich zu Jake, zog etwas aus ihrer Tasche. „Übrigens, das ist für dich. Es wurde an deinen Namen geschickt, allgemeine Zustellungen in Heart Falls, von denen ich keine Ahnung hatte, dass die überhaupt noch existieren. Ich war im Postamt, und Marcy hat mich gebeten, ob ich dir das mitbringen kann.“

„Und so läuft es in Kleinstädten“, murmelte Kevin. „Überall anders hätte man sich am Postgeheimnis vergangen.“

„Hier nennt man es *Mrs. Marcy ist zu faul, um den Arsch in Bewegung zu setzen und ihren Job zu erledigen.*“ Tansy hustete in ihre Faust. „Tschuldigung. Habe ich das in meiner Stimme für die Außenwelt gesagt?“

Jake nahm den Umschlag, beäugte ihn neugierig. „Ich habe keine Ahnung, wer mir Post schicken sollte, der nicht bereits unsere Adresse kennt ...“

Scheiße. Ein Blick auf die Handschrift, und er wusste es sofort. Der Brief kam von Melissa.

Er schob ihn sich in die Tasche, ignorierte den fragenden Blick, den Tansy ihm zuwarf.

Kurz danach kam es zu einer Ablenkung aus dem Schlafzimmerbereich des Hauses. Köpfe fuhren herum, als Logan in den offenen Eingang trat.

„Schön, dich hier draußen zu sehen." Sydney erhob sich und ging vor. Sie war gute fünfzehn Zentimeter kleiner als der junge Mann, schien aber über ihm aufzuragen, während sie ihn von oben bis unten betrachtete. Mit einem Nicken deutete sie zum Tisch. „Wenn du Hunger hast, bin ich sicher, wir können was für dich auftreiben."

„Mehr als Suppe?" Der Kleine klang hoffnungsfroh.

„Was immer Frau Doktor zulässt, ich mache es für dich", bot Tansy an. Sie beugte sich vor und legte eine Hand auf Jakes Oberschenkel, flüsterte leise. „Wir sind heute alle beschäftigt, aber reservier mir einen Platz auf dem Zweisitzer heute Abend am Feuer? Ich verspreche, ich werde in Kuschelstimmung sein."

Himmel. Er musste ihr nächstes Date sofort planen. Doch die Aufmerksamkeit aller lag derzeit auf der Hochzeit, die in zwei Tagen anstand.

Also nahm er das, was er bekam, und flüsterte direkt zurück: „Das setze ich ganz oben auf meine To-do-Liste."

12

———

*D*er Hammer sprang klirrend vom letzten Nagel weg und traf auf Jakes Daumen. Er fluchte ausgiebig, schüttelte die Hand, während er von der Zierleiste wegstapfte, die schief neben seinem Schlafzimmerschrank hing.

Das bekam er eben, wenn er mit den Gedanken nicht bei der Aufgabe war.

Es war nicht die Tatsache, dass Aiden und Petra gerade jetzt weg waren, um verstohlen unter die Haube zu kommen, die seine Gedanken wie Stroh im Wind treiben ließ.

Na ja, nicht völlig das. Verdammt sollte Melissa sein ...

Er riss den Brief zum fünfzigsten Mal aus seiner Tasche und fragte sich, weshalb er sich weiterhin folterte.

Hey Du,

es ist eine Weile her, und ich hatte das Gefühl, wir müssen uns mal beieinander melden. Ich glaube, das ist deine neue Heimatstadt – ich hoffe, das ist alles, was du dir erträumt hast.

Du hast es verdient, einen guten Ort zu finden, der dich zu schätzen weiß.

Im Herzen warst du immer ein Kleinstadttyp. Ich weiß, dass es Dinge gab, bei denen wir nicht gleicher Meinung waren, aber ich habe es immer geliebt, wie du Teil von etwas Vertrautem und Engem sein wolltest. Irgendwo, wo du dich mit deinen Leuten in Verbindung setzen konntest. Das habe ich an dir bewundert, noch während ich mich darüber beschwert habe.

Dämlich, oder? Dass ich sehen konnte, was dich besonders macht, doch ich habe dir nicht oft genug gesagt, wie wunderbar es war.

Auf jeden Fall bin ich später im Jahr unterwegs und würde gern vorbeikommen, selbst wenn es nur auf einen Kaffee ist. Lass mich doch wissen, was für dich funktioniert.

Alles Liebe,
Melissa

Nö. Selbst nachdem er es so oft gelesen hatte, ergab es immer noch keinen Sinn. Der ganze Brief las sich, als hätte sie eine völlige geistige Neuausrichtung ihrer Vergangenheit vorgenommen. Nicht einmal während der wenigen Korrespondenz, die sie in den letzten Jahren ausgetauscht hatten, hatte sie ihn je gebeten, sich zu treffen, und sie hatte ganz bestimmt niemals das Wort Liebe verwendet.

Jetzt reichte es. Wenn er es ernst meinte, sich dieser Sache zwischen ihm und Tansy zuzuwenden, dann war es jenseits von fällig, dass er einige Türen ordentlich verschloss.

Mit pochendem Daumen schnappte sich Jake etwas zum Schreiben und einen Umschlag.

Kleinstädte haben ihren Charme, da stimme ich zu.

Ich habe ein bisschen darüber nachgedacht. Ein Treffen ist keine gute Idee. Du und ich haben beschlossen, in unterschiedliche Richtungen zu gehen, und so sollte es auch bleiben.

Ich wünsch dir alles Gute, aber schreib mir nicht mehr.
Jake

Kurz. Nicht süß, aber auch nicht fies. Bevor er wieder zu zweifeln beginnen konnte, schloss Jake den Umschlag, adressierte ihn und ließ die Rückadresse absichtlich leer.

Jegliche zukünftige Post aus der allgemeinen Zustellung konnte direkt in den Müll.

Wo man gerade beim Müll war ...

Er wühlte im Schrank, bis er den Packen älterer Briefe von Melissa fand. Es war Zeit, einen sauberen Schlussstrich zu ziehen, ein für alle Mal. Er schob den letzten Brief unter das Gummiband, dann drehte er sich zur Tür und rannte direkt in Tansy hinein.

„Endlich. Beantwortest du je deine Nachrichten?" Tansy nahm ihm das Bündel aus der Hand und warf es zum Bett. „Ach, egal. Beeil dich, Petra und Aiden brauchen Hilfe."

„Was?" Jake raste zur Tür und seinen Stiefeln. „Unfall?"

„Nein, keine Panik. Tut mir leid, das habe ich falsch gesagt. Sie sind gesund und munter, aber es gibt ein Problem mit der Hochzeitssache, also hat mir Petra ein SOS geschickt. Ich brauch dich dort, um ..." Sie packte sein Hemd vorne und zog fest, riss ihn zur Tür. „Verdammt, vergiss die Einzelheiten. Gehen wir. Ich erkläre es, während wir fahren."

Wenige Schritte vor der Tür nahm ihr Jake die Schlüssel aus den Fingern, deutete auf seinen Truck. „Du bist in keinem Zustand, in dem du fahren kannst, vor allem nicht in dieser

Todesfalle von einem SUV. Sag mir, wohin es geht, und dann erklär, was zum Teufel eine einfache Hochzeit in eine Hilferuf verwandeln könnte?"

„Rough Cut Pub. Fahr in die Hintergasse."

Er wartete, bis sie den Sicherheitsgurt angelegt hatte, dann stellte er den Truck auf Fahren.

Sie wartete, bis er auf den Highway gefahren war, bevor sie mit dem Reden anfing.

„Wir haben nur wenige Details, aber aus sentimentalen Gründen hat Petra den Besitzer vom Rough Cut gefragt, ob sie die Tanzfläche für ihre Hochzeit nutzen können. Ryan war einverstanden, denn heute hat der Laden bis sechs Uhr zu. Mein Dad leitet die Zeremonie, und sie haben eine Kamera aufgebaut und waren bereit, loszulegen, als irgendeine Art Sicherheitssystem losging, vor dem Ryan sie nicht gewarnt hat. Sie sind eingesperrt, und sie können ihn nicht erwischen, oder einen seiner Hauptangestellten, und brauchen mich, um zu helfen."

„Du weißt, wie man das Sicherheitssystem des Pubs abstellt?" Was überhaupt keinen Sinn ergab, bis er sich wieder daran erinnerte, dass sie nur ein paar Türen weiter über Buns and Roses gewohnt hatte.

„So in der Art? Hier abbiegen."

Jake bog ab, dann stieg er in die Bremsen, um rechtzeitig zu halten. Er drehte sich zu Tansy um. „Warum brauchst du mich?"

Sie schlug die Tür auf, dann lächelte sie ihn nervös an, während sie die Füße auf den verschneiten Boden stellte. „Um Schweres zu heben? Oder ich brauche dich vielleicht als Leumundszeugen."

Dann war sie weg.

Jake fluchte tonlos, während er ihr nachjagte, verschloss

mit einem Klicken an seinem Schlüsselanhänger die Türen hinter sich, während er um die Ecke des Trucks lief.

So, wie sie dastand und die Tür blockierte, war schwer zu sehen, was sie tat. Tansy trat plötzlich nach rechts, drehte am Türgriff, dann stieß sie mit der Hüfte in die Wand. Sie zog, und die Tür schwang nach außen, und plötzlich schwoll der schwache Rhythmus der Musik, die er gehört hatte, bis auf ohrenbetäubendes Niveau an.

Vor ihnen war der lange Korridor, der die Toiletten und einen Zugang zum Lagerraum enthielt. Der Raum war voller bunter Lichter, die an den Wänden blitzten und von Tansy abprallten, während sie vor ihm zum Hauptraum sprintete.

„Warte", rief er, überhaupt nicht hoffnungsvoll, dass sie ihn gehört hatte.

Es war, als wäre man in ein Videospiel geworfen, wo er und Tansy zwei Figuren waren, die den Preisen nachjagten. Musik dröhnte, Lichter blitzten. Er schwor, dass Glitter in der Luft schwebte.

Jake war schon Dutzende Male im Rough Cut gewesen, aber diese letzte Stufe auf die Tanzfläche hatte noch nie so ausgesehen. Sein Blick huschte von Stelle zu Stelle, betrachtete, was ein Stillleben hätte sein können, in den Sekunden, wenn die blendend weißen Scheinwerfer lange genug pausierten, dass sich sein Blick konzentrieren konnte.

Auf der anderen Seite der Tanzfläche lag ein Dreibein umgekippt auf dem Boden.

Ein paar Meter von dort entfernt saß Tansys Dad Malachi auf einem Stuhl. Er hatte die Augen zugekniffen und die Hände auf die Ohren gedrückt. Petra stand neben ihm, die Hände auf seinen, als würde sie versuchen zu helfen, das Geräusch zu dämpfen.

Das nächste Blitzen enthüllte Aiden an der Eingangstür, der mit dem Stiefelabsatz auf die Angel trat. Was Jake gleichzeitig nutzlos und absolut komisch vorkam, denn – na ja, ein Stiefel als Hammer gehörte dazu, aber auch die Tatsache, dass ganz gleich, wie fest Aiden auf sein Ziel traf, Jake kein einziges Geräusch hörte.

Die ganze Zeit über dröhnte ein epischer Soundtrack in ihren Ohren. Wie ein wildgewordener Science-Fiction-Film hatte er die epischen Bässe böser Herrscher, in die sich hin und wieder ein Zischen und Tuten mischte wie bei einem Fahrgeschäft auf dem Volksfest.

Chaos.

Tansy legte ihrem Vater eine Hand auf die Schulter. Malachi hob das Kinn und schaute ihr zwei Sekunden lang in die Augen, bevor er nickte.

Sofort winkte Tansy Jake vor.

Er schloss sich ihr an der Bürotür an. „Was machst du?“, rief er.

„Zur Steuerung der Security gehen. Schnapp dir Aiden.“

Jake schob seine Neugier zur Seite und war unterwegs zu seinem Bruder.

Er schaffte es, nicht von seinem Ausholen erwischt zu werden, und schnappte Aiden am Arm, um ihn zu drehen. „Ich liebe, was du mit dem Hochzeitsveranstaltungsort angestellt hast“, scherzte er mit voller Lautstärke.

Aiden grinste. „Ich werde taub sein, nur weil ich hören will, wie sie *ja, ich will* sagt. Danke, dass du gekommen bist.“

„Kein Problem. Tansy sagte ...“ Jake schaute hinüber, wo Tansy vor der Bürotür kniete. Sie war auf Augenhöhe mit dem Schloss, ihre Hände bewegten sich rasch. „Ich bin nicht sicher, was los ist, aber komm mit.“

Als er hinter Tansy stand, wurde es bald allzu klar. Sie hatte Dietriche in der Hand, ihre Finger bewegten sich rasch, während sie sie anpasste.

Der Schock traf ihn fest genug, um etwas von der anderen

Sinnesüberladung zur Seite zu schieben, während Jake diese neue Information aufnahm.

Er hatte bei der Polizei gearbeitet. Er wusste, wie diese Werkzeuge aussahen, und diese Verbrecherutensilien in ihren Händen zu sehen, ergab keinen Sinn bei allem, was er je über sie gedacht hatte.

Sie hatte gesagt, Aiden und Petra wären eingesperrt, aber Tansy hatte die Hintertür ohne viel Aufsehen geöffnet. Selbst jetzt hob sie siegreich eine Hand, schob die Tür vor und bedeutete ihnen, den Raum zu betreten.

Es gab nicht viel mehr zu tun, als zu starren, während Petra Malachi in das Büro schob und sie alle fünf sich zusammendrängten, die Tür zum Großteil geschlossen, um einen Teil des Lärms draußen zu halten.

„Ich werde versuchen, an die Steuerung ranzukommen." Petra setzte sich in den Sessel vor dem Computer und startete ihn. Sie tippte schnell, ein paar Sekunden später kam von ihr ein enttäuschtes Schnauben. „Das wird nicht lange dauern."

Tansy spähte ihr über die Schulter. „Kein Passwort nötig?"

„Ein einfaches Passwort", erwiderte Petra, die rasch tippte.

Der Ansturm der Stille, als das System klickte und die Lichter und die Musik abgeschnitten wurden, war fast so schockierend wie der schmerzhafte Lärm, der Sekunden zuvor auf sie eingedrungen war.

Einen weiteren Augenblick standen alle reglos da.

Malachi schüttelte den Kopf, als würde er Watte loswerden. „Na, das war ein ziemliches Abenteuer. Danke, dass ihr zu unserer Rettung gekommen seid, die Damen."

Petra schwang den Stuhl herum. „Gern geschehen, und vertrau mir, ich werde Ryan ein paar klare Vorschläge machen, wie er seine Online-Security erhöht."

„Ich bin sicher, die nimmt er gerne an", versicherte ihr

Aiden, während er alle zurück auf die Haupttanzfläche drängte.

Da er nicht ganz wusste, was er sagen sollte, hielt Jake den Mund. Er beobachtete Tansy, ohne auszusehen, als würde er sie beobachten.

Aiden und Petra nahmen die Kamera, aber Malachi ging direkt zu seiner Tochter und umarmte sie fest.

Tansy vergrub das Gericht an seiner Brust, als würde sie den Trost aufsaugen.

Als er zurücktrat, nickte Malachi ihr ein weiteres Mal unerklärlicherweise zu. „Mit großem Schabernack kommt große Verantwortung." Ihr Vater drückte ihr einen Kuss auf die Stirn. „Meine Ohrschnecken danken es dir."

„Du wirst mir nicht taub", stimmte Tansy zu. „Ich kann nicht glauben, auf wie viele Arten du dieses Filmzitat vermasseln kannst."

„Es ist ein Talent", sagte ihr Vater, bevor er die Stimme senkte. „Du wirst geliebt."

Tansy holte tief Luft, dann nickte sie rasch. „Ich weiß, Papa."

Malachi wandte seine Aufmerksamkeit Aiden und Petra zu. „Unser unerwartetes Chaos scheint komplett zu sein, wenn ihr also bereits seid, verheiratet zu werden, können wir weitermachen."

Aiden nahm Petras Hand, und sie nickten beide.

Es dauerte nur kurz, um alles an Ort und Stelle zu bringen. Die Kamera wurde wieder aufgestellt, während Aiden und Petra im Rampenlicht in der Mitte der Tanzfläche standen.

Jake sammelte seine Gedanken lang genug, um zu fragen: „Wollt ihr beiden, dass wir rausgehen?"

Aiden schüttelte den Kopf. „Ich weiß, wir haben geplant, dass die ganze Familie nicht hier ist, aber ich glaube, wenn ihr zwei da bleibt, ist es richtig."

Und so endeten Jake und Tansy in den Schatten an der Seite des Raumes, während sein Bruder und Petra ihre Gelübde austauschten.

Tansy stand stocksteif direkt neben ihm. Einen Augenblick lang konnte Jake nicht atmen, bis ihm klar wurde, dass sie so dastand, weil er die Schultern zurückgenommen hatte, seine wandernden Gedanken machten ihn genau zu dem verspannten Idioten, dem man sich nicht nähern konnte, für den sie ihn vermutlich hielt.

Er hatte heute etwas Neues und Unerwartetes über sie erfahren. Sie hatte ihm vertraut, und auch wenn er nicht sicher war, wie diese Information zu der Tansy passte, mit der er sich inzwischen verbunden fühlte, wollte er immer noch neben ihr sein.

Er wollte immer noch sie.

Als Malachi zwischen Petra und Aiden in Stellung ging, legte Jake seinen Arm um Tansys Rücken und zog sie an seine Seite.

Ganz kurz blieb sie steif, dann seufzte sie und wurde an ihm weich. Sie schob den Arm unter seine Jacke und legte den Kopf an seine Brust, bis sie dort angeschmiegt war, dicht und vertraut.

Malachi redete weiter im Hintergrund, aber Jake war eher auf seine eigene Erkenntnis konzentriert. Es war nicht, was er erwartet hatte, aber wann war denn irgendwas bei Tansy vorhersehbar gewesen? Es lohnte sich, sich die Zeit zu nehmen, um mehr herauszufinden.

Dafür hatte er High Water zu danken, schätzte er. Ein Ort für Neuanfänge und neue Arten des Denkens, sogar für ihn.

～

DIE HOCHZEIT HÄTTE SEHR VIEL LÄNGER DAUERN sollen, aber vielleicht lag das daran, dass Tansy sie mit alten Kirchenhochzeiten verglich, bei denen sie gewesen war.

Oder vielleicht war es Wunschdenken von ihr, denn je länger die Hochzeit dauerte, desto länger hatte sie, bevor sie Jake erklären musste, was er gerade gesehen hatte.

Aber die Gelübde fanden statt, kurz und süß.

Petra hob ihr Kinn. „Als ich dich zum ersten Mal gesehen habe, wusste ich, dass ich dich in meinem Leben will. Das zweite Mal hat dasselbe bestätigt. Anziehung, ja, aber die größere Kraft, die mich zu dir drängte, spürte ich tief im Inneren. Diese Anziehung wird jeden Tag tiefer, und ich bin so froh, den Rest unseres Lebens damit verbringen zu können, einander besser kennen zu lernen."

Aiden grinste. Er warf kurz einen Blick zurück in die Kamera, dann wieder zu Petra. „Weißt du, warum ich hier heiraten wollte?"

Petra hob eine Augenbraue. „Gute Akustik?"

Malachi schnaubte, bekam sich aber sofort wieder in Griff. „Tut mir leid."

Sowohl Aiden als auch Petra kicherten, bevor Petra ernsthafter bemerkte: „Gute Erinnerungen?"

„Die besten. Denn als ich dich zum ersten Mal gesehen habe, wusste ich, dass ich dich in meinem Leben will."

Ein leises Lachen entschlüpfte Petra, als ihre Worte wiederholt wurden.

Aiden fuhr fort. „Und das zweite Mal, als ich dich gesehen habe, war ich so verdammt froh, an diesem Punkt meines Lebens zurück in Heart Falls zu sein, als es Zeit war, sich niederzulassen, denn du bist es für mich. Immer und in alle Ewigkeit."

Dann standen sie beide da und grinsten einander an.

Malachi begann mit dem offiziellen Teil, wo er sie zu Mann

und Frau erklärte, aber Tansy war sich eher Jake bewusst, der sich so aufgestellt hatte, dass er an der Wand lehnte und sie sich an ihn lehnte, von seinen Armen umfangen. Von ihm umgeben, geschützt.

Jake drückte ihr einen Kuss auf den Kopf, während Malachi die letzte Ankündigung aussprach. Tansy hielt ihren Jubel zurück, damit er nicht auf der Audioaufzeichnung enden würde.

Sobald die Kamera abgeschaltet war, stieß Jake allerdings ein lautes Johlen von Glückwünschen aus, ließ Tansy nach vorne gehen, damit sie mit Aiden und Petra Umarmungen austauschen konnten.

Ihr Vater blieb erneut stehen, sein Blick blieb einen Augenblick dorthin gerichtet, wo Jake stand und mit seinem Bruder sprach. „Also.“

Tansy stieß sanft einmal an Malachis Arm. „Mach dir noch nicht zu früh Hoffnungen. Aber ja. Ich mag ihn, Papa.“

„Du vertraust ihm“, fügte ihr Vater an. „Das ist was Gutes, Süße. Aber ja, ich halte mich zurück, bis man mir was anderes sagt.“

Was ein ganzer Haufen Unsinn war. „Du planst doch bereits irgendein Event, sodass du ihn einladen und ganz gerissen verhören kannst, oder?“

Ihr Vater spähte über den Rand seiner Brille hinweg. „Wo, glaubst du denn, hast du deine besten Tricks gelernt?“

Die Feiergesellschaft fuhr zurück nach High Water, Aiden und Petra nahmen die Videokamera mit.

„Tansy und ich sind bald zu Hause. Ich muss nur noch was mitnehmen“, erklärte ihnen Jake, bevor er Tansy zur Hintertür führte.

„Wir sehen euch dort“, erwiderte Aiden.

Als Tansy und Jake durch die Hintertür in die winterlichen Temperaturen traten, warf er kurz einen Blick zur Tür. „Wird sie sich wieder von selbst verriegeln?", fragte er.

Ganz gleich, wie sehr sie hinhörte, sie vernahm keine Verurteilung in seinem Tonfall. „Ja. Ich habe sie nicht entriegelt. Nur eine vorübergehende Überbrückung."

„Gut zu wissen. Komm schon. Du siehst aus, als würdest du ein Heißgetränk brauchen."

Erstaunlicherweise führte er sie um die Ecke und direkt zu Buns and Roses hinein. Es war, als würde man in eine große Umarmung laufen – ein sicherer Ort, während süße Gerüche und warme Luft sie in einladende Arme nahmen.

Marina winkte hinter dem Tresen. Tansy erwiderte es, während Jake sie zum besten Sitzplatz in der Ecke vor dem falschen Kamin führte.

„Heiße Schokolade oder was anderes?", fragte er.

„Ein kleiner Latte und ein Cookie mit Sckoko-Stückchen bitte." Wenn schon sonst nichts, würde der Zuckerrausch ihr vielleicht helfen, die Worte zu finden, die sie brauchte, um zu erklären – ihr ganzes Leben zu erklären?

Junge, Junge, das würde Spaß machen. *Nicht.*

Doch als er mit den Leckereien zurückkam, gab Jake ihr nicht die Gelegenheit, noch nervöser zu werden. Er stellte das Essen auf dem kleinen Tisch vor ihnen ab, dann schob er seine Finger in ihre und sah ins Feuer, anstatt ihr in die Augen zu schauen. „In meinem Kopf lief eine ziemliche Unterhaltung in der letzten Stunde. Das ist was Gutes, denn das hat mich eine ganze Reihe dummer Fragen abhandeln lassen, die mir sofort in den Sinn gekommen sind. Sobald ich an denen vorbei war und anfing, zu den etwas komplizierteren Themen zu kommen, ist mir klar geworden, dass du vielleicht nicht viel erklärt hast, bevor wir in diese Lage geraten sind, aber ein Ding hast du ziemlich deutlich gesagt."

„Sei bereit, taub zu werden?" Tansy verfluchte sich, weil

sie versuchte, den ernsten Augenblick mit Humor zu meiden, aber als Verteidigungsmechanismus war das instinktiv.

Er senkte den Blick, um sie anzuschauen. „Du wolltest mich bei dir haben. Du hast gesagt, du vertraust mir mit einem Geheimnis aus deiner Vergangenheit. Das ist ziemlich Ehrfurcht gebietend."

Tansy holte zittrig Luft. „Also, magst du mich noch?"

Jake lachte geradeheraus. „Vertraue mir. Du kannst mich doch nicht abschütteln, indem du mir einen Teil von dir zeigst, der immer da gewesen ist, von dem ich aber noch nichts wusste."

Sie nickte, die Bewegung kam ungleichmäßig und ruckartig heraus. „Ich rede nicht gerne über meine Kindheit. Es geht nicht mal wirklich um die Dinge, die ich gelernt habe, die nicht normal sind, etwa Schlösser knacken. Es geht um die Gefühle, die damit einhergehen. Es tut weniger weh, nicht zurückzuschauen."

Er neigte langsam das Kinn. „Das verstehe ich. Du musst mir nicht die Einzelheiten erzählen, aber ich hoffe, du lässt mich weiterhin mehr über dich erfahren. Manchmal sind diese Dinge aus unserer Vergangenheit schwer – Teufel, vergiss *manchmal*. Die Dinge in unserer Vergangenheit, die schwer sind, sind wichtige Teile dessen, was uns zu dem macht, was wir sind."

Er nahm ihren Latte und schob ihn ihr in die Hand.

Tansy nahm einen kleinen Schluck, dann lehnte sie sich zurück, immer noch in seinen Schutzkreis eingeschlossen. „Du kriegst heute einen Goldstern dafür, so gut mit Spontanität umzugehen."

In seinen Augen blitzte Erheiterung auf. „Goldsterne sind schön, aber Küsse gefallen mir besser."

Tolle Idee. „Damit komme ich klar."

„Perfekt. Also, kommst du mit einem Date am Samstagabend klar?“

Interessant. Tansy ließ ihren Blick über seine Brust und seine Schultern wandern. „Kriege ich endlich dieses vorgeplante Date mit allem Brimborium?“

Er beugte sich dichter heran, seine Miene erhitzte sich enorm. „Du bekommst das geplante Date. Du musst mich wissen lassen, ob wir grünes Licht für *jegliche* Aktivität haben, die wir genießen wollen.“

Oh, sowas von.

Sie schaute ihm in die Augen und hoffte, das würde völlige Zustimmung vermitteln. „Ich wäre begeistert, dein Date zu sein. Für jegliche und *alle* Aktivitäten, die uns vielleicht verlocken.“

Es war ein bisschen unwirklich, im Buns and Roses zu sitzen – einem Ort, wo sie so viel Vorgeschichte hatte – mit einem Mann, der sie bis zu einem unfassbaren Grad faszinierte, und der auf jeden Fall Teil einer Gegenwart war, die sie sich nie vorgestellt hätte.

Vielleicht sogar ein Teil ihrer Zukunft.

Zurück im Ranchhaus gab es weitere Glückwünsche für die frisch Verheirateten, aber ansonsten ging der Tag so ziemlich weiter wie der allergewöhnlichste Tag.

Jinx kam von der Schule heim und musste sofort das Video von der Hochzeit schauen. „Ach. Ihr zwei seid so süß“, sagte sie, als es fertig war. Sie rutschte zum vorderen Teil der Couch und drehte sich zu Logan, der neben ihr auf einem Sessel saß. „War das nicht liebenswert?“

Logan zuckte mit den Schultern. „Ich schätze, ich bin nicht so der Hochzeitstyp.“

Jinx verdrehte die Augen. „Na, ich schon. Und das war perfekt.“

Sie verließ das Wohnzimmer mit einem Schnauben und einem entschlossenen Schritt.

Tansy wechselte Blicke mit Petra, erheitert wie sonst noch was. „Schon okay, Logan. Du kennst ja die Teilnehmer kaum. Es wird nicht erwartet, dass du völlig durchdrehst wegen ihrer Hochzeit."

„Ich meine, ihr zwei *seht* glücklich aus", sagte Logan vorsichtig zu Petra. „Das ist was Gutes."

„Es ist was sehr Gutes", stimmte Petra zu, bevor sie Logan einen Topf Kartoffeln brachte. „Du kannst dort sitzen und die bitte schälen."

Sie schloss sich Tansy am Tresen an. Tansy stahl sich eine weitere Umarmung. „Ich stimme beiden Einschätzungen zu. Das war eine liebenswerte Hochzeit, und ihr zwei seht glücklich zusammen aus. Ich gratuliere."

„Danke." Petra musterte ihr Gesicht. „Ich rate hier ja nur, aber es sieht aus, als wäre Jake mit deinem Beitrag ganz gut umgegangen."

„So ziemlich", stimmte Tansy zu. „Er weiß nicht alles, aber er hat einige echt perfekte Dinge gesagt, die dazu führen, dass ich weitere Schritte unternehmen will."

Das Glück auf Petras Gesicht wurde irgendwie noch strahlender. „Freut mich."

„Mich auch", sagte Tansy aufrichtig. Sie hielt inne. „Gut gemacht mit dem Hacken. Was war denn übrigens das Passwort?"

„Der Name und Geburtstag seiner Tochter." Petra seufzte schwer. „Was, wie alle hier in Heart Falls wissen, der Weihnachtstag ist."

„Autsch. Ja."

Auf ein nicht allzu schickes, aber immer noch leckeres Hochzeitsabendessen folgten ein paar ziemlich normale Tage. Plötzlich war es Samstag, und bevor sie es sich versah, machte sich Tansy für ihr Date fertig.

Sie beäugte sich im Spiegel an der Rückseite ihrer Schlafzimmertür, drehte sich von Seite zu Seite. „Glaubst du, das ist zu viel?", fragte sie Sydney, die aufgetaucht war, um nach Logan zu sehen und dazu überredet worden war, zu bleiben und den Abend mit Jinx und Petra zu verbringen, um irgendeinen klassischen Horrorfilm zu sehen.

Sydney stand auf und ging langsam um sie herum.

Tansy trug Leggings unter einem langärmligen, enganliegenden, bis zum Oberschenkel reichenden Kleid. Die Leggings und das Kleid waren beide in einem tiefen Azurblau, das Tansy das Gefühl gab, sie wäre ein Filmstar, unterwegs zum roten Teppich. Sie hatte die Haare offen gelassen, die blonden Wellen fielen bis zur Mitte ihres Rückens.

Schwarze Lederstiefel mit einem überschaubaren Absatz komplettierten das Outfit, und die Vorstellung, dass Jake sie auszog, schickte allerlei erfreute Beben ihr Rückgrat hinab.

Sydney wühlte kurz auf der Ablage, dann reichte sie Tansy einen neuen Lippenstift. „Diese Kleiderfarbe ist der Knaller an dir, aber du brauchst noch einen letzten Schliff. Damit wird er dir die ganze Zeit auf den Mund starren, bis er völlig durchdreht", sagte sie.

„Wir haben mehr oder weniger bereits festgelegt, dass er und ich so ziemlich bald stattfinden, zumindest im Sex-Bereich." Tansy grinste. „Ich weiß nicht, ob es irgendwas Klareres gibt als grünes Licht, aber grüner wird's nicht mehr."

„Bitte keine Geschichten von Sex im Grünen", warnte sie Sydney. „Das ist nicht mein Ding."

Lippenstift aufzutragen, während sie kicherte, war verstörend schwierig. „Kriegst du derzeit irgendwas von dem, was dein Ding ist?", fragte Tansy. „Falls du jemand zum Beichten brauchst." Oder einen Ratschlag, wen sie angraben sollte, denn Sydney schien derzeit nicht regelmäßig mit jemandem zusammen zu sein.

„Ich mache das, was für mich funktioniert, und ich bin glücklich."

Huch. Nicht die Antwort, mit der Tansy gerechnet hatte.

Sydney hob eine Augenbraue vor Tansys Gesicht. „Ernsthaft? Du hast gedacht, ich bleibe jeden Abend zu Hause und mustere medizinische Texte?"

„Um ehrlich zu sein, ich dachte, du bist vielleicht während deiner Trips aus der Stadt raus auf deine Kosten gekommen", erklärte Tansy, die sich neben ihrer Freundin auf die Matratze fallen ließ. „Hast du jemanden gefunden, der nett zu dir ist?"

„Ja, Mom."

Tansy stieß Sydney in die Seite. „Sei mal ernst. Petra und mir ist das wichtig, selbst wenn du manchmal eine Sphinx bist, also musst du dich einfach mit unserer liebenswerten Neugier herumschlagen. Bist du echt okay?"

„Ich bin sehr glücklich mit meiner Situation", entgegnete Sydney langsam. „Für mich funktioniert es. Ja, ich bin vorsichtig. Nein, ich suche nicht nach mehr. Ich werde Petra und dich die Romantikerinnen mit Sternchen in den Augen in unserem fröhlichen Trio sein lassen."

Diese Vorstellung erschütterte Tansy kurz. „Petra ist die Romantikerin. Ich bin die Pragmatikerin."

Ein Lachanfall brach aus Sydney hervor, und zwar sofort und äußerst nervig. Als sie sich beruhigte, tätschelte sie Tansys Schulter tröstend. „Nein, Süße. Du kannst dir ja einreden, was du willst, aber du bist auf jeden Fall bis ins Innerste romantisch. Ich würde schätzen, wenn überhaupt, neigst du zur pragmatischen Romantik."

„Große Worte dafür, dass ich heute Abend nervös bin?", fragte Tansy leise, gab schließlich die Wahrheit zu. „Ich mag ihn echt, Syd. Die Dinge sind zwischen uns gut gelaufen, aber das ist normalerweise immer die Stelle, an der irgendwas hochkommt und mich in die Fresse schlägt."

Obwohl er so süß und überhaupt nicht aufdringlich gewesen war, weil er kürzlich gesehen hatte, wie sie ein Schloss knackte, musste Jake sich sicher noch fragen und Sorgen machen. Das lag in seinem Wesen.

Sydney drückte ihr die Finger. „Nichts schlägt dich in die Fresse. Du bist von Leuten umgeben, denen du wichtig bist. Deiner Familie, mir und Petra. Jinx und vielen anderen. Und jetzt Jake, und die anderen Y-Chromosomträger im Haus."

„Also kein Grund zur Sorge?"

Ihre Freundin lächelte. „Du hast dich doch bereits gesorgt. Jetzt ist es Zeit, dieses romantische Herz den Abend genießen zu lassen. Vertraue mir, er wird das nicht versauen."

Argwohn machte sich breit. Tansy musterte Sydney genauer. „Was hast du getan?"

„Ich?" Sydney drückte sich mit gespielter Unschuld eine Hand auf die Brust. „Deinen Freundinnen würde doch nie im Traum einfallen, sich in dein Liebesleben einzumischen."

Tansy schlug Sydney mit ihrer Handtasche auf den Arm. „Ich hoffe, der Strom fällt in dem Moment aus, wenn es im Film um alles geht, und du findest nie raus, wie er endet."

„Was für ein wunderbar schrecklicher Fluch, aber völlig nutzlos. Horrorfilme – alle sterben. Romantische Komödien, sie verlieben sich wie verrückt. Es ist Schicksal und die Wahrheit." Sydney zuckte mit den Schultern, während sie aufstand und Tansy zur Tür führte. „Es hat keinen Sinn, dagegen anzukämpfen."

13

———

Als er sich dabei erwischte, das Besteck auf dem Tisch zum zwölften Mal neu auszurichten, wusste Jake, dass er den Hintern hochkriegen musste.

Es war ein berauschendes Gefühl, seine Instinkte zu ignorieren und den Rat von Menschen zu befolgen, denen er inzwischen vertraute. Jake warf einen letzten Blick auf seine kleine Wohnung, neunundneunzig Prozent sicher, dass er sich alles gemerkt hatte. Er zog die Tür hinter sich zu, dann startete er seinen Truck, damit das Innere gemütlich warm sein würde, wenn er sein Date abholte.

Die dreißigsekündige Fahrt von seiner Wohnung unter dem Künstleratelier rüber zum Haupthaus war nicht lang genug, dass seine Nerven aus dem Überschwang kamen.

Er blieb an der vorderen Veranda stehen und zögerte, bevor er einfach hineinging, wie er es normal getan hätte.

Ein höhnisches Lächeln entschlüpfte ihm. Er wohnte doch buchstäblich in diesem Haus. Es gab keinen Grund, weshalb er stehenbleiben und klopfen sollte.

Was bedeutete, dass er leise vor sich hin lachte, als er die Tür aufschwang und einen ersten Blick auf Tansy erhielt.

Er hatte sie mitten in der Bewegung erwischt, wie sie sich von der Küche abwandte, wo Petra und Sydney am Küchentresen lehnten. Der kurze Blick ihrer Freundinnen war alles, was ihm auffiel, bevor das einzige Bild, das in seinem Blick glitzerte, Tansy war. Ihr Körper war in eine besonders weich wirkende blaue Wolke gehüllt, ihre Haare fielen ihr um die Schultern, warteten nur darauf, dass er mit den Fingern durchstrich. Ihre Augen ...

Sie hob das Kinn leicht, als wäre es eine Herausforderung, und der Schabernack ließ sich sehen. Mit noch etwas anderem. Einer Weichheit, dem Hauch eines Gefühls, das ihm sagte, was er genau jetzt tun musste: ganz klar ausdrücken, wie wunderschön sie war.

„Himmel."

Tansys Lippen wölbten sich nach oben.

Verdammt sollte er sein. Das hatte er nicht sagen wollen, aber er konnte die tatsächlichen Worte nicht finden und sie laut aussprechen. Alles, was er tun konnte, war starren, sein Mund ging auf und zu, eine wunderbare Fischimitation.

Zum Glück schien Tansy eher erfreut als besorgt, dass seine Kommunikationstalente versagten.

„Du hast ihn sprachlos gemacht", erklärte Petra hilfreich. „Ich wusste, dass Aiden angepisst sein würde, weil er nicht hier ist, um das zu sehen."

„Das können wir hinbiegen", bot Sydney an. Sie holte ihr Handy heraus und hielt es hoch, als würde sie ein Video aufnehmen.

Jake stieß eine Hand in ihre Richtung, den Blick immer noch fest auf Tansy gerichtet. „Hallo, Schöne."

Ein volles Lächeln blühte auf ihrem Gesicht auf. „Hallo,

Hübscher. Bist du bereit, mich von hier zu entführen, bevor sie die nächste Runde der Folter beginnen?"

Jake trat vor und bot ihr seinen Arm. „Ich würde ja was davon sagen, die Jungfrau in Nöten zu retten, aber ich glaube irgendwie, dass du mich genauso sehr rettest."

Tansy reihte sich neben ihm ein, und sie waren mit raschem Schritt unterwegs zur Tür. „Wartet nicht auf uns", rief Tansy über die Schulter, während sie eine Jacke von den Haken an der Seite nahm und Jake mehr oder weniger durch die Tür schleifte.

„Tu nichts, was ich nicht tun würde", rief Sydney.

„Dieser Satz ist doch nur reine Luftverschwendung", beschwerte sich Petra. „Irgendwann musst du uns mal eine Liste der tatsächlichen Dinge machen, die du nicht tun würdest, damit wir das im Einzelnen abklären können."

Jake zog die Tür zu vor dem freundlichen Necken und richtete seine Aufmerksamkeit wieder auf Tansy. „Jetzt, da wir allein sind, können wir das noch mal versuchen? Hi, Tansy. Du siehst wunderschön aus."

„Vielen Dank. Ich freue mich darauf, die Nacht mit dir zu verbringen." Tansy folgte ihm bereitwillig, während er sie zum Truck führte und sie an die Tür auf der Fahrerseite brachte. Sie schlüpfte auf den Mittelsitz und blieb dort.

Die Nacht verbringen. Was für ein Glück, und Gott sei es gedankt. Er wollte ja keine voreiligen Schlüsse treffen, aber er hoffte echt, das bedeutete, er könnte mit ihr in seinen Armen aufwachen.

Wie üblich wartete sie, bis sie auf dem Highway waren, bevor sie die Befragung begann. „Du bist nicht nach Heart Falls abgebogen. Ich nehme an, wir sind unterwegs nach Diamond Valley?"

„Nein."

Tansy beugte sich zur Seite und spähte ihm ins Gesicht.

„Merkwürdig. Na ja, da das meisterhaft geplante Oberdate aller bemerkenswerten Dates ist, vertraue ich dir. Obwohl ich sagen muss, Sydney hat die Katze aus dem Sack gelassen, dass meine Freundinnen womöglich versucht haben, dir in den letzten paar Tagen Dating-Ratschläge zu geben."

Gefährlich wahr. „Wie gut, dass sie mich mögen. Ich mag mir gar nicht vorstellen, was sie vorgeschlagen hätten, wenn sie versucht hätten, mich zu vertreiben."

Tansy stöhnte. „Was denn zum Beispiel?"

„Sydney hat darauf beharrt, dass du dich insgeheim vor dem Dunkeln fürchtest. Unter gar keinen Umständen sollte ich dich jemals irgendwo ohne Licht sein lassen, das so hell wie möglich leuchtet."

„Mir macht es nichts, die Dinge bei Licht zu machen. Manchmal", scherzte Tansy.

Die Vorfreude könnte ihn auch umbringen. Andererseits hatte Jake vor, jeden Schritt des Abends zu genießen, darunter diese kleinen Augenblicke der Folter. „Petra hat gute und schlechte Ratschläge gegeben. Sie hatte eine ganze Sammlung Kerzen, und sie wollte, dass ich eine aussuche, die ich dir als Geschenk anbieten kann."

„Ich mag Kerzen", setzte Tansy ihn in Kenntnis. „Nicht so sehr wie Petra, aber ich mag sie."

„Fast jede Kerze, die sie mir angeboten hat, hatte eine Anspielung auf Schwänze."

Ein Kichern kam von ihr. „Aber klar doch. Ich weiß, dass sie von deinem Bruder eine Kerze gekriegt hat, auf der steht Big Dick Energy."

„Und das ist etwas, das ich nicht wissen musste."

Tansy strahlte ihn an. „Was für schlechte Ratschläge haben sie dir denn sonst noch gegeben?"

„Kelli hat mir gesagt, ich soll sicherstellen, dass ich richtig angezogen bin. Dass du echt Männer zu schätzen weißt, die sich in mutige Farben gekleidet wohlfühlen."

Sie beugte sich weit genug weg, um ihn sich anzusehen. „Ich nehme an, du hast beschlossen, dass dieser Rat für die Tonne war. Ich meine, obwohl du echt schick in deiner schwarzen Jeans und dem schwarz-grauen Hemd aussiehst, ist keins davon besonders bunt oder mutig."

„Ich habe nur gelächelt und genickt, als sie mir ihre ganze Reihe von Vorschlägen gemacht hat. Ich glaube, sie hat einfach was gebraucht, um sich zu unterhalten."

„Ja. Sie ist jeden Augenblick fällig. Wie sah sie denn aus?"

„Ich würde sagen, wie eine Seifenblase, die gleich platzt, oder grenze ich damit an das Territorium, wo es zu unhöflich wird, um es auszusprechen?"

„Solange du es zu mir sagst und nicht zu ihr, ist alles okay", versicherte ihm Tansy. Sie drehte sich, um aus dem Fenster zu spähen, denn er war an ihrem Ziel zum Halten gekommen. Sie schaute zurück, ein Stirnrunzeln zeigte sich zwischen ihren Brauen. „Wir sind auf der Aussicht für den Heart Falls Wasserfall."

„Kleine Happen a la fresca", setzte er sie in Kenntnis, während er sie auf seine Seite des Trucks zog und in das Wagenbett griff, um den Picknickkorb herauszuholen, den er schon früher fertig gemacht hatte. Er warf eine Decke über eine Schulter, nahm ihre Hand und führte sie entlang des Weges zur Bank weniger als fünf Minuten zu Fuß entfernt.

Er war früher am Tag draußen gewesen und hatte sowohl den Gehweg als auch die Bank freigeräumt, also musste er nun nur noch die Decke als Polster auf den Sitz werfen und Tansy dorthin führen.

„Moment mal kurz." Er reichte ihr den Korb und griff hinter die Bank, um den Klapptisch herauszuholen, den er dort verstaut hatte.

Wenige Augenblicke später hatte er den Tisch vor ihnen mit einer Tischdecke, zwei kleinen Tassen und einer kleinen entzündeten Kerze gedeckt.

Tansy beugte sich vor und kicherte dann zustimmend. *„Come On, Baby, Light My Fire.“*

„Das war tatsächlich die am wenigsten aufdringliche von allen“, erklärte Jake ernst.

„Gefällt mir.“ Tansy schob sich unter seinen Arm und konzentrierte sich auf die Aussicht vor ihnen.

Das Wasser, das über den Rand der Klippen in den Teich darunter fiel, war nicht mal halb so viel wie sonst, aber immer noch spektakulär. Eisdämme und Eiszapfen hingen an den Rändern, und in der Mitte, wo der Strom auf die Oberfläche des Sees traf, hatte sich im Eis ein Kreis geformt.

„Hier ist es schön“, sagte er leise, wollte ihre Gedanken nicht unterbrechen.

„Ich liebe die Aussicht“, stimmte Tansy zu. Sie deutete, fuhr mit dem Finger durch die Luft. „Die Herzform des Sees gibt den Wasserfällen und der Stadt ihren Namen. Sashas Großeltern haben den Teil des Landes ein Jahr, bevor meine Familie hergezogen ist, der Stadt gespendet. Ich bin schon immer gern hierhergekommen.“

Jake legte den Arm um ihre Schultern und dachte an all die Richtungen, die die Unterhaltung in diesem Augenblick einschlagen konnte. Sie fragen, wie ihre Familie in die Stadt gezogen war, nach den Stones fragen, die nicht mehr länger da waren.

Sie fragen, ob sie bereit war, sich um den Verstand küssen zu lassen?

Aber der Rat, den er bekommen hatte, klang für ihn wirklich sinnvoll, und das war, er selbst zu sein und sich auf sie, auf das Hier und Jetzt zu konzentrieren.

Er drückte ihre Schultern kurz, dann griff er nach dem Korb. „Bereit, unsere Dinnererfahrung zu starten?"

„Auf jeden Fall. Was für einen kulinarischen Höhepunkt hast du denn für mich geschaffen?"

„Diesen Gang wirst du kochen helfen müssen", warnte er sie vor.

Sie hielt sich davon ab, die Augen zu verdrehen. Gerade mal so. „Man stelle sich das vor."

„Nur, weil man dazu mehrere Hände braucht. Wir bekommen S'mores." Er zog Marshmallows, Schokolade und Kekse raus.

„Als Appetithappen?"

„Ich habe gehört, das Leben ist unsicher. Man sollte den Nachtisch zuerst essen."

Süße Zustimmung leuchtete in ihren Augen. „Genau meine Gedanken. Rösten wir die über der Kerze?"

Er zog den Mini-Flammer heraus, den er bestellt hatte, und hielt ihn hoch. „Nicht, dass ich kein Wachs mit Apfel-Zimt-Geruch mag, aber damit geht es vielleicht schneller."

Sie holte ein paar Marshmallows heraus, brach etwas Schokolade ab und stach dann in das erste Marshmallow. Sie hob die Gabel für ihn. „Bereit. Feuer frei, Baby."

Er klickte auf den Auslöser, vorsichtig zur Seite ausgerichtet.

Nichts geschah.

Er klickte noch einmal.

Tansy kicherte.

„Nur ein Wort von dir darüber, dass ich nur heiße Luft produziere ...", warnte er.

„Wie wär's mit haufenweise Holz und keine Flamme?"

Der Flammer ging an, flackerte schwach und ging dann mit einem Zischen aus.

Innerlich stieg die Erheiterung heftig an. Jake versuchte,

nicht loszulachen, aber als er zu Tansy schaute und feststellte, dass sie in die Ferne blickte, die Lippen fest zusammengekniffen, als würde sie unbedingt versuchen, sich zurückzuhalten, brach er ein.

Er warf den Kopf nach hinten und lachte, bis das Geräusch vom Hügel widerhallte. Ihre strahlende Fröhlichkeit schloss sich ihm an, und plötzlich war sie auf seinem Schoß, umarmte ihn fest, während sie sein Gesicht nahm und auf ihn herab grinste.

„Heben wir uns die S'mores für später auf. Ich muss dir jetzt was ganz anderes geben."

Sie beugte sich herab und küsste ihn, und der nicht wirklich perfekte Anfang ihres Dates verwandelte sich mit Lichtgeschwindigkeit in einen großartigen Beginn.

Jake legte die Arme um sie, ließ die Hände unter ihre Jacke gleiten. Streichelte und glitt mit den Handflächen über den seidig glatten Stoff ihres Kleides.

Sexy, warme Frau auf seinem Schoß, ihre Zunge spielte mit seiner – es war hervorragend. Nicht perfekt, aber es war ein guter erster Schritt auf dem Weg dorthin.

Schmusen auf der Bank, die über die Heart Falls hinaus schaute, war ein Stück vom Heimatstadt-Himmel.

Als natürlich Jake seine Position neu ausrichtete und den Stehtisch umwarf, gefolgt vom Picknickkorb, der umstürzte und den ganzen Inhalt verteilte, hörte Tansy auf zu küssen und begann zu kichern.

„Winde dich nicht noch mehr", warnte er.

„Die Bank fällt nicht um", versicherte sie ihm.

Jake hob sie auf, während er aufstand, und führte ihre Füße vorsichtig zum Boden. „Ich mache mir mehr Sorgen, dass du mir irgendwo das Knie rein rammst, wo es den Abend zum Stillstand bringt, bevor er angefangen hat."

Die Warnung reichte aus, dass ihre Beine schlaff wurden, aber nicht genug, um die Erheiterung aufzuhalten.

Sie halfen beim Einpacken, und dann gingen sie zurück zum Truck. „Ich habe meinen Appetithappen-Gang dennoch genossen", setzte sie ihn in Kenntnis.

„Ich auch." Er stahl sich noch einen Kuss, während sie in den Truck stieg, und einen weiteren, bevor er den Motor startete. Sie waren eine Weile abgelenkt. Er hatte den Truck noch nicht auf Fahren gestellt, und sie war verführt, an Ort und Stelle über ihn zu kriechen.

Jake löste ihre Umarmung, drückte seine Stirn an ihre. „Ich will ja nicht aufhören, aber das müssen wir."

„Du hast einen Zeitplan?", fragte Tansy.

„In fünfzehn Minuten geht ein Timer los", gab er zu.

„Manchmal nervt Planen echt", erklärte sie.

Sie lösten sich voneinander, dann mussten sie die Innenseite der Fenster abwischen, die sich beschlagen hatten. Sie johlte immer noch vor Erheiterung, als sie zurück auf den großen Highway fuhren.

Als er die Abbiegung nahm, die direkt zurück auf die Länder von High Water führte, runzelte Tansy die Stirn. „Hast du was vergessen?", fragte sie.

Jake parkte vor seiner Privatwohnung, warf einen scheuen Blick in ihre Richtung. „Ich habe heute Abend für dich gekocht."

Es fühlte sich an, als würde ein Finger ihr Rückgrat hinauffahren. Nicht gruselig, aber sehr, sehr vertraut. „Das klingt herrlich. Retten wir doch deinen Timer."

Sie war ein paar Mal in Petras und Aidens Suite gewesen, aber die von Jake war etwas kleiner. Ein Schlafzimmer ging von der Küche mit Wohnraum ab, mit einem anständig großen Bad, um das Apartment abzuschließen. Die letzten Arbeiten waren fast beendet, aber Jake hatte noch nicht viel dekoriert.

Doch der Geruch, als er sie durch die Tür führte, verschaffte ihr das allerheimeligste Gefühl. „Hackbraten?", fragte sie sich laut.

Jake eilte zum Herd und schaute auf die Uhr. Er drehte die Temperatur ab, bevor er sich langsam umwandte. Ein leichter Hauch Farbe war auf seinem Gesicht. „Das Rezept meiner Mom."

Ach du liebe Zeit. Tansy wurde reglos.

Die Jungs redeten eine Menge über ihren Stiefvater Jeff. Er hatte bei ihnen einen großen Eindruck hinterlassen und war die Motivation gewesen, High Water überhaupt erst zu beginnen. Tansy hatte den Satz *Reiche es weiter* so oft gehört, dass er auch zum Teil ihres Mantras geworden war.

Doch ihre Mom?

Tansy nahm ihre Stiefel ab und hängte ihre Jacke auf, dann begab sie sich neben Jake. Er holte einen Salatkopf aus dem Kühlschrank und arbeitete am Salat. „Kann ich helfen?"

„Ich habe das Essen unter Kontrolle." Er wies mit dem Kopf zur Seite. „Wenn du willst, kannst du den Wein öffnen. Oder wenn du lieber was anderes trinkst, schau im Kühlschrank nach. Ich habe ein paar Optionen da, damit du dir was aussuchen kannst."

„Aber natürlich", neckte Tansy leise. „Wein ist wunderbar."

Sie machte sich an die Arbeit mit dem Korken, während er den Salat mit sehr viel mehr Talent zubereitete, als erwartet. Nicht, dass sie gedacht hätte, er könne nicht kochen, aber ...

Nein, das hatte sie wirklich gedacht. Tansy ließ die Flasche offen, damit sie atmen konnte, und lehnte die Hüfte an den Tresen, um ihn zu beobachten. „Sag mir, dass ich mich verziehen soll, wenn ich zu neugierig bin, aber ich bin überrascht zu sehen, wie kompetent du bist."

Ein leises Kichern kam von ihm. „Du bist die Hölle für das Ego eines Mannes."

„Tut mir leid. Ich habe gemeint, jetzt, in der Küche, wenn man bedenkt, wie oft du mich gebeten hast, für dich zu kochen. Nicht, weil ich nicht glaube, dass du dazu fähig bist, aber die Vorgeschichte sagt etwas anderes als das, was der tolle Geruch in diesem Raum sagt."

Er mischte den Salat fertig und stellte die Schüssel auf den bereits gedeckten Tisch für zwei, der strategisch platziert war, um die Küche vom Wohnraum abzuteilen. Er sagte nichts, während er den Hackbraten herausholte und ihn auf eine Wärmeplatte stellte, um ein paar Minuten zu ruhen.

Das hieß Tansy natürlich gut.

Einen Augenblick später zog Jake für sie einen Stuhl heraus. Sie setzte sich, atmete tief ein, während er mit den Händen in einer sanften Liebkosung über ihre Schultern strich.

Bis er sich in den Stuhl um die Ecke von ihr gesetzt hatte, hatte sie einen Teller voller Essen und ein Glas Rotwein vor sich stehen. „Das sieht köstlich aus."

Das tat es wirklich. Der Salat hatte alle möglichen zusätzlichen Gemüse, darunter knackige rote Paprika und ganz winzige perfekte Karottenstreifen. Der Hackbraten hatte krümelige, karamellisierte Ecken und eine herzhafte Bratensauce, die neben einem Berg Kartoffelbrei zusammen lief.

Jake hob sein Glas. „Auf Frauen, die wissen, wie man kocht."

Tansy stieß mit ihrem Glas an seines. „Du bist süß."

Sie ließen es sich beide schmecken. Tansy stöhnte beinahe, als der Hackbraten auf ihrer Zunge landete. Die buttrige

Köstlichkeit des Kartoffelbreis passte perfekt dazu, und sie schüttelte den Kopf, während sie Jake anstarrte. „Ich brauche dein Rezept."

Er hob eine Augenbraue. „Ein wahrhaft großes Kompliment."

„Das größte." Tansy zögerte, dann beschloss sie, darauf zu pfeifen. Sie wollte mehr wissen. Sie wollte mehr von diesem Gefühl, herauszufinden, was genau Jake bewegte. „Du hast gesagt, das wäre von deiner Mom?"

Jake legte seine Gabel auf den Tisch und lehnte sich leicht zurück, das Weinglas in der Hand. Er schaute in die tiefrote Flüssigkeit und antwortete langsam. „Meine Mom war eine tolle Köchin. Normalerweise einfache Sachen, denn das konnten wir uns leisten. Und dafür hatte sie Zeit, besonders, nachdem unser Dad nicht mehr bei uns war. Alleinerziehende Mütter kochen nicht sonderlich ausgefallen."

„Wahrscheinlich nicht. Keine Mütter mit drei Jungs, die alles verputzen, was man vor sie stellt, und dann noch mehr."

Jake lachte, stellte das Glas auf den Tisch. „Es hat immer Brot und Butter gegeben, damit wir satt werden, aber Mom hat gerne unterschiedliche Sachen gemacht, die wir versuchen können. Selbst wenn es nur eine neue Art Salsa war, die auf das Fleisch kam, das wir an diesem Tag hatten. Declan war es egal, was er aß, solange es bis zur nächsten Mahlzeit reichte. Aiden hat auch alles glücklich reingeschaufelt, aber Kochen war etwas, was ich mit meiner Mom gemacht habe."

Tansy legte eine Hand auf seinen Oberschenkel. „Das hat es bestimmt noch schwerer gemacht, als du sie verloren hast."

Er nickte. Er zögerte kurz, dann schluckte er schwer, sprach langsam, als würde er etwas beichten. „Als sie gestorben ist, bin ich eine Weile in Hungerstreik gegangen. Nicht, weil ich gegen irgendwas protestiert hätte, sondern weil mich alles, was sie vor mich gestellt haben, an sie erinnert hat. Ich brachte es einfach nicht runter.“

Mein Gott. Tansy drückte ihn leicht. „Das klingt total nachvollziehbar.“

Jake schaute ihr in die Augen, verschränkte ihre Finger ineinander. „Danach habe ich das Kochen gehasst. Ich hätte einfach alles getan, um ihm aus dem Weg zu gehen.“

„Darunter mich anheuern, wenn du dran warst, um die Familie zu bekochen?“

„Das war Teil des Grundes“, gab er zu. Seine freie Hand strich mit den Knöcheln über ihre Wange. „Der andere Grund liegt darin, dass es etwas an dir gibt, von dem ich mich einfach nicht fernhalten konnte.“

Blubberblasen in ihrem Bauch, Blitze in ihrem Blut. Das Essen roch immer noch wunderbar, aber es gab etwas, nach dem Tansy sich noch mehr sehnte. „Können wir tanzen? Wenn ich deine perfekten Pläne nicht zu sehr ruiniere.“

Jake stand auf, holte sie mit sich. „Ich arbeite an meiner Spontanität, weißt du noch?“

Er legte Musik auf, und als eine langsame Ballade im Hintergrund lief, zog er sie in seine Arme, tanzte mit ihr auf dem drei mal drei Schritte großen Raum zwischen dem Wohnzimmertisch und der Rückseite des Sofas. Ein langsamer, wiegender Tanz, bei dem sie sich dicht aneinanderpressten.

Tansy legte die Wange auf seine Schulter und genoss die Nähe.

„Es gibt einen Augenblick, in dem sich das Leben verändert“, sagte sie. Sie nahm ihren Mut zusammen, zwang sich dazu, ihn auch ein bisschen mehr von ihrer Wahrheit sehen zu lassen. „Manchmal geht es von gut zu schlecht, etwa, als du deine Mom verloren hast. Mal geht es von schlecht zu gut. Es ist, als könne man sich an jedes einzelne Detail aus diesem Augenblick erinnern, wie ein Schnappschuss, der völlig dreidimensional ist. So hat es sich angefühlt, als ich die Familie Fields traf. Als Mom und Dad mich abgeholt haben und mich nach Hause brachten, und da waren Rose und Ivy und Fern. Plötzlich spielte es keine Rolle, wie schlimm meine Welt zuvor gewesen war, denn ab da war alles gut. Mir ist es schwer gefallen zu glauben, dass es echt ist."

Jake strich mit der Hand über die Mitte ihres Rückens hinauf und hinab, tanzte mit ihr langsam zur Musik, die im Hintergrund pulsierte. „Du hast schon mal gesagt, dass sie als Familie ziemlich perfekt sind."

„Sie waren ein Wunder. Sind sie noch", gab Tansy zu. „Manchmal kann ich nicht glauben, dass ich es wert bin, so sehr geliebt zu werden, wie ich es werde."

Sie tanzten kurz schweigend weiter, Jakes starke Arme um sie, seine Finger eng mit ihren verschränkt. Dann rückte er zurück und hob ihr Kinn zu ihm. „Dein Dad hat angerufen und mich eingeladen. Nach der Hochzeit."

Tansy machte sich keine Mühe, nicht die Augen zu verdrehen, nicht mal ganz kurz. „Aber natürlich hat er das."

„Du bist nicht wütend?"

„Ziemlich perfekte Familie, weißt du noch?" Sie schaute ihm in die Augen. „Nur dass sie ziemlich aufdringlich sind und sich überall einmischen."

„Er hat gesagt, er braucht Hilfe, um die Verandaschaukel zu reparieren." Jake schnaubte. „Ich glaube, er hat ein einzelnes Kettenglied ausgehängt. Wir haben es auf jeden Fall leicht repariert."

Tansy verschränkte die Finger hinter Jakes Nacken. „Und? Was wollte mein Papa wirklich?"

„Nicht deine Geheimnisse teilen, aber väterlichen Rat geben." Jake holte tief Luft. „Ich habe dir an dem Tag gesagt, dass ich nicht wirklich was über deine Vergangenheit wissen muss, ich habe es ernst gemeint, aber ich glaube, ein Teil von mir hat immer noch erwartet, dass ich es früher oder später rausfinden würde. Also ist da dein Dad, und aus dem Nichts heraus erzählt er mir diese Geschichte über eine wilde Nacht am College, in der er knietief in einem Sumpf gelandet ist. Nachdem wir mit dem Lachen fertig waren, sagte er, ganz gleich, wie peinlich, eine Geschichte wie diese zu teilen, rufe ihm in Erinnerung, wie dankbar er um Freunde ist, die ihn aus Schwierigkeiten herausziehen, und wie er danach entschlossen war, klüger zu sein."

Wie witzig. „Ich möchte dich wissen lassen, dass Geschichten von der wilden Sumpfschlammnacht noch niemals mit mir geteilt worden sind, also werde ich ihn damit aufziehen."

„Es war ein Klassiker", stimmte Jake zu. „Aber auch ein tolles Beispiel seines letztlichen Punktes. Erinnerungen, die einen Menschen kleiner machen oder weniger, anstatt ihn zu ermutigen, die lohnen sich nicht zu teilen."

Ihr Vater und ihre Familie kannten sie bis ins Innerste, denn das stimmte. Die Vergangenheit löste ihre Albträume aus. Sie arbeitete bis zu diesem Tag daran, zu glauben, dass sie es wert war, geliebt zu werden.

„Einfach ausgedrückt, manche Geschichten helfen uns, weiterzuziehen, aber andere zerren uns zurück." Jake schüttelte den Kopf. „Ich würde nie wollen, dass du etwas teilst, das dich kleiner macht oder dir weh tut. Deine Vergangenheit ist durch. Es hat vielleicht einen Einfluss darauf, wer du heute bist, aber du bist diejenige, die mutig in die Zukunft getreten ist. Du hast Veränderungen vorgenommen und ein Leben aufgebaut. *Dieses* Leben."

Ihre Kehle war eng geworden. „Ich verspreche, dass ich nicht in Gebäude in ganz Heart Falls einbreche."

„Das weiß ich. Genauso wenig wie ich ..." Sie erstarrte kurz, und er zwinkerte ihr zu. „Ich bin für meine Arbeit auch mit Dietrichen ausgebildet worden. Dieses Talent zu haben, ist nicht unbedingt das, was in unserer Jobbeschreibung steht."

„Das habe ich nicht kommen sehen", gab Tansy erheitert zu.

Er starrte auf ihren Mund. „Ich mag, wer du bist, Tansy Fields. Ich empfinde alle möglichen Dinge für dich."

Sie hörten auf, sich zu bewegen. Sie hatte keine Ahnung, was für ein Lied im Hintergrund lief, denn sie konnte sich nur auf seinen Mund konzentrieren. „Das wäre vermutlich ein guter Augenblick für dich, um mich zu küssen. Und was immer sonst noch auf deiner Agenda für ein perfektes Date steht."

Seine Lippen wölbten sich nach oben. „Keine Checklisten, weißt du noch?"

Doch er küsste sie. Die Lippen auf ihre gepresst, ein sanfter Druck, der sich schnell aufbaute, während er die Arme um sie legte und ihre Körper dichter zusammenpresste. Als er an ihrer Unterlippe knabberte, keuchte Tansy. Er nutzte das zu seinem Vorteil, stieß seine Zunge hinein und neckte sie, bis sie beide nach Luft schnappten.

Tansy schob ihre Finger zwischen sie, arbeitete an den Knöpfen seines Hemdes. Jake schob den Stoff ihres Kleides hoch, immer höher, bis er eine Hand unter den Stoff schieben und nach oben streichen konnte, um auf die nackte Haut ihres Rückens zu treffen.

Hände wanderten, Münder verweilten. Eine langsame, stetige Verführung, bei der Tansy auf jeden Fall nicht wusste, was als nächstes geschehen würde. Er küsste an ihrem Kinn entlang, hielt an der Stelle unter ihrem Ohr inne, bei der sie eine Gänsehaut bekam.

Er holte ihre Finger an seine Lippen, knabberte an den Spitzen, bevor er einen kurz in den Mund saugte.

Tansy stöhnte, und plötzlich wurde ihr Kleid über ihren Kopf gehoben. Er leckte an der Linie entlang des Randes ihres

BHs, huschte zur Seite und biss durch den durchsichtigen Stoff in ihren Nippel.

Dann waren seine Finger im Bund ihrer Leggings, und wenige Augenblicke später stand Tansy in nichts da als ihrem BH und Höschen, mitten auf ihrer improvisierten Tanzfläche.

Sie hieß das gut, aber es gab ein kleines Problem. Sie nahm seine Hände, bevor sie ihr irgendwelche weiteren Kleider ausziehen konnten. „Du bist dran."

Sie hätte es zu einem langsamen, neckenden Ereignis gemacht. Einen Knopf nach dem anderen öffnen, sein Hemd wegschieben und ihren Mund über die ganze nackte Haut wandern lassen, die sie entblößte.

Stattdessen zog Jake sein Hemd hoch über den Kopf und warf es zur Seite, bevor er seine Jeans öffnete und sie auf der Stelle fallen ließ. Die harte Länge seines Ständers drückte sich an die Vorderseite seiner Boxershorts.

Neonrote Boxershorts.

Ein Schnauben entschlüpfte ihr. „Die sind ..."

„Gefallen sie dir?" Erheiterung färbte seine Worte. „Für den Fall, dass Kelli recht hatte, und du wirklich verrückt bist nach leuchtenden Farben."

„Echt sexy." Tansy wanderte langsam mit dem Finger über seinen Ständer hinab.

Sein ganzer Körper bebte, als ein Schauder über ihn hinwegwogte. „Du bringst mich verdammt noch mal um", stöhnte er.

Vorfreude war etwas Wunderbares, aber sie hatten bereits Wochen davon. Tansy nahm Jake an der Hand und stürmte zum Schlafzimmer.

14

———

„Kondom?"

„Seitentisch." Er hob sie auf und wirbelte herum, legte sie auf die Matratze neben sich. „Hast du es eilig, Süße?"

Sie schlug mit der Hand auf seine Schulter und schob ihn zurück. Einen Augenblick später kniete sie auf seinen Oberschenkeln, setzte ihn fest – *ha* – und starrte auf ihn hinab, um jeden Augenblick dieses wilden, erfreulichen Tanzes zu genießen. „Du hast ja keine Ahnung."

Er griff nach unten und nahm seinen Schwanz in die Faust, riss ihn aus dem Stoff seiner Shorts. „Vertraue mir. Ich habe sehr wohl eine Ahnung."

Was bedeutete, dass sie beide lachten, als sie den Rand seiner Shorts nahm und sie ihm auszog. Er hörte auf zu lachen, als sie nach unten ging und ihn mit ihrem Mund bedeckte. Sie konnte gerade einmal köstlich saugen, bevor er sie wegschob, ihr ihre Unterwäsche auszog und zwischen ihre Schenkel sank. Sie festnagelte, sein Gewicht über ihr schwer und perfekt.

Er schaute in ihre Augen, sein Blick entschlossen. „Manche Sachen übereilen wir nicht.“

Er wiegte sich zurück, nahm ihre Beine und hob sie nach oben. Einen Augenblick später war sein Mund auf ihrem Geschlecht, während er jede Stelle, die bei ihr empfindlich war, mit unfassbarer Genauigkeit leckte. Als hätte er ein Handbuch gefunden, wie man Tansy in dreißig Sekunden oder weniger zu einer Schüssel bebender Götterspeise machte.

Tansy schloss die Augen und gab sich dem Gefühl hin, so sehr gewollt zu werden. Oder so großzügig etwas zu bekommen. Doch als die Lust anstieg und sie dem Rand des Abgrunds näher kam, nutzte sie die Finger, die in seinen Haaren vergraben waren, um ihn von ihrem Geschlecht weit genug weg zurückzuziehen, damit sie sich in die Augen schauen konnten. „Ran mit dem Kondom.“

Er grinste. „Ja, Ma'am.“

Sie wollte helfen. Sie wollte zum nächsten Schritt weitergehen.

Irgendwie, während sie beide lachten, weil sie so ungeschickt waren, kam das Kondom dran, und er war wieder zwischen ihren Beinen. Richtete sich aus und glitt ganz langsam hinein. So perfekt.

„O Gott. Das ist gut“, hauchte Tansy.

Zusammen. Verbunden. Jake stützte sich auf einen Ellbogen und holte seine freie Hand herauf, um ihr Gesicht zu nehmen. Während er langsam die Hüften wiegte, bis pulsierende Lust in ihrem Inneren sie kurz vor einem Explosionspunkt schweben ließ. Aber sein Blick, intensiv, heiß. Er musterte sie noch einen Augenblick, dann beugte er sich vor und küsste sie, ihre Zungen rangen, während er schneller machte und härter vorstieß. Tiefer.

Tansy hob die Beine und legte sie um ihn, bohrte die Absätze in seinen Hintern und gab so gut zurück, wie er austeilte. Sie prallten zusammen, und es hätte zu viel Druck sein sollen, aber wieder – Perfektion.

„Scheiße." Jake verzog das Gesicht, sein Rhythmus brach ein.

Tansy schob eine Hand zwischen sie, um ihren Finger über ihre Klitoris zu reiben, für die letzte Berührung, die sie brauchte. Kurz danach schloss sich ihr seine Hand an, härter und direkter, während er übernahm und die Reaktion ihres Körpers einforderte.

Ein Geräusch zwischen einem Stöhnen und einem Knurren kam von ihr, das hundertprozentige Zustimmung war.

Lust explodierte und fiel dann wie sexy Konfetti um sie herum. Jake stieß ein letztes Mal in sie und wurde dann reglos, das Stöhnen von seinen Lippen war die perfekte musikalische Begleitung zu ihrem lauten Höhepunkt.

Sie lagen da, ineinander verschlungen und hechelnd, während sie einander ins Gesicht schauten, bis Jake lachte. Er zog sich weit genug zurück, um sie sanft zu küssen, bevor er mit den Fingern über ihr Kinn und die Wange strich. „Du weißt auch, wie man im Schlafzimmer kocht."

„Wenn man so eine Gabe hat", scherzte Tansy.

Sie hielt die Hände um sein Gesicht, sodass sie ihn zu einem weiteren langen, langsamen, vertrauten Kuss herabziehen konnte.

Als er sich schließlich löste, war Erheiterung überall an ihm. „Ich muss mich um das Kondom kümmern. Dann sollte ich dir etwas zu essen geben."

„Das solltest du wirklich", stimmte Tansy zu. „Ich höre, so was passiert auf gut organisierten Dates."

Seine Augen funkelten. „Wir werden dieses Date eine perfekte Mischung aus Planung und Spontanität nennen müssen."

Tansy tat so, als würde sie darüber nachdenken. „Vielleicht sollten wir das am Morgen beim Frühstück entscheiden."

Jake grinste.

~

Es war nicht, als würde Sex alles ändern, dachte Tansy. Doch irgendwie tat er das auf jeden Fall.

Von dem Augenblick, an dem sie am nächsten Morgen aus dem Bett krochen und in ihren Tag gingen, war zwischen ihnen ein zusätzlicher Faden der Verbindung gewoben.

Es war nicht nur das Grinsen, das Jake aufhatte. Okay, sie sah den gleichen Ausdruck auf ihrem Gesicht, jedes Mal, wenn sie in den Spiegel schaute.

Es war *mehr*.

Fünf Tage nach dem perfekten Date packte Tansy eine Tasche voller Köstlichkeiten und schloss sich Rose und Fern an, als sie zu einem Besuch ins Krankenhaus unterwegs waren.

Beim Eintritt in den Geruch nach Desinfektionsmitteln, mit den unauffälligen weißen Gängen um sie herum, wurde Tansy langsamer. Das war nicht der Ort, an dem sie das gern getan hätte.

Fern legte einen Arm um Tansy und lotste sie weiter, stieß kurz mit dem Kopf an Tansys Schulter. „Ist schon okay. Kelli geht es gut, und dem Baby geht es gut. Sie sind nur vorsichtig."

„Das weiß ich", sagte Tansy. „Dass von allen Menschen ausgerechnet Kelli Komplikationen während der Wehen und der Geburt hat, hätte ich nie erwartet. Sie ist doch bombensicher."

Auf ihrer anderen Seite nahm Rose Tansy die Tasche ab, dann schob sie ihre Finger zusammen. „Wir wissen alle, dass es nicht stimmt. Es lässt sich nicht sagen, was passiert, besonders, wenn es um Geburten geht. Aber Fern hat recht. Konzentriere dich auf das Gute. Allen geht es toll, und wir dürfen ein brandneues Baby kuscheln."

Kelli war nicht allein im Raum. Luke saß auf einer Liege neben dem Bett. Sein Hemd stand offen, und er hatte ein winziges Bündel in einer blauen Decke an seine bloße Brust gelegt. Seine große Hand hielt das Baby fest, aber seine Augen waren geschlossen, und seine Atmung ging in einem sanften Rhythmus, der sagte, dass er fest schlief.

Tansy und ihre Schwestern schlüpften leise ins Zimmer, blieben stehen, bis Kelli sie vorwinkte.

„Es ist okay, wenn ihr Luke weckt. Er schläft schon eine Weile, und wenn er noch viel länger in dieser Lage bleibt, wird er gehen wie ein Troll." Kelli griff begierig nach Tansys Tasche. „Sag mir, dass du Kekse dabei hast."

„Kekse, Cupcakes und Apfeltaschen", versicherte ihr Tansy. „Wie geht es dir?"

Kelli tätschelte die Seite des Bettes, damit Tansy sich ihr anschloss, und dann lächelte sie sowohl Fern als auch Rose an. „Ich habe eine Naht an Orten, wo keine Frau jemals eine Naht will, aber ich habe ein gesundes Baby, und der Arzt hat mir versichert, dass alles immer noch intakt ist. Ich werde wieder reiten ... *Pferde* ... früher oder später."

Rose kam näher, um Kelli zu umarmen. „Das ist schön zu wissen. Aber erst konzentrierst du dich aufs Genesen."

„Mache ich. Warum klaust du Kyle nicht von Luke?"

Rose und Fern rückten ab, gratulierten dem verschlafenen Luke, der aufwachte und irgendwie unwillig seinen Sohn weiterreichte.

Tansy nahm Kellis Finger in ihre, sprach leise mit ihrer Freundin. „Dass du einen Notkaiserschnitt hast, war nicht unbedingt die Nachricht, auf die ich mich gefreut habe."

„Ich auch nicht." Kelli verzog das Gesicht. „Ich liebe die

Tatsache, dass wir ein Baby gemacht haben. Ich bin nicht so verrückt nach der ganzen Geburtserfahrung."

„Das mache ich dir nicht zum Vorwurf", stimmte Tansy zu.

Kelli lehnte sich vor, damit ihre Worte unter ihnen blieben. „Ich weiß, dass du hier bist, um meinem Sohn Liebe zu schenken, aber erst mal habe ich noch nichts von deinem Date gehört. Erzähl es mir."

Wärme baute sich in Tansys Brust auf. „Es ist so gut gelaufen. Ja, den Sex kann man durchgehen lassen, aber es war auf jeden Fall mehr als nur Sex. Jake ist ziemlich toll."

Ihre Freundin lächelte. „Das hätte ich schon sagen können wegen der Miene auf deinem Gesicht. Aber du kümmerst dich um dich, ja? Du bist es wert, Freundin. Denk daran."

„Ich arbeite dran", versprach Tansy.

Das echt Witzige war, während die Tage weiter gingen und sie in die geschäftige Routine des Kochens und der Vorbereitung von Events im Künstleratelier übergingen, war es Tansy leichter gefallen, das zu glauben.

Aber der Teil, der sich nicht veränderte, war, dass sie immer noch alles andere hatte, um das sie sich kümmern musste. Jake schlief immer noch in seinem Zimmer gegenüber im Gang von ihr. Sie hatten jede Menge, mit dem sie sich ohneeinander beschäftigen konnten, mit dem Kochen, das Tansy für High Water erledigen musste, und eine Reihe von Events im Künstleratelier in den nächsten paar Wochen.

Jake war damit beschäftigt, sicherzustellen, dass Logan auf die Beine kam. Der Kleine – er war echt noch jung, war kaum zwanzig geworden – hatte nichts mehr aus seiner Vergangenheit mitgeteilt, hatte aber rasch akzeptiert, dass er auf der Ranch willkommen war.

Der März verging, und ein Teil vom April. Die ursprünglichen Ranchhelfer waren weitergezogen. Obwohl es keinen Grund ergab, dass Jake im Haus wohnte, schlief er noch dort, aber niemand sagte etwas.

Dass sie ein festes Paar waren, akzeptiert von ihren Freundinnen und seinen Brüdern, fühlte sich richtig an. Es fühlte sich echt an.

Es war so ein seltsames Gefühl, dass ihre Vergangenheit keinen Schatten mehr über sie warf.

Jake blieb die fleischgewordene Geduld, und mit jedem Tag, der verging, glaubte sie mehr daran, dass das tatsächlich geschah. Dass sie sich nicht vor ihm offenlegen musste, und sie ihm trotzdem noch wichtig war.

Er sie vielleicht sogar liebte …

Ein Kazoo dröhnte in ihren Ohren und holte sie zurück ins Hier und Jetzt. Tansy blinzelte und lächelte ihren Neffen an. „Hey, Carter.“

„Alles Gute zum Geburtstag, Tante Tansy. Du sollst rauskommen und zusammen mit Tante Rose den Kuchen anschneiden.“

„Perfekt. Also bist du mein Begleiter? Gib mir deinen Arm.“

Der zehnjährige Carter verzog das Gesicht. „Okay, aber du bist zu groß für mich.“

„Es ist eine gute Übung, wenn du größer bist und dann größer als die ganzen Mädchen in deinem Leben wirst. Da kriegst du mal eine andere Ansicht.“ Tansy legte die Finger über seinen Ellbogen, richtete sie leicht aus, dann nickte sie zustimmend. „Geh voraus.“

Das Kind war ein Schatz. Er hob das Kinn und ließ sich darauf ein, sein Rücken kerzengerade, als wäre er ein Gentleman. Langsam marschierten sie den ganzen Weg durch das Haus, wo sie leise Tagträume auf der vorderen Veranda gehabt hatte, zum hinteren Garten, wo der Rest der Familie versammelt war.

Jake schaute von dort auf, wo er bei Walker und Chance stand, sein Grinsen wurde breiter, als er sie sah. Jake machte auf dem Absatz kehrt, um ihnen den Weg abzuschneiden.

„Darf ich übernehmen?", fragte Jake Carter höflich.

„Nö."

Tansy biss sich auf die Lippen, damit sie nicht losprustete, während ihr Neffe beschützend die Hand über ihre Finger legte und sie dort festhielt. Carter hob das Kinn, Sturheit stand auf jedem Quadratzentimeter.

Jake richtete sich auf. „Nein?"

Carter schüttelte den Kopf. „Mom sagt, wenn ich Tante Tansy finde, darf ich ein zusätzliches Stück Kuchen essen. Da mache ich keine Spielchen. Ich liefere sie ab."

Die Erheiterung schoss himmelhoch. Es war ein toller Grund, um darüber zu streiten. „In diesem Fall stimme ich zu. Hier gibt es jetzt keinen Wachwechsel." Tansy zwinkerte Jake zu. „Es steht Kuchen auf dem Spiel."

Jake hob die Hände ergeben in die Luft und lächelte, während er rückwärtsging.

In einer Tradition, die sie vor Jahren gestartet hatten, als Tansy sich der Familie angeschlossen hatte, verschränkten Rose und sie die Hände, um in den einfachen Blechkuchen zu schneiden, den sie sich für ihre dreiunddreißigste Geburtstagsfeier teilten.

Alle sangen das Geburtstagslied, dann spielte Walker auf der Gitarre und sang ein paar weitere Favoriten. Rose ignorierte ihren Verlobten und zerrte Tansy mit sich auf die Reifenschaukel. Sie kuschelten sich aneinander, als wären sie wieder dreizehn Jahre alt.

Roses Augen leuchteten, während sie die versammelte Familie betrachtete, an Chance hängenblieb, bevor sie zu Jake weiter wanderte. „Er passt verdammt gut dazu", bemerkte sie.

Tansy lehnte sich an Roses Seite, den linken Arm um die

Taille ihrer Schwester geschlungen. „Er ist ein guter Mann, Rose. Ich genieße es echt, zum ersten Mal überhaupt einen festen Freund zu haben."

„Das ist gut. Aber hab keine Angst, den nächsten Schritt zu gehen, wenn es Zeit ist", sagte Rose leise.

„Heißt das, du nimmst deinen eigenen Rat an und suchst dir endlich ein Hochzeitsdatum aus?", scherzte Tansy.

Roses Miene wurde nachdenklich. „Ja."

Ach, verdammt. „Wirklich?", wollte Tansy wissen.

Ihre Schwester grinste zurück. „Mittsommer. Siehst du, wie leicht das war?"

Leicht, was? Tansy starrte durch den Garten zu Jake, kam zu dem Schluss, dass, so sehr sie mehr wollte, es zu früh war, wenn man alles bedachte.

Vorerst würde sie einfach das Hier und Jetzt mit ihnen genießen. Weiter üben, in die Zukunft zu schauen, und nicht in die Vergangenheit.

JAKE MARSCHIERTE durch das Wohnzimmer zur Eingangstür, als ihm klar wurde, dass dieses eine Mal niemand sonst im Ranchhaus von High Water war. Nur er und Tansy, die mit Kochen beschäftigt war, mit Töpfen auf dem Herd und Zutaten überall auf der Arbeitsfläche.

Die Gelegenheit war zu gut, um sie zu versäumen.

Er drehte sich auf der Stelle um, blieb direkt hinter ihr stehen, die Hände auf dem Tresen zu jeder Seite ihrer Hüften. Er presste sich an ihren Rücken und streifte mit den Lippen ihren Nacken. „Hallo, Schöne. Was hast du vor?"

„Ich mache Enchiladas. Ich dachte, du wärst mit den Helfern den ganzen Tag draußen, um dich um die Ankunft der neuen Herde zu kümmern?"

„Da bin ich schon bald hin unterwegs", sagte er und knabberte an ihrem Ohrläppchen. „Nur dass ich hungrig bin."

„Es sind noch Reste im – *o mein Gott,* Jake." Tansys Kopf fiel nach hinten auf seine Schulter, denn er hatte die Hände unter ihr Oberteil und nach oben geschoben, bis er ihre Brüste hielt. Durch den weichen Stoff ihres Sport-BHs bearbeitete er ihre Nippel, während er weiter die süße Stelle an ihrem Nacken küsste, von der er wusste, dass sie sie verrückt machte.

Zweieinhalb Monate. So lange machten sie das jetzt offiziell, und Jake konnte sich nicht vorstellen, dass es noch besser wurde.

Na ja, bis auf eines in genau diesem Moment. Er löste ihren Hosenknopf und Reißverschluss, zerrte ihre Unterhose weit genug nach unten, damit er die Finger zwischen ihre Schamlippen schieben konnte, und begann, an ihrer Klitoris zu arbeiten.

„Verdammt, Jake. Jeder könnte reinkommen." Ein Protest, obwohl sie sich nicht von ihm wegbewegte, sie wiegte ihre Hüften doppelt schnell, drehte den Kopf, als würde sie um seinen Mund bitten, damit er wieder dorthin ging, wo sie es am meisten liebte.

„So, wie ich dastehe, sehen sie doch nur, wie ich dich küsse." Er schob einen Fuß zwischen ihre Füße und drängte sie weiter auseinander, damit er seine Finger in ihre feuchte Hitze schieben und mit dem Daumen über ihre Klitoris reiben konnte.

„Du bist derzeit ein viel ungezogenerer Junge als früher", sagte sie, während sie keuchte. „Spontanität steht dir gut. O ja, das. *Das.*"

„Ich hatte eine gute Lehrerin." Er nahm ihre Lippen für sich ein, küsste sie fest, bis es Zeit war, das Keuchen ihres Orgasmus aufzunehmen. Ihr Geschlecht zog sich um seine Finger zusammen, und er wurde langsamer, brachte sie so sanft wieder nach unten, wie er konnte, bis plötzlich der Feueralarm losging, und sie schließlich merkten, dass von der Pfanne auf dem Herd Rauch aufstieg.

Jake stürzte sich auf die Pfanne, während Tansy sich um ihre Hose kümmerte.

Bis es Zeit zum Abendessen war und sie sich am Tisch versammelt hatten, war der Rauchgeruch zum Großteil weg.

„Wenn irgendwer was sagt, werfe ich dich den Löwen zum Fraß vor", setzte Tansy ihn nebenbei in Kenntnis, während er half, Teller mit mexikanischem Reis, die zweite Ladung Enchiladas und den Rest der Mahlzeit zum Tisch zu tragen.

„Das war es wert."

Der Einzige, der etwas argwöhnte, war Aiden. Sein Bruder beäugte den Teller mit Essen, schaute zu Tansy, grinste Jake an, und dann hielt er klugerweise den Mund.

Der Tisch war fast völlig besetzt. Er und seine Brüder, dazu Petra, Tansy, Jinx und Kevin waren schon sieben. Die derzeitige Ladung Ranchhelfer, zu denen ihre ersten weiblichen Gäste gehörten, May und Helen, brachten sechs weitere dazu.

Die zart gebaute blonde May hatte ein blaues Auge, ein Geschenk von ihrem baldigen Exmann, aber sie hielt den Kopf hoch erhoben und sagte, sie brauchte einen Ort, um ein paar Tage Luft zu holen, bevor sie wieder zurückging und sich um den Rest der Scheidung kümmerte. Helen war eine ältere Frau Anfang sechzig, die nicht viel gesagt hatte, aber still vorgetreten war, um bei jeder Gelegenheit zu helfen, die sich bot. Die beiden teilten sich den letzten Raum im Haus.

Drei weitere Männer waren in der letzten Woche angekommen – Scott, Jon und Eric. Logan war ins Männerquartier gezogen, und mit Kevin im fünften Raum war High Water innen und außen voll.

Scott hatte vor, in ein paar Tagen aufzubrechen, Jon in der

Woche danach, darum war das Kommen und Gehen auf der Ranch allmählich gang und gäbe.

Auf halbem Weg durch die Unterhaltung beim Essen ging es um die Pläne für den nächsten Tag.

„Wir sind alle morgen auf der Red Boot Ranch eingeladen", kündigte Petra an. Sie ließ es wie ein offenes Angebot klingen. „Es ist Tansys freier Tag, an dem sie nicht kocht, wenn ihr also zu Hause bleiben wollt, müsst ihr euch um euch selbst kümmern. Aber wenn es euch recht ist, dass ihr euch uns anschließt, ist es ein sicherer Ort. Das Baby meiner Schwägerin ist diese Woche fällig, aber die Ärztin hat ihr mitgeteilt, dass sie auf jeden Fall spät dran sein wird. Sie will Ablenkung, darum hat mein Bruder Zach uns alle für den Nachmittag zum Grillen eingeladen. Es ist ein ruhiger Ort mit einer sogar noch besseren Aussicht, als wir sie haben. Ihr Vorarbeiter Cody sagt, ihr könnt euch alle gern mal am Lasso versuchen oder einen Geländeritt machen."

Jinx wandte sich zu May. „Red Boot ist toll. Sie haben mehr Pferde als wir und ein paar echt hübsche Fohlen, die gleich nach Weihnachten geboren wurden."

Die junge Frau nickte langsam. „Ich würde gern einen Geländeritt machen, wenn jemand mit mir kommt."

„Aiden und ich machen das", bot Petra an. „Jinx?"

„Klar. Kann Dixie mit?" Jinx' Schatten saß wie üblich zu ihren Füßen.

Declan schnaubte. „Ich glaube nicht, dass wir sie von dir loskriegen würden, auch nicht mit einem Brecheisen. Sie ist ein gut ausgebildetes Tier. Das wird Zach nichts ausmachen."

Was bedeutete, nach dem Mittagessen am nächsten Tag landete der ganze Haufen auf der Red Boot Ranch. Cody schaute sich einmal die Ranchhelfer an und stellte sofort eine Rennstrecke aus Fässern auf. Der Großteil der Gruppe ging in die Scheunen, aber Tansy ging direkt zu Julia.

Jake ging langsamer, hielt mit Logan mit. Der Kleine weigerte sich, eine Krücke zu benutzen, doch er war wieder stark genug, um den langen Weg vom Parkplatz dorthin zu schaffen, wo Julia und Zach einen gemütlichen Sitzbereich um eine Feuergrube aufgebaut hatten.

„Du musst nicht auf mich warten", grollte Logan.

Jake hob das Gesicht zur Sonne und ging langsam, aber stetig weiter. „Es ist mein freier Nachmittag, Kleiner. Hör auf, mir die Arbeit schwerer zu machen, als es sein müsste."

Ein erheitertes Kichern stieg langsam an seiner Seite auf. „Du hast echt gute Freunde", bemerkte Logan.

„Einige der besten. Habe ich nie erwartet, aber ich habe es echt gehofft." Jake winkte Zach grüßend zu, der gerade ein Glas Wasser neben seine äußerst schwangere Frau gestellt hatte. „Willst du dich mal eine Weile entspannen?"

Logan deutete auf die Stühle vor ihnen und nickte. „Eines Tages werde ich wieder auf einem Pferd sitzen, aber vorerst tun mir immer noch die Knochen weh."

Es war eine kleine Gruppe um die Feuergrube. Tansy holte ein Kartenspiel heraus und begann, mit Julia Cribbage zu spielen. Logan legte die Füße hoch und schloss die Augen, das Gesicht nach oben gewandt, während er die Sonnenstrahlen aufsaugte. Helen holte ein Skizzenbuch heraus und begann zu zeichnen.

Am Geländer beobachtete Zach die Gruppe Männer, die sich auf dem Reitplatz versammelt hatte. Eine kleinere Gruppe saß bereits auf dem Pferd, Dixie tänzelte hinter ihnen herum, während sie zum Geländeritt aufbrachen.

„Solche Tage brauchen wir", bemerkte Jake, als er neben Zach stehenblieb.

„Auf jeden Fall. Obwohl ich es mehr genießen würde, wenn meine Frau nicht eine Million Jahre schwanger wäre."

Und da fiel Jake auf, dass Zach sich strategisch platziert

hatte, damit er den Reitplatz sehen und Julia im Auge behalten konnte. „Gibt es Grund zur Sorge?"

Zach verzog das Gesicht. „Die Ärztin sagt nein, aber ich denke immer an Kelli zurück, die am Schluss einen Notkaiserschnitt gebraucht hat. Ich hasse es, wenn ich nicht weiß, wann und was genau passieren wird."

„Verstehe ich." Obwohl Jake zugeben musste, dass er sich nie um diese Situation Sorgen hatte machen müssen.

Außerdem war er ein bisschen besser darin geworden, nicht wegen Planänderungen auszuflippen. Es schien, als würde sein Ziel, zu lernen, spontaner zu sein, einen Tag nach dem anderen in ihn hineingeprügelt, mit Tansys bereitwilliger Ermunterung.

„Ach, verflixt. Ich kann nicht mal so tun, als würde ich nicht um sie herum schweben." Zach marschierte zurück zu dem Stuhl neben Julia. Er ließ sich neben ihr fallen, damit er ihr sanft über den Rücken reiben konnte.

Da sein Freund beschäftigt war, ließ sich Jake im Stuhl auf der anderen Seite von Logan nieder. Er schloss die Augen, um die Sonne zu genießen, und zu seinem Schock war er wohl eingeschlafen, denn als nächstes wachte er beim Geräusch einer leisen Unterhaltung links von ihm auf.

„Du wirst kräftiger", sagte Tansy.

„Schätze schon", murmelte Logan. „Körperlich vielleicht. Das reicht nicht."

Jake blieb reglos, rang mit sich, ob er sich bewegen sollte, um zu zeigen, dass er lauschte. Bevor er sich entscheiden konnte, antwortete Tansy. „Was meinst du damit?"

Logan seufzte schwer. „Ich hatte sehr viel Pech. Eines nach dem anderen, wie es sich anfühlt. Ich bin schon so ziemlich ewig auf mich gestellt. Ich glaube nicht, dass mein Leben sehr viel wert ist."

Die Worte trafen ihn wie ein Schlag in die Magengrube.

Das war es. Jake öffnete die Augen, rollte sich herum und setzte sich aufrecht hin.

Logan warf einen Blick zu ihm, wandte sich aber zurück an Tansy, die langsam nickte. Julia und Zach waren weit genug weg, dass es nur sie drei in diesem kleinen, ruhigen Raum waren, und Jake schwor, dass er den Mund halten würde.

Denn obwohl er Augenblicke wie diese erlebt hatte – das Gefühl, dass die Welt ihm nichts als Härte beschert hatte – hatte er immer seine Brüder gehabt. Er hatte Jeff gehabt.

„So habe ich mich auch gefühlt", gab Tansy zu, ihre Stimme jetzt leiser. Sie schaute Jake direkt in die Augen, hielt inne, als würde sie nachdenken. Sie hob das Kinn und zwang sich, zurück zu Logan zu schauen. „Bevor ich adoptiert worden bin, habe ich auch nicht gedacht, dass ich viel wert bin." Logans Interesse war geweckt, und er setzte sich etwas aufrechter hin, noch während Jake den Verstand um die klare Botschaft winden konnte, die Tansy geschickt hatte.

Sie wollte, dass er das hörte. Wollte ihn in der Nähe.

„Ich wurde mit zwölf Jahren adoptiert", fuhr Tansy fort. „Die früheste Erinnerung, die ich als Kind habe, ist eine schlimme Situation mit Menschen, die sich um mich hätten kümmern sollen, es aber nicht getan haben. Selbst als ich mit neun Jahren aus diesen Schwierigkeiten entfernt wurde, wurde ich einfach von Pflegeheim zu Pflegeheim weitergereicht. Ich bin nirgendwo lang genug geblieben, um das Gefühl zurückbekommen, ich würde hingehören. Bis ich nach Heart Falls kam, war ich nicht sicher, ob ich irgendwem jemals vertrauen konnte. Ich dachte nicht, dass ich je eine echte Familie finden würde."

Etwas wie Hoffnung blitzte in Logans Augen auf, während er zuhörte. „Aber das hast du?"

Tansy nickte. „Die Fields haben mich aufgenommen, und plötzlich hatte ich nicht nur eine Heimat, sondern Menschen, die mich stur geliebt haben, bis ich glaubte, dass es echt war. Das hat alles verändert.“

Sie hielt inne, und Jake wollte die Arme um sie legen und sie festhalten. Mutige, großzügige Frau. Diese Teile aus ihrer Vergangenheit zu erzählen, um Logan zu helfen – das hatte eine große Kraft.

„Die Sache ist die“, fuhr sie fort, konzentrierte sich wieder auf Logan, „du hast vielleicht echt viel Pech gehabt, aber du hast hier eine Chance auf einen Neuanfang, bei uns. Du hast jetzt ein Heim, solange du es brauchst. Es wird dauern, aber die Dinge können sich verbessern. Du musst entscheiden, ob du dich darin einbringen willst.“

Logan dachte über ihre Worte nach, seine Miene verhalten, aber ein bisschen weicher. „Ja.“ Er richtete sich auf und erhob sich. „Ich gehe mal ein Stück. Danke, dass du mir dein Zeug erzählt hast.“

Während Logan zum Geländer ging, spürte Jake Tansys Blick auf sich. Er glitt auf den nächsten Stuhl neben ihrem, nahm ihre Hand in seine.

„Du warst mutig“, sagte er leise.

Tansy zuckte mit den Schultern, versuchte, es herunterzuspielen. „Er musste das hören.“

„Ich musste das hören.“ Jake rieb mit dem Daumen sanft über ihre Handknöchel. „Wir schauen aber alle nach vorne, oder?“

„Wir arbeiten dran. Manchmal fühlt es sich an, als wäre ich nicht schnell genug, und es tut mir leid“, sagte sie mit stillem Bedauern.

„Das muss es nicht. Ich glaube, du bist unfassbar. Und sexy“, stieß er hervor, nur um den Augenblick etwas aufzumuntern. „Also, so sexy, dass ich mich an der Scheune an dir vergehen will.“

Lachend stieg sie auf seinen Schoß und küsste ihn bis zur

Besinnungslosigkeit. Die Dinge hätten vielleicht außer Kontrolle geraten können, hätte man ihnen nicht ein paar Augenblicke später ein Kissen an den Kopf geworfen.

„Kein sexy Fummeln für euch zwei", knurrte Julia. „Das muss ich nicht sehen."

Tansy drehte sich auf Jakes Schoß, hielt sich an seinen Schultern fest, während sie für ihre Freundin eine Grimasse schnitt. „Du hast gesagt, du wolltest Ablenkung."

Dem ersten Kissen folgte ein zweites. „Kartenspielen, du Banausin."

„Also gut. Ich hebe es mir für später auf." Tansy wackelte mit den Augenbrauen vor ihm. „Wenn das für dich okay ist."

„Das ist für mich hervorragend", versicherte ihr Jake.

Die nächsten Stunden waren mit guter Gesellschaft und tollem Essen gefüllt. Der Einzige, der ein kleines bisschen neben sich zu stehen schien, war Zach. Als Jake ihn darauf ansprach, seufzte der Mann. „Ich hatte gehofft, die Aufregung dieses Tages würde bei ihr die Wehen beginnen lassen", gab er zu.

Nach einem wunderbaren Abend waren sie unterwegs nach Hause. Nur ein paar Lichter leuchteten in den Fenstern, ein warmes gelbes Glühen in der Dunkelheit.

Die Ranchhelfer und Logan winkten zum Abschied, gingen zu ihren Schlafräumen. Die Damen stiegen aus Aidens und Petras Truck, Declan kam zum Schluss mit Jinx und Dixie.

Jake erzählte Tansy von Zachs Eingeständnis, als sie seinen Truck verließen und langsam zum Ranchhaus von High Water gingen.

„Julia hätte nur zu gerne mit den Wehen losgelegt. Sie macht sich Sorgen, dass sie die einzig bekannte Fünfundvierzig-Wochen-Schwangerschaft haben wird."

„Zach schlägt ja gerne Rekorde."

Als ihr Lachen in seinen Ohren nachhallte, zog Jake Tansy in seine Arme. Er blieb abrupt stehen und beugte sich hinab, um sie zu küssen. Der Ansturm von Hitze, der ständig zwischen ihnen köchelte, schlug zu, aber zum Großteil ging es diesmal um das, was sie gerade mit Familie und Freunden geteilt hatten. Diese neue Nähe, die sich weiter aufbaute.

Einen Augenblick später summte sie fröhlich. „Eine schöne Rückkehr."

Er nahm ihre Finger in seine und marschierte mit ihr zur Tür. „Es war ein guter Tag. Bist du bereit für eine gute Nacht?"

„Immer." Sie hob eine Augenbraue. „Ich habe aber eine volle Woche vor mir, also kann ich nicht die ganze Nacht wach bleiben."

„Schade auch. Dann werde ich dafür sorgen müssen, dass ich ein bisschen schneller arbeite, um ..."

„Jake? Bist du das?"

Er blieb abrupt stehen, riss Tansy mit sich.

Das konnte nicht sein.

Doch ein paar Meter vor ihnen, aufgestanden von der Bank, um im Verandalicht zu stehen, war Melissa. Sie winkte, ihre dunklen Augenringe waren gar nicht das hübsch zurechtgemachte Gesicht, das sie normalerweise der Welt präsentierte.

Er war bereit, zu fragen, was zum Teufel sie dachte, dass sie hier tat, indem sie uneingeladen auftauchte, als ein kleiner Junge hinter ihr vortrat. Etwas älter als ein Säugling, aber nicht alt genug, um sein Kind zu sein. Ein trauriges kleines weißes Gesicht mit Augen voller Angst.

Mit bebender Stimme legte Melissa eine Hand auf den Kopf des Kindes, während er sich neben sie stellte. „Ich brauche deine Hilfe, Jake. Ich weiß nicht, wo ich sonst hin soll."

15

May und Helen standen Fragen in den Augen, aber sie hielten beide fest den Mund. Wenn man bedachte, dass sie erst kürzlich angekommen waren, wussten sie, dass die Regel lautete, sich aus den Angelegenheiten anderer herauszuhalten, außer, man wurde eingeladen, und sie verschwanden zurück in ihr Zimmer, nachdem sie ihnen leise gute Nacht gewünscht hatten.

Jinx starrte den kleinen Jungen ganz lange an, bevor sie Petra und Tansy umarmte. „Muss ich mein Zimmer aufgeben?", fragte sie leise.

„Nein", versicherte ihr Petra. „Das ist dein Zimmer, und das von Dixie. Sperr die Tür ab, und lass uns das hinbiegen, okay?"

Jinx nickte, dann schnippte sie mit den Fingern. Dixie wurde aufmerksam, glitt langsam direkt hinter sie, während sie leise hinter ihr her schlich.

Bevor Jake fragen konnte, was vorging, meldete sich Tansy zu Wort. „Seid ihr hungrig? Wann habt ihr zwei zuletzt gegessen?"

Melissa dachte nach, aber es war die Miene des Kleinen, die diese Frage eindeutig beantwortete. Jake deutete auf den Haupttisch. „Setzt euch. Erst Essen, dann könnt ihr erklären."

Tansy beschäftigte sich damit, zwei Teller zu beladen. Declan, Aiden und Petra ließen sich im Wohnzimmer nieder, aufmerksam und besorgt, als wären sie bereit, Jake zu unterstützen.

Er wusste echt nicht, in welche Richtung er sich wenden sollte. Schaute einfach nur weiter den Jungen am Tisch an und hoffte, dass irgendetwas schließlich einen Sinn ergeben würde.

„Sein Name ist Jeffrey", bemerkte Melissa leise.

Mein Gott. Jakes Kehle wurde eng. „Hey, Kleiner. Wir haben gleich was zu essen für dich."

Er drehte sich um, um ein Glas Milch zu holen, denn das war sicherer, als es mit dem Sprechen zu versuchen. Natürlich hatte sie ihren Jungen Jeffrey genannt. Der Name, über den er gesprochen hatte, weil er ihn benutzen wollte, um seinen Stiefvater zu ehren.

Wäre Tansy nicht an seine Seite gestoßen, hätte er vielleicht lange genug in den Kühlschrank gestarrt, dass es jemand anderem aufgefallen wäre. „Tief einatmen. Du kannst das", flüsterte Tansy. „Ich nehme an, du kennst diese Frau?"

Lieber Gott. Sie wusste es nicht.

Mit bebenden Händen goss er Milch in ein Glas auf dem Tresen, bevor er den Krug abstellte und Tansy in die Augen schaute. „Das ist meine Exfrau Melissa."

Tansys Augen wurden kurz groß, aber bis auf diese verräterische Regung änderte sich ihre Miene kein bisschen. „Okay."

Nein. Nichts daran war auch nur annähernd okay.

Das ganze Haus fühlte sich still und reglos an, obwohl es so voll war. Tansy schob das Essen vor Melissa und ihren Sohn, stellte die Teller ohne ein Wort ab, bevor sie in die Küche zurückkehrte und sich beschäftigt hielt.

Zum Glück funktionierte ein Teil seines Verstandes noch, denn ihm fiel auf, dass Tansy einen guten Abstand zwischen ihnen beiden hielt. Was für ihn gar nicht ging. Er mochte ja nicht wissen, was mit Melissa los war, aber er wusste auf jeden Fall, dass ein Verstecken der Beziehung zwischen ihm und Tansy zu mehr Aufregung als Hilfe mit jeglicher peinlichen Situation führen würde.

Er hätte sich lieber die Augen ausgekratzt, bevor er absichtlich Tansy wehtat.

Er glitt zum Küchentresen, stellte sich dicht genug an sie, dass sich ihre Körper berührten. „Ich wusste nicht, dass sie kommt."

„Dachte ich mir." Sie hielt mit ihrer Arbeit an der Spüle inne und schaute ihm in die Augen, zwang sich zu einem Lächeln. „Mach dir keine Sorgen um mich. Du tust jetzt, was du tun musst."

Was eine steile Vorlage war, um seine Handknöchel unter ihr Kinn zu schieben und ihr Gesicht weit genug zu heben, um ihr einen süßen Kuss auf die Lippen zu drücken. Er war meilenweit von der Hitze entfernt, die sie draußen geteilt hatten, aber genau, was gebraucht wurde. Dann drückte er ihre Stirn an seine. „Vielleicht muss ich Declan in diesem Fall die Entscheidung überlassen."

„Er unterstützt dich", stimmte Tansy zu. Sie legte die Hände um seine Taille, eine absichtliche Verbindung und ein Trost gleichzeitig. „Das tun wir alle, Jake. Mit jedem bisschen."

Was es leichter machte, sich zurück an den Tisch zu wenden. Melissas Blick war direkt auf ihn und Tansy gerichtet, Berechnung stand in ihren Augen. Sie war es allerdings nicht, um die sich Jake Sorgen machte, sondern der kleine Junge neben ihr, der nicht mit dem Essen aufgehört hatte, außer, um große Schlucke Milch zu trinken, bevor er sich weiter Nahrung in den Hals schaufelte.

„Declan? Willst du zu uns kommen?" Jake nahm das zustimmende Nicken seines Bruders zur Kenntnis, während sie sie Stühle gegenüber von dort heraus zogen, wo Melissa saß. „Esst erst fertig."

Melissa schob den Teller weg. „Ich hab nicht wirklich großen Appetit."

Declan beäugte Jeffrey. „Hey, Kleiner. Willst du ein bisschen Fernseh schauen, während wir mit deiner Mom reden?"

„Du kannst deinen Teller mitnehmen", sagte Tansy, die sich an seine Seite stellte und den Finger krümmte, um ihn nach vorne zu holen. „Willst du noch mehr Makkaroni mit Käse?"

Der Kleine nickte, kam bereitwillig vom Tisch weg. Tansy richtete ihn am Beistelltisch im Wohnzimmer ein, irgendein Disney-Programm lief, während Aiden und Petra aufpassten.

„Was ist los?", fragte Jake leise.

Seine Exfrau holte tief Luft und stieß sie aus, ihre Schultern sanken herab. „Ich musste weg. Der Typ, bei dem ich gewohnt habe, hat angefangen, Forderungen zu stellen, mit denen ich nicht klarkam, nicht mit Jeffrey. Ich habe ein paar Dinge eingepackt und bin nach Westen aufgebrochen. Ich hatte keinen Ort im Sinn, dann bist du mir eingefallen."

Himmel. „Dieser Typ, den du gerade verlassen hast. Ist er Jeffreys Vater?"

Sie schüttelte den Kopf. „Dieser Mann spielt keine Rolle mehr. Das hat er nie, und so ist es auch besser", gab sie zu. „Er wollte keine Kinder."

Also würde kein wütender Ex ihr folgen, um sein Kind zurückzukriegen. Gut und schrecklich gleichzeitig.

Melissa fuhr fort, inzwischen still, aber stetig. „Nachdem er gegangen ist, bin ich selber ganz gut klar gekommen. Ich hatte einen guten Job als Friseurin mit einer tollen Krippe für Jeffrey. Als ich Nathan getroffen habe, schien das eine gute Situation zu sein. Ihm machte es nichts aus, dass ich ein Kind habe, und er wirkte sanft und verständnisvoll."

Ihre Stimme brach beim letzten Wort.

Als er ihr Gesicht musterte, hätte er geschworen, dass sie die Wahrheit sagte. Oder zumindest die Wahrheit, an die sie glaubte, was nicht unbedingt dasselbe war. Das war irgendwie immer das Problem bei Melissa gewesen.

„Wo habt ihr gelebt?", fragte Declan.

„Winnipeg." Sie holte ein Taschentuch aus der Tasche und tupfte sich die Augen.

„Bist du nicht zu deinen Eltern gegangen?" Jake wusste, dass seine Frau nicht immer einer Meinung mit ihnen gewesen war, aber es schien, als hätte das unter den Umständen größeren Sinn ergeben.

Melissa lachte bitter.

„Die habe ich seit fünf Jahren nicht gesehen. Nicht seit der Geburt von Jeffrey. Sie sagten mir, ich hätte einen Schlamassel veranstaltet, also sollte ich auch damit leben."

Mit jedem Wort fühlte Jake, dass ihm die Hände mehr und mehr gebunden waren. Abermals, wäre es nur sie gewesen, hätte er ihr vorübergehend Erleichterung verschaffen können. Teufel, er hätte ihr etwas Geld gegeben und gesagt, sie solle irgendwo anders wieder auf die Beine kommen.

Aber es ging um ein Kind.

Jake wandte sich an seinen Bruder. „Deck, kann ich mal kurz mit dir reden?"

Draußen auf der Veranda umfing sie die anhaltende Kälte der letzten Wintertage. Es schien passend, nahm Jake an. Es gab nichts Warmes und Glückliches an dieser ganzen Lage.

„Was ein Schlamassel", murmelte Declan.

„Ich will sie nicht hier", sagte Jake, „aber der Kleine ..."

„Ich weiß." Declan legte Jake eine Hand auf die Schulter. „Das macht alles komplizierter. Ich weiß, wir sind als Rettungshaus aufgestellt, aber es ist eine Ebene des Vertrauens bei allen Menschen involviert, die herkommen."

Mist. „Melissa hat es nicht gut angestellt, sich unser Vertrauen zu erarbeiten."

Declan schüttelte den Kopf. Er dachte kurz nach und machte einen verblüffenden Vorschlag. „Wir werden es klug anstellen müssen, damit sie nicht rausfindet, was wir machen."

„Du willst, dass sie bleibt?" Jake klang geschockt, selbst vor sich selbst.

„Ich bin nicht sicher, ob wir sie abweisen können. Aber wir können die Interaktionen zwischen ihr und dem Rest der Ranchhelfer einschränken."

„Das wird schwierig, wenn sie im Haus bei den Damen lebt, sobald ich zurück in meinen Bereich unter dem Künstleratelier ziehe."

Declan hob eine Augenbraue. „Ich glaube, anstatt dass du das Haus verlässt, sollten wir sie in deiner Wohnung einrichten."

Kurz zögerte Jake, dann traf ihn, wie klug dieser Vorschlag war. „Das ist schon sinnvoll. Denn sie hat Jeffrey, und das wird ihnen mehr Privatsphäre geben, ohne dass ein Kind in die Welt der anderen Ranchhelfer eindringt."

„Wir helfen ihr mit Lebensmitteln und solchen Dingen, aber sie kann selbst die meiste Zeit kochen. Und es wird vermutlich für das Kind weniger beängstigend sein, wenn es nicht in eine riesige, von Erwachsenen dominierte Welt geschubst wird."

Jake seufzte. „Mir gefällt es immer noch nicht, aber ich weiß nicht, wie viel es daran liegt, mit wem wir es zu tun haben, anstatt an dieser ganzen verkorksten Situation."

„Die ganze Sache nervt", stimmte Declan zu. „Aber sie kann ein paar Wochen dableiben, das kriegen wir hin."

Ein unbehagliches Gefühl blieb in seiner Magengrube, während sie ins Haus gingen, um Melissa von ihrer Entscheidung in Kenntnis zu setzen. Sie nahm die Nachricht mit neuen, schweigenden Tränen zur Kenntnis. „Vielen Dank. Ich bin wirklich, wirklich dankbar."

Jake ging in seine Wohnung, um sich ein paar Dinge zu holen, die er vielleicht noch brauchen könnte. Den Rest schob er zur Seite des Schranks, und als Declan Melissa und Jeffrey reinholte, war er bereit, so schnell wie möglich rauszukommen.

Bereit, zurück ins Haus zu gehen und Tansy in die Arme zu nehmen, um sich zu versichern, dass all die schrecklichen und negativen Dinge, die seine Erinnerungen auf ihn einrasen ließen, aus der Vergangenheit kamen.

Sobald Melissa und ihr Sohn das Haus mit Declan verlassen hatten, fiel Tansy in sich zusammen wie ein eine Woche alter Salat.

Petra legte einen Arm um sie, führte sie zum Wohnzimmer, wo Aiden wartete. „Das stand nicht auf dem Plan."

„Das ist totale Scheiße", stimmte Aiden zu. Er verzog das Gesicht. „Ich bin hin- und hergerissen dazwischen, nicht glauben zu können, dass sie hier aufgetaucht ist, und hundert Prozent überzeugt zu sein, dass das Melissa und der Status quo ist."

„Und doch geht es doch genau darum bei High Water", sagte Tansy langsam. „Solange Jake weiß, dass er unsere Unterstützung hat, kann er es doch um des Kindes willen gut und gerne mit etwas Schwachsinn aufnehmen."

Aiden und Petra zögerten beide. „Das ist eine völlig reife

Reaktion“, entgegnete Aiden. „Ich weiß nicht, ob ich da schon angelangt bin.“

„Vertrau mir, als Jake gesagt hat, dass wäre seine Ex, hatte ich einen heftigen Drang zur Gewalt. Aber ich war ein solches Kind“, gab Tansy zu. Sie schaute ihren Freunden in die Augen. „Ich würde auf jeden Fall so richtig bluten, wenn ich damit die Welt eines einzelnen Kindes besser machen könnte.“

„Ich hoffe, dazu kommt es nicht“, sagte Petra, doch sie tätschelte Tansy die Schulter, während sie aufstand. „Wir werden warten, um den Rest der Einzelheiten von Jake und Declan zu erfahren.“

Aber als die Männer zurückkamen, nachdem sie Melissa und Jeffrey in der Wohnung eingerichtet hatten, und die Einzelheiten, an die sie gedacht hatten, mitgeteilt waren, gab es nicht sehr viel mehr zu tun, als schlafen zu gehen und zu hoffen, der nächste Tag würde glatt laufen.

Jake folgte Tansy in ihr Schlafzimmer. „Ich laufe nur auf Adrenalin und Nerven“, gab er zu. „Ich will dich einfach nur halten.“

„Das funktioniert für meinen Plan gut“, sagte Tansy, die ihn zu dem Zweisitzer in der Ecke des Raums zog. „Denn ich will auf jeden Fall gehalten werden.“

Am Ende lagen sie aufeinander, ausgebreitet auf dem Zweisitzer, mit Tansy halb oben auf Jake. Ihr Kopf lag auf seiner Brust, und das stetige Klopfen unter ihrem Ohr war beruhigend und behaglich und genau, was sie brauchte, um ein paar heftige Fragen stellen zu können.

„Ist es echt okay für dich, dass sie hier ist?“, fragte sie.

Seine Brust hob sich unter ihr und senkte sich langsam, während er frustriert seufzte. „Da habe ich keine Wahl.“

„Wir haben immer eine Wahl“, sagte Tansy leise. „Manche Optionen brauchen mehr Zeit oder Geld oder Energie. Das sagt mein Dad immer.“

Jake drückte ihr einen Kuss auf die Schläfe. „Ich möchte mich in den Hintern treten und bin gleichzeitig dankbar, dass ich ein Idiot war. Erinnerst du dich noch an diese Briefe, die mich umgetrieben haben? Diejenigen, die ich in mein Tagebuch gestopft hatte, von denen du sagtest, ich solle sie loswerden, weil sie – wie hast du es ausgedrückt? – gemein zu mir waren?"

Sie dachte zurück, bevor sie langsam nickte. „Ja, ich weiß es noch."

„Sie waren von Melissa. Du hattest recht mit der Aussage, dass ich sie loslassen musste. Und das hatte ich, denn ich wollte mich völlig von ihr lösen, um mich echt darauf zu konzentrieren, bei *dir* zu sein."

Eine Schicht ihrer Sorgen wurde davon weggespült, wie süß diese Anmerkung war. „Das höre ich gerne. Aber warum macht dich das zum Idioten?"

„Das hat bedeutet, dass Melissa wusste, wo sie mich findet, obwohl ich ihr niemals meine Adresse gegeben habe. Ich frage mich, woher sie wusste, wo sie hin muss?" Verwirrung färbte seine Stimme ein. „Ich schätze, das spielt jetzt keine Rolle mehr."

„Hätte sie nicht gewusst, wo sie dich findet, wäre Jeffrey nicht hier", sagte Tansy. „Das ist der Teil, um den du dankbar bist, oder?"

„Ja."

Sie lagen beide einen Augenblick still da. Er strich ihr über die Haare, Tansys Hand an seine Brust gepresst, ihre Finger spielten sanft.

Seine Gedanken rasten mit einer Million Stundenkilometer. Es gab so viele Schichten, und so viele Arten, wie das schieflaufen konnte, aber er landete immer wieder bei der Tatsache, dass sie nicht viele Wahlmöglichkeiten hatten. Sie mussten etwas tun, um Jeffreys willen.

Da das klar war, schob Tansy den Rest ihrer Sorgen zur Seite. Sie schob sich hoch, um über Jake aufgerichtet zu sein, und schaute ihm in die Augen. „Lass mich mal meine Anfängerinnen-Planer-Fähigkeiten üben."

Jake hob eine Augenbraue.

„Ich weiß, aber hör mal zu. Ich bin ganz neu, aber vielleicht wird es uns allen helfen, durch diese Situation durchzukommen. Als erstes, wir konzentrieren uns auf Jeffrey. Ich werde Dinge machen, die er gerne isst, und du kannst ihn mitnehmen, um die Tiere zu sehen, und in der Zwischenzeit lassen wir Melissa die Erwachsenendinge machen, die sie tun muss, um rauszukriegen, was der nächste Schritt ist. Aber Jeffrey darf ein Kind sein."

Jake wand sich nach hinten, bis er an der Armstütze lehnte. Die Hoffnungslosigkeit in seiner Miene hellte sich auf. „Okay. Das gefällt mir."

„Schön, positives Feedback von einem Meister der Kunst zu bekommen", scherzte Tansy. „Zweitens, während Melissa ihre Erwachsenendinge macht, darf sie nicht allein mit einem der Ranchhelfer sein. Was ein wenig Jonglieren erfordert, aber sie wird nur ein paar Wochen brauchen, und damit kommen wir klar."

„Drittens, Melissa darf auch nicht mit einem von uns allein sein", schlug Jake vor. Er verzog das Gesicht. „Ich hoffe, sie wird sich benehmen, aber falls sie das nicht tut, will ich nicht, dass sie ihre besonders toxischen Beobachtungen vor irgendjemandem ausspuckt. Dir, Jinx ..."

„Da kannst du dich selbst gleich auf die Liste setzen." Tansy presste ihm eine Hand auf die Wange. „Schließlich, Nummer vier, wir kriegen Declan und Kevin dazu, sich mit ihrer Erwachsenen-Entscheidungsfindungs-Checkliste zu beschäftigen. Nicht du."

„Genial. Obwohl Declan und Kevin nichts getan haben, um das zu verdienen", scherzte Jake.

„Genug geplant. Mein Gehirn ist erschöpft, und ich will dich echt küssen", setzte ihn Tansy in Kenntnis, während sie ganz auf seine Brust rollte.

„Du hast es gut gemacht für eine Planer-Anfängerin. Ich bin stolz auf dich", versicherte ihr Jake, bevor er irgendwie auf die Beine kam und sie mit sich hochnahm.

Tansy unterdrückte ein Quietschen, aber ein Lachen brach aus ihm hervor, während er sie aufs Bett warf. Einen Augenblick später war er über ihr, die Hände auf jeder Seite des Oberkörpers, ein gerissenes Grinsen im Gesicht, während er ihre Lippen anstarrte.

„Wirst du mich belohnen?", fragte sie.

„Nein. Ich belohne mich."

Was letztlich dasselbe war.

Am nächsten Morgen kroch Tansy mit einem leichten Ziehen an genau den richtigen Stellen aus dem Bett und schlüpfte mit mehr Begeisterung in die Küche, als sie sich hätte vorstellen können. Dass sie nicht dreimal am Tag für Jakes Ex kochen musste, war auf jeden Fall ein Punkt auf der positiven Seite.

Tatsächlich sah sie drei Tage lang gar nichts von Melissa. Hoffnung machte sich breit, dass die Frau tatsächlich das Geschenk nutzte, das sie erhalten hatte, und versuchte, so wenig Schwierigkeiten wie möglich zu machen.

In der Zwischenzeit tauchte Jeffrey regelmäßig in Begleitung eines der Skye-Brüder im Haus auf. Als er zum dritten Mal ankam, hatten er und Tansy einen süßen Rhythmus gefunden. Sie konnte nicht immer das aufhören, was sie tat, aber sie hatte genug Erfahrung damit, andere, Alte wie Junge, in der Küche zum Helfen einzuspannen.

Helen kam früh am Freitagvormittag in die Küche. Sie sah

sich um, bevor sie zum Tresen kam, wo Tansy Muffins auf ein Tablett stapelte. „Kann ich helfen?"

„Sei mein Gast." Tansy trat zur Seite und verlegte sich darauf, Eier in eine Schüssel zu schlagen.

Stille ließ sich ein paar Minuten nieder, dann räusperte sich Helen. „Ich will niemandem Schwierigkeiten machen, aber es ist was passiert, und ich glaube, das muss ich euch sagen."

Tansy hielt inne und verlegte ihre Aufmerksamkeit auf die ältere Frau. „Alles in Ordnung?"

„Ja, aber in meiner Geldbörse fehlen zwei Zwanziger." Helen sagte es leise, dann schaute sie Tansy direkt in die Augen. „Da bin ich mir sicher. Aber wenn May das Geld genommen hat, möchte ich keinen Aufstand machen. Sie braucht es mehr als ich. Ich dachte aber, das solltet ihr wissen."

„Das tut mir leid, Helen. Aber wenn du irgendwas sichern willst, haben wir einen Safe."

„Es ist schon gut, wirklich", behauptete Helen. „Ich werde nächste Woche weg sein, auf dem Weg zu meiner Tochter. Ich werde die Dinge bis dahin in meiner Nähe behalten." Sie beäugte Tansy heftig. „Und wage es bloß nicht, mir Geld aus deiner eigenen Tasche zu geben, ist das klar?"

Tansy bot ihr stattdessen eine Umarmung an. „Ich rede mit den Jungs. Wie wäre es, wenn wir in der Zukunft eine Schublade mit einem privaten Schloss für jeden unserer Gäste einrichten?"

„Gute Idee. Jetzt sollten wir zurück zur Arbeit, oder das Frühstück wird zu spät sein."

Es gab immer was Neues rund um High Water zu lernen, erkannte Tansy, als sie nach dem Frühstück das Geschirr spülte und sich an die Arbeit mit dem Essen machte, das für das Künstlerrefugium am nächsten Tag gebraucht wurde.

Im Frühling ging es mit den Buchungen für das

Künstleratelier und allem drumherum nur langsam, aber das machte Tansy nichts aus. Nicht mit dem zusätzlichen Stress, dass Melissa da war. Aber morgen würden sie die Pfadfinderinnen vom Ort zum Keksebacken und für Aktivitäten von neun bis fünf da haben, und sie wollte so viel vorbereiten wie möglich, damit ihr Samstag nicht zu hektisch wurde.

Um etwa halb zehn öffnete sich die Tür, und Jakes feste Stimme rief einen fröhlichen Gruß. „Hallo, alle im Haus."

Jeffrey kam hereingelaufen. „Tansy", rief er aufgeregt.

„Moment mal, Krümel. Schuhe runter an der Tür", rief ihm Jake in Erinnerung.

Jeffrey ließ sich auf den Boden fallen, riss sich die Schuhe von den Füßen und warf sie mehr oder weniger zur Wand. Daraufhin ließ er seine Jacke fallen, und dann eilte er vor, um sich Tansy anzuschließen. „Heute machen wir Kekse?"

„Kekse, und sogar noch besser, Gemüseplatten." Das verkündete Tansy, als hätte sie ihm gerade einen endlosen Vorrat Süßigkeiten versprochen.

Der Kleine beäugte sie argwöhnisch, bevor er die Schultern zuckte und zu dem kleinen Hocker ging, der irgendwie in die Küche gewandert war. Er zog ihn an den Tresen und stieg darauf, klopfte mit den Händen auf die Arbeitsfläche.

„Melissa hat ein paar Vorstellungsgespräche in Calgary", setzte sie Jake in Kenntnis. „Ich habe Declan bereits angestiftet, um heute Vormittag zu helfen, aber Aiden und ich können uns heute Nachmittag um den Jeffster kümmern, falls Melissa erst später zurückkommt."

Tansy gab Jeffrey einen Holzlöffel, mit dem er aufgeregt außen an eine riesige Schüssel mit Keksteig klopfte. „Kein Problem. Ich bin allerdings um vier unterwegs zu meiner Schwester. Ich habe versprochen, mich um meine Nichten und Neffen zu kümmern, während Ivy und Walker zu irgendeinem

Schulabend gehen. Ich werde eine Mahlzeit für High Water in den Töpfen bereitstellen, damit sich alle selbst bedienen können – Chili, Brötchen, Salat."

„Willst du Gesellschaft beim Babysitten?", fragte Jake.

Sie wackelte vor ihm mit den Augenbrauen. „Du stehst wohl auf Bestrafung. Natürlich kannst du mitkommen. Das wird Carter den Abend retten."

„Ich habe einen Hintergedanken", versicherte er ihr ernst. „Zum Abendessen machst du gegrillte Käsesandwiches und Tomatensuppe, oder?"

Tansy lachte. „Das ist die Nummer-1-Anforderung, wenn ich rübergehe zum Babysitten." Sie schaute hinauf zu Jeffrey. „Weißt du was, warum nehmen wir ihn nicht mit? Es wird ihm guttun, ein wenig mit anderen Kindern spielen zu können."

Jake dachte kurz nach. „So lange du nicht glaubst, Ivy und Walker würde es etwas ausmachen. Melissa wird es schon passen."

Tansy bemühte sich sehr, das Lächeln auf ihrem Gesicht zu halten. Es war erst drei Tage her, und sie war sich bereits äußerst bewusst, dass die Menge an Aufmerksamkeit, die Melissa ihrem Sohn schenkte, nicht mal annähernd die war, die Tansy als ausreichend betrachtete.

Es war ja gut und schön, zu sagen, dass sie sich um ihn kümmerten, damit die Frau Dinge gebacken bekam. Aber Melissa schien ihn überhaupt nicht um sich haben zu wollen.

Tansy konzentrierte sich wieder auf das, was sie kontrollieren konnte, und im Augenblick war es genau das, Jake eine von Herzen kommende Antwort zu geben. „Dann ist es abgemacht."

Ein fröhliches Pfeifen erklang, als Jake sich durch den Raum begab, um ihr einen Kuss zu geben. Als er sich bückte und Jeffreys Haare voller Liebe raufte, kam in Tansys Eingeweiden eine leichte Warnung auf.

Es war gut, dass alles glatt lief, aber es gab eine Grenze, die sie nicht überschreiten durfte. Sich in Jake zu verlieben? Na ja, da war sie fast angelangt, um ehrlich zu sein.

Sich in einen liebenswerten kleinen Jungen zu verlieben, der niemals ihrer sein konnte?

Das wäre eine schreckliche Idee.

16

Vor vier Uhr schlüpfte Jake aus der Scheune, Jeffrey auf den Schultern.

„Ich mag die Kätzchen, aber der Wauwau hat *wuff* gemacht, und die Kätzchen sind weggerannt." Jeffrey schlug begeistert auf Jakes Hut ein. „Weggerannt, weggerannt."

„Pass auf mit dem Hut, Krümel", warnte Jake. „Ja, Kätzchen können gut wegrennen und sich verstecken. Aber jetzt sind wir mit den Kätzchen fertig, und du musst dich sauber machen. Du hast Katzenhaare und Heu überall an dir, und wir sind unterwegs zum Haus von Tansys Schwester. Du wäschst dich und ziehst dir was Sauberes an, okay?"

„Okay." Jeffrey wand sich. „Ich will fliegen."

Es war zu leicht, ihm nachzugeben. Jake holte den kleinen Kerl von seinen Schultern und wirbelte Jeffrey im Kreis herum, bis ganz zur Wohnung. Der Kleine quietschte und lachte auf dem ganzen Weg.

Melissa stand wartend auf der Veranda, ein schwaches Lächeln spielte um ihre Lippen, als sie eintrafen. „Da hat aber jemand Spaß."

Jeffrey nickte und wand sich, als er ihn absetzte. Er verschwand in der Wohnung.

„Ich hoffe, das ist okay, aber ich habe Jeffrey gesagt, ich würde ihn mitnehmen, um heute Abend mit Tansys Nichten und Neffen zu spielen." Verlegenheit kam rasch und heftig auf. „Ich hätte erst fragen sollen."

„Entschuldige dich nicht", behauptete Melissa. „Ich bin gerade erst heimgekommen, und du hast vermutlich schon früher Pläne machen müssen. Ich bin nicht ans Handy gegangen, während ich beschäftigt war."

„Mussten wir." Er sah sie sich an. „Wie war dein Tag?"

„Eine Menge Fahrerei, aber ich glaube, es hat sich gelohnt." Sie schaute über die Schulter. „Komm mal kurz rein."

„Ach, ich sollte …"

Sie marschierte bereits von ihm weg, die Tür stand weit offen.

Jake trat vorsichtig in den Raum, der eigentlich seiner war, schloss die Tür nur widerstrebend. „Ich muss mich umziehen. Wenn du Jeffrey zum Haus bringen kannst, sobald er sich frisch angezogen hat, wäre das toll."

„Ach, ich glaube, der ist gleich fertig. Dann kann er mit dir rüber gehen." Ihre Augen leuchteten, und sie griff in ihre Handtasche. „Dadurch haben wir einen Augenblick allein. Es gibt was, über das wir sprechen müssen. Und ich muss mich entschuldigen."

Das wäre ja das erste Mal. „Entschuldigen für was?"

„Dass ich es nicht gleich vorgeschlagen habe. Es hätte die Dinge vielleicht zwischen uns glatter laufen lassen." Sie legte ein Blatt Papier auf den Tisch und schob es ihm hin. „Ich will nur, was für meinen Sohn das Beste ist."

Jake lehnte sich vor und musterte das offiziell wirkende Dokument rasch, nicht ganz sicher, was er da sah.

Das Stück Papier war ein Antrag, eine Geburtsurkunde anzupassen. Name: Jeffrey Drea. Geburtsdatum: 6. September.

Anstelle des Namens des Vaters stand dort Jacob Anthony Skye.

Ganz kurz konnte Jake nicht atmen. Sein Blick fuhr zu Melissa herum. „Was zum Teufel?"

„In Alberta gibt es sowas, das nennt man freiwillige Anerkennung der Vaterschaft, und dazu braucht man keinen DNA-Test. Also wäre es ganz einfach, zu sagen, dass du sein ..."

„Es ist eine Lüge."

„Aber es ist eine Lüge, die niemandem wehtut. Es würde bedeuten, dass Jeffrey die beiden Leute in seiner Welt hat, die ihn lieben und denen er wichtig ist."

Wie sie das sagte, ohne eine Miene zu verziehen, konnte Jake nicht ergründen. „Melissa, du lässt es klingen, als wäre ich sein Vater. Und obwohl er mir wichtig ist – ich kümmere mich um ihn, während er hier ist, um zu helfen. Ich bin nicht sein Dad."

Melissa senkte kurz das Kinn, dann öffneten sich ihre Augen mit flatternden Wimpern. „Das könntest du sein. Du und ich könnten wieder zusammen sein, und das würde dazu führen, dass ..."

„Heilige Scheiße, Mel. In was für einer Märchenwelt lebst du eigentlich?" Irgendwie schaffte es Jake, nicht zu laut zu werden. Jeffrey musste nicht mitbekommen, wie er seine Mom anbrüllte. Er beäugte sie heftig. „Bist du high?"

„Ich habe die Briefe gefunden."

Jake erstarrte.

Sie drehte sich und ging an die Seite des Tresens. Und natürlich, sie hob das ganze Bündel von Briefen und Karten und hielt sie in den Armen, als wären sie wertvoll. Das Bündel, von dem er sicher war, er hätte es vernichtet.

Hatte er das nicht?

„Die waren unter dem Bett. Ich habe einen Ohrring verloren, und als ich danach gesucht habe, habe ich das Bündel gleich unter dem Rand des Rahmens gefunden."

Jakes Verstand mühte sich ab, um herauszufinden, wie das ging. Er hatte das Bündel im Schrank verstaut, dann hatte er es weggeworfen ...

Scheiße. Der Tag von Aidens Hochzeit. Tansy war hereingerauscht und hatte das Bündel zur Seite geworfen, und Jake hatte seither nicht mehr daran gedacht. Es war wohl direkt außerhalb deiner Sicht gelandet und seinen Gedanken ferngeblieben.

Melissa gab ein leises Geräusch von sich, irgendwo zwischen einem Seufzen und einem Schluchzen, und er fokussierte sich wieder auf ihr Gesicht. „Ich weiß, mit uns hat es nicht funktioniert, aber wir waren jung. Ich weiß inzwischen, dass ich selbstsüchtig war. Ich bin nicht hierhergekommen mit dem konkreten Gedanken, dass wir wieder zusammen kommen könnten, aber sobald ich dich wieder sah, und dann diese Briefe gefunden habe ..." Feuchte trat in ihre Augen. „Die hättest du doch nicht behalten, wenn ich dir nichts bedeuten würde. Das hat mich an Jeffreys Zukunft und alles denken lassen, das ich ihm ohne deine Hilfe nicht geben kann."

Sprachlos. Jake war völlig sprachlos geworden. Er starrte nur, nicht ganz sicher, was passierte.

„Bin ich dir denn überhaupt nicht wichtig?" Das kam ganz bebend und unschuldig.

„Verdammt, Mel." Jake wechselte seinen Tonfall, redete weicher, Bedauern färbte seine Worte ein. Sie hatte einen Grund für ihre weit hergeholte Idee, selbst wenn das völlig unangemessen war. „Ich bin mit Tansy zusammen. Sie ist eine großzügige, liebenswerte Frau, die mich auf genau die richtige

Weise herausfordert. Ich bin nicht – tut mir leid. Ich bin nicht darauf aus, wieder mit dir zusammen zu kommen."

Melissa nickte langsam. „Okay. Mir tut es auch leid. Ich hätte mir nie vorgestellt, dass du jemand in deinem Leben haben könntest, aber natürlich will ich da nicht dazwischengrätschen."

Jake streckte die Hand aus. „Die nehme ich."

Sie zögerte, dann reichte sie das Bündel rüber. Zögerlich lächelte sie. „Okay. Mentale Neueinstellung. Ich brauche immer noch etwas Zeit, um herauszufinden, wie meine Zukunft aussieht, aber jetzt kenne ich die Wahrheit. Du wirst kein Teil davon sein."

Was es ihn betraf, war es nie eine Option gewesen, zusammen zu sein, aber das musste man nicht noch einmal sagen. „Solange das klar ist."

„Absolut." Melissas Blick huschte zur Seite. „Jeffrey, Baby. Komm her und lass dich von deiner Mom mal anschauen."

Der Kleine blieb einen Schritt von ihr entfernt stehen, den Rücken aufgerichtet, aber mit einem Lächeln. „Ich werde mit Tansys Nichten und Neffen spielen."

„Was für ein Spaß. Du legst aber dein bestes Betragen an den Tag, ja? Enttäusche deine Mutter nicht." Melissa nickte fest, dann drehte sie sich zur Küche um. „Ich habe seit dem Frühstück nichts gegessen."

Jeffrey war bereits an der Tür, schob die Füße in die Schuhe, so schnell er konnte, achtete nicht auf die Tatsache, dass der linke Schuh am rechten Fuß war. Er griff nach Jakes Hand und zog ihn nach draußen, ohne noch einen Blick auf seine Mom zu werfen.

Jake schüttelte den Kopf, dann nahm er den kleinen Kerl hoch. Es war Zeit, den Irrsinn zu ignorieren, der sich gerade ereignet hatte, um sich auf das zu konzentrieren, was wichtiger war. „Es ist besser, die Schuhe anzuziehen, bevor man losläuft. Alberner Dreikäsehoch."

„Alberner Jeffy", verbesserte das Kind. Dann quietschte er vor Freude, als Jake ihn kopfüber hielt und ihn immer noch schwingend zum Haupthaus der Ranch trug. „Alberner Jakey."

„Du hast doch Ameisen im Hintern", entgegnete Jake mit einem Grinsen.

Seine Mom mochte ja nicht alle Tassen im Schrank haben, aber das Kind? Hundertprozentige Freude. Jake stellte ihn richtig rum hin und setzte ihn sich auf die Schultern.

Jeffrey hielt sich ganz fest und lachte in kindischer Selbstvergessenheit.

Etwas schien an Jeffrey vertraut, aber Tansy konnte nicht ganz deuten, was es war. Etwas, das ihr nicht wirklich aufgefallen war, als sie nur zu zweit im Haus gewesen waren, aber als er sich unter ihre Nichten und Neffen mischte, besonders Harper, die im selben Alter war, wurde das Gefühl stärker.

Er war mitten unter Carter, Chloe und Harper geschlüpft wie ein eingefettetes Schweinchen, mit völliger kindlicher Begeisterung und der ganzen Energie eines Fünfjährigen.

Mit zehn war Carter kurz davor, darauf zu bestehen, dass er viel zu alt für die Spiele war, die Chloe und Harper spielen wollten. Aber in dem Augenblick, als Jeffrey ankam, der das Jungs-gegen-Mädchen-Verhältnis ausglich, veränderte sich alles.

Da Jake ebenfalls da war, ging Tansys Erheiterungslevel durchs Dach. Sie bauten nicht nur eine Rennstrecke für Hot Wheels, die durch ungefähr neunzig Prozent des Spielzimmers führte. Sie bauten auch einen *Space Mover Deluxe* mit einem Looping in der Mitte und eine Legobrücke für alle Lieblingsspielzeuge von Harper, die sich versammeln und jedes Mal jubeln konnten, während ein Auto über die Strecke raste.

Kontrolliertes Chaos im besten Sinne, während Jeffrey mit großen Augen und stiller als die anderen dabei war, und äußerst, äußerst beobachtend.

Tansy schloss sich abwechselnd an und baute unter der Anleitung von Harper und Jeffrey, und ging in die Küche, um ein schnelles Crumble zu machen, das zum Rest des Abendessens passte, das sie auf die Beine stellte.

Sie ging raus zum Händewaschen, aber das Kinderbad im Gang war besetzt. Sie folgte dem üblichen Familienvorgehen und ging in Ivys und Walkers Zimmer. Ihre Schwester behauptete, dass das nie ein Problem war, aber Tansy hielt immer den Kopf gesenkt und bewunderte nicht zu lange die schöne Decke auf dem Bett oder die Familienbilder in Schwarz und Weiß an der Wand.

Nachdem sie sich gewaschen und leise die Tür geöffnet hatte, machte Tansy einen Schritt in den Raum, um festzustellen, dass Jeffrey reglos am Fuß des Bettes stand.

„Hast du dich verirrt?“, fragte sie.

Er nickte, seine Augen wurden groß.

Sie hielt ihm eine Hand hin. „Das ist das Zimmer meiner großen Schwester. Es ist sehr schön, aber wir sollten in den anderen Teilen des Hauses bleiben.“

„Okay.“

Das war nicht das letzte Mal, dass Tansy sich umdrehte und feststellte, dass Jeffrey nicht dort war, wo sie ihn erwartete.

Der Kleine bewegte sich wie ein Geist.

„Meine Mommy arbeitet in der Schule“, setzte Harper

Jeffrey in Kenntnis, während sie sich nebeneinander an den Esszimmertisch setzen. „Und mein Daddy reitet Pferde."

„Früher hat er Bullen geritten", fügte Carter begeistert hinzu, „aber er sagt, er behält den Kopf gerne auf seinem Hals, und das Bullenreiten kann dafür sorgen, dass die Knochen auseinander geschüttelt werden, darum macht er das nicht mehr."

Jeffreys Augen waren so groß wie Untertassen. „Sein Kopf würde abfallen?"

„Das sagt man nur so." Chloe hob die Nase wie die kleine Expertin, die sie auch war. „Runtergefallen ist er nie." Sie runzelte die Stirn, dann wandte sie sich an Tansy. „Stimmt doch?"

Ach, was für eine Versuchung, in diesem Augenblick eine Riesengeschichte zu erzählen. Tante Tansy könnte ihren Schwager mit so viel Schabernack auf Trab halten, aber sie hielt sich zurück. „Du hast recht, das ist nur so ein Ausdruck. Etwa, wie wenn wir Spaß haben und sagen, das ist eine Bombenstimmung."

Carter kicherte. Er legte die Hände aneinander, als würde er eine Kugel halten, und dann warf er sie hoch und rief: „Kabumm."

Nach dem Abendessen und nachdem das Geschirr gespült war und das Spielzimmer wiederhergestellt, hatte Chloe eine Bitte. „Können wir Verstecken spielen?"

„Auf jeden Fall", sagte Jake, der sofort auf den Boden ging und sein Gesicht mit den Händen bedeckte. „Ich zähle bis zwanzig", warnte er.

Vier Kinder und Tansy huschten aus dem Zimmer.

Natürlich fand Jake sie als erste, wie sie an der Wand in der Nähe des Vordereingangs stand. Er schob die Jacken zur Seite, die sie genutzt hatte, um ihr Gesicht und den Oberkörper zu bedecken, und hatte eine Augenbraue gehoben. „Normalerweise hilft es, wenn du dich oben und unten bedeckt hältst."

Tansy schaute nach unten, um festzustellen, dass die zweite Jacke, die am unteren Haken gehangen hatte, am Boden zu ihren Füßen lag. Sodass natürlich der ganze Unterkörper voll sichtbar gewesen war. „So ein kleiner Spion hat meine Deckung weggenommen", beschwerte sie sich.

Ein Kichern erklang hinter dem Sofa.

Jake zwinkerte. „Wie gut, dass sich in der Nähe niemand versteckt, der vielleicht versucht hat, die eigene Tante zu sabotieren."

Noch ein Kichern, und diesmal presste sich Tansy eine Hand auf den Mund, damit sie sich nicht anschloss.

Es war perfekt, als Erste gefunden zu werden. Dass sie Jake nachgehen konnte, gestattete Tansy, die kostbaren Augenblicke zu beobachten, wenn er jede ihre Nichten entdeckte. Harper war die kleine Unruhestifterin, die sich hinter dem Sofa versteckte. Chloe hatte sich irgendwie an Jakes Rücken vorbeigeschlichen, während er gezählt hatte, und sich mit einer Decke versteckt. Sie sah überhaupt nicht nach etwas mehr aus als einem unordentlichen Haufen am Rande des Sofas.

Das Witzigste war aber die Miene auf Carters Gesicht, als Jake langsam den Vorhang in seinem Raum zurückzog. Sein Kleines-Jungen-Gesicht war ganz verkniffen, die Augen fest zu, als würde er wirklich an diese Geschichte vom Vogelstrauß glauben, dass man, wenn man niemanden sah, auch nicht gesehen werden konnte.

Schließlich war der Einzige, der fehlte, Jeffrey. Er war nicht in der Küche, im Wohnzimmer oder einem der beiden Kinderzimmer.

Es gab einen Augenblick der Aufregung, als Jake es mit der Badtür versuchte und feststellte, dass sie abgesperrt war. Er winkte Tansy vor. „Ich nehme an, da kannst du was unternehmen?"

Sie griff über den Türrahmen und zog ein hölzernes Stäbchen herab, von dem sie wusste, dass Ivy es für Notfälle aufbewahrte. „Gib mir nächstes Mal eine größere Herausforderung", flüsterte sie.

Einen Augenblick später hatte sie das Ende des Stäbchens in den Notfallentriegelungsknopf in der Mitte des Türknaufs geschoben, und das Schloss ging klickend auf.

Jake schob die Tür auf. „Bereit oder nicht, jetzt wirst du erwischst."

Niemand. Nicht in der Wanne, nicht hinter der Tür. Jake öffnete sogar die Schränke unter der Spüle, aber obwohl es Platz gab, dass sich dort ein Kind verstecken konnte, war der Raum leer.

Er drehte sich zu ihr zurück, die Stirn gerunzelt. „Diese Kinder sind toll. Sie haben sogar falsche Hinweise eingesetzt. Ich hätte schwören können, dass diese Tür aus einem Grund verriegelt war."

Fünf Minuten wurde weiter gesucht, bis Tansy beschloss, es aufzugeben. Die anderen Kinder suchten noch, aber es war Zeit. „Komm raus, komm raus, wo immer du bist, Jeffrey. Du hast das Spiel gewonnen."

Zum Schock von allen kam zehn Sekunden später Jeffrey aus dem Bad geschossen, ein riesiges Grinsen auf dem Gesicht, während er vor sie lief, um die Arme um Tansys Beine zu legen.

Sie fuhr ihm durch die Haare, behielt aber den Rest ihrer Fragen für sich. „Gut gemacht. Okay, es ist Zeit für Schlafanzüge und Geschichten."

Jake warf ihr einen Blick zu, aber er brachte Jeffrey in Carters Zimmer, mit der Tasche mit den Schlafanzügen, die sie mitgebracht hatten.

Tansy ging los und untersuchte das Bad. Sie wusste, dass ihr nicht entgangen war, ihn zu sehen, also musste es eine andere Erklärung geben. Aber sie wollte ihn nicht wirklich fragen, denn …

Der Wäscheschacht. Ganz an der Seite, hinter der Tür, war die Schiebeöffnung, die in den Keller führte. Tansy nutzte die Taschenlampe ihres Handys, um kurz nachzusehen, aber sie kannte die Antwort bereits. Er war gerade breit genug, dass ein Kind reinpasste.

Es gab offene Räume zwischen den Balken, die das Innere des Ganges säumten, und sie war ziemlich sicher, dass sie eine praktische Leiter ergaben.

Das unbehagliche Gefühl in ihrem Bauch ging nicht weg, nicht während der Zeit mit den Vorlesegeschichten und den Abschiedsumarmungen und -küssen, sobald Ivy und Walker nach Hause kamen.

Jeffrey schlief im Autositz ein, während sie zurück nach High Water fuhren.

„Du bist still", sagte Jake, seine starken Finger verschränkten sich in ihren.

„Nur nachdenklich", entgegnete sie leise. Sie wollte nichts sagen, bis sie sicher war. Sie wollte den unsicheren Teilen ihrer Vergangenheit nicht gestatten, den Argwohn auf ein unschuldiges Kind fallen zu lassen.

Jake drückte ihr die Hand. „Ich bringe Jeffrey zurück in die Wohnung. Hoffentlich ist Melissa da. Und dann gibt es noch ein paar Dinge, die ich in der Scheune erledigen sollte."

„Ich werde vermutlich früh ins Bett gehen", erklärte ihm Tansy, die ihn anlächelte. „Du warst heute Abend toll, wie üblich."

„Du bist sehr viel schlechter im Verstecken, als ich erwartet habe", scherzte er.

Er hatte keine Ahnung, wie viel Mühe es kostete, schlecht

in etwas sein, in dem sie ausgebildet worden war, um besser als gut darin zu sein.

Drei Tage später meldete sich Tansy freiwillig, um May zur Bushaltestelle für ihre Reise um neun Uhr früh zu fahren. Die junge Frau hatte mit Anwälten und der Polizei gesprochen, und auf Jakes und Declans Vorschläge hin hatte sie eine ganze Liste von Dingen, um die sie sich mit der Hilfe ihrer Familie und Freunde kümmern sollte.

„Ich bin froh, dass ich einen stillen Ort hatte, an dem ich bleiben konnte, während ich mich wieder aufrichte", sagte May. Sie hielt inne, als würde sie ihre nächsten Worte überdenken. „Ich bin echt dankbar, und ich will das eigentlich nicht sagen, aber ich habe das Gefühl, das sollte ich. Ich glaube, ihr solltet vielleicht Helen genau im Auge behalten."

„Ach? Stimmt was nicht?"

„Nichts Gefährliches", sagte May rasch. „Und ich erwähne das echt nicht gerne, aber ich hätte schwören können, dass ich ein Paar Ohrringe bei mir hatte, die ich jetzt nicht mehr finden kann. Sie waren nicht wirklich wertvoll, aber sie waren von einer Reise, die ich unternommen habe, die mich glücklich gemacht hat. Ich glaube nicht, dass es Jinx war – das Mädchen ist unfassbar süß."

„Es tut mir leid", sagte Tansy sofort, verblüfft durch die irgendwie surreale Unterhaltung. „Manchmal ist es schlimmer, wenn etwas von sentimentalem Wert verloren geht. Ich werde auf jeden Fall ganz genau hinschauen, wenn wir aufräumen. Und ich werde die Warnung beherzigen."

May wedelte mit der Hand. „Weißt du was? Im großen Zusammenhang ist das nur Kleinkram. Wenn sie sie wollte, hoffe ich, dass sie ihr in Zukunft helfen. Aber ich dachte, das solltest du wissen."

„Natürlich." Tansy saß kurz schweigend da, entriegelte die Türen und die verwirrenden Gedanken, die ineinander liefen.

„Wenn du sie zufällig findest, sobald du nach Hause kommst, lass es mich bitte wissen. Ich bin froh, dass du was gesagt hast."

„Vielen Dank." Sie stiegen aus, und May nahm ihren Koffer und ging in Tansys Arme, um sie fest zu drücken. „Du machst etwas aus. Das ist nicht immer einfach", sagte sie fest.

„Du machst in deinem eigenen Leben was aus", erwiderte Tansy. „Ich wünsche dir alles mögliche Glück in der Zukunft."

May hob das Kinn, nickte einmal, dann stieg sie in den Bus.

Tansys Unbehagen dauerte sehr viel länger an als die Fahrt zurück nach High Water. Wie wahrscheinlich war es denn, dass zwei ihrer Gäste einander bestohlen hatten?

ZenBaby machte kurz ein seltsames Geräusch, und Tansy packte das Lenkrad fester. Sie tippte leicht auf die Bremsen, aber sie schienen zu funktionieren. Trotzdem kein gutes Zeichen. Also gut. Sie würde einen Termin für das arme Ding bei der Werkstatt machen, sobald sie konnte.

Sie war gerade an der Ranch angekommen, als ihr Handy losging.

Tansy ging ran und stellte es auf Freisprechen. „Julia?"

„Was hast du denn heute Vormittag vor?", fragte ihre Freundin.

„Es ist Montag, daher hatte ich vor, spazieren zu gehen und vielleicht meine Eltern eine Weile im Buchladen zu ärgern. Brauchst du Gesellschaft?"

„Ja. Es gibt jemanden, den ich dir gern vorstellen möchte. Komm jetzt rüber."

Julia legte auf, ohne ein Wort der Erklärung.

Mit großem Argwohn kontaktierte Tansy sofort Petra. „Hast du heute Vormittag von Julia gehört?"

„Ja. Ich wurde gerufen." Der Ansturm der Stimmen im Hintergrund wurde etwas leiser. „Ich wollte gerade rüberfahren."

„Ich biege gerade nach High Water ab. Spring rein, und wir gehen zusammen."

In weniger als fünf Minuten war Petra angeschnallt, und Tansy stieg aufs Gas, während sie direkt zur Red Boot Ranch fuhren. „Entweder ist Julia vor Langeweile verrückt geworden, oder sie hat ihr Kind bekommen."

„Wir waren gestern Abend drüben, und sie hat kein Wort gesagt", protestierte Petra. „Und wir sind erst nach Mitternacht gegangen."

„In ein paar Stunden kann eine Menge geschehen."

Eine größere Wahrheit war nie ausgesprochen worden. Die reine Anzahl an Fahrzeugen vor dem kleinen Häuschen, in dem Julia und Zach lebten, war ein klarer Hinweis, dass Petra und Tansy nicht die Einzigen waren, die gerufen worden waren.

Eine etwas schlankere Julia kam an die Tür, mit einem Arm voller pinker und blauer Decken, und das war die endgültige Antwort. „Hey, ihr seid gekommen."

„Julia Sorenson, du gewinnst den Kuchen." Petra fegte hinein und umarmte sie fest. „Gratuliere. Du siehst wunderbar aus."

„Ich fühle mich wunderbar, und ich kann meine Zehen wieder sehen. Es war eine heftige Geburt, aber zum Glück schnell. Ich habe bereits geschlafen. Das ist Anneka, und eine von euch muss sie nehmen, denn ich muss mal aufs Klo."

Und so endete Tansy mit einem neugeborenen Baby in den Armen und Gelächter, das in der Luft hallte.

Zum Glück gab es genügend vernünftige Erwachsene um sie herum, sodass einer von ihnen – Zachs Mutter? – Tansy zu einem Stuhl geleitete, damit sie sich hinsetzen konnte. Was bedeutete, sie konnte die winzigen Finger und die gerümpfte Nase und die winzigen geschürzten Lippen begutachten, ohne sich Sorgen machen zu müssen, ihre wertvolle Fracht fallen zu lassen.

Sydney setzte sich auf die Armlehne neben Petra, rechts von ihr.

„Hübsches Baby", sagte Sydney leise.

„Sie ist wunderschön." Anneka wand sich, und Tansy zog die Bündel um sie herum fester. „Hast du die Geburt begleitet?"

„Habe ich, aber ich wurde kaum gebraucht." Sydney grinste sie an. „Ich glaube, Zach hat studiert, denn als er mich um drei Uhr nachts angerufen hat, hat er mir einen kompletten Bericht über die Erweiterung des Muttermunds und die Abstände der Wehen geliefert, und das hat nicht Julia getan, denn die war zu beschäftigt mit Fluchen, anstatt die Fragen zu beantworten, die ich hatte."

„Mein großer Bruder war schon immer ein Streber", entgegnete Petra trocken. „Er hat das Baby als erster genommen, oder?"

„Absolut. In der besten Position, es entgegenzunehmen, die ich seit langer Zeit gesehen habe." Sydney grinste noch. „Er hat nicht mal mit einem Muskel gezuckt, als Julia in höchster Genauigkeit zu beschreiben begann, was sie tun würde, wenn er in nächster Zeit in ihre Nähe kam und auch nur an Sex dachte."

Tansy schnaubte.

Petra gab Würgegeräusche von sich. „Es reicht. Das ist ja alles ganz lustig, aber er ist mein Bruder, und Sex-Gespräche sind eklig."

„Willst du sie halten?", fragte Tansy, die Anneka zu ihrer Tante hob.

„Gleich. Genieße erst mal du sie." Petra warf einen Blick über die Schulter auf den vollen Raum. „Sobald du sie hergibst, kriegst du sie eine Weile nicht zurück. Nicht von dieser Horde.“

Es war ein voller Raum. Mit Julias drei Schwestern und ihren Partnern, Zachs und Petras Eltern, und ihnen dreien gab es keinen Platz mehr, um sich zu bewegen.

Was schon gut war. Tansy schob alles andere weg, um das sie sich Sorgen gemacht hatte, und konzentrierte sich auf das äußerst gute Ding, das im Hier und Jetzt war.

Ein winziges neues Leben, das in eine Welt der Liebe kam.

17

Sie hatten sich gerade mal zum Abendessen hingesetzt, als an der Tür ein Klopfen erklang, gefolgt von einem sofortigen Aufziehen.

„Hey. Ist es okay, wenn ich reinkomme?" Melissa steckte den Kopf um die Ecke, Jeffrey in den Armen. Er wand sich, damit er runter konnte, aber sie hielt ihn fest an Ort und Stelle.

Declan erhob sich und ging zur Tür. „Brauchst du was?"

„Ich bin endlich von diesem Meeting unten im Süden zurück, und Jeffrey will unbedingt ein Abendessen. Ich habe die Energie nicht. Ist es okay, wenn er sich euch anschließt? Keine Sorge um mich, aber wenn es nur was für ihn gibt, bitte?"

Tansy war bereits in Bewegung, griff nach zusätzlichen Tellern. „Natürlich könnt ihr euch uns anschließen. Es gibt genug für euch beide."

High Water war auf einen einzelnen Ranchgast geschrumpft. Die Damen waren beide weg, und nur Logan blieb noch in den Männerquartieren. Tansy allerdings kochte immer noch für eine Armee.

Es mochte genügend Essen geben, aber es war zum dritten Mal diese Woche, dass sich Melissa selbst ins Haus einlud, und Jake wusste das nicht zu schätzen.

Drei Wochen. Was er sich als Kurzzeitbesuch erhofft hatte, waren inzwischen schon laufende drei Wochen, und Melissa war immer noch da. Was bedeutete, dass Jeffrey immer noch da war, und vielleicht hatte das etwas mit dem gefährlichen Hin und Her zu tun, das in Jakes Eingeweiden vor sich ging.

„Vielen, vielen Dank." Melissa setzte Jeffrey ab und bedeutete ihm, dass er zum Tisch gehen sollte.

Sofort stieg er auf den Stuhl neben Tansy, den er benutzte, wenn er mit ihr die Vormittage verbrachte.

Melissa ließ sich in dem Stuhl gegenüber von Jake nieder.

Der Bruch in der Unterhaltung war episch. Wo sie Augenblicke zuvor gelacht und Jinx' Geschichte über ein Schulprojekt genossen hatten, an dem sie und Sasha arbeiteten, schien es, dass jetzt niemand mehr wirklich reden wollte.

Jeffrey kam auf die Knie, blickte über den Rand des Tisches auf Dixie. „Jinx' Wauwau ist nett."

Es gab nichts, was Jinx mehr genoss, als über ihr Tier zu reden. „Dixie ist ein netter Wauwau, aber sie ist auch ein Wachhund. Du darfst sie nicht jagen oder am Schwanz ziehen, weißt du noch?"

„Nicht ziehen", bestätigte Jeffrey fest. Er drehte sich um und tätschelte Tansy den Arm. „Kann ich bitte Nudeln haben?"

„Ein Rudel Nudeln?", scherzte Tansy. Sie beugte sich hinab, damit sie auf Augenhöhe mit ihm war. „Ja. Und du kannst einen Regenbogen haben. Siehst du?" Sie gab das buntgefärbte Gemüse auf seinen Teller.

Als die Unterhaltung an diesem Tischende über das Essen weiterging, nahm Melissa den Brotkorb von Jake entgegen, brach ein halbes Brötchen ab und lehnte sich in ihrem Stuhl zurück. Sie seufzte schwer.

Es wäre so viel leichter gewesen, sie zu ignorieren. „Hattest du irgendwie Glück?", fragte er sie höflich.

Melissa zuckte mit den Schultern. „Ich tue mein Bestes." Sie richtete sich auf, lehnte sich ein bisschen über den Tisch und senkte die Stimme. „Ihr arbeitet so schwer. Das ist in wunderbarer Ort, den du und deine Brüder aufgebaut haben."

Jake nickte, füllte seinen Teller, während Schlüsseln herumgereicht wurden, gab aber sein Bestes, auf die Unterhaltung zu hören, die nun am Tisch weitergeführt wurde.

„Ich habe nachgedacht", fuhr Melissa fort, lenkte seinen Blick wieder zu sich zurück. „Vielleicht sollte ich mir eine Arbeit suchen, die näher dran ist."

Das war so verwirrend, wie es nur sein konnte. „Näher an was?"

Sie lachte. „Ach, egal. Ich bin so müde, dass ich offensichtlich nicht mehr sinnvoll sprechen kann. Jeffrey hat echt Spaß. Er sagt, ihr habt ihn auf einen Austritt mitgenommen. Vielen Dank dafür."

Jake hatte das genauso sehr genossen wie Jeffrey. „Gern geschehen. Er hat es gut gemacht. Hatte überhaupt keine Angst."

„Nein, er hat nicht so viel Angst." Das sagte sie so nüchtern, dass es seltsam klang. Als hätte sie sich angestrengt, ihm Angst einzujagen und keinen Erfolg damit gehabt, aber Jake hatte keine Ahnung, wo dieser Gedanke jetzt herkam.

Er wünschte, er wäre ihm nicht gekommen.

Und so schien es in den nächsten Tagen auch weiterzugehen. Alle auf High Water kümmerten sich abwechselnd um Jeffrey, während Melissa den Tag über weg war, angeblich an Plänen für die Zukunft arbeitete. Dann tauchte sie die halbe Zeit auf und erwartete, dass Tansy ihr etwas zu essen gab.

Mitten am Nachmittag an Tansys freiem Tag, als sie mit Rose und Fern aus war, um irgendeine Frühlingsaktivität auf der Red Boot Ranch zu unternehmen, bot Jake an, Jeffrey im Auge zu behalten.

Sie hatten den Vormittag damit verbracht, sich um die Tiere in der Tierrettung zu kümmern, und in dem Augenblick, als sie zurück ins Haus kamen, kroch Jeffrey auf das Sofa und schlief ein.

Jake holte sein Tagebuch heraus, aber er war nicht mit dem Herzen dabei. Es gab ein nicht zu leugnendes Gefühl, dass irgendwas nicht stimmte. Ganz gleich, wie sehr er seine To-do-Listen ausbalancieren wollte, ganz gleich, wie sehr er versuchte, spontan zu sein, nichts schien es hinzubiegen.

Die Tür öffnete sich, und Jake schaute auf. Er erwartete eines der Mädchen, aber es war Melissa.

Sie lächelte, als wäre sie erfreut, ihn zu sehen. „Genau der Mann, den ich sehen wollte."

Sie zog einen Stuhl heraus, und Jake war sich plötzlich Tansys Warnung bewusst, dass sie nie allein mit Melissa sein sollten. Aber wenn er nicht schreiend aus dem Zimmer laufen wollte, ließ es sich nicht verhindern. „Ich wollte schon fragen. Hast du irgendein Datum, wann du ausziehen wirst? Daran musst du allmählich mal denken."

Melissa schüttelte den Kopf. „Ich versuch's, Jake. Und ich kann dir gar nicht sagen, wie dankbar ich bin, dass du für mich da gewesen bist. Du warst ein Lebensretter, genauso, wie ich es mir auch immer gedacht habe." Sie legte eine Hand auf seinen Arm.

Er schob sich vom Tisch zurück, befreite sich und verschränkte die Arme vor der Brust. „Es freut mich, dass wir helfen konnten, aber es gibt Grenzen."

„Ich schätze schon." Melissa starrte ihn eine Weile an, dann hinüber, wo Jeffrey auf dem Sofa schlief. „Wenn es dir nichts ausmacht, lasse ich ihn eine Weile hier. Er wirkt so behaglich, ich will ihn nicht wecken."

Dann war sie weg, durch die Tür, ließ Verwirrung hinter sich zurück.

Es fühlte sich an, als stünde das ganze Haus unter einer Art Bann. Selbst als das Frühlingswetter wärmer wurde und der Schnee schmolz, gab es nichts von dem fröhlichen Optimismus, der normalerweise den Jahreszeitenwechsel begleitete. Jake fühlte sich müde bis auf die Fußsohlen hinab.

Tansy wirkte auch abgelenkt. Die impulsive, strahlende Frau, von der er den Blick nicht fernhalten konnte, hatte einen dumpfen Nebel über ihrem leuchtenden Äußeren.

Es reichte allmählich. Als die letzten Tage im Mai kamen und sie alle nur vor sich hin schlurften, hatte Jake genug.

Zeit für einen weiteren Moment der Spontanität.

Er kam um vier Uhr dreißig ins Haus gelaufen, beäugte das Essen auf dem Tresen und rechnete sich seine Chancen aus, dass er Glück hatte. „Wenn ich einen Ersatzmann mitbringe, kann ich dich überzeugen, mit mir blauzumachen?"

Tansy drehte sich am Tresen um, trocknete sich die Hände mit einem Küchentuch ab. „Da die einzigen Leute, die erwarten, dass ich ihnen Essen hinstelle, irgendwie mit dir verwandt sind oder von dir angestellt, lasse ich jetzt alles stehen und liegen, Ersatz hin oder her."

Jake drehte sich zur Tür zurück. „Komm rein. Sie hat ja gesagt."

Einen Augenblick später war Sydney durch die Tür und warf ihre Sachen über die Armlehne des Sofas. „Hey, Chica. Wenn du nicht irgendwas sehr *Ohlala*-Mäßiges kochst, bin ich da, um zu übernehmen."

Tansy kicherte. „Perfekt. Ich hoffe, du hast ein Messer dabei – es gibt einen Schinken zu schneiden."

„Wunderbar. Aiden wird immer leicht grün im Gesicht, wenn ich meine Klingen schärfe." Sydney zwinkerte Jake zu.

„Uns übrigen Jungs bekommt das auch nicht so gut", gab er zu, bevor er sich an Tansy wandte. „Zieh dich nicht zu schick an. Jeans, Turnschuhe, eine Jacke, die warm genug für draußen ist."

„Gib mir fünf Minuten", entgegnete Tansy.

Was bedeutete, dass sie sieben Minuten später unterwegs waren.

Tansy lehnte sich auf dem Mittelsitz zurück und schloss die Augen. „Gott, du hast keine Ahnung, wie sehr ich das brauche."

„Selbst ohne einen Hinweis, was wir unternehmen?", scherzte Jake.

„Ich bin nicht im Haus", entgegnete Tansy. Sie schnaubte. „Vielleicht ist es Frühlingsfieber. Ich weiß, dass Lagerkoller mitten im Winter echt ist, aber gibt es was, das den Verstand im Frühling im Kreis laufen lässt?"

„Ich bezweifle, dass es die Jahreszeit ist", entgegnete Jake rasch. „Ich glaube, es ist Melissa. Dass sie und Jeffrey da sind ... das bringt uns alle durcheinander."

Sie saßen einen Augenblick schweigend da, bevor Tansy nickte. „Ja. Es wird nicht einfacher, das ist sicher."

Obwohl er zustimmte, ging es darum nicht an diesem Abend. „Zeit für eine Ablenkung. Du kochst nicht, du bist nicht im Haus. Und wenn irgendjemand versucht, heute Abend etwas Dummes zu machen, ist Sydney da, um sich drum zu kümmern. Genug gesagt?"

Ein fieses Kichern kam von ihr. „Genug gesagt. Aber auch woohoo, Sydney. Ich hoffe echt, sie ist gerade dabei, im angemessenen Augenblick ihre Messer zu zücken. Falls es nötig ist."

„Genug gesagt", rief ihr Jake in Erinnerung.

Tansy neigte den Kopf zu ihm. „Es ist nicht warm genug für ein Picknick. Wir waren bereits beim Aussichtspunkt von Heart Falls."

„Der Himmel verhüte, dass wir je ein Date zweimal am selben Ort haben."

Sie rümpfte die Nase. „Ja, ich schätze, das ist eine dämliche Regel, wenn man bedenkt, dass Kleinstädte klein sind und so."

„Ich habe es vermisst, Zeit mit dir allein zu verbringen", sagte Jake leise.

„Ich bin gleich über den Gang", erklärte Tansy. Sie grinste. „Daran konntest du dich anscheinend ja ein paar Nächte diese Woche erinnern."

Denn die Versuchung, körperlich zusammenzukommen, war zu stark, um ihr zu widerstehen. Aber sie neigten dazu, zum Großteil leise zu sein – na ja, so leise, wie sie sein konnten, wenn sie herum machten. Dann kuschelten sie eine Weile, bevor er zurück in sein eigenes Zimmer ging.

Es reichte allmählich nicht mehr. Vielleicht hat es nie gereicht.

Sie hielten in der Hintergasse hinter Buns and Roses.

Tansy spähte zur Tür, Verwirrung auf dem Gesicht. „Okay."

„Nicht, was du erwartest", versprach er. „Auch nicht das Rough Cut."

Anstatt sie zurück zur Hintertür des Cafés zu führen, oder zur Hintertür von Roses Blumenladen nebenan, nutzte er den Schlüssel, den er sich gegenüber ausgeliehen hatte, um das dritte Geschäft am Block aufzusuchen.

Die Temperatur innen war etwas kühler, mit dunklen

Schatten über den Fenstern, aber eindeutiger Security-Beleuchtung an den Rändern des Raums.

„Wir sind in der Kunstgalerie meines zukünftigen Schwagers." Tansy ging vor, schien fest zu lauschen. „Geschlossen für heute Abend?"

„Wir haben eine Privatbesichtigung", setzte sie Jake in Kenntnis. Er bot ihr seinen Arm. „Hier entlang, meine Dame."

Sie lachte, während er sie an Kunst vorbeiführte, die mit Schutzhüllen abgedeckt war, dann die Stufen hinauf in den oberen Stock. In einem Raum war ein interaktiver Techno-Kunstbereich, wo Fern das Sagen hatte. Ein weiterer Raum, in dem Chance Unterricht gab.

Aber es gab einen dritten Raum, und dort führte Jake Tansy hin. Darin war ein einzelner Tisch mit zwei Stühlen, die künstlerisch beleuchtet waren – natürlich. Er musste Chance noch mal extra danken, dass er für stimmungsvolles Licht gesorgt hatte.

Auf einem kleinen Tisch an der Seite standen abgedeckten Teller. Tansy sah sie und lachte sofort laut. „Du hast Marina dazu gebracht, für dich zu kochen."

„Ich habe eine lange Vorgeschichte, das Café Buns and Roses dazu zu bringen, mir Essen zu besorgen, wenn ich nicht kochen kann." Er zog einen Stuhl heraus.

Tansy setzte sich hin, zog seinen Stuhl näher an ihren. „Irgendwie kann ich mich an einen Teil dieser langen Vorgeschichte erinnern."

„Zeit, ein bisschen neue Geschichte zu schreiben", erklärte er fest.

Es war ein Moment wie aus einem Traum. Der Stress, der ihn umfangen hatte, löste sich auf, als er und Tansy abwechselnd die Bedeckungen von den Tellern nahmen und lachten, um einige der Leckereien zu finden, die Marina aufgefahren hatte, um den herzhaften Rindereintopf und die Käse-Scones zu begleiten.

Sie aßen und tranken und sprachen, ohne sich um irgendjemanden sonst im Raum Sorgen machen zu müssen. Ohne sich Sorgen machen zu müssen, dass jemand mithörte, oder irgendeines der anderen Dinge, die ständig am Rande von Jakes Aufmerksamkeit waren.

Als sie den eigentlichen Appetit gestillt hatten, nahm Jake Tansys Hand und führte sie vom Tisch weg.

„Du machst mich neugierig", erklärte sie ihm.

Er schob die Tür zum Unterrichtsraum auf, ging zu der gegenüberliegenden Wand, die mit einem großen Flipchart und einem Whiteboard bedeckt war. „Ich habe diesen letzten Winter etwas festgestellt, was faszinierend ist." Er nahm einen verborgenen Griff und zog, und plötzlich schwenkte ein Klappbett von der Wand herunter.

Er drehte sich um, um feststellen, dass Tansy ihn angrinste.

„Ich schätze, Chance hat ein Bett in seinem Atelier für Künstler auf Besuch." Tansy kam zu Jake und legte die Arme um ihn, hob ihre Lippen, bis sie den Abstand zwischen ihnen geschlossen hatten. Sie küssten sich sanft und tief und bedeutungsvoll.

Das gleiche Gefühl des Friedens, das während der ganzen Mahlzeit um sie herum gewesen war, blieb, während sie sich aneinanderpressten, ihre Hände und Körper liebkosten und aneinander stießen. Er zog ruckartig das Hemd über den Kopf und warf es zur Seite. Einen Augenblick später hatte er die Hände unter Tansys Pulli, schob ihn nach oben, bis er sich löste, und er drückte ihre Oberkörper aneinander, während er mit den Schließen ihres BHs kämpfte.

„Wenn du mich schneller nackt machen musst, lass es mich wissen", bot Tansy an. Sie legte den Kopf zur Seite, während er sich an ihrem Hals entlang und bis zu ihrem Ausschnitt knabberte.

Ein Stöhnen entschlüpfte ihr, als er ihre Schulterriemen löste, den BH mit einer langsamen Bewegung über die Spitzen ihren Nippel zog, die sie necken sollte.

„Schneller wird überbewertet", behauptete Jake. Das meinte er auch so.

Er suchte ihren Nippel und saugte langsam, bis sie sich an ihm wand. Er drückte ihr die Handflächen auf den Rücken, damit sie da blieb, während er weiter knabberte, über den Brustkorb hinabging, während er am Knopf und Reißverschluss ihrer Jeans arbeitete.

Er hätte schwören können, dass er langsam machte, aber plötzlich war sie ganz nackt, trat von ihm weg, ein schelmisches Glitzern in den Augen.

„Irgendwann mal wirst du diese Sache machen müssen, bei der du deine ganzen Kleider anbehältst und ich nackt bin, aber gerade jetzt? Ich bin voll dabei bei dieser Idee, die Lichter anzulassen und die Augen offen zu halten." Sie wackelte mit den Augenbrauen.

„Also sagst du, ich soll mich ausziehen?"

„Und zwar splitterfasernackt", stimmte sie zu.

Er war nicht sicher, was das mit Splittern zu tun hatte, aber es dauerte nur einen Augenblick, seine Jeans und den Rest wegzuziehen. Er nahm ihre ausgestreckte Hand und führte sie zum Bett. „Das habe ich vermisst."

Sie lachte, während er sie zurück auf die Matratze schob. „Schmusen an seltsamen Orten?"

Er richtete sich aus, bis sie Seite an Seite waren, strich träge mit den Händen über ihren Oberkörper hinab. „Mit dir nackt zu sein. Reden zu können, und laut sein zu können, zusammen sein zu können. Keine Sorgen um andere Menschen. Nur uns."

Ihre Augen glitzerten, etwas unfassbar Glückliches stand tief darin. „Ich mag dich, Jake Skye."

„Ich mag dich auch, Tansy Fields." Er starrte sie kurz an, die Worte drängten darauf, herauszukommen. Hier war mehr als nur *mögen*.

Liebe lag ihm auf den Lippen.

Stattdessen arbeitete er sich an ihrem Körper hinab, schmeckte und neckte, bis sie bebte, an seinen Haaren zerrte und keuchte, während er die Finger sanft in sie hinein schob und wieder herauszog. Als er sie hochnahm und über den Gipfel brachte, mit seinem Namen auf den Lippen ...

Das wollte er hören. Nicht nur manchmal, sondern jedes Mal.

Er rang mit einem Kondom, dann streckte er sich neben ihr aus. Mit der Hand auf ihrem Oberschenkel legte er ihr oberes Bein über sich, während er sie ausrichtete und langsam seinen Schwanz in sie hineingleiten ließ.

Sie stöhnte glücklich. „O Gott, ja."

Eine Hand schloss sich um ihn, und Jake grinste. „Das ist vorbei, bevor wir anfangen", warnte er.

Tansy fluchte leise, dann küsste sie ihn, glitt herum, bis sie rittlings auf ihm saß, die Knie zu beiden Seiten seiner Hüfte, während sie ihn richtig heftig und fest bearbeitete, die ganze Zeit küsste und streichelte, mit den Fingernägeln leicht kratzte, bis sein Rhythmus einbrach und er kam.

Sie brach oben auf ihm zusammen, atmete schwer. „Es ist alles gut", keuchte sie glücklich. „Es ist vielleicht vorbei, doch das heißt aber nur, dass wir noch mal anfangen können."

Was, wie Jake dachte, eine äußerst köstliche Wahrheit war.

18

———

Es war nur ein ganz leises Geräusch, aber Tansy wachte sofort auf. Ihr Herz schlug bis zum Hals, während sie die Augen öffnete und in ein Paar blaugrauer Augen starrte, die auf Matratzenhöhe waren.

Jeffrey stand neben ihrem Bett.

Ihre Tür war abgesperrt gewesen, das Haus war abgesperrt gewesen, und doch stand er da im frühmorgendlichen Licht.

Nachdem ihr Herz wieder zu schlagen begann, schaffte sie es, zu lächeln. „Hey, du. Weiß deine Mama, dass du hier bist?"

Er zögerte, dann schüttelte er den Kopf. Einen Augenblick später schockierte er sie höllisch, als er zu Tansy aufs Bett kroch, sich wie ein Kätzchen an sie schmiegte.

Der Todesgriff um ihre Decke besagte, dass keiner von ihnen bald irgendwo hingehen würde.

Verdammt. Tansy wand sich genug, dass sie die Arme um den Kleinen legen und ihn festhalten konnte.

Man kennt sich eben, dachte sie. Sie beide waren durch Ausnutzung so trainiert worden, dass sie sich nach bedingungsloser Liebe mit allem sehnten, was sie hatten.

Sie bezweifelte ihren Verdacht nicht länger. Nicht nach dem Anruf, den sie am letzten Abend bei ihrer Schwester getätigt hatte.

Sie trat sich, dass sie so lange gebraucht hatte, etwas zu tun, aber zu ihren Gunsten musste man sagen, dass es Ablenkungen wie ankommende Babys und tägliche To-do-Listen gab. Mist, sie klang schon wie eine *Planerin*.

Aber endlich, als sie ins Bett gegangen war, hatte Tansy Ivy angerufen und war mit ihren Sorgen völlig offen umgegangen. Wenn sie jemandem vertrauen konnte, war es' ihre große Schwester.

„Du musst für mich mal nachsehen, um herauszufinden, ob irgendwas in deinem Schlafzimmer fehlt. Sieh nach kleinen, glitzernden Gegenständen, etwa Ringe oder Schmuck."

Nicht mal fünf Minuten später hatte sich Ivy wieder gemeldet, ihre Stimme war ernst geworden. „Mir fehlt das Halsband, das Oma Sonora mir geschenkt hat, und die beiden Diamantohrhänger, die Walker mir zu unserem fünften Hochzeitstag geschenkt hat. Und seltsamerweise zwei Marienkäferohrhänger, die mir die Kinder zum letzten Muttertag geschenkt haben. Ich kann mir vorstellen, dass die Mädchen vielleicht das Halsband nehmen, um sich zu verkleiden, aber keine von ihnen hat bereits Löcher für Ohrringe. Und die Marienkäfer könnten sie jederzeit nehmen, aber sie waren so stolz, dass sie mir was geschenkt haben, das sie gekauft haben, dass ich echt nicht glaube, das wäre irgendeine kindische Verwechslung."

„Es sind nicht deine Kinder", versicherte ihr Tansy sofort. „Und ich war es nicht ..."

„O mein Gott, natürlich nicht. Aber die einzigen Leute, die in letzter Zeit hier waren, war meine Familie. Wir wissen beide, dass kein Dieb einbrechen und nur ein paar

Kleinigkeiten stehlen würde, wenn andere kostbare Dinge einfach so bereitstehen."

„Jeffrey ist mit uns gekommen, als wir an dem Abend beim Babysitten waren. Ich denke, er hat sie gestohlen."

Ivy wurde stumm und seufzte dann. „Verdammt. Ist alles okay?"

Die Tatsache, dass sie sofort alle Hinweise zusammensetzte und sich direkt Sorgen um Tansy machte, war ganz Ivy. Die Liebe in ihrer Stimme floss um Ivy wie eine Welle und machte es leicht für sie, sich auf die wichtigen Teile dieser entsetzlichen Entdeckung zu konzentrieren. „Ich mache mir zu viele Sorgen um Jeffrey, als dass ich mich über meine Erinnerungen aus der Vergangenheit aufregen könnte. Leider glaube ich nicht, dass wir viel Glück haben werden, es der echten Person anzuhängen, die hinter dem Diebstahl steht."

„Vielleicht können wir Melissa genug Angst einjagen, damit sie aufhört." Ivys Tonfall wurde eiskalt. Durch und durch Schulleiterin. „Wir unterstützen dich, sowohl Walker als auch ich. Ich werde zu niemandem sonst in der Familie etwas sagen. Außer du hältst das für klug."

„Lass mich mal darüber schlafen", verlangte Tansy. Ivy hatte ihr Luftküsse gegeben und ihr eine Umarmung durch das Telefon angeboten, zusammen mit einer festen Erinnerung daran, wie sehr sie geliebt wurde.

Tansy war so weit gekommen, mit der Hilfe ihrer Familie und Freunde.

Jeffrey? Wenn sie recht hatte, wurde er noch ausgebildet und geformt durch Grausamkeit, und sie musste seine Zukunft unbedingt eher früher als später verändern. Kein Fünfjähriger sollte diesen Kampf allein austragen müssen.

Sie war eingeschlafen und hatte versucht, sich auszudenken, wie sie das Thema bei ihm ansprechen sollte, und da war er.

Tansy dachte zurück an jene Tage. Daran, was jemand zu ihr hätte sagen müssen, damit sie ihre Sünden eingestanden hätte, und je länger sie darüber nachdachte, desto mehr wurde ihr klar, dass so ziemlich gar nichts sie dazu gebracht hätte, alles zu gestehen.

Aber Optionen zu haben, wäre schön gewesen.

Sie drückte Jeffrey einen Kuss auf den Kopf. „Manchmal fühlt es sich an, als würde es um jede Ecke was Schreckliches geben."

Er versteifte sich genug, dass sie wusste, dass er wach war und zuhörte.

Gott möge ihr Weisheit geben. „Manchmal allerdings, wenn man ganz fest hinschaut, kann man sichere Orte finden. Sichere Orte zum Verstecken. Sichere Menschen, die das Beste für einen wollen, und keine Fragen stellen. Menschen, die lächeln, und es geht bis ganz runter zu ihren Zehen."

„Hundelächeln", entgegnete Jeffrey fast nur geflüstert.

Tansy zögerte. „Erzähl mir mehr."

Jeffrey tätschelte ihre Hand mit seiner. „Jinx' Hund ist zum Fürchten, denn er ist ein Wachhund, aber *mir* gibt er Küsse."

Perfekt. Sein kleiner Verstand hatte einen Weg gefunden, um das vernünftig durchzudenken. „Ja. Du weißt, dass du bei Dixie das Richtige tun musst, und wenn du das machst, gibt Dixie dir Küsse und lächelt dich an." Tansy drückte Jeffrey. „Wo immer du hingehst, du musst die Leute finden, die dir das Hundelächeln schenken. Okay?"

„Okay."

Im nächsten Augenblick war er weg. Aus ihrem Zimmer raus, die Tür schloss sich so rasch und leise, dass es war, als wäre er nie da gewesen.

Tansy schoss hoch, zog ihren Bademantel an, während sie ihm nachlief, aber bis sie es ins Wohnzimmer geschafft hatte, war die Vordertür geschlossen. Vor dem Fenster zeigte das

Licht im Hof einen kleinen Jungen, der über den hinteren Teil zu der Wohnung raste, in der Melissa schlief und nichts von der Tatsache ahnte, dass ihr Sohn nicht da war.

Tansy wartete, bis er zurück in der Wohnung war, die Tür geschlossen, und dann bewegte sie sich entschieden. Es gab keinen Grund, noch länger zu zögern.

Sie schlüpfte zurück in den Schlafbereich und öffnete die Tür zu Jakes Zimmer.

„Jake?"

Natürlich fiel ihr da endlich auf, dass es erst fünf Uhr morgens war.

„Was ist denn los?" Jakes Frage kam aus der Dunkelheit, sehr viel wacher, als sie es erwartet hatte, nachdem sie ihn geweckt hatte.

„Kein Notfall", versicherte ihm Tansy. „Aber wir müssen reden."

Er schaltete das Licht neben dem Bett an, blinzelte sie verschlafen an. „Okay?"

Sie ließ sich neben seiner Hüfte auf die Matratze fallen. „Als ich fünf war, sind meine Mom und mein Dad gestorben, und es gab eine Tante und einen Onkel, die mich aufgenommen haben. Ich habe sie vorher nicht gekannt, und ich war noch ziemlich klein. Plötzlich hatte ich also nicht die Leute um mich, die mich liebten, sondern ich hatte Leute, die sagten, dass sie das tun, und da hat es angefangen. Das Leben wurde echt verwirrend."

Sie musste es ihm zugutehalten. Jake brauchte vom verschwommenen Blick bis zur völligen Wachheit und Aufmerksamkeit nur so lange, bis er sich ihre kurze Beichte angehört hatte. „Tansy? Du musst mir das nicht alles erzählen. Ich meine, außer du musst es mir erzählen, aber ..."

„Da geht es nicht darum, meine Vergangenheit auf eine Art zu teilen, die schlecht für mich ist. Es geht darum, es dir aus gutem Grund zu erzählen. Vertraust du mir?“, fragte sie leise.

Er nahm ihre Finger in seine. „Absolut.“

Die Wahrheit in diesem Wort machte es ihr unfassbar viel leichter, weiterzusprechen. „Um es abzukürzen, meine Tante und mein Onkel gehörten zu einem Diebesring. Sie hatten zum Glück keine eigenen Kinder, und sie wollten nicht wirklich welche. Aber nachdem ich ankam, merkte einer von ihnen plötzlich, wie perfekt ablenkend ein Kind sein kann. Und wenn man sie richtig ausbildet, ist eine Fünfjährige klein genug, um in schmale Orte zu passen, die Zugang zu großen Geldquellen verschaffen.“

Jake fluchte leise. „Sie haben dich stehlen lassen?“

Tansy zuckte mit den Schultern. „Die Liebe kam nur unter Bedingungen. Genauso das Essen. Sie haben mich nicht körperlich misshandelt, aber ich bekam nur Zuneigung, wenn ich es gut machte. Was normalerweise bedeutete, dass ich immer eine Möglichkeit gefunden habe, etwas Wertvolles zu stehlen und es ihnen zu bringen.“

Er zog sie dicht an sich, schmiegte sie an seinen Körper, kuschelte sie dicht an sich, als würde er das Kind trösten, das sie gewesen war. „Das ist auf alle möglichen Arten beschissen.“

„Das weiß ich jetzt, aber sie waren sehr gut in dem, was sie taten, und wie es sich erwiesen hat, war auch ich gut darin. Es hat fast fünf Jahre gedauert, bis es jemand rausgefunden hat, was bedeutete, sie sind ins Gefängnis gekommen, und ich bin im Pflegesystem gelandet, mit neun Jahren.“

Der scharfe Schmerz traf wieder ihre Brust. *Unwürdig. Schmutzige Diebin.*

Tansy schob sich daran vorbei. Das musste sie. „Das Pflegesystem hatte einige Probleme, aber alles in allem versuchen sie ihr Bestes. Das größte Problem war, dass ich eine Diebin war. Die einzige Art, auf die ich wusste, dass ich geliebt wurde, war Stehlen. Vertrau mir, das ist nicht die Art, wie man sich bei einer neuen Familie beliebt macht, also wurde ich eine Menge herumgeschoben, bevor die Fields mich adoptiert haben."

Jake hielt sie kurz fest, strich ihr mit den Fingern durch die Haare. „Ich will nicht an deinem vergangenen Trauma vorbeieilen, aber warum erzählst du mir das? Was ist dein guter Grund?"

„Ich glaube, Melissa macht dasselbe mit Jeffrey. Das mit dem Stehlen."

Er wurde ganz reglos. „Himmel."

„Ich habe keine echten Beweise, aber die Anzeichen sind alle da. Außerdem gibt es da dieses Gefühl, das ich habe – ich weiß, was er denkt, denn ich habe es genauso gemacht." Sie schob sich zurück und schaute Jake in die Augen. „Sich im Raum umschauen, Handtaschen sehen, auf die man Zugriff hat, kleine Gegenstände, die in eine Kindertasche passen."

Jake hielt kurz inne, während er nachdachte und dann langsam nickte. „Ich weiß, was du sagst. Ich sehe es." Wut hatte seinen anfänglichen Schock ersetzt.

„Er vertraut uns", sagte Tansy langsam. „Vielleicht können wir was tun?"

„Er vertraut *dir* wirklich", entgegnete Jake leise. „Also, was schlägst du vor?"

Es gab keinen guten Weg aus der Sache heraus. „Ich werde Jeffrey nicht auflaufen lassen, damit wir ihn auf frischer Tat ertappen."

„Mein Gott, natürlich nicht. Der arme Kleine." Jake schob die Finger unter ihr Kinn. „Wir treffen uns mit meinen Brüdern und denken uns einen Plan aus, aber vorerst muss ich dich mal festhalten."

Tansy schluckte den Kloß in ihrer Kehle. „Mir geht's gut, wirklich."

Jake schüttelte den Kopf und rückte sie herum, bis sie unter der Decke war, in Löffelchenstellung. „Ich bin ziemlich sicher, das muss jetzt passieren, selbst wenn du okay bist." Seine Lippen streiften ihr Ohr. „Du warst gerade sehr mutig, Tansy."

„Und es ist noch nicht mal Zeit zum Aufstehen", scherzte sie. Wieder der Instinkt, ganz gleich, wie falsch es war.

„Schhhh." Er schmiegte sich an sie. „Wir finden eine Möglichkeit, okay? Wir werden da was ausrichten."

„Werden wir", wiederholte Tansy, die sich umdrehte, um das Gesicht an seiner Brust zu vergraben. Denn die Albträume hatten keine Chance, sie zu erwischen, wenn seine Arme sie so festhielten.

JAKE SCHRIEB seiner Familie und bekam sie dazu, sich besonders früh um den Tisch zu versammeln, weil er hoffte, sie würden mit der Unterhaltung fertig sein, bevor Melissa vor Ort auftauchte. Oder bevor sie Jeffrey allein losschickte.

Er hatte Jinx nicht geschrieben, aber sie kam früh aus ihrem Zimmer getappt, Dixie wie üblich genau hinter ihr. Jinx blinzelte heftig, als sie den vollen Tisch um nicht mal sieben Uhr bemerkte, und sofort kam sie zu Petra. „Schwierigkeiten?"

„Ein bisschen, aber wir kriegen es hin. Kannst du dich schnell genug fertig machen, dass du unauffällig an der Eingangsveranda für uns Wache stehen kannst? Bis es Zeit ist, zum Bus zu gehen, zumindest."

„Natürlich." Der Teenager rannte zurück in ihr Zimmer und erschien wieder, bevor Tansy und Petra fertig waren, ihr Mittagessen einzupacken und ein Frühstück für unterwegs in die Wege zu leiten.

Jake schenkte allen Kaffee ein, aber niemand schien an

irgendwas Interesse zu haben außer dem, was er und Tansy zu sagen hatten.

Nachdem sie ihren Verdacht mit Declan, Kevin, Aiden und Petra geteilt hatten, waren die Gesichter am Familientisch so ernst, wie Jake sie noch nie auf High Water erlebt hatte.

Abermals erklärte Tansy ihre Vergangenheit, schaute allen fest in die Augen, bis ganz am Ende, als sie bebend Luft ausstieß. „Das erzähle ich nicht oft. Darüber zu reden, bringt mir oft Albträume und negative Gedanken."

„Niemand hier wird deine Geschichte verbreiten", versicherte Declan ihr in seiner tiefen, stillen Art. „Es tut mir leid, dass du damit als Kind fertig werden musstest."

„Danke."

„Mir tut es auch leid, und wenn du darüber jemals auf professioneller Ebene sprechen musst, bitte ruhig darum." Kevin hielt inne. „Ich habe davon schon ein paar Mal gehört", gab er zu. „Von einzelnen Verbrechern bis hin zu einer ganzen Oliver-Twist-Bande." Er schaute Tansy in die Augen. „Um es mal offen zu sagen, ich habe das Gefühl, deine Geschichte wurde in einem Psychologiekurs kürzlich benutzt – alle Namen natürlich zurückgehalten. Aber ich glaube, ich habe von dir gelesen."

Tansy seufzte schwer, aber wedelte mit der Hand. „Das ist eine alte Geschichte, und so sehr ich es verabscheue, wenn meine Geschichte in einem Unterrichtsbuch oder einem Kurs geteilt wird … wenn sie anderen Kindern hilft, damit man sie erkennt, bevor sie so durch den Wind sind wie ich, dann lohnt es sich."

„So durch den Wind, wie du es warst", entgegnete Petra leise, ihre Finger drückten Tansys. „Du bist inzwischen eine starke, schöne Naturgewalt."

„Sehe ich auch so." Jake nahm ihre andere Hand. Er schaute ihr in die Augen, bis sie das Kinn hob.

„Ihr seid alle so richtig herrschsüchtige Bosstypen." Tansy zog ihre Hände heraus. „Und jetzt, da wir mit meiner Therapiesitzung fertig sind, was unternehmen wir wegen Jeffrey?"

„Können wir die Polizei holen und sehen, ob der fehlende Schmuck in Melissas Besitz ist?", fragte Aiden.

„Die Wascheinigkeit ist hoch, dass Melissa ihn bereits verkauft hat", sagte Jake.

„So lange nach der Tat sind sie auf jeden Fall verkauft. Aber sogar am selben Tag würde sie sie sicher nicht bei sich in ihrem Zimmer aufbewahren. Wenn wir Jeffrey nicht auf frischer Tat ertappen, was wir nicht tun werden, wird es nur wenige Beweise geben." Tansy starrte ins Nichts, ihr Gesicht verzog sich, während sie nachdachte.

„Wir können bei den örtlichen Pfandleihen anrufen", schlug Petra vor. „Vielleicht die Sachen von deiner Schwester zurückholen. Außerdem den Beweis, dass sie Melissa vor Ort verkauft hat."

„Das ist möglich, aber sie war in den letzten Wochen überall in der Provinz. Das wäre, als würde man die Nadel im Heuhaufen suchen", erklärte Aiden.

Jake wollte Tansy hochheben und sie beschützen, aber sie beharrte darauf, dass sie hier sein wollte, um eine Lösung zu finden. Er sprach leise. „Wir müssen Melissa zur Rede stellen."

„Ohne einen Beweis?" Declan runzelte die Stirn. „Sie wird es einfach leugnen."

„Wird sie, aber wenn sie sich Sorgen macht, dass man sie vielleicht erwischt, wird sie in Zukunft vorsichtiger sein müssen, und das allein könnte schon den Unterschied machen." Aiden wandte die Frage an Tansy. „Oder liege ich da völlig daneben?"

„Ich weiß es nicht", gab Tansy zu. „Ich war nur ein Kind,

als man meine Tante und meinen Onkel erwischt hat, und keiner hat mir die Einzelheiten mitgeteilt."

„Es läuft darauf hinaus, dass wir Melissa mit dem stellen, was wir wissen, und darauf bestehen, dass sie die richtigen Entscheidungen für Jeffrey trifft." Jake stellte sich auf etwas ein. „Ich schätze, ich muss das tun."

„Ganz allein?" Tansy schüttelte den Kopf.

Declan verzog das Gesicht, dann schaute er Jake direkt in die Augen. „Sie wird sich völlig zurückziehen, wenn wir alle mit gezogenen Waffen reingehen. Sie reagiert vielleicht besser nur auf Jake."

„Mir gefällt es nicht", stieß Aiden hervor. „Sie war nie ..." Er brach ab und verzog dann das Gesicht leicht, als er zu Jake sprach. „Sie hat deine Nummer, Bro. Die Scheidung mag ja daran gelegen haben, dass ihr beide nicht wusstet, wie man sich verträgt. Ihr wart vielleicht jung. Was immer es für Gründe gab, sie hat dich trotzdem so richtig überzeugt, für lange Zeit, dass es deine Schuld war."

„Hat sie", gab Jake zu.

Aiden hielt kurz inne, dann zuckte er mit den Schultern. „Ich will nicht, dass sie diesen Nerv nochmal trifft. Sie wird lügen, und sie weiß, wie man fies austeilt. Sie wird vermutlich um Geld bitten. Wir müssen sicherstellen, dass du weißt, was du auf jegliche mögliche Forderung sagst, die sie dir vor die Füße wirft."

Darunter derjenigen, vor der Jake am meisten Angst hatte. „Am allerwahrscheinlichsten wird sie einfach von hier abhauen, zusammen mit Jeffrey. Es gibt nichts, was wir tun können, um sie aufzuhalten."

„Nein, du hast recht." Declan legte Jake die Hand auf die Schulter. „Aber das heißt nicht, dass wir aufhören, zu versuchen, etwas auszurichten."

Petra hob einen Finger. „Ich kann sicherstellen, dass wir

wissen, wo sie jederzeit ist." Sie hüstelte. „Ähm, womöglich habe ich bereits ein paar Tags in ihr Zeug gegeben, aber das habt ihr nie gehört, falls die Polizei fragt, okay?"

Ein Ausbruch von Gelächter ging durch den Raum, genau, was in diesem Augenblick nötig war. Jake nickte. „Das ist immerhin ein Plan, der bereits läuft."

Etwas traf seine Hand, wo sie auf dem Tisch lag. Er schaute rüber und sah Tansy, die ihm sein Notizbuch hinschob, den Stift bereithielt. „Da kommen doch deine besten Fähigkeiten raus. Machen wir ein paar Pläne."

In der nächsten halben Stunde gab es ein Brainstorming.

Sie hatten fast jegliches mögliche Szenario durch, als ein Klopfen an der Tür erklang und sie aufschwang. Jinx steckte den Kopf herein. „In fünf Minuten ist mein Bus hier, und Logan ist auf dem Weg über den Hof. Ist es okay, ihn reinzulassen?"

„Er kann sich uns gern anschließen." Petra ging zur Tür, und Jake kam mit ihr. „Vielen Dank. Hattest du Zeit, alles zu holen, was du für den Tag brauchst?"

„Schon gut." Jinx schaute zu Logan, der immer noch langsam zu ihnen kam. „Ist es Melissa?"

„Ja, aber wir kümmern uns um sie." Jake bot Jinx eine Hand an. „Es wirkt vielleicht nicht, als hättest du viel getan, aber das Wissen, dass du da warst, um Störungen aufzuhalten, hat uns beim Konzentrieren geholfen. Vielen Dank."

Zu seiner Überraschung ignorierte Jinx seine Hand und zog ihn dicht zu einer Umarmung heran. „Ihr passt alle so gut auf mich auf. Wenn es kleine Sachen gibt, die ich tun kann, möchte ich helfen."

Petra umarmte das Mädchen ebenfalls, dann schob sie sie zur Straße hin. „Da ist der Bus. Los. Wir reden heute Abend, okay?"

„Okay. Ciao, Petra. Ciao, Jake. Hey, Logan, du kannst dich heute ja besser bewegen."

Logan winkte ihr zu.

„Ja, auf jeden Fall besser. Er läuft schon wie eine Schildkröte, nicht mehr wie eine Amöbe", rief Jinx über die Schulter. Dixie bellte aufgeregt, raste zwischen ihr und der Veranda hin und her.

„Warte nur. Eines Tages werde ich dir davonlaufen", rief Logan ihr nach, bevor er den Kopf schüttelte und unten an den Stufen stehenblieb. „An einem Tag, der nicht heute oder morgen ist. Morgen, Leute. Ich bin heute Vormittag in die Scheune gekommen, aber es war niemand da. Ich habe die Pflichten erledigt, aber habe ich eine Nachricht verpasst?"

„Nur ein organisatorisches Ranchtreffen", antwortete Petra.

Jake nickte. „Danke, dass du alle unsere Aufgaben erledigt hast. Ich wette, wir können dir ein Frühstück suchen."

„Klingt nach einem Plan." Logan nahm sich viel Zeit, um die Stufen herauf zu kommen, dann deutete er zurück zu den Wohnbereichen. „Der Kleine ist wach. Er hat eine Weile in der Scheune geholfen, aber als ihr nicht aufgetaucht seid, ist er zurück in die Wohnung. Seine Mom hat irgendwas am Auto gemacht, als ich vorbeigekommen bin. Sieht so aus, als würde sie bald aufbrechen."

Verdammt. Das bedeutete, dass es keine Zeit zum Zögern gab. „Danke." Jake schaute Petra in die Augen. „Ich schätze, ich geh mal los, um mit Melissa zu plaudern."

„Okay." Petra wirkte besorgt, doch sie nickte. „Ganz gleich, was passiert. Wir unterstützen dich."

Es war witzig, wie sich jeder Schritt zu der Wohnung anfühlte, als wären Jakes Beine aus Blei. Es gab nichts mehr von der Freude, die er ein paar Tage vorher empfunden hatte, als er mit Jeffrey gespielt und tief in der Frühlingsluft Luft geholt hatte.

Er blieb kurz vor der Ecke des Wohnkomplexes stehen. Die Türen an Melissas Auto waren offen, und sie hatte Kisten und Taschen im Gang vor der Wohnung verteilt.

Sie eilte zurück zum Auto und verstaute ein paar weitere Gegenstände, dann drehte sie sich um und schaute ihm in die Augen.

Die Veränderung in ihrer Miene war fast schon komisch. Sie lächelte strahlend, all die intensive Konzentration war weg, während sie locker die Autotür schloss und zu ihm eilte. „Morgen. Ich wollte gerade rüber kommen, um dich zu treffen. Vielleicht können wir im Haus Kaffee holen ...“

„Wir reden hier“, schlug Jake vor.

Sie hob eine Augenbraue, weil er sie unterbrochen hatte. „Na, dann gehen wir rein. Ich muss nach Jeffrey lauschen. Er ist gleich nach dem Frühstück wieder eingeschlafen.“

Melissa machte auf dem Absatz kehrt und ging in seine Wohnung.

Jake holte tief Luft. Vielleicht würde das nicht in einem kompletten Schlamassel enden – aber man musste schon Susi Sonnenschein sein, wenn man diesen Schwachsinn glaubte.

Gleich nach der Tür hielt Jake inne. Es gab keinen einzigen Hinweis auf Essen oder Frühstücksgeschirr hier, und Jake zog es schon wieder für Jeffrey im Herzen. Aber der Kleine schlief auf dem Sofa, und das war etwas Positives.

Melissa wirbelte vor ihm herum, ihr Gesicht erwartungsvoll. „Was ist los?“

Der eine Teil, den sie nicht festgelegt hatten, war, wie man anfing, also machte Jake es ganz einfach und ging ans Eingemachte. „Ich weiß, was du getan hast.“

Ihre Augenbrauen gingen nach oben. „Wirklich? Und was wäre das?“

„Du benutzt deinen Sohn, um Zeug zu stehlen. Kleine Sachen, etwa Geld oder Dinge, die du verkaufen kannst ...“

Ihr Lachen tanzte durch den Raum, völlig falsch, wenn man es im Gegensatz zu der Anspannung in seinen Eingeweiden sah.

„Das ist nicht witzig, Mel.“

Sofort endete ihr Lachen. „Aber das ist es. Wovon um alles in der Welt redest du da?“ Sie schüttelte den Kopf. „Wie gut, dass du nicht bei der Polizei bist, denn falsche Vorwürfe wie diese könnten dich in eine Menge Schwierigkeiten bringen.“

Jake verschränkte die Arme vor der Brust. „Wie hast du in den letzten zwei Monaten deine Ausgaben gedeckt?“

Sie lächelte ihn süß an. „Du und deine Brüder waren so nett, das Essen für mich und Jeffrey zu bezahlen. Außerdem hatte ich etwas Geld gespart, bevor ich aus dieser schrecklichen Misshandlungssituation fliehen musste.“

Sie würde einfach alles leugnen, genau wie Declan es vorhergesagt hatte. So sollte es also sein.

Jake wusste eine garantierte Möglichkeit, wie er sie zum Reden brachte.

Sie wütend machen.

„Weißt du, als du aufgetaucht bist, war ich schockiert, aber ein Teil von mir hat sich gefreut, dich zu sehen.“ Jake schaute sie sich kurz an. „Ich gebe es zu. Ich habe diese Briefe von dir behalten, weil ich oft an dich gedacht habe.“

Ihre Augen leuchteten. „Siehst du denn das Licht, Jake? Interessiert daran, mit jemandem zusammen zu sein, der dir sehr guttun würde?“

Reichte das nicht schon, damit es ihm übel wurde? Stattdessen grinste er. „Du bist erfinderisch, das halte ich dir zugute. Aber ja, diese Briefe, die du mir geschrieben hast, hatten mich lange Zeit am Haken.“ Er trat näher, schaute auf sie hinab. „Zum Glück ist mir klar geworden, dass einige

Gefühle solche sind, die man weiter nutzen sollte. Andere sind wie Schimmel. Toxisch und eklig, aber sie kleben an uns, bis sie die guten Dinge in unserem Leben vergiften. Du bist Letzteres. Gefährlich, toxisch und eklig."

In ihrem Blick stand nichts mehr von der weichen, flirtenden Frau. „Was zum Teufel?"

Jake zuckte mit den Schultern, als würde er übers Wetter reden. „Siehst du, sobald ich mal eine echte Frau mit einem Herz aus Gold und einem Rückgrat wie Stahl kennengelernt habe, ist deine trotzige Babyart und ätzende Haltung schließlich so richtig ans Licht gekommen. Dazu noch die Tatsache, dass du dein eigenes Kind ausnutzt, damit du ein leichteres Leben hast? Ich bin echt schnell über dich hinweg gekommen, und zwar für immer."

„Scheiß auf dich, Jake Skye." Melissa gab ihm eine Ohrfeige, ihre Fäuste landeten auf der Hüfte, nachdem sie ihn mit Todesblicken anfunkelte. „Du weißt überhaupt nichts über mich. Womit ich mich herumschlagen musste, nachdem du dich von mir hast scheiden lassen. Hättest du mir ein bisschen mehr Zeit gegeben ..."

Jake stieß eine Hand nach oben, damit sie aufhörte. Er hatte Notizen über diese Reaktion. „Was immer in deinem Leben in den letzten zehn Jahren passiert ist, war nicht meine Schuld. Nicht, nachdem wir die Papiere unterschrieben haben und voneinander weggegangen sind. Mach mir nicht zum Vorwurf, welche schlechten Entscheidungen du getroffen hast."

Kurz hielt sie tatsächlich inne, den Kopf zur Seite geneigt, während sie ihn beobachtete. „Okay, also scheint es vorbei zu sein. Vielen Dank für diese Klarheit. Ich brauche noch eine Woche, um mich um ..."

„Nein." Noch ein Punkt, den sie in ihrem Familienplan

festgelegt hatten. Das war sehr viel schwerer zu sagen. „Zwei Tage, maximal."

„Das liegt an dieser Frau, oder?" Das Gesicht, das Melissa zog, war richtiggehend hässlich. „Diejenige, die du jetzt fickst?"

Jake schaute hinüber, aber zum Glück schlief Jeffrey noch. „Es liegt daran, dass du ein Geschenk erhalten hast, und du nutzt es aus. Ich lege nahe, dass du darüber nachdenkst, dich zu ändern. Ich habe vielleicht keinen Beweis, aber ich habe immer noch Kontakte bei der Polizei, die nur zu bereit sind, dich im Auge zu behalten."

Melissa wedelte mit der Hand, als würde sie diesen Gedanken vertreiben. „Nein, ich glaube, hier geht es nur um Tansy. Du bist immer noch in mich verliebt, versuchst ihr aber zu beweisen, dass du das nicht bist. Sie ist ja ein Leuchtfeuer der Tugend, oder nicht? Butter würde nicht mal in ihrem Mund schmelzen."

„Pass auf, was du sagst", warnte sie Jake. „Wir haben dir Zeit und Raum gegeben, um dein Zeug auf die Reihe zu kriegen, aber da du sehr wahrscheinlich ein Kind misshandelst, bist du hier offiziell nicht mehr willkommen."

Sie hob das Kinn. „Du wirfst mich raus?"

„Ich bitte dich zu gehen. Da gibt es einen Unterschied", sagte Jake ruhig.

„Was ist mit Jeffrey?"

Jake stählte sein Herz. „Ich hoffe um seinetwillen, dass du dein Leben und deine Prioritäten auf die Reihe kriegst." Er marschierte durch die Tür und riss sie auf, bereitete seine Flucht vor. „Sei bis morgen hier raus ..."

„Willst du ihn?"

In der Erde tat sich ein mindestens drei Meter tiefes Loch auf. Jake wandte sich um, um die Frau anzustarren, von der er einst gedacht hatte, er würde sie lieben, und versuchte zu verstehen, ob sie gerade wirklich angeboten hatte, ihren Sohn aufzugeben.

Das war keine der Variablen gewesen, mit der sie geplant hatten.

„Da gibt es einen Haken", fügte sie an. „Ich meine, er ist ein gutes Kind. Manchmal etwas sehr geschickt, aber das ist keine Beichte, die du deinen Kumpels bei der Polizei zutragen kannst. Die Wahrheit ist, ich bin nicht wirklich zur Mutter geboren."

„Komm endlich zum verdammten Punkt, Melissa. Was willst du? Geld?"

„Das wäre schön, aber etwas anderes, was ich will, ist süßer. Du kannst Jeffrey haben. Ich werde die Papiere unterzeichnen, die besagen, dass er ganz dir gehört." Sie kniff die Augen zusammen. „Aber nicht, wenn du mit Tansy zusammen bist."

Er war hier zwar ganz auf sich und seine Spontanität gestellt, aber trotzdem war die Antwort klar. „Schwachsinn. So eine Forderung kannst nicht stellen."

„Pass nur auf", fauchte sie mehr oder weniger. „Jeffrey oder Tansy, du suchst es dir aus."

19

Der Rest der Familie war im Haus geblieben, wartete zu hören, was Melissa zu sagen hatte. Sobald Jake zurückkehrte, wurde Logan gebeten, sein Frühstück raus auf die Veranda zu bringen.

Er beobachtete sie alle und nickte dann weise. „Ich behalte einfach alles im Auge, okay?"

Jake drückte ihm die Schulter zum Dank, dann half er Logan, seine Mahlzeit zu dem kleinen Tisch hinaus zu bringen, der sich in den morgendlichen Sonnenschein schmiegte.

Ein paar Minuten später war Jake wieder drinnen und ließ die Bombe platzen.

„Sie will, dass du *was* tust?" Tansy bebte, weil sie so wütend war. „Sind wir sicher, dass die Frau geistig gesund ist?"

„Das ist sie offensichtlich nicht", murmelte Declan.

„Keine geistig stabile Frau bietet an, ihren Sohn aufzugeben." Kevin schüttelte den Kopf. „Nur wird es nahezu unmöglich sein, das zu beweisen."

„Vor einer Weile wollte sie, dass ich ein Formular

unterschreibe, das mich auf seine Geburtsurkunde gesetzt hätte", informierte sie Jake. „Würde das überhaupt helfen?"

Declan fluchte. „Wann ist denn das passiert?"

„Kurz, nachdem sie herkam. Sie hat auch vorgeschlagen, dass wir eine tolle Familie abgeben würden, aber ich habe sie unterbrochen." Verdammt. Hatte er es vermasselt? Jake hielt inne in seinem Auf- und Abgehen, obwohl es niemand verlangt hatte. „Hätte ich das unterzeichnen sollen?"

„Wenn du auf der Geburtsurkunde stehst, kann sie dich wegen Unterhalt verklagen", entgegnete Kevin leise. „Ich glaube, das ist im Augenblick auf drei Jahre Rückzahlungen festgelegt. Willst du, dass sie den rechtlichen Anspruch auf, wie ich jetzt mal grob schätze, über dreißigtausend Dollar hat?"

Petra stieß einen leisen Pfiff aus. „Sie würde Jeffrey sofort behalten, wenn sie sich so dein Geld damit holen kann. Und Unterstützung weiterhin, möchte ich wetten."

„Das ist auf keinen Fall die Lösung." Tansy schüttelte den Kopf. „Ich weiß nicht, wie sie gedenkt, zu überwachen, dass wir langfristig nicht zusammen sind, aber wenn es nur nötig ist, so zu tun, dann spielen wir halt mit. Vielleicht ist es nur für kurze Zeit, und sobald sie überzeugt ist …"

„Ich liebe dich." Jakes Worte hallten plötzlich durch den stillen Raum.

Tansys Augen gingen auf.

Hoffnung und Schmerz wirbelten um sie, verstrickten sich inmitten ihres Herzens ineinander.

„Ich liebe dich, und ich will nicht so tun, als würde das nicht stimmen." Er schaute sie an, eine schreckliche Leere in seiner Seele, die nicht hätte dort sein sollen. Nicht in dem Augenblick, in dem er eine das Leben verändernde Wahrheit eingestand. Er machte weiter, denn das musste er. „Denn ich glaube Melissa keinen Augenblick lang. Ich glaube an nichts, was sie sagt. Ganz gleich, wie sehr es wehtut, auf gar keinen

Fall kann ich dich aufgeben, nur damit sie uns mit falschen Hoffnungen und gebrochenen Versprechen durch den Fleischwolf drehen kann."

Ein brüchiges Keuchen entschlüpfte Tansy. „Wir können sie nicht mit ihm gehen lassen. Das ist jeder Albtraum, den ich je hatte."

„Uns sind die Hände gebunden." Jakes Hände ballten sich zu Fäusten, und er schloss die Augen und holte tief Luft, bevor er sie langsam ausstieß. „Ich lasse sie verfolgen. Wir machen alles, was wir können, um eine Möglichkeit zu finden, aber sie kann nicht darin bestehen, dass wir sie in unserem Leben erdulden müssen oder dass sie uns aus der Ferne vorschreibt, wie wir uns zu benehmen haben."

Reifen quietschten im Hintergrund, während Jake die Arme um Tansy legte.

Sie drehten sich alle um. Die Eingangstür öffnete sich, und Logan beugte sich herein. „Hey, Leute? Melissa ist gerade los. Sie sah nicht glücklich aus."

„Verdammt." Declan marschierte zur Tür. „Ich sehe mal nach, ob sie irgendwas in der Wohnung zurückgelassen hat."

Jake ignorierte den Rest des Chaos und konzentrierte sich auf Tansy. Er hob ihr Kinn und sah in ihre tränenüberströmten Augen. „Tut mir leid. Wir haben ihn nicht einfach nehmen können."

„Ich weiß, dass wir das nicht konnten, aber das macht es nicht weniger herzzerreißend", flüsterte sie zurück. „Für dich genauso wie für mich, oder?"

„Ja." Der Kloß in Jakes Kehle war so groß wie eine Grapefruit. „Ich habe es aber ernst gemeint. Ich kann dich nicht aufgeben."

Tansys Gesicht verzog sich, während sie gegen Tränen ankämpfte. „Ich liebe dich auch."

Er zog sie an sich, ihre Glieder umeinander gelegt,

während sie dastanden, mit gebrochenen Herzen. Die Angst um Jeffrey und davor, was Melissa entscheiden könnte, war fast etwas Spürbares, und die Hoffnungslosigkeit ein Gewicht, das auf Jakes Brust herabpresste.

Aber dieser andere Teil – sich in eine tolle, freundliche und wunderschöne Frau zu verlieben – das war die Saat der Hoffnung, die er brauchte, um weiter zum Licht zu drängen.

Er zog Tansy mit sich hinaus aus dem Wohnzimmer und in ihr Schlafzimmer, suchte nach etwas Privatsphäre. Indem er sie herumwirbelte, fiel er mit ihr auf den Zweisitzer, sie auf seinem Schoß. Die Arme fest um ihren Oberkörper, legte er das Kinn oben auf ihren Kopf.

Tansy schmiegte sich an und klammerte sich noch fester. Sie wiegte sich leicht, und sein Hemd wurde nass vor ihren Tränen.

„Es tut mir so leid, Tans. Es tut mir so leid."

Sie schnappte nach Luft, ging zurück, um ihn mit feuchten Augen anzuschauen. „Mir auch." Sie drückte ihm die Handflächen auf die Wangen. „Es ist lausiges Timing, denn im Inneren fühle ich mich, als wäre ich gerade in einen zugefrorenen See geworfen worden, aber du kriegst echt viele Spontanitätspunkte für das, was du da draußen gesagt hast."

Er nahm ihre Finger und drückte sie sich an die Brust. „Ich bin jetzt auch wie festgefroren, aber ich meine es ernst, dass ich dich liebe. Ich hätte schon eher was sagen sollen ..." Er lachte leise. „Dieses eine Mal kann ich aufrichtig sagen, dass es nicht daran lag, dass ich große Pläne hatte, wie ich es dir erzählen wollte. Ich war nur ein idiotischer Cowboy, der Mühe hatte, herauszufinden, was dieses Ziehen in meinem Herzen bedeutet. Es ist auf jeden Fall Liebe."

„Ich weiß. Ich auch." Sie schniefte, ihre Lippen bebten. „Ich bin jetzt echt wirklich glücklich, auch wenn es nicht danach aussieht."

„Verstehe ich." Jake holte tief Luft. „Wie gut, dass Menschen komplizierte Wesen sind, und dass wir gleichzeitig am Boden zerstört und erfreut sein können."

„Wir werden einen Weg finden, ihn zu retten."

Es war keine Frage, darum nickte Jake. „Irgendwie. Ich weiß, dass sie weg ist, aber ich werde meine Kontakte anrufen, damit sie nach ihr Ausschau halten. Petra wird ihre Trackingmagie wirken, und wir werden sicherstellen, dass wir genau wissen, wo Melissa sich immer aufhält." Es war nicht hundertprozentig sicher, aber er hatte wegen einer anderen Angelegenheit so einen Verdacht. „Ich glaube nicht, dass sie in der nächsten Zeit versuchen wird, Jeffrey auszunutzen. Sie wird sich Sorgen machen, dass jemand sie beobachtet."

„Gut." Tansy sank an ihn. „Wir müssen unseren Verstand am nächsten Schritt arbeiten lassen. Oder zumindest ich mache das, sonst werde ich in einen Teufelskreis geraten."

„Dann machen wir den nächsten Schritt." Er strich ihr sanft über den Rücken. „Soll ich eine Liste mit möglichen Aktivitäten aufstellen, die nicht mal annähernd mit der derzeitigen Situation zu tun haben? Und ich hoffe, das klingt nicht arrogant oder verhöhnt das, was gerade passiert ist …"

„Natürlich nicht." Sie stieß ein Seufzen aus, das von den Wänden widerhallte. „Ich habe gerade zugegeben, dass ich Ablenkung brauche, darum nehme ich an, das ist einer der besten Zeitpunkte, um dich zu warnen, dass ich für dich heute Abend eine Überraschungsgeburtstagsparty anberaumt habe."

Himmel. Mit allem, was heute Vormittag passiert war, hatte er das völlig vergessen. „Oh. Ich habe Geburtstag."

„Ja." Tansy wand sich, bis sie neben ihm saß, die Hände immer noch fest verbunden. „Ich habe nichts Ausgefallenes organisiert. Es ist nicht wirklich so ein Überraschungsevent, bei dem jemand aus dem Kuchen springt, nur ein paar Leute, die sich in der Scheune und an der Feuergrube versammeln. Aber nach allem, was passiert ist, dachte ich, du solltest wissen, was kommt."

„Vielen Dank dafür. Ja, heute ist es besser, vorbereitet zu sein, obwohl ich echt hart an meinem Pfadfinder-Spontanitätsabzeichen arbeite." Jake streifte mit seinen Lippen ihre. „Ist es okay für dich, sich der Familie wieder anzuschließen und zu planen?"

„Okay." Sie legte die Stirn an seine. „Ich liebe dich."

„Das klingt echt gut", entgegnete er sanft.

Tansy schnaubte. „Hervorragend, aber das musst du noch mal versuchen."

Das Lächeln stellte sich sehr viel leichter ein, als er sich gedacht hatte. „Ich liebe dich, Tansy Fields."

„Gut." Ihre Lippen wölbten sich nach oben. „Gehen wir und machen Pläne."

～

Melissa hatte eine Nachricht hinterlassen.

Wenn ich von der Polizei bedrängt werde, werde ich alles leugnen, und du siehst uns niemals wieder. Wenn du brav bist, melde ich mich. Sei bereit, eine Entscheidung zu treffen.

Damit konnte man nicht groß arbeiten, aber sie gingen alle in den tatkräftigen Modus über. Petra arbeitete an ihrer Verfolgungstaktik, und Jake kontaktierte ein paar Freunde, die immer noch bei der Polizei waren, von denen er versprach, dass man sich auf sie verlassen konnte, weil sie mehr als nur verschwiegen waren.

Tansy riss sich zusammen und tat ihr Bestes, um herauszufinden, wie man die reine Freude in ihrem Kopf und den schmerzvollen, stechenden Schmerz in ihrem Herzen unter einen Hut brachte.

Es half, das Essen für die Geburtstagsfeier vorzubereiten. Im Vertrauten lag ein gewisser Trost, auch wenn viel zu viele Leute sich in der Nähe herumdrückten, bereit, ihr zu helfen oder sie aus dem Nichts heraus zu umarmen. Viel zu viel Unterstützung, als dass sie in ein Loch hätte fallen können.

An diesem Abend, als in der Scheune Musik erklang und Freunde aus der Gemeinde um sie herum tanzten, glitt Tansy in Jakes Arme und hoffte.

Er hielt sie, sie wiegten sich zusammen in einer lockeren, vertrauten Umarmung.

Tansy schaute sich in der zufriedenen Versammlung um. „Eine Aufgabe geschafft. Was bedeutet, dass ich mir jetzt ein paar größere Pläne vornehmen kann."

Er hob eine Augenbraue. „Willst du deinen Masterabschluss im Planen machen?"

„Auf jeden Fall. Ich hatte während meines Austauschprogramms so einen ganz tollen Lehrer." Sie nahm ihre Hand dort weg, wo sie auf seiner Hüfte gelegen hatte, und hob bei jedem Kommentar einen Finger. „Als erstes werden Petra, Sydney und ich morgen deine Wohnung ausräuchern."

Völlige Verwirrung blitzte auf, bevor etwas, von dem sie geschworen hätte, dass es Enttäuschung war, sich breitmachte. „Okay, glaube ich? Heißt das, dass ich dort rausgeworfen werde, wo ich jetzt gerade schlafe?"

„Ja. Das ist Punkt zwei auf dem Plan." Sie hob noch einen Finger. „Schnapp dir dein Zeug und komm zu mir in mein Zimmer. Die Wohnung ist größer, aber ich würde gern im Haus bleiben, denn das macht die Dinge leichter zum Kochen, ohne die anderen zu nerven, und jemand muss immer noch hier leben, um Jinx und die Ranchhelferinnen zu überwachen, die auftauchen."

Seine Lippen wölbten sich ein kleines bisschen. „Fragst du mich, ob ich bei dir einziehe?"

„Genau." Sie ließ das ziemlich selbstzufrieden klingen. „Ich höre, so macht man das, wenn man sich liebt, und ich lasse das von niemandem für uns zerstören."

„Gut." Jake grinste und wirbelte sie herum. „Warum dann die Wohnung säubern? Was hast du vor?"

„Irgendwann wird jemand dort wohnen. Die Mädchen kommen rüber mit Kerzen, und wir vertreiben alle negativen Vibes, bevor die schlimme Stimmung die ganze Ranch erfasst."

„So eine Kraft haben Kerzen?"

Tansy stieß ihn in die Brust. „Jetzt mach doch mal mit. Es geht mehr um das Ritual als um alles andere, aber Petra verspricht, das wird helfen."

Er wirbelte sie herum, hielt sie ganz fest. „Ich bin dabei."

In dieser Nacht brauchte Jake weniger als eine Viertelstunde, um sein Zeug in ihr Zimmer zu bringen, und eine gute Stunde, um sie zu necken und verführen und jeden Teil von ihr zu küssen, bis es keinen Platz mehr gab für Sorgen oder Albträume. Keinen Platz für alles bis auf Lust und das Versprechen einer Zukunft mit ihm.

Selbst nachdem die schwere Atmung sich beruhigt hatte und sie völlig schlaff da lagen, sorgte Jake dafür, dass er sie fest an sich schmiegte. „Wenn du aufwachst und mich brauchst, bin ich hier, okay?"

„Wir müssen nicht beide wach sein, wenn ich einen Albtraum habe", setzte Tansy ihn in Kenntnis, die Hitze seiner Brust an ihrem Rücken und immer noch rasenden Endorphine ließen ihre Augenlider schwer werden.

„Menschen, die sich lieben, sind bereit, ein bisschen Schlaf aufzugeben", erklärte er ihr. „Das würde ich zumindest."

Tansy verband ihre Finger dort, wo sie auf ihrem Bauch lagen. „Okay."

Die Albträume wagten es nicht, auch nur in ihre Nähe zu kommen.

Nach dem Frühstück zerrte Tansy Jake hinaus zu seine Wohnung. Sydney war bereits da, zusammen mit Declan. Petra kam einen Augenblick später an, sie schleppte Aiden mit sich.

„Haben wir es eilig?", fragte Aiden, Erheiterung stand auf seinem Gesicht.

„Nein, ich schleppe dich nur gern rum", gab Petra zu.

Tansy kicherte, dann wies sie sie durch die Tür.

Ein Blick reichte aus, um zu bestätigen, dass die Wohnung bereits aufgeräumt war. Petra hatte gesagt, dass sie in einem guten Zustand war, aber da sie Essen hatte vorbereiten müssen, hatte Tansy keine Zeit gehabt, um rauszukommen und nachzusehen.

„Wann hat sich denn jemand um die Bude gekümmert?", fragte Jake.

„Ich hab das gestern Nachmittag gemacht", erwiderte Declan leise. „Ich dachte, dass man das eher früher als später erledigen muss, aus einer ganzen Reihe von Gründen."

„Und das war, ohne dass du was vom Entfluchen wusstest. Gut gemacht, Deck", bemerkte Sydney.

Aiden hob eine Augenbraue. „Entfluchen?"

„Ich weiß, ein starkes Wort, aber ich glaube, dass Leute Energie an Orten zurücklassen, und wir haben Wichtigeres, auf das wir uns konzentrieren müssen, als durch die beschissene Aura dieses Menschen zu waten." Sydney sah Declan finster an. „Was?"

Er zuckte mit den Schultern. „Du bist Ärztin. Ich habe nicht erwartet, dass du über Aura und Energien sprichst."

„Na ja, ich bin eine gut abgerundete Ärztin", sagte sie mit großer Haltung. „Komm damit klar."

„Was das angeht, hier sind deine Kerzen." Petra trat vor und reichte jedem von ihnen eine Papiertüte. „Jake, es ist dein

Raum, also bekommst du die Hauptkerze, und wir zünden unsere an deiner an."

„Das ist nicht gerade mein typischer Vormittag, aber ich weiß die Geste zu schätzen." Jake nahm die hohe Kerze, die sie ihm hinhielt. „Danke."

„Aber immer doch."

Er schaute nach unten und las die Nachricht, die auf der Kerze war, laut vor. „*Ich scheiß drauf (und zünde es an).*" Er schaute zu Tansy. „Das ist eine von *diesen* Räucherungen, oder?"

„Petra hat die Verantwortung. Ich bin nur dabei", sagte Tansy mit einem Grinsen.

Es mochte ja irgendwie unangemessen sein, aber die Leute, die Jake am meisten bedeuteten, dabei zu haben, machte es äußerst bedeutungsvoll. Besonders, da alle Teilnehmer versuchten, ernst die Aufschriften auf ihren Kerzen vorzulesen, und allmählich scheiterten, auf immer lustigere Art.

Lachen war therapeutisch, nicht?

Auf Aidens Kerze stand: *Manchmal muss man einen verfickten Schritt nach dem anderen gehen.*

Petra schaute direkt Jake in die Augen und verkündete dann: „*Manche Menschen brauchen einfach ein High-Five ins Gesicht.*"

Als Sydney vorlas: „*Meine Titten wuchten jederzeit eine dumme Tusse für dich weg*", verschluckte sich Declan kurz. Er bedeutete ihnen, weiterzumachen. „Tut mir leid. Das war ein wenig zu direkt."

„Ach, war es das?", fragte Sydney in ihrer besten Disney-Prinzessinnen-Stimme.

Bevor sie ihre vorlas, nickte Tansy langsam. „Das gefällt mir, das passt gut zu deiner, Jake: *Mögen die Brücken, die ich niederbrenne, meinen Weg beleuchten.*"

„Schön." Jake nickte. „Wie angemessen."

Declan war der letzte. Er hob eine Augenbraue, während er seine Kerze anzündete und verkündete: *„Ich reinige diesen Raum von deiner Negativität."*

Was? Tansy schaute zu Petra. „Das war langweilig."

„Nicht die Kerze, die ich gekauft habe." Petra warf einen Blick auf Sydney und verdrehte dann die Augen. „Ach, egal. Als letztes tragt eure Kerze zu eurem zugeteilten Teil des Apartments."

Tansy trug ihre ins Schlafzimmer, stand dort, wo sie immer noch Jake sehen konnte, der als Nabe des Kerzenrades stehen blieb. Das winzige Licht der Kerzen fiel auf die Wände, während jede Nische der Wohnung von äußerst profanen Gefühlen getroffen wurde.

Das ganze Ereignis war irgendwie kindisch, hätte sie beschreiben müssen, was sie da taten, aber gleichzeitig strömte Wärme durch sie hindurch.

Freunde und Familie, die ihr Bestes gaben, um das Gute zu finden und zum Licht zu streben.

Eine verflixte Kerze nach der anderen.

Es war fast schon langweilig, als er schließlich den Text erhielt. Zwei Wochen hatte Jake still gebrütet und versucht, nicht zu besessen zu sein, damit er dem Rest der Familie helfen konnte, besonders Tansy, um mit der Unsicherheit klarzukommen.

Als die Mitteilung auftauchte, war Aiden der Einzige, der in der Nähe war. Die zwei kauerten sich über dem Handy zusammen und hoffen, dass Melissa zur Vernunft gekommen war.

Diese schwache Hoffnung wurde ziemlich rasch zertrampelt.

Melissa: Hallo, Liebling. Vermisst du mich?

Jake: Was willst du? Komm zum Punkt.

Melissa: Was für eine miese Einstellung. Weißt du nicht mehr, dass man sagt, mit Honig fängt man Fliegen?

Jake: Wenn du nicht mehr zu sagen hast, was Jeffrey betrifft, Tschüss, Melissa.

Melissa: Immer noch einen Stock im Arsch. Also gut. Ich habe viel darüber nachgedacht, und du hast recht. Es gibt nichts, was ich sagen kann, das dich von dieser Frau auch nur eine Sekunde länger fernhalten wird, als du musst, also werde ich eine Vorführung akzeptieren, bei der du dich und sie erniedrigst. Dein kostbares neues Städtchen hält jedes Jahr eine Versteigerung ab. Melde dich dafür an.

Einen Augenblick lang hatte Jake ehrlich keine Ahnung, wovon sie redete. „Eine Versteigerung? Was für eine Versteigerung?", wollte er wissen.

„Verflixt noch mal." Aiden schüttelte den Kopf. „Die Spendenaktion der Stadt am Canada Day. Wir sind letzten Sommer danach angekommen, aber jemand hat dir doch bestimmt davon erzählt."

Er hatte keine Ahnung. „Was für eine Art Versteigerung? Muss ich meinen Truck verkaufen?"

Ein weiterer Fluch erklang, bevor Aiden ihn an den Schultern nahm und ihn dazu zwang, nicht mehr auf und ab zu gehen. „Es ist ein *Junggesellen*versteigerung. Du bietest ein Date für die Höchstbietende an. Es ist irgendwie alles kindgerecht, aber es ist echt."

„Es gibt sehr viel schlimmere Dinge, um die sie hätte bitten können", murmelte Jake.

Aiden hob eine Hand. „Wenn du dich da anmelden willst, dann darfst du nicht mit Tansy zusammen sein. Also insofern, dass du die Organisatoren überzeugen musst, dass du nicht mit Tansy zusammen bist, oder sie lassen dich nicht rein."

Ein Loch tat sich in Jakes Magen bei der Vorwarnung in den Augen seines Bruders auf. „Und wer sind in die Organisatoren?"

Aiden verzog das Gesicht. „Malachi Fields. Und ich habe Chance Gabrielle sagen hören, dass er dieses Jahr beteiligt ist."

Toll. Absolut toll. Tansys Dad und ihr zukünftiger Schwager.

Jake schaute Aiden in die Augen. „Ich weiß, dass Tansy damit klarkommen wird, ihrem Vater zu erzählen, was los ist, also wird er mich zumindest nicht umbringen. Aber sonst können wir es niemandem sagen, etwa ihrer Mom oder ihren Schwestern, denn irgendwann riskieren wir, dass alle es herausfinden und Melissa wegläuft, bevor wir eine Lösung finden."

„Was bedeutet, dass zumindest fünfundneunzig Prozent von Heart Falls angepisst von dir sein werden", sagte Aiden. „Ja, so ungefähr sehe ich es auch."

Es war trotzdem nicht wirklich eine Entscheidung. „Wenn eine Chance besteht, dass das funktioniert, muss ich es tun." Er ging wieder zurück zum Handy.

> Jake: Also gut. Ich melde mich an. Was dann?

> Melissa: Wenn ich sehe, wie du an jemand anderen als sie verkauft wirst, ziehe ich in Betracht, mein Problem dauerhaft bei dir abzuladen.

Natürlich hatte sie daran gedacht, so eine verdrehte Forderung hinzuzufügen.

Jake: Woher weiß ich, dass du dein Wort hältst?

Melissa: Vertraust du mir nicht, Zuckerbär? Ach, ich schätze nicht. Schade auch. Das ist die Abmachung.

Jake: Kümmere dich um Jeffrey. Um mehr bitte ich nicht.

Melissa: Du bist am Zug. Ich melde mich …

Jake und Aiden standen schweigend da, starrten das Handy an. Unmöglich. Was für ein gottverdammter Schlamassel.

Aiden scharrte mit einem Fuß auf dem Boden. „Du weißt, wenn du das tust, besteht die Chance, dass sie sagt *scheiß drauf,* und dich einfach weiterhin herumschubst, und das noch lange Zeit."

„Vielleicht, aber sie könnte sich auch entscheiden, dass sie glücklicher ist, wenn sie sich nicht um ein Kind kümmern muss." Jake atmete so lange und langsam aus, dass sich ihm der Kopf drehte. „Ich muss das Risiko eingehen. Um Jeffreys willen. Und für Tansy."

20

———————

Tansy hatte zwei entschieden unbehagliche Wochen bis zum Canada-Day-Wochenende.

Der Frust hatte beim Treffen mit ihrem Dad angefangen. Sie und Jake schlossen sich ihm draußen an der Feuergrube von High Water an und hofften, dass weniger Blicke auf ihnen lagen, als wenn sie im Buchladen oder im Haus ihrer Eltern aufgetaucht wären.

Ihr Vater hörte sich die ganze Geschichte an, ohne sie zu unterbrechen, dann schüttelte er den Kopf. „Das könnte alles echt schlimm enden", warnte er.

„Könnte es, aber selbst eine kleine Chance auf Erfolg bedeutet, dass wir es machen müssen." Jake deutete auf sie. „Ich würde es nicht tun, würde Tansy nicht sagen, dass sie das auch will, und wir beide dabei wären. Wir hoffen einfach nur, dass du verstehst und hilfst, soviel du kannst."

„Ach, ich verstehe es, und ich weiß es zu schätzen. Um ehrlich zu sein, ist das genau die Art Entscheidung, die ich von meinem Mädchen erwarte." Das trockene Lächeln richtete sich an sie beide. „Mut ist, zu wissen, dass etwas wehtun wird, und es trotzdem zu tun."

„Dummheit ist dasselbe", gab Tansy zurück.

„Stimmt." Malachi tätschelte ihr sanft die Hand. „Und deswegen ist mein Leben schwer."

Jake schnaubte so heftig, dass er sich verschluckte. „Tut mir leid."

Malachis Miene wurde weicher. „Ich werde es nicht verraten, was bedeutet, ich entschuldige mich jetzt schon für die finsteren Blicke, die ich dir vielleicht zuwerfe. Und die finsteren Blicke, die du auf jeden Fall von Sophie und den Mädchen erhalten wirst. Und ihrer Oma."

„Schon klar", sagte Jake. „Solange du am Ende die Wahrheit kennst und dich für mich einsetzen kannst, hoffe ich, dass es langfristig einen Unterschied macht."

Ihr Dad musterte Jake wieder. „Es klingt, als hättest du vor, langfristig zu bleiben."

Jake drehte sich zu Tansy, während er antwortete, und ließ ihr Herz bei dem Ausdruck in seinem Blick hüpfen. „Wie ich von einer sehr klugen und wunderbaren Frau in Kenntnis gesetzt wurde, ist Bleiben das, was Menschen machen, die sich lieben."

Lieben. Es war da in seiner Berührung. In jedem Blick in ihre Richtung.

Das machte es leichter, sich auf die guten Teile zu konzentrieren.

Sie hatte fünf volle Tage mit Kochen für eine einwöchige Buchung vor sich, die ihren Verstand mehr als nur beschäftigt hielt. Jake war jeden Morgen, Mittag und Abend im Ranchhaus von High Water. Wann immer er konnte, ging er durchs Haus und gab ihr einen Kuss oder eine Blume oder irgendetwas, das sie zum Lächeln brachte.

„Du verwöhnst mich", setzte sie ihn in Kenntnis, als er das

Massageöl herausholte und ihr in der Stunde Pause, die sie zwischen der Vorbereitung des Frühstücks und des Mittagsessens für die Belegschaft im Künstleratelier hatte, eine äußerst befriedigende Reibung verpasste.

„Dass ich dich überall anfassen darf?" Jake beugte sich herab, um ihr in die Augen zu schauen, wo sie auf dem Bett ausgebreitet lag. „Das ist kein großes Opfer, Tans."

Sie beäugte die Ausbuchtung auf der Vorderseite seiner Jeans. „Du stehst auf Schmerzen und Leiden? Denn es ist keine Zeit, um sich darum zu kümmern."

Jake rieb mit der Hand drüber und grinste, während er sie beobachtete, wie sie sich anzog. „Ich sage ja nicht, dass ich mich nicht selbst darum kümmere."

Ein Beben lief ihr Rückgrat hinauf. Das Bild von ihm in der Dusche, wie er mit der Hand über seinen harten Schwanz strich, ließ sie wimmern. „Das ist fies."

„Du kannst zusehen", bot er an. „Oder ich kann dir später davon erzählen."

Zur Rache kam es, als sie ihn in dieser Nacht quälte, indem sie einen Striptease hinlegte, sich aber nicht von ihm anfassen ließ. Er fluchte die ganze Zeit durchgehend leise, während sie auf ihn kroch und sich mit einem glücklichen Seufzen auf seinem harten Schwanz niederließ.

Ja, der Sex war toll, eine gute Ablenkung, denn der andere Teil ihres Verstandes vergaß nie, dass irgendwo da draußen Jeffrey immer noch nicht wusste, dass er viele Leute hatte, die für ihn einstanden.

Dieser Mut, den ihr Dad erwähnt hatte? Den brauchte sie tonnenweise, während sie sich am Canada Day durch die Türen des Gemeindezentrums schob und zur Junggesellenversteigerung ging.

Nicht, dass sie vorhatte, etwas zu bieten, aber irgendwie glaubten sie alle, dass es wichtig war, dass sie da war, falls

Melissa sich in die Gerüchteküche der Stadt eingeschaltet hatte.

Tansy hatte nicht vor, dieses Jahr Spielchen zu spielen, nicht, wie sie es sonst immer tat. Trotz der verfahrenen Situation machte sich ein Hauch Erheiterung breit. Natürlich. Zum ersten Mal würde es nicht nur ihr Vater sein, den sie quälen konnte, und da war sie und legte ihr bestes Verhalten an den Tag.

Alle vertrauten Gesichter waren da, die Familien um die langen Tische versammelt. Sie war zu spät für das Gemeinschaftsbuffet gekommen – dass sie sich selbst leidtat, hatte wirklich ein gutes Stück Zeit an ihrem Vormittag beansprucht. Außerdem wollte sie nicht noch mal eine weitere Runde erklären, wo Jake war, ohne dass sie direkt log.

Aber nun war sie da und bereit, ihre Gemeinschaft zu unterstützen, wie sie es immer tat. Obwohl sie diesmal keinen Junggesellen kaufen würde, würde sie trotzdem noch für den Spendentopf etwas einbringen. Denn das machte man, wenn man an die Gemeinschaft dachte. Und sie war ein positiver, leuchtend wunderbarer Teil dieser Gemeinschaft, und sie hatten großes Glück, sie zu haben.

Sie würde sich einfach auf diesen Teil ihres Lebens konzentrieren, anstatt sich Sorgen zu machen, was für verdrehte Bomben Melissa als nächstes platzen lassen würde.

Rose winkte ihr zu.

Tansy marschierte hinüber, den Kopf hoch erhoben, und ließ sich auf dem Stuhl nieder, der zwischen Rose und Fern reserviert worden war.

„Ist Chance aufgeregt wegen heute?", fragte Tansy.

„Er bebt vor Aufregung", erklärte ihr Rose. „Wenn er sich noch ein bisschen mehr aufregt, wird niemand ein Wort von dem verstehen, was er sagt. Sein Akzent wird echt hart, wenn er aus dem Häuschen ist."

Fern lächelte sie angespannt an. „Selbst wenn sie ihn nicht verstehen, weißt du, dass die Mädels durchdrehen werden. Jeder liebt Akzente."

Ihre kleine Schwester schien außerordentlich neben sich. Tansy beäugte sie kurz. „Alles in Ordnung?"

Fern hob eine Augenbraue. „Und bei dir?"

Ein Tiefschlag. Tansy verzog das Gesicht. „Nein, aber das wird es."

Ihre viel zu ehrliche Erwiderung schien Fern den Wind aus den Segeln zu nehmen. Sie starrte kurz, dann neigte sie einmal das Kinn. „Ja. Ich schätze, bei mir auch."

Da war es wieder. Sie war so von ihren eigenen Problemen beansprucht gewesen, dass sie die Zeichen übersehen hatte, dass irgendwas mit Fern los war. Bevor Tansy sie befragen konnte, erklang allerdings die Stimme ihres Vaters über die Lautsprecher.

„So sehen wir uns wieder, Heart Falls. Und ich könnte mich gar nicht mehr freuen." Entspannt und unfehlbar wie immer winkte Malachi, während er über die Bühne ging, das Mikrofon in der Hand. „War das nicht ein äußerst köstliches Essen? Vielen Dank für alle, die es vorbereitet haben. Darunter eine laute Runde Applaus für Marina Ray und Buns and Roses, die die Tradition weiterführen, für dieses Ereignis Kuchen zu backen, auch wenn meine Tochter nicht länger die Verantwortung hat."

„Ja, Tansy", rief jemand von ganz hinten im Raum.

Malachi grinste. „Ja, wirklich. Und das ist eine gute Einführung für das nächste, was ich euch berichten muss. Wenn man bedenkt, wie viele Jahre ich diese Aufgabe schon erledige, und die ganze zusätzliche Aufregung, um die ich mich kümmern musste – hüstel, Tansy, hüstel – habe ich beschlossen, dass es Zeit ist, mit der Ausbildung meines Ersatzmanns zu beginnen."

Lautes Protestgeschrei ließ das Publikum erbeben.

Tansy wechselte erheiterte Blicke mit ihren Schwestern.

„Du wusstest doch, dass er das so gut wie möglich auskosten würde", sagte Rose.

„Was es auch so verführerisch macht, unartig zu sein", erwiderte Tansy, obwohl sie diesmal nicht wirklich das Herz dafür hatte.

Verdammt sollte Melissa sein. Jake hätte hier sein sollen, an Tansys Seite im Publikum sitzen. Er hätte ihr Grund sein sollen, nicht auf die Junggesellen zu bieten. Er sollte hier sein, weil sie einander etwas bedeuteten, und sie wollte es in den ganzen Raum brüllen.

Es war ein kleines Opfer, wenn es bedeutete, dass Jeffrey eine zweite Chance bekam, aber es gab Tansy noch einen Grund, von der Frau tierisch angepisst zu sein.

Oben auf der Bühne fuhr ihr Vater mit großer Begeisterung fort. „Also gut. Ich habe nicht vor, einfach zu verschwinden, aber ich denke, es ist eine gute Idee, jemanden auszubilden, bevor es nötig wird. Ich könnte mich nicht mehr freuen, jemanden vorzustellen, den ihr bereits kennt und mögt. Mein zukünftiger Schwiegersohn Chance Gabrielle."

Chance kam vor von Hinterseite der Bühne, sein maßgeschneiderter dreiteiliger Anzug saß perfekt.

„Heilige Scheiße, Schwester. Du hast dir ja einen Hingucker geholt", sagte Tansy anerkennend.

„Er ist ein Traum", erwiderte Rose seufzend. „Ich habe so viel Glück."

Fern seufzte ebenfalls. „Ich freue mich für dich."

Tansy schaute erneut hinüber, war höchst argwöhnisch. Fern war niemand, der seufzte und stöhnte. Fern war jemand, der Dinge erledigte. „Du und ich unterhalten uns demnächst", sagte sie leise.

Ihre Schwester blinzelte. „Mach dir keine Sorgen um mich. Ich kriege das hin.“

„Danke euch für diese Begrüßung“, sagte Chance auf der Bühne. „Ich freue mich, heute hier zu sein und die große Ehre dieser Position weiterzuführen. Mr. Fields hat es hervorragend gemacht, euch zu unterhalten, und um ganz ehrlich zu sein, ich kann nicht mal annähernd versprechen, es so gut zu machen wie er, aber ich hoffe, wir haben eine verflixt gute Zeit zusammen.“ Chance musterte das Publikum, bis sein Blick auf Rose landete. „Ich habe selbst gute Erinnerungen an dieses Ereignis. Ich freue mich darauf, womöglich weitere Paare zu ihrem glücklichen Ende zu geleiten. Und falls nicht das, dann zumindest zu einem guten Date und etwas Geld, das für die Gemeinschaft eingetrieben wird.“

Malachi zog sich leicht zurück, Anerkennung stand auf seinem ganzen Gesicht, während Chance fortfuhr.

„Dieses Jahr geht das Geld an das Frauenhaus in Diamond Valley und in die Verpflegungskörbe für jegliche Neuzugänge in unserer Gemeinschaft.“ Chance hielt inne und lächelte dann über das Publikum hinweg. „Ich weiß, dass ihr unbedingt die Junggesellen dieses Jahres treffen wollt. Wir haben eine wunderbare Auswahl, die ihr genießen könnt. Wollen wir sie jetzt kennenlernen?“

Jubel stieg auf.

Hinter Chance war der Vorhang, der normalerweise aufgerissen wurde, um die Junggesellen zu enthüllen, die nervös in einer langen Reihe saßen, immer noch fest verschlossen. Jemand riss am Seil, aber nichts bewegte sich, nur ein Beben.

Malachi hob eine Hand. „Kleine technische Schwierigkeiten. Gebt mir mal kurz.“

Tansys Handy vibrierte in ihrer Tasche, und sie fischte es abgelenkt heraus, während ihr Vater hinter den Vorhang trat.

Chance lächelte die Menge an. „Ich beginne gleich mit einer Herausforderung, was? Spielt keine Rolle. Wir werden euch eure Junggesellen schon bald vorstellen."

Malachi streckte den Kopf durch den Vorhang. „Der klemmt. Ich schicke sie einen nach den anderen raus."

In der Pause warf Tansy einen raschen Blick auf ihr Handy-Display, und ihr Lächeln gefror auf ihren Lippen.

Melissa: Ich bin am Aussichtspunkt von Heart Falls. Du willst Jeffrey? Komm und hol ihn dir. Nur du, oder es gibt keinen Deal.

Heilige Scheiße. Tansys Beine bewegten sich, bevor ihrem Verstand klar wurde, was los war. Nur als sie aufstand und bereit zum Aufbruch war, flatterte der Vorhang, und Jubel begann, als ein langes, in Jeans gekleidetes Bein nach dem anderen in Sicht kam.

Jake trat auf die Bühne. Er reichte Chance eine Karte, dann stand er an der Seite, die Arme resolut vor der Brust verschränkt.

Da er völlig auf dem falschen Fuß erwischt wurde, schaute Chance zwischen Jakes zu vertrautem Gesicht und der Stelle hin und her, wo Tansy neben Rose stand.

Das Klatschen erstarb, und ein leichtes Flüstern stieg auf.

Rose nahm Tansy an der Hand. „Setz dich", murmelte sie. „Wir sind für dich da."

Nein, denn sie musste gehen, aber gerade jetzt? Als alle Aufmerksamkeit fest auf ihr lag? Keine gute Idee. Widerstrebend setzte sie sich wieder auf den Klappstuhl.

Chance hob eine Hand, um die Aufmerksamkeit aller zu erhalten, obwohl es nicht so war, als hätte er das gebraucht. Die Leute waren fasziniert von dem, was passieren würde. „Der erste Junggeselle für die Versteigerung heute Nachmittag ist ein relativer Neuankömmling in der Gemeinde. Aber andererseits habe ich mir sagen lassen, wenn man keine zwanzig Jahre hier gelebt hat, ist man ein relativer Neuankömmling. Bitte heißt Jake Skye freundlich willkommen."

Applaus stieg auf, und mehr als ein paar Köpfe wandten sich in Tansys Richtung, während sie resolut ein Lächeln aufbehielt. Sie schaute absichtlich nicht in Jakes Augen, stattdessen konzentrierte sie sich fest auf Chance. Wollte ihn zwingen, schnell zu machen, damit sie das so bald wie möglich hinter sich brachten.

Als hätte er ihre Gedanken gehört, räusperte sich Chance. „Wir sollten loslegen, denn wir haben sehr viel mehr Gentlemen, die auf der anderen Seite des Vorhangs festsitzen. Ich weiß nicht, was passiert, wenn wir sie zu lange im Dunkeln halten, also haben wir aus dem Publikum irgendwelche Gebote?"

An der Seite der Bühne erhob sich einer der Alten. Mit über siebzig, einem langen weißen Bart, der ihm bis auf die Brust fiel, trug Martin Fogell seine stets präsente Latzhose, aber immerhin war sie heute frisch gewaschen.

„Ich fange an." Martin ignorierte das gutmütige Gelächter und schüttelte den Finger vor dem nächstbesten Tisch. „Nichts davon. Keine Gebote von mir, obwohl ich jemand Starken brauchen könnte, der mir beim Aufräumen meines alten Außengebäudes hilft. Nein, ich bin verantwortlich für die vorher festgelegten Angebote. Es gibt ein festes Gebot von fünfzig Dollar, die auf den ersten Junggesellen geboten werden."

Nein.

Nein, *nein, nein.* Tansys Lächeln klammerte sich nur knapp an ihre Lippen, und ihr Magen war irgendwo in der Nähe ihrer Füße. Sie hatte völlig vergessen, dass sie diesen besonderen im Voraus geplanten Schabernack schon vor

Monaten festgelegt hatte. So ziemlich im letzten Herbst, weit bevor sie und Jake zusammengekommen waren.

Martin holte ein Blatt Papier heraus und las es vorsichtig vor. „Hier steht: *Zeit, die Dinge ins Rollen zu bringen*, und die fünfzig Mäuse werden von Tansy Fields geboten.“

Wenn sie geglaubt hatte, dass sich die Balken schon vorher gebogen hatten, wurde sie nun von den überraschten Rufen nahezu betäubt. Nur einen Augenblick jedoch, bevor sich völlige Stille breitmachte.

Chance schaute sich im Raum um, schockiert über die seltsame Erwiderung. „Also gut, das ist ein gutes erstes Gebot. Höre ich fünfundfünfzig? Fünfundfünfzig für diesen wunderbaren Junggesellen, der sagt ...“ Er hob die Infokarte vor sich hoch. „Er ist hochtalentiert beim Planen und Organisieren. Wenn du also deine Scheune organisieren willst, Martin, hilft er gerne.“

Normalerweise hätte dieser Scherz sofort eine zweideutige Anmerkung hervorgerufen. Stattdessen gab es nichts als ein unterdrücktes Summen. Nur dass inzwischen auch gelächelt wurde, und Schultern hoben sich, während Menschen sich im Raum umsahen, den Blick zwischen Tansy und Jake hin und her gehen ließen.

Dann wurde das Murmeln lauter.

„Ich falle da nicht drauf rein.“

„Sie bringen uns nur dazu, hoch zu bieten“, sagte jemand.

„Guter Versuch, Tansy. Das funktioniert diesmal nicht.“

Jeder Kommentar wurde von einem Zwinkern oder einem Winken oder Lächeln von Menschen begleitet, die das Drama des Augenblicks liebten.

Um Himmelswillen.

All die Jahre, in denen sie sich wunderbar amüsiert hatte, weil sie den Bietenden bei der Junggesellenversteigerung Paroli geboten hatte, bissen sie nun in den Hintern. Im ganzen Raum war klar, dass alle dachten, das wäre vorab festgelegt. Niemand glaubte, dass sie und Jake es tatsächlich abgeblasen hatten.

Ganz Heart Falls schien zu glauben, dass sie da gemeinsam drin steckten, und dass es einfach ein weiterer Scherz war, um Geld einzutreiben.

Tansy hob den Blick zu Jake. Sie wusste nicht, was schlimmer war. Die Tatsache, dass sie irgendwie unabsichtlich auf den Mann geboten hatte, den sie liebte, genau dann, wenn sie nicht hätte bieten dürfen, oder dass alle um sie herum dachten, dass sie versuchten, sie auf den Arm zu nehmen.

Und sie wollte, dass das vorbei war, und dass Jeffrey in Sicherheit war.

„Kommt schon. Gibt es nicht noch weitere Gebote?"

Tansy konnte es nicht mehr ertragen. Auf den sozialen Medien würde dieser Verkauf in wenigen Sekunden gepostet werden. Vielleicht, wenn sie rasch genug zu den Wasserfällen kam, konnte sie es Melissa erklären, weshalb es zu diesem Sinneswandel gekommen war. Vielleicht war es noch nicht zu spät.

„Ich muss weg. Kümmert euch für mich um die Rechnung, und ich erkläre es später." Sie zwang sich, zu lächeln, drückte Rose fest die Hand, dann verließ sie ohne ein weiteres Wort den Saal.

21

Zu sehen, wie Tansy den Saal verließ, war die allerschlimmste Folter, und plötzlich konnte Jake nicht mehr mit den Lügen umgehen.

„Tansy …", rief er, aber die Tür ging zu, noch während er fertig sprach. „Ich liebe dich."

Wenn er dachte, die Menge hätte vorher schon gebrüllt, waren sie jetzt ein rasender Sturm. Köpfe drehten sich, und es wurde gelächelt und gerufen und gewinkt, während alle ihren Nachbarn mit hoher Lautstärke erzählten, was gerade passiert war.

Der ganze Boden des Saals verwandelte sich in ein Irrenhaus.

Malachi Fields trat neben Jake. „Hängst du hier aus irgendeinem besonderen Grund rum?"

„Das ist nicht …"

„Erklär es später." Malachi bedeutete ihm, dass er sich bewegen sollte. „Ich kenne meine Tochter. Wenn sie so abhaut, fängst du sie besser früher als später ein."

Gott sei es gedankt. Jake sprang von der Bühne und ging

durch die Stühle zu der Ausgangstür, durch die Tansy geflüchtet war.

Hinter ihm hatte sich Malachi wohl das Mikrofon geschnappt, denn während Jake weiter pflügte, erklang Malachis dröhnendes Lachen, tröstend und ansteckend gleichzeitig. „Das ist ein Dreh, den ich nicht habe kommen sehen. Du hast wohl nicht gedacht, dass dein erster Tag im Job so aufregend sein würde, oder, Chance?"

Hinter ihm erwiderte Chance: „Nein, Sir. Es sieht so aus, als hätten wir einen Junggesellen, der sein Date echt schnell abholen will. Lassen wir ihn doch so schnell raus, wie wir können, was?"

Zum Glück hatte Chance etwas gesagt, denn es schien, als hätte sich die Menge in Jakes Weg begeben, anstatt aus dem Weg zu gehen.

„Missverständnis", rief Jake, dem ganz gleich war, wie töricht er dabei wirkte. „Ich liebe sie."

„Dann hol sie dir."

Einer der Männer in der Menge sprang auf und stieß eine Faust in die Luft. „Versau das bloß nicht, Mann."

„Tansy hat den Besten verdient", rief jemand anderes.

„Ich liebe sie", wiederholte Jake, der sich immer noch zur Tür vorkämpfte.

„Sag es ihr, nicht uns", rief irgendein ganz Schlauer in der entgegengesetzten Ecke des Saals.

„Tansy ist die Beste", rief eine weitere Stimme, und die Aussage wurde mit Applaus und Jubel begrüßt.

Hätte er nicht versucht, so schnell wie möglich wegzukommen, hätte Jake es ziemlich bezaubernd gefunden, zu wissen, wie viele Leute genau im Team Tansy spielten.

Er versuchte, sie auf dem ganzen Weg zur Ranch anzurufen, aber kam immer nur auf ihre Mailbox. „Verdammt,

Tans. Dass du dich schwerer finden lässt als üblich, ist nicht nett.“

Also gut, er würde mit Logik rangehen. Erst zu Hause.

Staub stob auf, als er vor dem Haupthaus anhielt. Es gab keine Spuren ihres SUV, aber er eilte trotzdem heraus, nur für den Fall.

An der Eingangstür des Ranchhauses von High Water flatterte eine Nachricht.

Ich fühle mich hier nicht mehr sicher. Diese Tansy bedeutet nichts als Ärger, bevor sie also was tut, um mich zu verletzen, muss ich weg. Ich weiß nicht, wo ich als nächstes hingehe, also werde ich Jeffrey vorerst bei dir lassen. Kümmere dich für uns um unser Baby, Liebling, bis ich eine Möglichkeit finde, zu euch beiden zurückzukehren.

XOX Melissa

Scheiße. Melissa war am Haus gewesen? Warum war dann Tansy aufgebrochen?

Er versuchte es an der Tür, doch die war versperrt. Er raste rüber zu der Wohnung, die Melissa benutzt hatte, aber auch die war fest verschlossen.

Er blieb im Hof stehen und versuchte Tansy wieder anzurufen, während Petra und Aiden an der Veranda anhielten, aus ihrem Truck kamen und zu ihm liefen.

„Wir sind so schnell her, wie wir konnten. Ist Tansy hier?“

„Noch keine Spur, aber Melissa war hier.“ Jake reichte seinem Bruder die Nachricht.

Aiden fluchte leise. „Sie steht eindeutig neben sich.“

„Ach, sie weiß genau, was sie tut. Sie baut ein Alibi für später auf, wenn sie zurückkehrt und behauptet, dass sie das Beste für ihren Sohn getan hat.“ Die Eiseskälte, die von der gefrorenen Stelle in der Mitte von Jakes Brust ausging, klang in seinen Worten an. „Wo ist Jeffrey?"

„In der Scheune?", Aiden wandte sich an Petra. „Kannst du Melissa aufspüren? Oder Tansy?"

„Wie wär's mit beiden? Ich bin dabei." Petra hatte ihr Handy rausgeholt, ihre Finger flogen.

Jake und Aiden rannten zur Scheune. „Declan war nicht bei der Auktion. Er sollte hier sein", sagte Aiden atemlos, dann schob er sich durch die Tür.

„Scheiße." Jake schoss vor zu der zusammengesunkenen Gestalt, die auf dem Boden vor einer der Pferdeboxen lag. Er rollte seinen Bruder vorsichtig herum, fluchte noch mehr, als seine Finger blutig wurden.

Aber Declans Augen öffneten sich flatternd, und er fluchte leise. „Die verdammte Melissa."

Das beantwortete die Frage. „Tut mir leid, Bro. Wir kriegen dich wieder hin, aber weißt du, wo Jeffrey ist?", wollte Jake wissen.

Sein Bruder schob sich zum Sitzen hoch, eine Hand betastete die Beule auf seinem Kopf, während er deutete. „Er war dort. Ist am Ende des Ganges gestanden. Ich bin raus aus der Box, und da war er, aber als ich zu ihm gegangen bin, hat mir Melissa wohl eine verpasst. Das letzte, an was ich mich erinnere, ist sein Gesicht."

„Das von Jeffrey?"

„Ja." Declan nahm seine Hand vom Kopf und musterte das Blut. „Der Kleine war angepisst, und zwar nicht auf mich."

„Gut. Vielleicht ..."

„Jake, ich habe Tansy gefunden", rief Petra von dort, wo sie an der Scheunentür herumhing. „Und diese Hexe. Sie sind beide am Aussichtspunkte der Heart Falls."

Himmel. „Komm schon, Deck. Wir bringen dich ins Haus ..."

Sein Bruder winkte ab. „Ich habe mein Handy. Ich schreibe Sydney, damit sie mich retten kommt. Sucht Tansy. Sie braucht dich jetzt.“

Jake drückte Declans Schulter, dann rannte er zum Truck, Petra und Aiden dicht hinter sich.

~

Wenige Minuten zuvor …

In der höchsten Geschwindigkeit, die erlaubt war, bevor die Polizei sie rausziehen würde, konzentrierte sich Tansy voll darauf, ZenBaby auf der Straße zu halten. Es war ein langer, harter Winter und ein geschäftiger Frühling gewesen, und ihr armer SUV musste unbedingt mal auf die schlimmste Weise gewartet werden. Sie hatte das verschoben, und jetzt bedauerte sie es mit jeder Faser ihrer Seele.

Zumindest hielt die gefährliche Fahrt ihre Gedanken auf der Straße, und nicht bei der Verrückten, die sie gleich treffen würde. Es war vielleicht dumm gewesen, zu diesem Zeitpunkt zu gehen, aber sie sah keine andere Möglichkeit.

Zehn Minuten später wurde ihr Handy mit einer Reihe von Nachrichten von Jake und Petra bombardiert, gefolgt von beharrlichen Anrufen, und sie ignorierte sie alle, sowohl wegen der Sicherheit, und damit sie nicht nachgeben und ihnen sagen musste, wie töricht sie wirklich war.

Außerdem war sie fast da. Es gab nichts, was jemand an diesem Punkt hätte tun können, um sie aufzuhalten.

Die letzten Kurven der Forststraße zu dem Aussichtspunkt waren besonders heikel, und der Unterboden schien noch schlimmer zu schlingern als sonst. Tansy kämpfte mit dem Lenkrad und überzeugte es schließlich, in die richtige Richtung zu gehen.

Oben auf dem Hügel wurde die Straße gerade mit einem ganz leichten Anstieg anstatt des steilen Hangs, der sie bisher gewesen war. Melissas vertrautes schwarzes Auto war an der üblichen Haltestelle geparkt, die Front nach vorne zum eintreffenden Verkehr hin ausgerichtet.

Tansy fuhr nach links von der Straße ab und richtete sich nach oben aus. Die Handbremse war eingelegt, die Räder standen still. Gott, wie sie hoffte, dass das Biest nicht gerade jetzt den Geist aufgab.

Während sie aus ZenBaby stieg und sich dem anderen Auto näherte, kam Melissa in Sicht. Sie schnappte sich Jeffrey vom Boden und balancierte ihn auf der Hüfte, und der Plan, den Tansy gehabt hatte, auf die andere Frau zuzulaufen, löste sich in Luft auf. Sie waren zu dicht an der Klippe am Rand der östlichen Straße, und Tansy wusste, dass Melissa Jeffrey sofort fallen lassen würde, wenn sie sich selbst retten konnte.

Melissa schnappte sich einen Reifenheber aus dem offenen Kofferraum ihres Autos. Toll. Das war womöglich ein Problem.

Trotzdem war es Zeit, sich auf den Teil zu konzentrieren, den sie beherrschen konnte. Tansy war dicht genug dran, dass sie jetzt mit Jeffrey reden konnte. „Hey, Kleiner."

„Red nicht mit ihm", befahl Melissa. „Wirf dein Handy über den Rand."

Tansy seufzte. „Echt jetzt? Das nervt. Ich habe gerade ein neues Case dran gemacht. Außerdem ist das nicht sehr umweltfreundlich."

Die Nasenflügel der Frau blähten sich, aber sie hielt ihren Zorn noch zurück. Sie wartete, bis Tansy getan hatte, was sie befahl, bevor sie wieder etwas sagte. „Hier ist die Abmachung. Ich lasse Jeffrey bei Jake, wenn du in den Kofferraum meines Autos steigst."

Was zum Teufel? Das war keine große Drohung – nicht in

Tansys Augen. Aus einem Kofferraum konnte man ziemlich leicht entkommen. „Das meinst du doch nicht ernst.“

Melissa hob eine Augenbraue. „Entweder du steigst du ein, oder ich werfe ihn rein und haue für immer ab. Was soll es denn sein?“

Vielleicht war es das Risiko wert, zu versuchen, Melissa zu überwältigen, aber die Angst, dass Jeffrey verletzt werden würde, hielt Tansy zurück. Was immer sonst passierte, der Kleine brauchte eine Chance auf ein besseres Leben. Das konnte nicht damit anfangen, dass er im Kofferraum war und aus Heart Falls verschwand.

Wie gut, dass sie und der Kleine beide Diebe und Meister der Verstohlenheit waren. Sie sprachen dieselbe Sprache.

Tansy schaute Jeffrey direkt in die Augen. „Leute, die Dixie nicht zum Lächeln bringen, kriegen was anderes, oder?“

Da ihre Aufmerksamkeit anderswo lag, konnte sich Tansy nicht schnell genug bewegen, um sich zu ducken. Melissa hatte den Reifenheber fallen gelassen und gab ihr fest mit der offenen Hand eine Ohrfeige. „Hör auf, Unsinn von dir zu geben, und steig in den verdammten Kofferraum.“

In einen geschlossenen Raum zu steigen, war keine ideale Situation, aber andererseits hatte Tansy ein paar Optionen, die dem Durchschnittsmenschen nicht zur Verfügung standen. Sie wusste besser als die meisten, wie man aus einem Kofferraum entkam, und obwohl es eine schlechte Idee war, war es darum besser als alle anderen derzeitigen Optionen.

Tatsächlich war es die einzige Möglichkeit, um zu garantieren, dass Tansy Melissa zuvorkommen konnte.

Tansy schaute Jeffrey wieder in die Augen. Der Kleine hatte die Lippen zusammengepresst, die Augen waren weit aufgerissen, aber er war auch äußerst konzentriert.

„Kein Hundelächeln“, flüsterte er, und Tansy fletschte die Zähne, um Dixie bestens nachzuahmen.

„Schnauze", befahl Melissa und schüttelte Jeffrey, während sie näher ans Auto ging.

„Fahr runter, ich komme ja", erklärte Tansy, die einen Fuß in den Kofferraum stellte. Sie musste sich schnell und klug bewegen und keine Finger an problematischen Stellen lassen. Nur für den Fall, dass Melissa den Kofferraumdeckel zuwarf, bevor Tansy ganz drin war.

Sie hatte kaum den Kopf eingezogen, als der Deckel krachend zuging.

Ein paar Sekunden später brüllte Melissa. Ein dumpfes Geräusch erklang, gefolgt von rollenden Steinen.

Flüche erklangen eine ganze Minute lang, bevor Melissa sich wieder zusammen nahm. „Was zum Teufel? Das kleine Arschloch hat mich gebissen."

Gut für Jeffrey. Tansy hoffte, dass er auf dem Pfad zum See entlang entkam. Dort gab es extrem viele Orte, wo sich jemand mit seinen Talenten verstecken konnte, und es war ein warmer Tag. Er würde sicher sein, bis Jake kam und ihn suchte.

„Ihr habt ihm beigebracht, diese beschissene Haltung an den Tag zu legen. Gut, Jake kann ihn haben, aber dich kann er nicht auch haben."

„Jemand muss seine Pillen nehmen", flötete Tansy. Sie spähte herum, auf der Suche nach dem Notentriegler für den Kofferraum. Das Auto war neu genug, um ihn zu haben. Irgendwo in ihrer Nähe sollte ein im Dunkeln leuchtender Hebel sein.

„*Schlampe*." Über ihr klirrte Metall wie eine Trommel, als Melissa etwas auf den Kofferraum schlug. Den Reifenheber? „Du hast alles vermasselt."

„Erzähl es mir ruhig. Ach, Moment, lieber nicht. Du bist nichts als eine Lügnerin, und eine Diebin, und auch noch viel zu dumm, um irgendeine Art langfristigen Plan zu haben.

Kannst du überhaupt deine linke Hand von deiner rechten unterscheiden? Verrückte Tusse."

Grobe Beleidigungen, und nicht sonderlich politisch korrekt, aber Jake hatte gesagt, wenn Melissa wütend war, würde sie unkluge Entscheidungen treffen. Vielleicht konnte sie dicht genug rankommen, dass Tansy den Kofferraum plötzlich öffnen und sie ins Gesicht schlagen konnte.

Vielleicht blieb sie hier stehen und schlug auf das Metall ein, bis die Polizei kam. Denn inzwischen suchte Jake bestimmt nach Tansy, was bedeutete, dass das auch Petra tat, und auf gar keinen Fall hatte ihre beste Freundin nicht irgendeine Art Tracker, dem sie folgen konnte.

„Scheiß auf dich", brüllte Melissa, „ich war genial. Hast du dich je gefragt, woher ich wusste, wie ich ihn finde? Ich habe Jake einen Haufen Briefe geschickt. Ich habe seine Spur verloren und hatte keine Ahnung, wo er jetzt war, nur im südlichen Alberta, und aus irgendeinem Grund haben mir seine ehemaligen Arbeitgeber keine Nachsendeadresse gegeben."

Weil du eindeutig nicht geistig stabil bist? Was an dieser Stelle keine Rolle spielte, denn solange Melissa weiter redete, verfolgte sie nicht Jeffrey. Tansy sah den leuchtenden Entriegler für den Kofferraum. Ein Problem gelöst. „Wie führt das dazu, dass du auf seiner Türschwelle aufgetaucht bist?"

„Er hat geantwortet." Melissa war sehr zufrieden. „Ich habe einen Brief im Monat geschickt, bis ich eine Antwort bekam. Damit war es auf zwei verschiedene Städte eingegrenzt, und sobald ich hergekommen bin, haben die Leute nur zu gerne von den tollen Skye-Brüdern geredet, und wie sie die Tierrettung übernehmen und ihr Refugium betreiben. Bis zum Abwinken."

Geistig instabil, aber leicht smart. Tansy klatschte langsam, dann ging sie zurück, um nach dem anderen Entriegler zu tasten, der in der Nähe sein sollte, nur als Verstärkung. „Gut gemacht. Du könntest einen Job bei der Polizei kriegen, wenn man die Tatsache außen vor lässt, dass du eine diebische, betrügerische Psycho-Bitch bist."

Das Gebrüll, das darauf folgte, wurde nur von dem betäubenden Lärm übertönt, als Melissa wie verrückt mit dem Reifenheber auf dem Kofferraum einschlug. Mit jedem Schlag verbog sich das Metall über Tansys Kopf weiter, und sie fragte sich, ob der Entriegler den Kofferraum überhaupt noch öffnen würde.

Tansy biss die Zähne vor dem Lärm zusammen, richtete sich neu aus und fand den zweiten Entriegler. Denjenigen, bei dem, wenn sie daran zog, die Hälfte des Rücksitzes nach unten klappen und ihr Zugang zu der Kabine verschaffen würde.

Wenn Melissa jetzt losfuhr, würde der Zugang, um sie direkt anzugreifen, riskant sein, aber immer noch die sicherste Lösung. Ein Auto zu überleben, das von der Straße abkam, besonders wenn Tansy ihre Flucht so abpassen konnte, dass sie in der Stadt waren, wo sie langsamer fuhren, war sehr viel besser, als das, was immer zum Teufel die Frau sonst in Kopf hatte.

Das Hämmern hörte auf, und es wurde still, aber in Tansys Ohren klingelte es noch immer, während sie nach einem Hinweis lauschte, was Melissa gerade tat. Unterwegs zur Fahrertür? Unterwegs, um Jeffrey zu suchen?

Falls Melissa vom Auto wegging, konnte Tansy in wenigen Sekunden hinter ihr sein.

Aber was sie hörte, war ein leises, drohendes Lachen. „Weißt du, was noch? Ich bin in dein kitschiges kleines Café gegangen. Habe alles über die Heart Falls und den Aussichtspunkt rausgefunden. Dass es der Ort ist, an dem sich oft Verliebte treffen. Ich dachte, irgendwann bist du bestimmt mit Jake hier raufgekommen, also darfst du hier auch bleiben.

Vielleicht stellen sie ja Plüschtiere zum Gedenken an dich auf.“

Das Auto wippte plötzlich und begann dann langsam zu rollen.

„Du hättest ihn in Ruhe lassen sollen“, höhnte Melissa. „Er gehört mir.“

Scheiße. Die Vorderseite des Autos war den Hügel hinab ausgerichtet gewesen, zu einer scharfen Haarnadelkurve hin. Das Einzige am Rand der Straße waren Rosenbüsche und knorrige kleine Bäume. Dahinter ging eine Klippe bis ganz nach unten zum herzförmigen Teich am unteren Ende der Wasserfälle.

Das Auto wurde schneller, die Steinchen unter den Reifen knirschten laut, während Tansy sich abmühte, um sich zu befreien. Sie riss an dem leuchtenden Entriegler.

Nichts passierte.

22

---

*K*eine Panik. Keine Panik.

Das dachte sich so leicht, aber es war schwer umzusetzen. Das Auto hüpfte langsam über die steinige Straße, noch während Tansy sich umdrehte und an dem Hebel am Sitz zog und sich die Kante vorstellte.

Wie weit war sie weg?

Sie quetschte sich durch die Öffnung auf den Rücksitz und tauchte mehr oder weniger nach vorne. Es gab viel zu viele verschiedene Türgriffe und Schlösser für sie, um sicher zu wissen, wie sie innerhalb von Sekunden aus dem Rücksitz kam, aber sie konnte zumindest eines tun.

In allen Fahrzeugen waren Bremsen. Bremsen.

Sie rollte über die Oberseite der Rückenstütze und glitt auf den Fahrersitz, den Fuß ausgestreckt, um ihre Fahrt so schnell wie möglich aufzuhalten.

Ein erleichtertes Keuchen entschlüpfte ihr, als das Pedal nachgab, und Tansy endlich eine Sekunde hatte, um zu atmen und aus dem Fenster zu schauen.

Die Motorhaube des Autos war vielleicht zweieinhalb

Meter von der Kante entfernt, gleich dahinter war eine ganze Menge leerer Luft. Gott. Tansy drückte sich die Hand auf die Brust, um das Hämmern aufzuhalten ...

„*Neiiiin.*"

Tansy fuhr herum, um feststellen, dass Melissa mit Höchstgeschwindigkeit auf sie zu rannte. „Scheiße."

Keine Zeit, um sicher auszusteigen. Kein Schlüssel im Zündschloss. Kein neues Auto, bei dem man nur einen Knopf drücken musste, und keine Zeit, um es kurzzuschließen. Tansy griff nach dem Türgriff und erwischte die Verriegelung, als Melissa gerade den Griff packte.

„Du *Schlampe*." Melissa hämmerte mit den Fäusten an die Scheibe.

Tansy riss die Handbremse hoch, dann glitt sie über die Mitte zur Beifahrertür. „Das sagt die Richtige."

Leider gab Melissa nicht auf. Sie sprintete nach hinten, stemmte die Hände in den eingedrückten Kofferraum und schob.

Nichts. Sie wiegte ein paar Mal nutzlos hin und her, während Tansy die Luft anhielt, aber das Gewicht des Autos zusammen mit der schwachen Steigung bedeuteten, dass die Bremsen hielten.

Ein ohrenbetäubender Lärm erklang. Melissa hatte die Alarmanlage ausgelöst, die auch die Türen sicherte, was Tansy mehr oder weniger einsperrte.

Verdammt. Tansy duckte sich unter die Konsole und wühlte nach den Kabeln, die sie brauchte. Nun war der einzige Weg hinaus ein Kurzschluss im System.

Alle paar Sekunden spähte sie hoch, sah und hörte Melissa aber nicht. Andererseits konnte sie ja nur den Alarm hören, der ohrenbetäubend laut war, während sie sich an dem Paneel an die Arbeit machte.

Als sie das Kabel zog, herrschte süße Stille in ihren Ohren, und Tansy atmete erleichtert aus. Sie griff nach der Tür und erstarrte.

Die Straße herabgerast kam ihr eigener SUV. Die roten Hecklichter flackerten, aber Melissa hatte offensichtlich die kluge Idee gehabt, sich das Fahrzeug zu schnappen, um was? Das Auto über die Klippe zu schieben und die Sache zu erledigen? Rasch zu flüchten?

Tansy war sich nicht sicher.

Was sie wusste, war, dass im Rückwärtsgang die Bremsen von ZenBaby sogar noch weniger zuverlässig waren, und diese Fahrt würde für Melissa nicht so enden, wie sie es sich erhoffte.

Für keine von ihnen.

~

JAKE BOG um die Ecke und erstarrte, stieg so fest in die Bremsen, dass Petra im Rücksitz ein Schrei entschlüpfte.

Vor ihm war Melissas Auto fast an der Klippe geparkt. Darüber hüpfte Tansys SUV wie wild rückwärts, überbrückte die letzten paar Meter, die sie von dem Auto trennten. Einen Augenblick später war der SUV angefahren.

Das Auto segelte über die Klippe zum See, der SUV direkt hinterher.

„Heilige Scheiße." Panik strömte in seinen Körper, als er mit seinem Truck weitere zehn Meter vorwärts schoss, bis er fast von der Straße war. Irgendwie war bei dem Ding Parken an, bevor er aus der Tür stürzte und zum Klippenrand rannte, so schnell ihn seine Füße trugen. *„Tansy."*

„Aufpassen." Aiden erwischte Jake am Arm, riss ihn zurück, sonst wäre er direkt über die Klippe gerast.

„Was zum Teufel ist gerade passiert?", wollte Jake wissen, versuchte sich von seinem Bruder loszuschütteln. *„Tansy."*

„Dass du ihr nachstürzt, hilft niemandem", rief sein Bruder.

Er wollte es sofort leugnen, aber Jake hatte mehr Interesse am Bewegen als am Streiten. Er riss sich nach links los und löste sich, sprang zur Seite des Hügels, wo es zumindest etwas gab, an dem man sich festhalten konnte, während er sich hinausbeugte zum …

Jenseits der felsigen Kante kam aus dem Nichts ein kleiner, braunhaariger Junge in Sicht.

„Jeffrey?"

„Was zum Teufel?", murmelte Aiden hinter ihm.

Jake blieb auf das Kind konzentriert, suchte nach einem Weg, um ihn zu erreichen. „Bleib da, Kleiner. Ich hole dich."

„Nein." Jeffrey hob eine Hand, Sorge im Blick. „Ich falle."

Scheiße. Jake erstarrte. „Worauf stehst du denn?"

Jeffrey schaute nach unten. „Einem Stein. Der wackelt."

Himmel. „Okay, halt still. Ich suche … irgendwas." Jake sah den Hügel hinauf, hoffte auf Inspiration.

„Ich gehe den Weg runter. Ich versuche, unter ihn zu kommen", rief Aiden, seine Stimme verklang, während er schon lief.

„Ich schaue im Truck. Du hast doch bestimmt Fremdstartkabel, wenn schon sonst nichts. Die geben ein gutes Seil ab", schlug Petra vor, die sich umdrehte und außer Sicht verschwand.

Jake holte tief Luft und schaute zurück zu Jeffrey. „Alles okay?"

Der Kleine neigte ernst das Kinn, bevor er den Kopf schüttelte. „Ich hab Angst."

„Ich auch, Kumpel. Bleib ganz still, okay?" Jake nutzte jeden Hauch Kraft, um an Ort und Stelle zu bleiben und sich zu beruhigen, obwohl alles in ihm danach schrie, Tansy zu suchen. Zu ihr zu gehen, zu sehen, ob es irgendeine Chance gab ...

„Jake?"

O Gott. Das war ihre Stimme, in der leeren Luft. *„Tansy?"*

„Nein, Tansy. Beweg dich nicht." Jeffrey starrte nun in die gegenüberliegende Richtung. „Bleib ganz geheim, damit dich niemand sieht."

Ein langgezogenes Stöhnen ertönte. Tansy klang betrunken, oder vielleicht nur halb bei Bewusstsein. „Okay. Du auch dann. Pssssst."

„Psssst", wiederholte Jeffrey. Er schaute Jake in die Augen. „Sie ist in einem Busch. Das ist kein sehr großer Busch."

Scheiße. „Komme ich da ran?"

Jeffrey schaute über den Rand der Klippe über seinem Kopf. „Nein."

Das Handy in Jakes Tasche klingelte, und er fuhr fast aus der Haut. Irgendwie blieb er stehen, ging ran und stellte es auf Lautsprecher. „Ja?"

„Ich kann euch alle sehen, aber es gibt keinen Weg von hier." Aiden keuchte die Worte. Er war den ganzen Weg nach unten schon gesprintet. Er senkte die Stimme. „Ach, Scheiße. Melissa hat es nicht geschafft."

„Sie ist da?"

„Auf dem Fahrersitz von Tansys SUV. Irgendwie auf dem Fahrersitz – sie wurde herumgeschleudert. Himmel, das ist ein Saustall." Aiden holte tief Luft. „Ich habe noch mal nachgeschaut. Sie atmet nicht, und es gibt keinen Herzschlag. Sie ist weg."

Vielleicht hätte Jake irgendwas anderes als Taubheit über diese Nachricht verspüren sollen, aber das Entsetzen und die Angst um Tansy und Jeffrey überwogen alles. „Such weiter nach einem Weg, um auf den Hügel zu kommen. Oder zumindest sie zu fangen, falls sie fallen."

Eine unmögliche Aufgabe, doch Aiden war freundlich genug, ihm das nicht zu sagen. „Sei klug, Bro. Denk jede Bewegung durch."

„Jake, ich habe die Kabel." Petra kam ganz langsam auf ihn zu. „Hol Hilfe", sagte Jake zu Aiden, bevor er sein Handy wegsteckte und Petra vorwinkte. „Ist dir nach ein wenig Klettern?"

„Klar." Petra hielt einen Schritt entfernt an, beobachtete, wie er seinen Gürtel aus der Hose holte und ihn ihr gab. „Hervorragend. Binde das Kabel mit einem Doppelknoten hinten dran, und du kannst mich hier verankern, damit ich sehen kann, wie alles aussieht."

„Jeffrey sagt, dass er nicht auf festem Boden steht, und ich habe Tansy gehört."

Petras Augen wurden groß, während sie den Gürtel um ihre Taille legte. „Sie ist hier?"

„Irgendwo auf dem Weg nach unten. Noch nicht außer Gefahr", sagte Jake leise. „Geh kein Risiko ein, okay? Schau ... es dir nur einfach erst an."

So sehr er unbedingt Tansy und Jeffrey in Sicherheit wollte, wenn Petra irgendetwas zustieß, würde es Aiden nicht überstehen.

Petra drückte Jake am Arm. „Ich tue alles, was ich tun kann."

Jake führte das Ende des Kabels doppelt um seinen Unterarm und packte das biegsame Plastik so fest wie möglich. Er stemmte sich leicht nach hinten für den Fall, dass Petra ausrutschte, und redete mit Jeffrey. „Halt dich fest und sieh zu. Falls sich irgendwas bewegt, sag uns, wir sollen aufhören. Kannst du das tun?"

„Ja." Jeffrey schaute über seine Schultern. „Tansy?"

„Ich bin hier, Kleiner. Ich hänge nur rum."

Mein Gott. Nur Tansy konnte zu einem solchen Zeitpunkt

Witze machen.

„Wir kommen, um dich zu holen, Tans. Beweg dich nicht", befahl Jake.

„Nicht bewegen ist eine gute Idee. Ich glaube, ich stecke fest. Und bin ein bisschen kaputt."

Petra hatte es fünf Schritte von Jake weggeschafft, und sie spähte über den Rand, ein leises Lachen entschlüpfte ihr. Es klang sehr viel mehr erzwungen als sonst, aber es half trotzdem. „Du hängst kopfüber, meine Liebe. Festsitzen ist noch ein paar Minuten lang gut."

„Das ganze Blut sammelt sich in meinem Hirn", setzte Tansy an, bevor sie aufhörte. „Macht vielleicht schnell? Ich habe gerade gespürt, wie sich was bewegt."

„Ich beeile mich, das verspreche ich." Petra legte sich auf den Bauch, ein Bein über der Kante, während sie sich zu Jeffrey schob. „Hi, Kumpel. Sobald ich dich erreiche, packst du mich und kletterst, okay? Jake hält mich fest, also mach ruhig und klettere wie ein kleines Äffchen."

Die Fremdstarterkabel waren die längsten, die es zu kaufen gab, doch Jake ging schnell sein improvisiertes Seil durch. „Wie weit noch?", fragte er Petra.

„Noch eine Armeslänge." Petra fluchte leise. „Jeffrey, schau mich an. Du musst für mich die Hand ausstrecken."

„Der Fels wackelt", flüsterte Jeffrey.

„Ich sehe es. Aber ich bin fast da. Warte noch ..."

Plötzlich hing das Gewicht am Seil, als Petra verschwand, was Jake fast von den Beinen riss. Jeffrey japste scharf, bevor das Geräusch abgeschnitten wurde.

„Petra", brüllte Jake.

„Uns geht's gut. Ich habe ihn. Ich habe dich, Kleiner. Es ist okay." Petra sprach laut, damit sie über Jeffreys Weinen noch gehört wurde. Jake ignorierte alles, während er die Absätze in die Erde bohrte und das Kabel eine Hand nach der anderen hochzog.

Petras Kopf erschien über dem Rand, und einen Augenblick später kletterte Jeffrey über ihre Schultern, direkt zu Jake. Noch einen Augenblick später hatte er Jakes Hals im Todesgriff.

„Lass mich Petra holen …“, setzte Jake an, doch Petra schnitt ihm das Wort ab, kroch auf Händen und Knien hoch.

Sie wickelte das improvisierte Seil in den Armen auf und ging zur Straße über ihnen. „Wir müssen direkt von oben kommen. Komm schon. Ich habe das Seil.“

Jake hob Jeffrey auf. „Tansy. Alles okay?“

„Wunderbar.“ Das Wort war leise und verwaschen.

„Bleib wach, Baby.“

„Okay. Jake? Ich liebe dich.“

Das geschah doch gerade nicht. „Ich liebe dich auch. Halt dich fest. Wir holen dich gleich raus.“ Er ignorierte den Drang, sich sofort über den Rand zu stürzen, und schoss den Hügel hinter Petra hoch.

Die Zeit und ihr Glück liefen ihnen doch sicher davon. Wie viel länger konnte Tansys heikler Halt noch andauern?

23

———

Das Pochen in ihrem Kopf wollte nicht nachlassen. Andererseits bedeutete der Schmerz, dass sie nicht tot am Fuß des Hügels lag, also musste man es als etwas Positives sehen, beschloss Tansy.

Hätte sie sich ein paar Sekunden, bevor ZenBaby aufgeprallt war, aus dem Auto stürzen können, und nicht erst danach, hätte es anders ausgesehen. „Fürs nächste Mal merken: schneller bewegen."

Mein Gott, bitte lass ein nächstes Mal stattfinden, damit sie auch später noch schlechte Entscheidungen treffen konnte.

Ihr linkes Bein pochte im Einklang mit dem Pulsieren in ihrer Schläfe, aber sie hatte bereits einmal den Fehler gemacht, zu versuchen, ihre Position zu ändern – nö. Als sie auf dem Boden aufgetroffen war, und der Boden beschlossen hatte, es ihr zurückzuzahlen, war in ihrem Schienbein auf jeden Fall etwas gebrochen.

Jetzt, da der Adrenalinrausch langsam verging, half die Taubheit in ihrem Verstand. Das bedeutete, dass alles nicht mehr so sehr wehtat, wie es hätte wehtun sollen. Aber die ganze Sache, dass ihr Kopf tiefer hing als der Rest ihres Körpers, bedeutete, dass sie allmählich schon Flecken vor den Augen sah.

Dann sah sie plötzlich das Gesicht eines Engels. Falls Engel aussahen wie Ryan Zhao, einer von der Freiwilligen Feuerwehr in Heart Falls.

„Das ist sogar für dich mal was Neues, Tans." Seine Hände bewegten sich rasch, aber sein Lächeln war wie festgezurrt. An ihrer Taille klickte etwas, und er atmete erleichtert aus. „Du hängst jetzt an einer Rettungsleine. Wenn die Felswand nachgibt, baumeln wir vielleicht ein bisschen, aber du bist in Sicherheit."

„Hervorragend." Das Wort klang leicht verwaschen. Tansys Zunge schien nicht mehr ganz in ihren Mund zu passen. „Wie geht's Jeffrey?"

„Besser als dir", versicherte ihr Ryan, der nach dem Spineboard griff, dass rechts von ihm baumelte. „Der Teil wird jetzt ein wenig unangenehm. Schrei ruhig, wenn du das brauchst."

„Kann ich nicht." Tansy biss die Zähne zusammen, während Ryan neben ihr das Board in Stellung brachte. „Ich kann Jake doch keine Angst einjagen."

Ryan lachte leise. „Interessant, dass er derjenige ist, um den du dir Sorgen machst."

„Er liebt mich", setzte Tansy Ryan in Kenntnis.

„Habe ich gehört. Jetzt mach dich bereit. Es geht auf drei los. Bereit?"

O mein Gott, das würde wehtun. Tansy zählte mit Ryan und atmete aus, während er sie auf das Brett schob. Der Schrei hinter ihren Zähnen blieb dort mit reiner Willenskraft, ein unterdrücktes Knurren entschlüpfte ihr stattdessen.

Irgendwann während des Festschnallens ließ Tansy sich von der Dunkelheit davontragen.

Als nächstes spürte sie etwas Kühles an ihrer Haut und hörte das Geräusch von sanftem Piepen im Hintergrund. Ein vorsichtiges Einatmen brachte ihr den Geruch nach Antiseptikum und einen betonten Schmerz in den Rippen. „Gah."

„Tansy?"

Finger legten sich um ihre Hand. Tansy blinzelte, um vertraute blaue Augen in einem besorgten Gesicht zu sehen, das neben ihr war. „Du bist es."

„Zum Glück bist du wach." Jake nahm sanft ihr Gesicht mit einer Hand, klammerte sich mit der anderen an sie. „Jeffrey ist in Sicherheit."

Sie hatte gerade fragen wollen. „Gut. Das ist gut. Nein, das ist ganz wunderbar."

„Schon. Du andererseits? Du hast einen gebrochenen Schienbeinknochen. Es war ein sauberer Bruch, und er ist gut gerichtet. Aber sonst, wie fühlst du dich?"

Tansy nahm sich einen Augenblick, um eine echte Einschätzung vorzunehmen. Schmerz tanzte über ihren Körper, ihre Handflächen waren aufgescheuert, ihr linker Unterschenkel war auf jeden Fall in einer Schiene. Sie schaute sich im Krankenhauszimmer um, ihr Blick zögernd auf dem mysteriösen Mann, der in der offenen Eingangstür stand. Er war eindeutig wie ein Polizist gekleidet, und seine Füße waren breit aufgestellt, die Hände vor ihm verschränkt. Obwohl er sie nicht anstarrte, behielt er sehr wahrscheinlich sie und Jake im Auge.

Dann konnte sie den Mann nicht mehr sehen, denn Jake nahm ihr Gesicht in beide Hände und gab ihr einen sanften Kuss.

Verflixt sollten doch die Schmerzen sein. Sie war am Leben. Tansy erwiderte den Kuss, legte die Arme um seinen Nacken, so gut sie konnte, während sie am Tropf hing. Jake umarmte sie so fest, bis Tansy heftig nach Luft schnappen musste. Machte ihr das was aus?

Kein. Winziges. Bisschen.

Die Umarmung löste sich leicht, als Jake tief Luft holte und sie langsam ausstieß.

Tansy holte auch tief Luft und stieß sie aus, nur dass sie die Lippen schürzte und ihm ins Gesicht blies.

Seine Lippen zuckten, und ein Teil der Angst in seiner Miene verschwand. „Schabernack."

„Du weißt doch, dass du mich liebst."

„Schon." Seine Miene wurde ernst. „Können wir über was Wichtiges reden?"

„Ja." Denn sobald das rum war, konnte sie nach weiteren Schmerzmitteln fragen. Außerdem war der Typ, der sie vom Eingang aus beobachtete, schon gruselig, um ehrlich zu sein.

Jake lehnte sich zurück und redete langsam, aber deutlich genug, dass er von dem Mann an der Tür gehört wurde. „Ich habe ein paar Gefallen eingetrieben. Jackson Murray ist ein Freund, und er leitet diese Ermittlung. Weißt du noch, was passiert ist?"

„Ja." Tansy zögerte, durchforstete ihre Erinnerungen. „Habe ich Aiden richtig verstanden? Melissa hat es nicht geschafft?"

Seine Miene wurde wieder grimmig. „Ja. Und ich kann nicht sehr viel mehr sagen, denn Jackson muss dir die offiziellen Fragen stellen, aber die Tatsache, dass Melissa in deinem SUV gestorben ist, ist ein ziemlicher Schlamassel."

Tansy bebte. Das hätte sie sein können …

„Pssst." Jakes starke Arme legten sich wieder um sie. „Du bist am Leben. Du bist in Sicherheit."

„Jeffrey ist auch in Sicherheit." Tansy nickte an Jakes Brust. Es fühlte sich immer noch nicht möglich an, aber sie würde sich an alles Gute klammern, das ihr zur Verfügung stand. „Ermittlung? Bin ich eine Verdächtige, was ihren Tod angeht?"

„Nein. Nicht wirklich. Aber er muss mit dir reden." Jake wies mit dem Kopf zur Tür. „Ist es okay, wenn er reinkommt?"

Sie hätte erst gern sehr viel mehr Zeit zum Reden gehabt, aber das war vermutlich keine Option. „Schätze schon."

Jake drückte ihr die Hand, während er sich erhob. „Keine Sorge. Jackson ist auf unserer Seite. Das wird schon."

Jackson war ein dunkelhaariger weißer Mann mit silbernen Schläfen und einer Brille mit Drahtrahmen, die er sofort hochschob, nachdem er Tansy die Hand geschüttelt hatte. „Tut mir leid, dass wir das gleich machen müssen, aber je eher wir die Information bekommen, umso besser."

„Okay." Tansy richtete sich auf. „Was müssen Sie wissen?"

„Petra hat Ihr Handy gefunden, also haben wir die Nachricht gesehen, die Melissa Ihnen geschickt hat." Jackson holte ein Notizbuch und einen Stift heraus. „Warum hat Melissa gefragt, ob Sie Jeffrey wollen?"

Mein Gott, was war die richtige Antwort? Wie viel von der Wahrheit hatte Jake seinem Freund erzählt? Tansy schaute absichtlich nicht zu Jake, während sie im Geiste die Optionen durchging, was sie sagen könnte.

Letztlich entschied sie sich für die einfache Wahrheit. „Ich wollte, dass Jeffrey ein besseres Leben hat als das, was Melissa ihm bot. Sowohl Jake als auch ich wollten das, und Melissa wusste es."

Jackson machte sich ein paar Notizen. „Was ist passiert, als Sie an den Aussichtspunkt kamen?"

Die Erklärung des Vorfalls mit dem Kofferraum, und ihre beschissenen Bremsen im SUV, und den verrückten Kampf, um aus dem Auto zu kommen, brauchte mehr Energie, als sie erwartet hatte, und am Ende fühlte Tansy sich wie einige Tage alter Sellerie, als sie sich an ihre Kissen lehnte und am Wasser nippte, das Jackson ihr gereicht hatte.

Jackson nickte ein paar Mal langsam, während er seine Notizen fertig schrieb. Er schaute zwischen Tansy und Jake hin und her, dann neigte er das Kinn. „Ich habe genug gehört. Du bekommst eine Kopie der Papiere, von denen wir geredet haben, sobald es möglich ist, Jake, und das wird dann alles abdecken."

„Das wissen wir zu schätzen", sagte Jake mit ausgestreckter Hand, als der Mann aufstand.

Jackson schüttelte sie fest, dann lächelte er Tansy sanft an. „Sie sind eine ganz Glückliche. Eine zweite Chance im Leben und so weiter."

„Wird auch nie langweilig", gab Tansy zurück.

Die Tür schloss sich, und Jake kehrte an ihre Seite zurück. „Tut mir leid, dass ich dir keine Vorwarnung geben konnte. Du hast es toll gemacht."

„Weiß er von dem ganzen Schwachsinn, den Melissa dir aufgehalst hat?", fragte Tansy leise.

„Irgendwie schon?", entgegnete Jake. „Jackson ist einer von denen, die ich gebeten habe, Melissa nachzuspüren, als sie verschwunden ist. Also wusste er, dass die Dinge nicht so toll waren – wie sie Jeffrey behandelte."

Tansy konnte nicht alles wirklich aneinanderreihen, aber an einen Part erinnerte sie sich. „Was für Papiere?"

Jake holte noch mal tief Luft. „Weißt du noch, als Melissa wollte, dass ich auf Jeffreys Geburtsurkunde stehe? Während der Aufräumaktion in der Wohnung, nachdem sie gegangen ist, hat Declan die Papiere gefunden, die sie bereits unterschrieben hatte, und zwar im Müll. Er behielt sie. Ich habe unterschrieben, und Petra hat eine Kopie davon in die Datenbank hochgeladen. Auf dem Papier bin ich offiziell als

Jeffreys Vater gelistet, was bedeutet, dass ihn uns niemand wegnehmen kann."

Ein plötzlicher Funke flammte in Tansys Brust auf, und sie keuchte über das Gefühl. Es war schmerzhaft und perfekt, und im nächsten Augenblick quollen ihre Tränen aus den Augen, als wäre ein Damm in die Luft geflogen, und es gab nichts, was sie tun konnte, um sie aufzuhalten.

„Mein Gott, *Tansy*. Was ist denn los?" Jake strich mit der Hand über ihre, als würde er nach einer neuen Verletzung suchen. „Muss ich den Arzt rufen?"

„Nein. Ich bin glücklich", stieß Tansy keuchend zwischen den Schluchzern hervor. „So glücklich."

Sie hatten sich so lange an die Hoffnung geklammert, dass die Antwort, die bedeutete, dass Jeffrey sicher war, unwirklich schien.

Sie ließ zu, dass sie eine Weile weinte, lehnte sich in Jakes Arme. Ließ die Traurigkeit ihres eigenen fünfjährigen Ichs fallen und einen soliden Stand mit High Water finden, und allem, wofür es einstand.

Einen soliden Stand mit Jake an ihrer Seite.

Als sie sich löste, bewegte er sich nicht. Blieb einfach in der Nähe, bot seine Unterstützung an. „Danke, dass du da bist", flüsterte sie.

„Ich will nirgendwo anders sein", entgegnete Jake leise. „Da bin ich übrigens nicht der Einzige. Deine ganze Familie ist stundenlang da geblieben, bis ich sie überzeugt habe, dass sie nach Hause gehen."

Sie schnaubte. „Wie hast du denn das geschafft?"

„Bestechung", gab er zu. „Wir werden zum Abendessen bei deinen Eltern erwartet, sobald du dich dem gewachsen fühlst. Dann ein Besuch bei Ivy und Walker, gefolgt von Rose und Chance." Sein Grinsen wurde breiter. „Außerdem scheint es, als hätte deine Schwester Fern große Neuigkeiten, die sie dir persönlich mitteilen möchte."

„Echt?" Tansy dachte zurück an das seltsame Benehmen ihrer Schwester bei der Versteigerung. „Okay. Also sind wir in der nächsten Woche ausgebucht?"

„Auf jeden Fall."

Tansy zögerte. Jake hatte gesagt, alles wäre okay, aber die Angst blieb wie ein Ziehen in ihrer Seele. „Wo ist Jeffrey?"

Jake strich ihr sanft eine letzte Träne mit dem Daumen von der Wange. „Er ist bei der Familie in High Water. Wir wussten nicht, wie lange du nach der Operation bewusstlos sein würdest, um dein Bein zu richten." Er verzog das Gesicht. „Außerdem wollte ich ihn nicht da haben zur polizeilichen Ermittlung. Jackson ist felsenfest, aber nur für den Fall ..."

„Nein", sagte Tansy rasch. „Ich bin froh, dass Jeffrey nicht hier ist. Obwohl ich ihn sehr gerne sehen würde. Er war so mutig, Jake. Er hatte so viel Angst, aber er war so mutig."

„Er ist ein tapferer kleiner Junge. Du wirst aber bis morgen warten müssen, um ihm das zu sagen, denn es ist schon spät. Die Besuchszeiten sind schon um, und sie haben ihn im Haus ins Bett gesteckt." Jake deutete auf die Uhr an der Wand. „Du hast das Abendessen verpasst."

„Ich bin nicht hungrig." Sie zögerte. „Es tut mir leid, dass Melissa tot ist. Das wollte ich nicht."

„Das wollte keiner von uns", sagte Jake leise. Sie verschränkten die Hände ineinander und starrten ganz lange auf die Verbindung, bevor er seinen Blick zu ihrem hob. „Melissa hat Entscheidungen getroffen, Tansy. Genauso wie du und ich. Auf jedem Schritt des Weges mussten wir entscheiden, wie wir handeln und reagieren auf das, was das Schicksal uns zugespielt hat. Irgendwo auf dem Weg ist sie eingebrochen und hat die falsche Abzweigung genommen. Das liegt ganz an ihr. Wir können jetzt nur versuchen, einen

Unterschied in dem Leben zu machen, das sie hinterlassen hat."

„Jeffrey."

Er nickte. „Jeffrey."

Ein Klopfen an der Tür erklang einen Augenblick, bevor ein Pfleger hereinkam. „Zeit für die Medikamente", bemerkte der junge Mann fröhlich. „Es ist besser, dem Schmerz voraus zu bleiben, damit Sie heute Nacht etwas ausruhen können."

„Okay." Tansy beobachtete, wie er die Dosis am Tropf neben dem Bett einstellte und dann rasch ging. Sie wandte sich an Jake. „Morgen gehe ich aber nach Hause."

„Auf jeden Fall", stimmte er zu.

Nach Hause. Das war ein Ort, aber mehr als alles andere war es ein Gefühl. Es waren die Leute in ihrer Welt, die ihr alles bedeuteten.

Es war Liebe.

Wie sagte sie ihm das? Wie machte sie klar, dass diese Sache in ihr, für ihn, und für Jeffrey, riesig und glänzend war, selbst während der Traurigkeit des Verlusts, und dem Schlamassel an der Klippe, und im Kofferraum, wo Hebel glühten und ...

„Das sind echt gute Drogen." Tansy blinzelte fest, ein Gefühl im Kopf, als würde sie schweben und sich im Kreis drehen, noch während sie einem wichtigen Gedanken nachjagte. „Heimat ist Liebe. Du und ich. Und Jeffrey. Und die Typen. Und Mädels – Sydney auch. Sie sagt Typen ist unisex, also wir alle."

Jakes Lippen zuckten. „Du bist allmählich high."

„High von der Liebe", stimmte Tansy zu. „Wir sind fast eine Familie."

Moment.

Das hatte sie nicht sagen wollen. Sie musste ihn wissen

lassen, dass sie auf alle Arten, auf die es ankam, eine Familie waren.

Nur das Jake schon aufgestanden war und ihr einen Kuss auf die Stirn gab. „Schhhh. Schlaf jetzt. Ich bin gleich da, wenn du aufwachst, in aller Früh.“

„Wir sollten hei...“ Tansys Zunge kam zum Stillstand, bevor sie alles herausbrachte.

„High jetzt, aber morgen nicht mehr, genau“, entgegnete Jake. „Du bist meine unaufhaltsame Tansy.“

Verdammt. Das war nett, aber es war nicht, was sie gemeint hatte. Es war ein Kampf, die Worte durch die flauschige Decke auf ihrem Gehirn zu schieben, und es geschah einfach nicht.

Sie würde ihn am Morgen fragen müssen. Oder sobald sie wieder auf den Beinen war. Mit der Schiene und allem.

Es war ihnen bestimmt, zusammen zu sein.

24

Eine sanfte Hand landete auf seiner Schulter, und Jake schoss hoch.

„Du kannst dich nicht mehr bewegen, wenn du so geschlafen hast." Sydney schüttelte den Kopf. „Kriech doch neben ihr ins Bett."

Jake spähte mit verschwommenem Blick auf seine Armbanduhr. „Geht es Tansy gut? Was machst du hier?"

„Die sind hier unterbesetzt, also habe ich eine Schicht übernommen." Sydney schaute auf Tansys Karteikarte, dann nickte sie fest. „Ihr geht's gut. Bei der zweiten Dosis haben sie weniger Schmerzmittel verabreicht, also sollte sie um zehn Uhr wach sein. Dann wird sie wohl entlassen und kann nach Hause gehen."

„Wie sieht es bei meinem Bruder aus?"

Sydney schnaubte. „Stur."

Jake widerstand dem Drang, die Augen zu verdrehen. „Bis auf das übliche. Wie geht's seinem Kopf?"

„Er hat sich geweigert, ins Krankenhaus zu kommen, also habe ich ihn auf High Water genäht." In ihren Augen blitzte

Ärger und ein Hauch von etwas, das Jake nur als Befriedigung interpretieren konnte. „Aber er jammert eine Menge herum."

„Declan?" Was genau hatte Sydney seinem stoischen ältesten Bruder angetan? „Womit hast du ihn denn genäht, mit dem Tacker?"

„Eine verführerische Idee. Nächstes Mal ziehe ich das in Erwägung." Sie zuckte mit den Schultern. „Ihm geht's auch gut. In einer Woche kommen die Fäden raus. Bis auf einen Schlag auf den Kopf glaube ich, dass sein Stolz stärker verletzt wurde als alles andere."

„Melissa war nicht, was wir erwartet hatten, auf so vielen Ebenen." Traurigkeit mischte sich mit seinem Gefühl für Glück, und das schien äußerst falsch zu sein.

Ein Teil seiner Emotionen hatte sich wohl auf einem Gesicht gezeigt, denn Sydney hob die Augenbraue. „Du fühlst dich mal lieber nicht schuldig, dass du überlebt hast. Du, Tansy, Jeffrey."

„Da fühle ich mich nicht schuldig." Er musterte sie und beschloss, sich darauf einzulassen. „Kannst du in den nächsten paar Tagen ein Auge auf Declan haben? Nur um sicherzustellen, dass er sich keinen Schaden zufügt?"

„Er ist ein großer Junge", erklärte Sydney. „Er ist vermutlich nicht scharf auf einen Babysitter."

„Nein, das würde er verabscheuen." Jake nickte ernst.

Sie reagierte wie erwartet, ein breites Grinsen stand auf ihrem Gesicht. „Ich sehe zu, dass ich ganz oft vorbeischaue."

Erheiterung tänzelte durch ihn hindurch, während sich Jake den Nacken rieb und näher ans Bett rückte. Der Gedanke, sich Tansy anzuschließen, war verführerisch. Sie schlief auf der Seite, ihre Finger in seinen verschränkt. „Ich will sie nicht aufwecken."

„Nicht mal ein Erdbeben würde sie wecken", versicherte ihm Sydney. „Außerdem, wenn sie irgendwelche Albträume hat, dann bist du doch so viel näher dran, wenn du schon im Bett bei ihr bist. Mach schon", befahl sie, zog den Tropf aus dem Weg und bedeutete ihm, auf die Matratze zu kriechen. „Ärztliche Verordnung."

Tansy murmelte leise etwas, bevor sie sich wieder an seinen Körper schmiegte. Sie zog seine Hand über ihren Bauch und stieß ein zufriedenes Seufzen aus.

Sydney wackelte zum Abschied mit den Fingern, dann schloss sie die Tür hinter sich.

Jake schlief schon, bevor das Klicken ertönte.

Das Aufwachen, während Tansy bebte und leise lachte, ihr Körper sich an seinem wand, war wie der süße Himmel.

„Habe ich was Witziges verpasst?", fragte Jake leise.

„Nein." Tansy tätschelte ihm die Hand. „Ich denke nur, wie nett es war, hier zu sein, und da ist mir klar geworden, dass das ein schrecklicher Ort ist, über den man sich freuen kann. Ich bin froh, dass ich lebe, bin aber nicht so begeistert, in einem Krankenhaus zu sein."

„Ganz normale, beschissene Situation?"

„So ziemlich", stimmte sie zu.

Erst als sie nach Hause kamen, hatte Jake das Gefühl, dass er voll und mühelos einatmen konnte.

Tansy schien es genauso zu gehen. Sie hielt auf der Veranda inne und schaute ihm direkt in die Augen, lehnte sich auf ihre Krücken. „Ich liebe dich."

„Wie praktisch, da ich dich auch liebe."

Was bedeutete, dass sie lachte, während sie das Haus betraten.

Einen Augenblick später sprang Jeffrey auf Tansy wie eine Wildkatze, klammerte sich fest an sie, während Tränen über sein Gesicht strömten.

Tansy tätschelte ihm den Rücken, auch ihre Augen wirkten leicht verweint, während sie Jake anlächelte. Sie wankte leicht, hielt sich aber irgendwie im Gleichgewicht, eine Krücke als Anker festgehalten.

„Er war gerade noch total okay", behauptete Jinx, die zu ihnen an die Tür kam. „Wir haben ein Spiel gespielt, und er war okay."

„Er ist jetzt auch okay", versicherte ihr Tansy. Jake legte die Arme um Jeffrey und Tansy, und die drei schwankten leicht im vorderen Eingangsbereich.

„Es freut mich, dass du in Sicherheit bist, Tansy", bemerkte Jinx.

„Danke. Es ist schön, zu Hause zu sein."

„Danke für alles, was du gemacht hast, um zu helfen", erklärte Jake Jinx. „Das hat etwas ausgemacht."

Das Mädchen hob das Kinn. „Gut." Sie neigte das Kinn und schaute Jeffrey in die Augen. „Hey, Kleiner. Komm und gib Tante Jinx eine Umarmung, damit Tansy wieder auf die Beine kommt. Du kannst mit ihr kuscheln, sobald sie sich hingesetzt hat."

Jeffrey löste sich von Tansy, bevor er sich fest an Jinx klammerte. „Tansy?"

„Ja, Jeffster?", fragte Tansy höflich.

„Ich wohne jetzt hier." Die Worte kamen geflüstert, aber waren auf jeden Fall eine Aussage, keine Frage.

„Du wohnst jetzt hier", bestätigte Tansy, die ihn anlächelte und seine Nase mit dem Finger anstieß. „Passt das für dich?"

Sein Kinn ging auf und ab wie ein Wackeldackel auf einer rumpeligen Straße. „Ja."

Jake legte einen Arm um Tansys Schulter und umarmte sie rasch. „Komm schon. Es ist Zeit, ein paar Pläne mit der Familie zu machen."

Sie grinste ihn an. „Holst du das Notizbuch raus?"

„Das siehst du schon."

Er blieb still, sein Herz schlug bis zum Hals, während jedes

Familienmitglied kam und Tansy mit einer Umarmung oder einem Kuss oder irgendeinem Liebesbeweis begrüßte. Tansy machte viel Gewese um Declans Kopfverband. Petra drückte Tansy so fest, dass er dachte, sie würden vielleicht zusammengeklebt bleiben wie eine Beste-Freundinnen-für-die-Ewigkeit-Statue.

Sogar Logan kam rüber und bot Tansy eine Hand an. „Ich freue mich, dass du nur teilweise kaputt bist.“

„Du und ich gewinnen keine Rennen derzeit, oder?“, scherzte sie.

„Das kommt schon noch“, sagte er, Entschlossenheit im Tonfall.

Sie zog ihn in ihre Arme. „Und wie wir das werden.“

Bis die Reihe der Begrüßung durch war, wirkte Tansy müde. Sie ließ sich am Tisch nieder und lächelte Jake dankbar an, als er einen Stuhl für sie vorzog, auf dem sie ihren Fuß ausruhen konnte. „Lebensretter.“

„Strenger Lehrer“, verbesserte er. „Es gibt Arbeit zu tun.“

Tansy runzelte kurz die Stirn, als sich ihnen alle anschlossen und sich um den Tisch niederließen. „Arbeit?“

Jeffrey stieg auf Jakes Schoß, legte den Kopf an Jakes Brust, und ein warmes Summen des Glücks leuchtete in seinem Inneren. „High Water verändert sich.“

„Sommerplanungstreffen“, erklärte Petra.

„Anpassungen unserer Abläufe, Wohnsituation, sowas eben.“ Kevin stellte eine Tasse Tee vor Tansy ab, dann setzte er sich auf seinen Stuhl.

Eine kleine Hand berührte Jake am Gesicht. Jeffrey schmiegte sich an, tätschelte ihm leicht die Wange. Vertraute darauf, dass er in Sicherheit war.

Vertraute darauf, dass er geliebt wurde.

Vertrauen. Wunderschön und wertvoll.

Vertrauen ... und Liebe. Die gingen wirklich Hand in Hand.

~

DIE VERSAMMLUNG WAR NICHT DAS, was sie erwartet hatte, gleich nach ihrer Heimkehr auf die Nase gebunden zu bekommen, aber es war eine gute Idee, beschloss Tansy. Hätte sie sich aufs Sofa gelegt, wäre sie vielleicht gleich wieder abgetaucht, um den Vortag geistig zu verarbeiten, und daraus wäre nichts Gutes erwachsen.

Sie nahm ihren Tee und nippte daran, stellte sich auf das ein, was vielleicht als nächstes kam. „Veränderungen?"

„Es ist wichtig, dass wir unsere Ziele im Auge behalten", erklärte Declan ernsthaft.

„Ach, Moment mal. Du brauchst das." Jinx brachte Tansy eine Schachtel.

Alle starrten erwartungsvoll, während Tansy eine schwarze Kiste mit einer Reihe silberner Sterne in der Mitte nahm. „Das ist hübsch."

„Mach auf", verlangte Jinx ungeduldig. „Jake hat es für dich gekauft."

„Wirklich?" Sie schaute ihm in die Augen, dann senkte sie die Stimme. „Ist es sicher, das in aller Öffentlichkeit zu öffnen?"

Er lachte leise. „Äußerst sicher."

Aufgeregt öffnete sie die Oberseite, um ein schwarzes, fest gebundenes Notizbuch mit einer Mischung aus silbernen und goldenen Sternen oben drauf zu enthüllen. Der Teil mit dem Notizbuch schrie nach Jake. Die Sterne waren schon eher ihr Stil.

„Schön und praktisch." Tansy lachte ihn an. „Vielen Dank."

„Mach auf." Jinx wieder. Das Mädchen hüpfte fast auf dem Platz auf und ab.

Tansy hob eine Augenbraue, tat aber, wie geheißen. Anstatt frischer, sauberer Seiten, wie sie es erwartete …

„Da hat schon jemand was reingeschrieben. Ich verstehe …"

Ihre Worte erstarrten. Die erste Seite war leer, aber auf der zweiten Seite war Petras vertraute Handschrift zu erkennen, und sie begann mit: *Den besten Freunden gehört ein Teil deines Herzens für alle Zeiten.*

„Hübsche Notizbücher sind doch am schlimmsten." Petra beugte sich vor, während sie eine Erklärung abgab. „Das ist, als würde man sie nicht benutzen wollen, nur für den Fall, dass man einen Fehler macht oder es vermasselt. Also haben wir beschlossen, dass wir die Dinge für dich beginnen."

Auf gar keinen Fall wollte Tansy zu gehetzt durch die Nachricht von Petra lesen. Oder die auf der nächsten Seite von ihrer Schwester Rose. Oder diejenige danach, die von ihrer Oma Sonora unterzeichnet war.

Tansy blätterte langsam durch die Seiten, erhaschte einen kleinen Blick auf Liebesnachrichten und Akzeptanz von allen Leuten in ihrem Leben, die für sie die Welt bedeuteten. Alle am Tisch. Nachrichten von ihrer Familie.

Mit einem festen Lächeln bebten ihre Lippen ein wenig, als die Gefühle sie trafen.

Sie blätterte zu einer Seite, auf der ein paar Skizzen waren, und hielt inne. Sie legte das Buch offen auf den Tisch. „Was ist das?"

„Mögliche Renovierungen des Haupthauses", erklärte Jake.

Tansy schaute ihm in die Augen. „Noch mehr Umbauten?"

„Wir haben ein paar gute Pläne festgelegt, als wir von High Water geträumt haben", sagte Aiden. „Die Wohnbereiche für jeden von uns Skye-Brüdern unter dem Künstleratelier zum

Beispiel. Aber wir haben vergessen, dass sich das Leben wandelt, und unsere Bedürfnisse sich auch verändern werden. Wir sind keine drei Junggesellen mehr, die in Zimmern hausen."

Tansy beäugte die Zeichnungen genauer, ihr Mund stand offen, während sie im Geiste die Räume neu auslegte und herausbrachte, was es bedeutete. „Ist das ein Zusatz hinter meinem Schlafzimmer?"

Jake richtete Jeffrey leicht neu aus. Die Augen des Kindes waren halb zugefallen. Er hatte vermutlich schrecklich geschlafen nach der Hölle der letzten Wochen.

Oh. *Oh*.

„Ein Zimmer für Jeffrey", riet Tansy.

„Ja, und ein kleiner Wohnbereich, damit du Privatsphäre haben kannst, selbst wenn es Ranchhelferinnen gibt." Jake räusperte sich, wirkte leicht verlegen. „Damit *wir* Privatsphäre haben können."

Tansy lachte leise, als wolle sie Jeffrey nicht erschrecken. „Für einen leisen, zurückgezogenen Typen bringst du ja die Sache zwischen uns echt richtig raus in alle Öffentlichkeit."

„Wenn man verliebt ist, macht man dumme Sachen", sagte Jake gedehnt.

„Das habe ich schon gehört", scherzte Tansy.

Sie grinsten einander an.

Sie war so verdammt verführt, diesen letzten Schritt zu gehen, den Teil, den sie am letzten Abend ausspucken hatte wollen, bevor sie durch die Medikamente ausgelaugt worden war, aber die Zustimmung spielte eine Rolle. Es schien zwar ein ziemlich großer Hinweis zu sein, dass ihr einen Familienwohnraum vor ganz High Water vor die Füße geworfen wurde, aber sie wollte eine Sache, die nur sie zwei waren.

„Gefällt dir der Gedanke?", fragte Declan.

„Es ist eine tolle Idee", erwiderte Tansy fest, spähte genauer auf die Seiten. „Macht euch aber nicht die Mühe, da eine Küche reinzubauen."

„Nur Platz für einen Teekessel und einen Snackkühlschrank", schlug Jake vor.

„Perfekt." Tansy schaute sich um bei der Familie, die am Tisch versammelt war. Denn das waren sie. Genauso eine Wahlfamilie wie die Fields es waren. „Denn das ist meine Küche." Sie deutete auf die Arbeitsflächen und Öfen hinter ihr. „Mein Bereich. Mein *Schatz* ...“ Das letzte sprach sie einem nasalen, scherzenden Tonfall aus.

Das sofortige Lächeln im Gegenzug war perfekt.

Die nächste Stunde wurde mit dem tatsächlichen Planen verbracht, nicht nur für die Renovierungsarbeiten am Haus. Kevin und Logan stritten sich gut gelaunt darüber, wer in Jakes ehemaligen Raum einziehen sollte, wobei sie beide darauf beharrten, dass der andere es tun sollte. Logan gewann den Kampf, was bedeutete, dass Kevin die Augen verdrehte, aber bereitwillig mit Declan und Logan loszog, um seine Sachen in die Wohnung zu bringen.

Tansy kämpfte gegen die Erschöpfung, dann kicherte sie, während Petra sich dicht ranbeugte und sie anschaute. „Was für ein hübsches Gesicht."

„Das ist mein *Du wirst tun, was ich dir sage*-Gesicht. Schlafenszeit. Wie du gehört hast, hast du mindestens eine Woche lang keine offiziellen Kochpflichten."

„Ich will aber kochen." Wenn auch nicht genau in diesem Augenblick.

„Vertrau mir." Aiden rückte neben Petra. „Man wird dich sehr oft zu Hilfe rufen. Aber du bist Sous-Chef, nicht der Chefkoch."

Jetzt war nicht der Zeitpunkt, um zu erklären, dass das

mehr Arbeit bedeutete, nicht weniger. „Also gut. Ich werde schneiden und hacken, wie man es mir befiehlt."

„Gerade jetzt wirst du Schäfchen in deinem Bett zählen", befahl Petra.

„Ja, Ma'am." Tansy schob sich hoch, nahm die Krücken entgegen, die Jake ihr reichte. „Hast du vor, dich mit mir hinzulegen?"

„Auf jeden Fall." Jake zögerte. „Aber wir müssen erst noch was tun."

„Klar." Tansy beäugte ihre Beinschiene. „Solange man dafür nicht tanzen muss."

Er hielt ihr seine Hand hin. „Keine Tansy-Tanzskala heute Abend."

Aiden zwinkerte. Petra grinste. Sogar Declan sah aus, als würde er wissen, was bevorstand, aber Jake ignorierte den Rest des Raumes und führte Tansy zu den Schlafzimmern.

Sie wankte, als er sie nach links führte, anstatt nach rechts. „Okay?"

„Ich will nach Jeffrey schauen", erklärte Jake.

Jinx hatte ihn während des Treffens weggebracht und ihn zu einem eigenen Nickerchen ins Bett gelegt. „Er schläft vermutlich." Tansy spähte durch die Tür, dann summte sie leise. „Du schläfst nicht."

Jeffrey saß aufrecht auf der Matratze, die sie vorübergehend in die Ecke von Jinx' Zimmer gelegt hatten, damit er nicht allein sein würde.

Er wirkte nervös, und Tansy eilte an seine Seite, so schnell sie konnte. „Hey, Kleiner. Du solltest schlafen."

Er schaute an ihr vorbei zu Jake. „Ich habe etwas für dich."

Man musste es etwas koordinieren, doch mit Jakes Hilfe setzte sich Tansy auf die Matratze neben den äußerst aufgeregten Jeffrey.

Jake ließ sich auf der anderen Seite nieder, ein erfreutes Lächeln auf dem Gesicht. „Mach schon", forderte er ihn auf.

Jeffrey holte tief Luft, dann schob er die Hand unter sein Kissen. Er zog ein glänzendes silbernes und goldenes Armband heraus, das seltsam vertraut wirkte ...

„Oh. Das habe ich schon mal gefunden." Tansy runzelte die Stirn. „Moment, das habe ich vor sehr langer Zeit gefunden und es ganz vergessen." Sie schaute Jake an, aber er lächelte beruhigend Jeffrey an. „Ich weiß nicht, wem es gehört."

„Ich schon", sagte Jake leise. „Mach schon, Jeffrey."

„Ich habe es nicht gestohlen." Jeffrey rümpfte die Nase. „Ich meine, ich *habe* es gestohlen, aber ich habe es ihr nicht gegeben. Es gehört dir. Ich wollte es dir zurückgeben."

Tansys Gedanken rasten. „Das habe ich gefunden – Himmel, an dem Tag, an dem die Mädchen Logan entdeckt haben. Es war unter dem Sofa. Und als eines zum anderen kam, habe ich es an einen sicheren Ort gebracht und dann vergessen."

„Es war in deinem Bad." Jeffrey wirkte, als wolle er gleich weinen. „Es gehört dir."

„Ach, du Süßer. Vielen Dank. Es freut mich, dass du es zurückgegeben hast. Komm her." Sie öffnete die Arme, und Jeffrey schmiegte sich dicht an. Sie schaute zu Jake, hoffte auf ein paar weitere Hinweise. „Du hast gesagt, du wüsstest, wem das Armband gehört?"

„Es gehörte meiner Mom", sagte Jake leise.

Wow. „Wie ist es unter das Sofa geraten?"

„Ich bin mir nicht sicher, aber dieser Teil spielt keine Rolle. Jeffrey hat eine Entscheidung getroffen, um das Richtige zu tun, und das ist hier wichtig." Jake beugte sich vor und spähte zu Jeffrey. „Gut gemacht, Kumpel. Es ist nicht einfach, das Richtige zu tun, aber du hast es getan. Ich bin stolz darauf."

Die Tränenschleusen öffneten sich. Tansy war selbst ein bisschen weinerlich.

„Hey, mir machen ein paar Tränen nichts aus, aber ich brauche deine Hilfe. Wenn du also kannst, gehen wir den nächsten Schritt, okay, Jeffrey?" Jake klatschte leise in die Hände.

Jeffrey wand sich los, wischte sich mit dem Handrücken übers Gesicht. „Okay."

„Wie wir es geübt haben", ermunterte ihn Jake. Der Kleine nickte eifrig, dann wandte er sich an Tansy. „Jake sagt, er ist jetzt mein Daddy."

O Gott. Tansy hing am seidenen Faden. „Ja, das ist er. Und er liebt dich sehr."

Denn für sie machte es wirklich etwas aus, geliebt zu werden, und das würde es auch bei Jeffrey tun.

Der Kleine wedelte mit der Faust, in der das Armband war. „Das ist ein Mommy-Armband."

Ihr Herz machte einen Satz, hämmerte an ihren Brustkorb.

Jeffrey öffnete seine Hand, bot ihr das Schmuckstück wie ein Opfer dar. „Es ist für dich."

„Perfekt." Mit null Zögern nahm es Tansy und hielt es sich an die Brust. Sie schluckte den Kloß in ihrer Kehle. „Denn ich liebe dich und ich will deine Mommy sein."

Die dreifache Umarmung, die darauf folgte, war perfekt ungelenk und sehr tränenreich. Tansy hätte es gar nicht anders gewollt.

Als Jeffrey schließlich nach unten ging, die Augenlider zögerlich zum Schlaf geschlossen, hob Jake Tansy auf, und sie stahlen sich in ihr – ihrer beider – Schlafzimmer.

Jake blieb am Eingang stehen. „Tut mir leid, dass ich das unangekündigt auf dich losgelassen habe. Als er mir das Armband gezeigt hat, hat er sich Sorgen gemacht, dass Melissa das getan hat, was sie getan hat, weil er es vor ihr versteckt hat.

Ich musste ihm sagen, dass ich sein Dad bin, und dann wollte er unbedingt wissen, ob du seine Mom bist, und ...“

„Heirate mich.“ Tansy stieß es aus, unterbrach Jakes Monolog, lehnte sich auf ihre Krücken, während sie diesen Mann angrinste, der nun genau auf die richtige Art impulsiv war.

Jake stand der Mund offen.

„Heirate mich“, wiederholte sie. „Ich würde ja auf ein Knie gehen, aber ich komme dann vielleicht nicht mehr sonderlich schnell wieder hoch.“

Sein Grinsen wurde groß. „Ich würde sagen, du hättest mir erst Wein und Essen ausgeben sollen, aber das machst du ja so gut wie jeden Abend.“

„Ich habe einen Ring für dich“, setzte ihn Tansy in Kenntnis.

Er starrte sie an. „Hör doch auf.“

Es fühlte sich toll an, das sagen zu können. „Ich. Habe. Vorgeplant.“

„Du bist mehr als nur großartig.“ Jake legte sich um sie. „Wo ist mein Ring?“

„Wo ist erst meine Antwort?“

Einen Augenblick später saß Tansy auf Jakes Schoß auf der Bettkante. Er strich mit den Handknöcheln über ihre Wange, Liebe in den Augen, während er ihr Gesicht musterte. „Ich wollte lernen, wie man mehr ist wie du. So verliebt ins Leben und die Leute um dich herum. So voller Freude und Leidenschaft. Ich hätte mir nie träumen lassen, wie ansteckend es sein würde – wenn man dem vollen Maximum Leben ausgesetzt ist, macht das süchtig. Aber es ist nicht nur deine Spontanität, es ist dein Herz. Du gibst so viel. Du liebst mit jeder Faser deines Seins.“

Tansy küsste ihn sanft. „Heirate mich“, sagte sie wieder.

„Es wäre mir eine Ehre, auf jede mögliche Art der Deine

zu sein. Aber du hast mich ja bereits, mit Herz und Seele." Jake zog sich zurück, als sie ihn gerade wieder küssen wollte. „Mein Ring?"

Sie lachte. „Seitentisch. Er ist in der Kerzenschachtel mit dem rosa Mandala."

Er löste sich weit genug, um sich hinüber zu beugen und die Schublade aufzuziehen und die Schachtel zu schnappen. Die Arme um sie gelegt, half sie ihm, sie zu öffnen, dann zog sie den abgetragenen Silberring heraus, den sie genau für den richtigen Moment aufgehoben hatte.

Jake schluckte schwer. „Das ist ein Familienring."

„Der gehörte ursprünglich meinem Opa. Ich bin ihm nie begegnet, aber Oma Sonora sagte, Greg wäre der Beste aller Männer. Sie hat sich mit achtzehn Hals über Kopf in ihn verliebt, und obwohl sie jetzt Ashton liebt, sagte sie, die Liebe stirbt nicht, wenn ein Mensch uns verlässt. Sie ist wertvoll und für immer, und als ich ihr gesagt habe, dass ich dich liebe, sagte sie, dass sie wollte, wir würden ihn haben."

Jake schloss die Finger um ihre. „Es ist mir eine Ehre", wiederholte er. „Und ich bin begeistert, in der Familie Fields willkommen geheißen zu werden. Meiner Wahlfamilie."

„Und einer Familie aus Liebe." Tansy schob ihm den Ring auf den Finger. „So viel Liebe."

„Das auf jeden Fall."

Er drehte sie zur Matratze um und schob ihren Pulli hoch. Sie zog ihm sein Hemd über den Kopf, und schließlich zogen sie sich fertig aus, obwohl das Küssen und Berühren und Lachen dafür sorgte, dass es sehr lange dauerte.

Auch die Schiene, aber sie hatten keine Schwierigkeiten, kreativ zu werden und sich mit diesem Problem zu befassen.

Als er sie bereits einmal hatte kommen lassen und Tansy atemlos war, weil sie sich still gehalten hatte, rollte sich Jake über sie und brachte sie ganz intim zusammen.

Er hielt inne. „Wir passen den Umbau an. Unser Schlafzimmer wird an der Außenwand sein, wo du so viel Lärm machen kannst, wie du willst."

„Abgemacht", stimmte Tansy sofort zu. Sie nahm ihn an den Schultern und küsste ihn, bis sie beide Sterne sahen.

„Ich liebe dich", flüsterte er, während sie hinüber in die Lust kippten.

„Ich liebe dich auch."

Als sie später zusammen ins Bett gekuschelt lagen, seufzte Tansy glücklich. „Weißt du, du hattest recht. Spontanität macht Spaß, aber Vorausplanen ebenfalls."

„Du kannst jetzt im Augenblick planen?", fragte Jake. „Ich muss mich mehr anstrengen."

Sie lachte. „Vertrau mir, du hast dich bestens angestrengt."

Er summte. „Vertrau mir, ich liebe dich. Spontan oder vorausgeplant, wir kriegen das hin."

EPILOG

Sydney Jeremiah. Frühreifes Kind, fast ein Genie, so sarkastisch, wie man nur sein konnte, mit einem bösen Sinn für Humor, der irgendwie Declans Humor auf eine Art ansprach, die er nie erwartet hätte.

Er fluchte, während sie versuchte, ihn um seinen gottverdammten Verstand zu bringen.

Es war nicht die Tatsache, dass sie um etliche Größenordnungen klüger war als er. Oder dass sie sich immer wieder in beschissene und gefährliche Situationen begab, indem sie ihre ärztlichen Dienste den miesepetrigen Bastarden anbot, die an völlig abgelegenen Orten wohnten. Ihr Mut nervte ihn genauso, wie er ihn antörnte.

Das? *Das* war das Problem.

Sie musste nur einen Blick in seine Richtung werfen, und er war bereit, sie bis in den Morgen zu ficken.

Mit knapp über ein Meter sechzig und Kurven, die nicht enden wollten. Tiefrote Haare, in denen goldene Strähnen glitzerten, während sie über seinem Kissen ausgebreitet lagen. In ihren silbernen Augen blitzte Feuer, während er die Hüfte ausrichtete und sie wieder zusammentrieb, Lust wogte sein Rückgrat hinauf, bis sie in seinem Schädelansatz explodierte.

Es hätte nur Sex sein sollen. Heißer, verschwitzter, schmutziger Sex, bei dem sie beide befriedigt und völlig alle wurden. Keine Verpflichtungen, keine Erwartungen.

Sie waren an jenem ersten Abend ins Bett gestiegen, als sie sich im Pub Rough Cut getroffen hatten, vor fast einem Jahr. Die rasche Befriedigung eines dringenden Bedürfnisses und gegenseitige Anziehung, die sich in Anrufe zum Sex und Geheimtreffen in ganz High Water und Heart Falls verwandelt hatten. Irgendwie hatten sie es vor ihren besten Freundinnen und seinen Brüdern geheim gehalten, auch wenn Declan keine Ahnung hatte, wie.

Als er sich nun auf einen Ellbogen aufrichtete, seine freie Hand zwischen ihre Körper schob, um über ihre Klitoris zu reiben, mit dem Bedürfnis, sie kommen zu lassen, bevor er die Kontrolle verlor, war das das Einzige, was ihm durch den Kopf ging.

Danach allerdings? Als er da lag, mit kaum genug Energie, um sich zu bewegen, und sie glücklich neben ihm ihre Kleider wieder anzog, da traf es ihn wieder.

Unzufriedenheit.

Nicht mit dem Sex – Hölle, nein – eher mit dem ganzen Rest. Den Geheimnissen und der Vorstellung, dass es *nur* Sex war. So daneben und seltsam es war, dass er so empfand.

Sydney stand auf, schob sich ihr Oberteil in die Hose und zog die Haare über den Kragen ihres ordentlichen Ärztinnenshirts. „Ich bestätige gerne, dass du keine Gehirnerschütterung hast."

Declan knurrte erheitert. „Das hast du rausgebracht, während wir gefickt haben?"

„Nein. Das wusste ich schon vorher. Ficken war ein Bonus." Sydney lehnte sich über ihn, eine Hand auf seine

Brust gepresst, während sie ihn vorsichtig betrachtete. „Dein Bruder hat mich versprechen lassen, dass ich dich heimsuche und sicherstelle, dass du es nach dem Unfall nicht übertreibst."

Noch ein Knurren kam von Declan. „Als ob du eine Erlaubnis brauchen würdest, um mich zu nerven."

Sie lächelte süß. „Trink heute viel, und noch ein paar Tage kein Reiten." Als er schon protestieren wollte, hob sie eine Hand. „Du hast keine Gehirnerschütterung, aber du wurdest hart genug getroffen, dass du bewusstlos wurdest. Bitte tu mir den Gefallen. Und wenn dir nicht danach ist, mir den Gefallen zu tun, dann mach es trotzdem nicht. Ich habe null Probleme damit, allen auf High Water zu sagen, dass du einen Monat lang nicht reiten kannst."

Er fluchte leise vor sich hin.

„Stimmt's? Ich kann so eine Bitch sein." Sydney setzte ein Knie auf das Bett und beugte sich dicht genug heran, um ihre Lippen aufeinanderzupressen, und plötzlich konnte er nur noch daran denken, sie zurück ins Bett zu kriegen, um eine weitere Runde zu starten.

Aber sie bewegte sich schnell wie der Blitz und entglitt ihm, winkte fies, bevor sie verschwand. Ließ ihn mit den Gedanken zurück, die immer wieder darum kreisten, was zum Teufel mit ihm nicht stimmte.

Die Frau in Heart Falls, die so sexy war wie keine andere, war für eine stille Affäre zu haben, in der nichts zurückgehalten wurde, und er war …

Declan verschränkte die Hände unter dem Kopf und starrte an die Decke.

Rede nicht um den heißen Brei, mein Lieber. Du willst mehr.

Er hörte die Bemerkung in der Stimme seiner Frau, obwohl Sadie inzwischen schon seit vier Jahren tot war. Er redete nicht mit Geistern, aber er wusste ganz bestimmt, dass sie ihm die Hölle heiß machen würde, hätte sie es gekonnt.

Es tat immer noch weh, der Gedanke, dass Sadie weg war, aber sein Unterbewusstsein, oder seine Identität, oder wie immer zur Hölle man diesen Teil des Gehirns nannte, der dafür sorgte, dass man sich nichts vormachen konnte, war inzwischen am Drücker.

Es war Zeit.

Er hatte um Sadie getrauert, und nichts hatte diesen Schmerz unterbrochen, bis auf die Pläne für High Water. Dann hatte er immer noch getrauert, war aber bereit für Sex gewesen, und Sydney war ihm direkt vor die Füße gesprungen.

Er glaubte nicht, dass er irgendwann einmal ganz mit der Trauer um Sadie durch sein würde, aber oberflächlicher Sex, sogar spektakulärer oberflächlicher Sex, war nicht mehr genug.

Was bedeutete, dass er viele Dinge zu bedenken hatte. Sydney war alles, was Declan je von einer Frau gewollt hatte. Er mochte sie klug, er mochte sie sexy, und er mochte sie stur.

Jetzt musste er sie nur noch überzeugen, dass sie ihn auch wollte.

New York Times-Bestsellerautorin Vivian Arend lädt ein nach Heart Falls. Inspiriert vom Vermächtnis ihres Stiefvaters, das sie weitertragen möchten, kaufen Aiden, Jake und Declan die Tierrettung von Heart Falls mit einem Hintergedanken. Sie planen nicht nur ein Tierheim, sondern wollen eine Zuflucht schaffen – ein geheimer Unterschlupf für Menschen, die sich verstecken und ihr Leben neu sortieren müssen.

Die Skyes aus Heart Falls

Die Braut des Cowboys

Das Vertrauen des Cowboys

Das Recht des Cowboys

Vivian lässt derzeit ihre vielen Serien übersetzen. Bitte besuchen Sie deren Website für alle aktuellen Informationen.

www.vivianarend.com/de

ÜBER DIE AUTORIN

Mit über 3 Millionen verkauften Büchern ist Vivian Arend eine *New York Times-* und *USA Today*-Bestsellerautorin von mehr als 70 zeitgenössischen und paranormalen Liebesromanen.

Ihre Bücher lassen sich alle einzeln lesen und haben keine Cliffhanger. Sie sind witzig, aber auch emotional, es gibt heiße Szenen und glückliche Enden. Für Vivian ist das der beste Job der Welt. Sie lebt in British Columbia, Kanada, zusammen mit ihrem langjährigen Mann – der Inspiration für alle Helden ist und ein bereitwilliger Gefährte auf Abenteuern aller Art.

www.vivianarend.com